James Siegel

James Siegel est directeur de la création et administrateur de BBDO, une des plus grosses agences de publicité américaines. Après *Épitaphe* (2004) et *Dérapage* (2006) parus aux Presses de la Cité, *Là où vivent les peurs* (Le Cherche Midi, 2009) est son troisième roman publié en France.

LÀ OÙ VIVENT LES PEURS…

DU MÊME AUTEUR

CHEZ POCKET

ÉPITAPHE

LÀ OÙ VIVENT LES PEURS

JAMES SIEGEL

LÀ OÙ VIVENT LES PEURS…

Traduit de l'anglais (États-Unis)
par Fabrice Pointeau

LE CHERCHE MIDI

Titre original :
DETOUR
Éditeur original : Time Warner Books

Une édition française de cet ouvrage est parue sous le titre Ultimatum *en mai 2008 aux Éditions France Loisirs.*

Le papier de cet ouvrage est composé de fibres naturelles, renouvelables, recyclables et fabriquées à partir de bois provenant de forêts plantées et cultivées durablement pour la fabrication du papier.

ISBN 978-2-266-18357-4

Pour Sara Anne Freed, éditrice remarquable et être humain encore meilleur, qui a misé sur moi, ce dont je lui serai éternellement reconnaissant.

J'aimerais remercier Richard Pine, merveilleux agent, Rick Horgan pour sa sagesse éditoriale, et Larry Kirshbaum, qui est allé au feu avec moi. Ainsi que tous mes amis colombiens qui ont pris le temps de m'indiquer où je m'étais planté.

Prologue

C'EST UN VIEUX PROVERBE. Un adage. Un mot rassurant pour les sages. Ou plutôt, pour les trouillards. Il est censé apaiser, calmer, prouver à chacun la sottise absolue de sa pensée.

On le prononce devant ceux qui ont peur de faire quelque chose.

Peur de voyager, par exemple.

Ou prendre le train. Grimper dans un avion. Monter à bord d'un bateau.

Faire de la plongée sous-marine. Du jet-ski. Du roller. De la montgolfière.

Lorsqu'ils craignent que « quelque chose » de terrible ne leur arrive, lorsqu'ils se préparent à passer un après-midi, un jour, des vacances, une vie agréables et ont peur d'y laisser leur peau.

Et qu'est-ce que vous leur dites ?

« Il y a plus de risques de se faire renverser par un bus en traversant la rue. »

Parce que ça arrive tous les combien, hein ?

Il conservait un dossier secret dans le tiroir du bas, enterré sous une myriade de diagrammes, qu'il sortait et dépoussiérait pour les occasions spéciales, comme une sorte de pense-bête.

J. Boski, trente-huit ans, sur le point de se fiancer. Il sortait de chez le bijoutier, admirant l'ovale de deux carats étincelants sertis dans un anneau d'or blanc filigrané.

S. Lewes, vingt-deux ans, récente titulaire d'un diplôme de gestion de l'université de Bucknell. Elle revenait de son premier entretien d'embauche et levait des yeux écarquillés vers les bâtiments les plus majestueux qu'elle eût jamais vus.

T. Noonan, soixante-dix ans, grand-père gâteux. Il se promenait avec son petit-fils de quatre ans et lui expliquait pourquoi Batman ne pourrait jamais battre Superman dans un combat à armes égales. Impossible, jamais de la vie.

E. Riskin, soixante ans.

C. Meismer, soixante-dix-huit ans.

R. Vaz, vingt-trois ans.

L. Parkins, onze ans.

J. Barbagallo, trente-cinq ans.

R. et S. Parks, jumeaux de dix-huit ans.

Ils avaient tous été renversés par un bus en traversant la rue.

Tous sans exception.

Ils étaient tous morts.

Ce qui lui rappelait que, en dépit de ce que l'on croit, ça peut arriver.

C'est possible.

Ça peut même vous arriver à vous.

L'actuaire d'assurances calcule le point de bascule entre risque et probabilité, espérant ainsi réduire la possibilité d'événements indésirables.

Manuel de l'actuaire

Il y a des chances pour que tu aies de bonnes chances.

Johnny MATHIS

1

BUENAS TARDES.

À leur arrivée à Bogotá, la première chose que Paul et Joanna virent fut un homme sans tête.

Une photo de l'homme en question, apparemment l'ancien maire de Medellín, s'étalait sur diverses affiches, grandes comme des tables, collées aux murs de l'aéroport El Dorado, chacune vantant un journal de Bogotá différent. L'homme était négligemment étendu au beau milieu de la rue, comme s'il faisait une sieste bien méritée. Sauf que sa chemise était maculée de sang séché et qu'il lui manquait clairement quelque chose d'important. Il avait eu la tête tranchée dans un attentat à la voiture piégée, perpétré soit par les FARC de gauche, soit par les AUC de droite. Tout dépendait de vos convictions.

Paul se dit que c'était une sacrée manière de leur souhaiter la bienvenue. Mais tout bien considéré, il avait toujours envie de dire merci.

Content d'être arrivé.

D'autant que le vol 31 entre New York et la Colombie avait duré dix-huit heures, soit onze de plus que prévu. Il y avait eu un retard de cinq heures à l'aéroport Kennedy et une escale imprévue à Washington, DC, afin de récupérer les bagages d'un diplomate colombien dont le nom n'avait pas été dévoilé.

Ils étaient restés des heures sur la piste torride de Washington – sans bloody mary ni gin tonic pour tuer l'ennui ou lutter contre la chaleur. Servir de l'alcool durant les escales était apparemment prohibé par la Direction de l'aviation civile. Ce qui était sans doute une bonne chose. L'ambiance générale à bord était à la colère et à la mutinerie, à l'exception peut-être de Joanna et du passager assis à la droite de Paul, qui fixait calmement du regard le dos du siège situé devant lui.

Il leur avait expliqué qu'il était ornithologue amateur.

Il avait l'habitude d'attendre. Il se rendait dans les jungles du nord de la Colombie à la recherche du toucan à poitrine jaune.

Paul ne cessait de consulter sa montre en se demandant pourquoi les aiguilles n'avançaient pas.

Joanna, qui était en règle générale le calme incarné, lui avait rappelé qu'ils avaient attendu cinq ans. Dix heures de plus, à peu près, ne les tueraient pas.

Elle avait raison, bien entendu.

Le retard à New York, la halte de huit heures à Washington, la cabine de plus en plus fétide, ne le « tueraient » pas. Il savait ce qui tuait les gens et ce qui ne les tuait pas. Après tout, il était actuaire pour une importante compagnie d'assurances dont le logo – une paire de mains paternellement tendues – apparaissait vingt fois par jour dans des pubs d'une mièvrerie écœurante. Il pouvait débiter les probabilités de risques de toutes sortes d'activités quotidiennes, réciter dans le détail les pourcentages d'accidents et de décès.

Il savait, par exemple, que la probabilité de mourir en avion était de 1 sur 354 319 – même en prenant en compte la récente augmentation due à des hommes appartenant à une organisation dont le nom commençait par « Al » et se terminait par « Qaida ». Un retard au décollage serait, en langage d'actuaire, « statistiquement insignifiant ».

Les avions en retard ne vous tuaient pas.

Les voitures piégées, si.

À ce propos.

La vue de l'homme sans tête les désarçonna certes un peu. Comme ils se dirigeaient vers la zone de récupération des bagages, Joanna remarqua la première affiche épouvantable et tourna immédiatement la tête tandis que Paul ressentait les premiers picotements vagues de la peur.

Le fait qu'ils avançaient laborieusement vers la douane sous le regard maussade de soldats portant des AK-47 en bandoulière n'arrangeait pas vraiment les choses. Lorsqu'ils eurent enfin traversé la zone de récupération des bagages, un homme voûté aux cheveux blancs s'approcha d'eux en levant au-dessus de sa tête une pancarte sur laquelle était grossièrement écrit à la main : « Breidbard, Paul ».

Avec une faute d'orthographe à leur nom de famille.

« Je suppose que je compte pour un bagage », lui murmura Joanna.

Le vieil homme annonça qu'il se nommait Pablo et serra timidement la main de Paul. Puis il souleva leurs trois valises d'un geste vif. Lorsque Paul tenta d'arracher au moins un sac des mains de cet homme qui, après tout, devait bien avoir trente ans de plus que lui, Pablo refusa poliment.

« Ça ira, dit-il en souriant. Je vous en prie, suivez-moi… »

Pablo avait été embauché par l'orphelinat Santa Regina. Il serait leur homme à Bogotá, expliqua-t-il. Il conduirait pour eux, ferait les courses pour eux et les assisterait dans toutes leurs démarches. Il les accompagnerait partout, ajouta-t-il.

C'était rassurant.

Pablo les guida à travers la foule indisciplinée et étouffante. Tous les aéroports ressemblaient à un chaos mal contrôlé, mais El Dorado était pire. La foule avait l'air d'une nuée de supporters de football après une défaite – bruyante, grouillante, menaçante. Paul, qui avait un peu potassé son espagnol, avait oublié comment dire « excusez-moi », et il dut avoir recours à une forme primitive de langue des signes pour que les gens s'écartent sur son passage. La plupart d'entre eux se contentaient de l'ignorer, ou alors ils le regardaient comme s'il avait un grain. Il se décida finalement à jouer des coudes pour se frayer un chemin jusqu'à la sortie.

Traverser la foule n'était pas leur seul problème.

Ils devaient aussi s'efforcer de ne pas se faire semer par Speedy Gonzales, *alias* Pablo.

Il semblait remarquablement alerte pour un homme qui devait approcher les soixante-dix ans. Même avec trois valises pleines à craquer dans les mains.

« Il fonctionne à la coca ou quoi ? » s'étonna Joanna.

Elle courait trois matins par semaine et tenait une bonne heure et demie sur le StairMaster, mais même elle avait du mal à suivre le rythme.

« Pablo ! »

Paul dut crier son nom une fois, deux, trois fois, avant que l'homme finisse par se retourner et remarquer que les deux personnes qu'il n'était pas censé quitter d'une semelle étaient à bout de souffle et en passe de se laisser dangereusement distancer.

« Désolé, dit-il d'un air presque penaud. J'ai l'habitude de… comment vous dites… “galoper”, ajouta-t-il en souriant.

— C'est bon, répondit Paul. C'est juste que nous ne voulons pas vous perdre. »

Ils franchirent les portes coulissantes et se retrouvèrent aux abords d'un parking qui jouxtait directement l'aérogare. Un océan de voitures constellé de petits tourbillons de passagers qui avançaient lentement semblait s'étirer dans toutes les directions.

« C'est quoi cette odeur ? » demanda Joanna.

Paul renifla l'air. Huile de moteur et gazole, faillit-il répondre. Mais Joanna possédait un odorat étrangement précis, quasiment une intuition olfactive, et il préféra rester silencieux.

« Ah… fit Pablo. Attendez. »

Il posa doucement les valises sur le trottoir crevassé, puis s'éloigna de six bons mètres pour atteindre ce qui ressemblait, du moins à cette distance, à un guichet.

Ce n'en était pas un. Lorsqu'il revint, il tenait fermement deux paquets desquels s'élevaient de minuscules panaches de vapeur.

« *Empanadas*, dit-il en les tendant à Paul et Joanna. *Pollo*.

— Poulet, chuchota Paul à l'oreille de Joanna.

— Merci, murmura-t-elle en retour, moi aussi j'ai déjà mangé chez Taco Bell. » Puis elle demanda à Pablo : « Combien vous devons-nous ? »

Pablo secoua la tête.

« *Nada*.

— Merci, Pablo, c'est très gentil de votre part. »

Joanna mordit dans son *empanada*, puis lécha une grosse traînée de sauce rouge qui lui coulait des lèvres. « Mmmm… délicieux. »

Pablo lui fit un grand sourire. Paul lui trouvait un visage à la fois doux et dur – ou, tout du moins, usé.

« Attendez ici, je vais chercher la voiture, dit Pablo, de toute évidence par égard pour leur faible constitution.

— Il est gentil, non ? remarqua Joanna lorsqu'il eut disparu au milieu d'une rangée de Volkswagen, Renault et autres Mini Cooper.

— Oui. C'est peut-être lui que nous devrions adopter, répondit Paul en serrant la main moite de Joanna. Heureuse ?

— Oui.

— Sur une échelle de 1 à 10 ?

— 611.

— C'est tout ? »

Deux minutes plus tard, Pablo réapparut au volant d'une vieille Peugeot bleue.

2

LEUR AVOCAT LEUR AVAIT RÉSERVÉ une chambre dans un hôtel doté d'un nom français et d'une ambiance à l'américaine. Il était situé dans la Calle 93, une rue élégante de Bogotá qui regorgeait de boutiques à la mode, de gratte-ciel abritant des hôtels et de restaurants branchés aux fenêtres teintées en bleu.

Leur hôtel s'appelait *L'Esplanade*, un nom qui fleurait bon le chic français, mais on trouvait des hamburgers texans et des frites façon Philadelphie sur le menu du restaurant.

Leur suite au dixième étage offrait une vue dégagée sur les montagnes vertes alentour. Lorsque Joanna tira les stores, Paul regarda le paysage et ne put s'empêcher de se demander si des insurgés en armes ne le regardaient pas en retour. Il préféra ne pas faire part de ses interrogations à son épouse.

Ils avaient été scrupuleusement prévenus que voyager en Colombie était risqué, bien entendu.

Leur premier avocat leur avait vivement conseillé d'essayer ailleurs.

N'importe où.

La Corée, avait-il suggéré. La Hongrie. Que diriez-vous de la Chine ? La Colombie, avait-il insisté, est trop instable. La vente de verre blindé est un secteur en croissance ! avait-il ajouté.

Mais en Corée, en Hongrie ou en Chine, cela pouvait prendre jusqu'à quatre ans.

En Colombie, c'était deux mois. Maxi.

Après avoir attendu de devenir parents pendant cinq années interminables, devoir patienter pendant quatre années supplémentaires semblait intolérable. Le désespoir et la prudence s'étaient livré un combat, et le désespoir l'avait remporté haut la main.

On les avait rapidement orientés vers un autre avocat, spécialiste de l'Amérique latine. Son nom était Miles Goldstein, et sa véritable spécialité semblait être l'enthousiasme. Il était expansif et chaleureux, apparemment infatigable, et d'un dévouement sans bornes. En l'occurrence, son objectif était de rassembler deux factions qui souffraient d'un manque : d'un côté des bébés en mal de foyer, de l'autre des couples en mal de bébé. Sa mission consistait à faire le bonheur des deux parties. Une broderie tissée à la main était accrochée directement au-dessus de son bureau.

Celui qui sauve un enfant sauve le monde.

Difficile de ne pas apprécier un avocat qui souscrivait à ce genre d'idée.

Miles leur assura que si la Colombie n'était pas une oasis de paix, la capitale ne posait vraiment pas de problème. Le combat entre les rebelles de droite et de gauche durait depuis trente ans – il faisait désormais partie du paysage. Mais ce paysage se trouvait principalement au nord, dans les montagnes, loin de Bogotá. D'ailleurs, selon une récente enquête du magazine *Destinations*, dont Miles avait tiré une photocopie du tiroir de son bureau pour la leur montrer, Bogotá était plus sûre que la Suisse.

« Il faut vraiment faire gaffe à soi à Zurich », avait déclaré Miles.

Pablo tint parole.

Il les conduisit jusqu'à la porte de l'hôtel, puis se précipita à l'intérieur avec leurs bagages en déclinant l'aide proposée par un groom de toute évidence furieux. Lorsque Paul et Joanna suivirent Pablo dans le hall Art déco tape-à-l'œil, un concierge obséquieux aux cheveux teints en blond et qui zozotait un peu les attendait pour les mener à leur chambre.

Pablo promit de revenir trois heures plus tard pour les conduire à l'orphelinat.

Après son départ, Paul s'étendit sur le lit de taille généreuse.

« J'aimerais pouvoir dormir, dit-il, mais pas moyen. »

Deux heures plus tard, il se réveilla et demanda : « Quelle heure il est ? »

Près de la fenêtre, Joanna lisait le dernier numéro du magazine *Mère & bébé*. Paul ne put s'empêcher de se souvenir que ça faisait maintenant quatre ans qu'elle y était abonnée.

« Alors comme ça, tu n'arrives pas à dormir, chéri ? se moqua-t-elle.

— Je suppose que j'avais du sommeil à rattraper.

— Sans doute.

— Tu t'es reposée ?
— Hum, hum. Trop énervée.
— Il est quelle heure ?
— Encore une heure avant le retour de Pablo.
— Une heure. Eh bien… »

Joanna posa le magazine à l'envers et lui fit un sourire. Sur la couverture figurait un gros plan saisissant : des yeux de bébé d'un bleu intense.

« C'est surréaliste, non ? dit Joanna.

— Surréaliste, c'est le mot.

— Enfin quoi, dans une heure nous allons la rencontrer.

— Oui. Je suis censé tourner en rond comme un lion en cage ou quelque chose ?

— Quelque chose.

— Eh bien, je tournerais bien en rond. Mais il n'y a pas assez de place. Dis-toi que je tourne en rond mentalement.

— Paul ?

— Oui ?

— Je suis si heureuse. Je crois.

— Comment ça, tu *crois* ?

— J'ai aussi tellement peur. »

Ça ne ressemblait pas à Joanna d'avoir peur – c'était son rayon à lui. Il n'en fallut pas plus pour le faire se lever du lit et s'approcher de la chaise de Joanna. Il se pencha en avant et la prit dans ses bras tout en secouant les jambes pour se débarrasser de ses fourmillements. Elle posa la tête sur son épaule et il sentit son odeur : shampooing, Chanel N° 5 et, oui, le relent légèrement âcre de la peur.

« Tu vas être parfaite, dit Paul. Merveilleuse.

— Qu'est-ce que tu en sais ?

— Parce que ça fait dix ans que tu me bichonnes comme un bébé, et je n'ai à me plaindre de rien. Parce que je le dis.

— Ah, bon, si tu le dis… »

Elle souleva la tête et il l'embrassa sur les lèvres. De jolies lèvres, pensa-t-il. Elle faisait partie de ces femmes qui sont belles au saut du lit – peut-être encore plus belles, vu que le maquillage semblait recouvrir ses traits plutôt que les accentuer. Pâle, quelques légères taches de rousseur, des yeux bleu pastel – le genre d'yeux qu'on peint à la main sur les poupées de porcelaine. Il n'aurait néanmoins pas utilisé l'adjectif « délicate » pour décrire Joanna. Il aurait plutôt dit « forte, intelligente, *déterminée* ». Il lui était arrivé de l'appeler Xena, la guerrière – toujours affectueusement, bien sûr, et généralement à voix basse. Elle avait trente-sept ans depuis moins de deux semaines, mais en paraissait toujours, eh bien, *vingt*-sept. Il se demandait de temps en temps si elle lui apparaîtrait toujours ainsi, si les gens heureux en couple avaient tendance à se voir comme ils se voyaient au début, jusqu'à ce qu'ils se réveillent aux alentours de la soixantaine en se demandant qui est ce petit vieux qui dort à côté d'eux.

« Et si je me révèle complètement incompétente ? demanda-t-elle. Je n'ai pas passé de diplôme pour ça.

— Il paraît que ça vient naturellement.

— De toute évidence, tu n'as jamais lu *Mère & bébé*.

— Peu importe. Toi, tu l'as lu, dit-il.

— Soit. J'arrête de paniquer.

— Parfait. La prochaine fois, c'est moi qui panique et toi qui me rassures.

— Marché conclu.

— Je vais prendre une douche. J'ai l'impression d'avoir passé deux jours dans un avion.

— Mais c'est le cas.

— Tu vois, je savais qu'il y avait une raison. »

Pablo arriva vingt minutes plus tard. Apparemment, le prétendu manque de ponctualité des Colombiens était un stéréotype ethnique sans fondement.

Il frappa à leur porte, puis attendit poliment à l'extérieur, même après que Joanna l'eut quasiment imploré de venir s'asseoir à l'intérieur.

Paul, qui n'était qu'à demi habillé, dut enfiler à la hâte le reste de ses vêtements. Pantalon de lin noir et chemise légèrement froissée qu'il avait négligé de sortir de sa valise. Il se jeta un rapide coup d'œil dans le miroir et vit à peu près ce à quoi il s'attendait : un visage hésitant entre l'enfance et une maturité rampante, une silhouette qui passait inaperçue au milieu d'une foule. Bon, les habits font le moine. Il compléta sa tenue par une cravate tape-à-l'œil à rayures rouges.

La Peugeot tournait doucement au ralenti devant l'hôtel.

Paul vit le portier de l'hôtel murmurer quelque chose à l'oreille de Pablo comme celui-ci se penchait en avant pour les faire monter à l'arrière. Une espèce de rumba passait à la radio.

« Qu'est-ce qu'il a dit ? demanda Paul à Pablo lorsqu'il eut démarré.

— Il vous adressait tous ses vœux.

— Oh. Vous lui avez dit où nous allons ?

— Oui.

— Est-ce que vous faites ça souvent, Pablo ? demanda Joanna. Avec de nombreux couples ?

— Heureux travail, non ? dit Pablo.

— Oui, répondit Joanna. Je suis d'accord. »

Ils dépassèrent un convoi de soldats entassés les uns sur les autres dans une Jeep ouverte *made in Detroit*. Paul ne put s'empêcher de penser aux groupes de sentinelles armées à l'aéroport.

« Beaucoup de soldats dans les parages, hein ? dit Paul.

— Des soldats ? *Sí*.

— Où vous en êtes, ces temps-ci ? demanda Paul, hésitant quelque peu à poser une question dont il risquait de ne pas apprécier la réponse.

— Comment ça, où on en est ?

— Avec les rebelles ? Les FARC ? »

On aurait dit un juron, pensa Paul. Il s'imagina que pour la vaste majorité des Colombiens, c'en était un. Les Forces armées révolutionnaires de Colombie. Les guérilleros de gauche qui détenaient déjà une grande partie du Nord, et très probablement le groupe qui avait envoyé le maire de Medellín *ad patres*.

Bien entendu, il y avait toujours un risque que l'attentat ait été perpétré par la droite. Les FARC étaient plongées dans une longue et sale guerre contre les Autodéfenses unies de Colombie, ou AUC, une organisation paramilitaire de droite particulièrement violente.

En quittant l'aéroport, ils étaient passés devant un mur recouvert de graffitis rouges qui laissaient une impression désagréable, comme s'ils avaient été tracés avec du sang.

« Libre Manuel Riojas ». Manuel Riojas, le soi-disant commandant des AUC, résidait pour le moment dans une prison américaine pour des affaires de drogue.

Pablo secoua la tête.

« Je ne m'intéresse pas… Pas de politique.

— Oui. C'est probablement sage.

— *Sí.*

— Pourtant, ça doit parfois être effrayant.

— Effrayant, répéta Pablo en agitant la main. Je m'occupe de mes affaires. Je ne lis pas les journaux. Tout ça, c'est mauvais. »

Avant leur départ, Paul avait commandé par correspondance une vidéo intitulée *La Vie en Colombie*. Au bout de cinq minutes, il avait été tristement clair qu'elle s'adressait à des gamins de moins de douze ans. La vidéo suivait deux adolescents, Mauricio et Paula, dans leurs déambulations à travers une Bogotá ensoleillée, l'idée étant de montrer que « cette ville moderne d'Amérique du Sud a autre chose à offrir que le café, la cocaïne et la violence des guérilleros ». C'était du moins ce qu'affirmait la présentation au dos de la cassette.

Ils roulaient maintenant dans une rue bordée de vastes demeures. Du moins Paul supposait-il qu'il devait y avoir des demeures quelque part – car ils ne voyaient rien. Un mur d'adobe ininterrompu de trois mètres de haut bouchait la vue. Des portails électroniques annonçaient ici et là les démarcations entre les propriétés, dont les noms étaient inscrits sur des mosaïques incrustées dans le mur.

Casa de Flora.

Casa de Playa.

Ils passèrent devant un chien tacheté et décharné qui urinait sur le mur orange foncé de la Casa de Fuego. Le lieu avait quelque chose de troublant. Paul mit un moment à comprendre pourquoi.

Les rues étaient désertes.

Hormis quelques mendiantes, des femmes émaciées qui berçaient mollement des bébés contre leur poitrine, il n'y avait absolument personne. Pas dans ce quartier. Tous les habitants étaient invisibles, terrés derrière un mur de Jéricho moderne.

« La Calera », répondit Pablo lorsque Paul lui demanda le nom du quartier.

Puis, Dieu merci, l'environnement commença à changer.

Quelques boutiques d'électronique et d'appareils ménagers ici et là, de petites cafétérias proposant *empanadas*, *patatas* et *huevos*, suivies par une abondance de vendeurs de journaux, d'échoppes de *loteria*, de *supermercados*, divers magasins animés – tout le bazar habituel. Une débauche d'odeurs s'engouffrait par les vitres à demi baissées : gaz d'échappement, fleurs, poisson cru, encre d'imprimerie – Paul aurait bien demandé à Joanna de lui dresser la liste complète. Ils se trouvaient de toute évidence au beau milieu d'une capitale complètement normale, exactement comme l'avait promis Miles. Et Paul se demanda si une sorte de déni conscient était à l'œuvre – s'il était nécessaire de faire l'autruche dans un pays où les maires sautaient régulièrement dans des voitures piégées. Si les Colombiens étaient capables d'élever un mur entre leur esprit et la guerre en cours, tout comme ils élevaient un mur entre les pauvres et les classes supérieures du quartier de La Calera.

Il interrompit ses méditations ; devant eux, au milieu d'un bosquet, se trouvait une pancarte.

« Santa Regina Orfanato ».

« Nous y sommes », murmura Pablo.

Il s'engagea dans une allée dissimulée et arrêta la voiture. Un portail fermé. Un interphone noir encastré dans un boîtier en cuivre.

Pablo coupa le moteur, sortit et appuya sur le bouton.

« Pablo, annonça-t-il, *señor y señora* Breidbart. »

Le portail s'ouvrit dix secondes plus tard. Pablo remonta dans la voiture et démarra méthodiquement. Il pénétra dans une cour intérieure ombragée de grands pins grêles.

« Allons-y, dit le *señor* Breidbart lorsque la voiture s'arrêta à nouveau. Allons rencontrer notre fille. »

3

Paul ne sentait plus ses jambes.

Il savait qu'elles étaient là – il était debout, n'est-ce pas ? – mais il avait l'impression qu'elles avaient disparu. Envolées.

Une seconde plus tôt, une petite infirmière métisse portant une blouse blanche amidonnée était entrée dans la pièce d'un pas traînant en serrant une petite couverture rose contre sa poitrine.

Dans la couverture, Paul le savait, se trouvait un bébé.

Pas n'importe quel bébé.

Le sien.

Après avoir pénétré dans le vestibule stérile, ils avaient attendu vingt bonnes minutes que la directrice de Santa Regina, María Consuelo, vienne les accueillir. L'attente leur avait semblé plus longue que le voyage en avion. Paul n'avait cessé de se lever, s'asseoir, faire les cent pas, regarder par la fenêtre, se rasseoir, se relever. Il avait compté les carreaux noirs dans les motifs du sol – il y en avait vingt-huit –

trouvant un réconfort familier dans les chiffres. De temps à autre, il serrait la main de Joanna et lui adressait de pâles sourires d'encouragement. Enfin, María entra dans la pièce, petite femme à la mine sérieuse dont les cheveux noir de jais étaient fermement enveloppés dans un chignon. Quelques personnes affairées lui emboîtaient le pas.

Elle salua Paul et Joanna par leur prénom, comme s'ils étaient de vieux amis venus lui rendre visite et non des parents pleins d'espoir venus quémander. Puis elle présenta consciencieusement les membres de son personnel – l'infirmière en chef, deux enseignants et son assistant personnel – qui leur serrèrent chacun la main avant de prendre congé l'un après l'autre. María les mena ensuite à son bureau, où ils s'installèrent autour d'une petite table recouverte de magazines bien empilés, et ils passèrent vingt minutes de plus à siroter un café amer – apporté par une adolescente à la mine sombre – et à discuter avec gêne de choses et d'autres.

Mais peut-être n'était-ce pas une simple discussion oiseuse.

Paul avait de plus en plus l'impression de passer un examen oral, la partie écrite du test ayant été réussie sans problème : bulletins de salaire, extraits bancaires, titres, emprunts immobiliers, diverses recommandations de la famille et d'amis attestant qu'ils avaient bon caractère et étaient des gens en tout point méritants. Et la lettre venue du fond du cœur que Paul avait mis une bonne semaine à rédiger, déchirer, corriger minutieusement, et finalement envoyer.

Ma femme et moi écrivons cette lettre pour vous dire qui nous sommes. Et ce que nous voulons être. Des parents.

María commença par les remercier pour le colis qu'ils avaient envoyé à l'orphelinat – couches, biberons, lait maternisé, jouets – une sorte de pot-de-vin autorisé dont Miles leur avait assuré qu'il était la règle lorsqu'on adoptait en Amérique latine.

Puis elle passa aux choses sérieuses.

Elle interrogea Paul sur son travail – « Agent d'assurances, n'est-ce pas, Paul ? » Heu, oui – mais il s'abstint de préciser que, dans son cas, agent d'assurances signifiait s'enfermer dans une petite pièce et compiler des statistiques qui déterminaient le prix que vous faisaient payer les vrais agents d'assurances. Que le travail de sa vie consistait à calculer le risque de chaque activité humaine connue, à patauger dans des torrents de données brutes afin de réduire la vie à un champ de mines à peu près sûr. Définition de l'actuaire : quelqu'un qui veut être comptable mais n'en a pas la personnalité.

« Depuis combien de temps travaillez-vous pour cette société ? demanda-t-elle.

— Onze ans », répondit-il en se demandant si ça le rangeait dans la catégorie des personnes avec un gagne-pain fiable ou dans celle des travailleurs instables.

Il savait néanmoins qu'elle possédait déjà cette information. Peut-être cherchait-elle simplement à savoir s'il était digne de confiance.

Elle interrogea à son tour Joanna sur son emploi.

Cadre dans les ressources humaines pour un laboratoire pharmaceutique. Mais il devint clair que María cherchait moins à connaître la nature de son travail qu'à savoir si oui ou non elle avait l'intention de l'abandonner maintenant qu'elle devait s'occuper d'une petite fille.

Bonne question.

Question dont Paul et Joanna avaient passé plus d'un week-end à discuter, sans jamais parvenir à une réponse définitive. Paul devinait au ton de María qu'elle considérait que démissionner serait une bonne idée.

Joanna resta un moment silencieuse, et Paul n'entendit plus que le ronflement du ventilateur, le bourdonnement électrique du néon, et sa propre voix intérieure qui criait à Joanna de mentir.

Juste cette fois.

Le problème était que mentir ne faisait pas partie de son mode opératoire. Elle était effroyablement douée pour repérer mensonges, demi-vérités, inexactitudes flagrantes, mais était tout aussi incapable d'en laisser un franchir ses lèvres.

« Je prends un congé parental », expliqua Joanna.

Bon, OK, pensa Paul, ça, c'était vrai.

« Combien de temps ? » demanda María.

Paul se prit à regarder la galerie de photos qui recouvraient la moitié du mur du bureau de María – des adolescents de toutes les couleurs posant dans des vérandas, des piscines, des salles de jeu, sur des terrains de base-ball, la tête recouverte du bicorne des jeunes diplômés. Il se demanda si la photo de sa fille ornerait un jour ce mur.

« Je ne sais pas trop », répondit Joanna. Paul se tourna de nouveau vers María et sourit. Il devait avoir l'air d'un enfant trop grand qui espérait un bonbon. « Je sais que je ferai ce qu'il y a de mieux pour mon bébé et pour moi, ajouta Joanna. Je serai une bonne mère. »

María poussa un soupir et saisit la main de Joanna. Paul avait vu des médecins et des prêtres accomplir ce geste quand ils étaient sur le point d'annoncer une mauvaise nouvelle – un prêtre en particulier, quand Paul avait onze ans et que c'était sa main à lui qu'on avait saisie et serrée fort. Le jour où sa mère était morte.

« Joanna, je suis moi aussi certaine que vous serez une bonne mère », dit María, et elle sourit.

Paul mit une minute à comprendre qu'ils avaient réussi l'examen.

Fin de l'épreuve.

Il sentit toute l'anxiété qu'il avait refoulée le quitter soudain. Mais son soulagement fut de brève durée.

« Je crois qu'il est temps que vous rencontriez votre fille », annonça Maria.

Elle continua de parler, mais Paul avait pratiquement cessé de l'écouter.

La voix de la femme était noyée sous les battements de son cœur, qui semblaient bruyants et dangereusement irréguliers. Et aussi sous un autre bruit – des pas lourds qui avançaient lentement mais fermement dans le couloir. Paul eut soudain l'impression que des rivières de sueur s'écoulaient le long de ses bras.

Était-ce *elle* ?

Les pas arrivèrent au niveau de la porte et s'estompèrent lentement.

Puis, après une minute ou deux durant lesquelles Paul eut du mal à respirer, de nouveaux pas apparurent sur l'écran de son radar, de plus en plus forts, distincts, clairs, qui semblèrent s'arrêter juste de l'autre côté de la porte.

« Je sais que vous avez hâte de la rencontrer, dit María. Elle est magnifique. »

Ils avaient reçu en tout et pour tout une minuscule photo noir et blanc – de la taille d'une photo d'identité, obscure, terriblement floue.

La porte s'ouvrit lentement. Le ventilateur du plafond était en marche, mais Paul aurait pu jurer que l'air s'était figé.

L'infirmière à la peau sombre pénétra dans la pièce en serrant une petite couverture duveteuse contre sa poitrine. Paul et Joanna se levèrent d'un bond. Il ne sentait plus ses jambes, avait l'impression de se balancer sur des échasses.

Lentement, l'infirmière retroussa la partie supérieure de la couverture, laissant apparaître des cheveux bruns hérissés et deux yeux noirs d'une profondeur abyssale. Elle ressemblait à une sorte d'enfant punk, mélange captivant d'innocence et d'affectation.

Paul tomba immédiatement et définitivement amoureux.

Il se rappela la première fois qu'il avait vu Joanna, de l'autre côté d'une salle d'attente d'aéroport pleine de voyageurs fatigués et énervés, se revit levant les yeux avec lassitude et les posant sur cette magnifique femme à la peau pâle et aux yeux bleus qui haranguait un employé de compagnie aérienne peu disposé à lui donner des informations. La féminité et la hardiesse semblaient se mêler à proportions égales, et il avait éprouvé quelque chose de semblable à un flash, comme les quelques fois où il avait pris de la cocaïne durant ses années de fac. Cette explosion joyeuse mais dangereuse d'exultation pure qui menaçait de faire s'emballer votre cœur jusqu'au sommet de l'extase, ou de le briser en deux.

Probablement les deux.

L'infirmière leur tendit leur fille et, sans savoir comment, Paul l'attrapa en premier. À l'instant où il la serra contre sa poitrine, il sut qu'elle avait enfin trouvé sa place.

Joanna se pencha et lui passa doucement un doigt parfaitement manucuré sur le front. Le bébé ouvrit sa bouche minuscule.

« Regardez, dit Paul sans s'adresser à personne en particulier, elle nous sourit. »

María se mit à rire.

« Elle est rigolote. Et c'est une vraie beauté, non ?

— Oh, oui, confirma Paul, c'est une beauté. »

La peau de sa fille avait une pâle nuance olivâtre. Ses yeux sombres semblaient dire qu'elle comprenait qu'elle avait enfin trouvé son foyer.

Paul leva les yeux vers Joanna. Ses yeux pleins de larmes ressemblaient à deux lacs bleu pâle.

María Consuelo les regardait d'un air radieux.

« Je savais que cet enfant était pour vous, dit-elle. Je sais toujours. Lui avez-vous déjà choisi un nom ?

— Oui, répondit Paul. Joelle. »

C'était un amalgame de Joseph, le grand-père paternel de Joanna, et d'Ellen, sa mère à lui. Tous deux décédés. Tous deux regrettés, surtout maintenant.

« Joelle », répéta María pour tester la sonorité.

Puis elle hocha la tête. Le prénom lui allait.

« Je peux, chéri ? » demanda Joanna en tendant les bras.

Paul lui passa timidement le bébé. Elle était si extraordinairement légère, si ridiculement minuscule, qu'il craignait qu'elle ne disparaisse d'une seconde à l'autre.

Mais non.

Joanna la prit dans ses bras et se mit à gazouiller.

« Oh… oui, Joelle… Tu es mignonne… Maman est là. »

Elle plaça son petit doigt dans la main minuscule du bébé, qui s'y agrippa.

Une sorte de cercle s'était formé, pensa Paul : Joanna, Joelle, et lui. Un cercle est indépendant et se suffit à lui-même.

Il n'a ni début ni fin. Jamais.

4

En rentrant de Santa Regina, ils passèrent devant un champ de têtes humaines.

Peut-être auraient-ils dû interpréter ça comme un signe, un présage augurant de ce qui allait arriver. Mais c'est ça le problème avec les présages : ils ne deviennent des présages qu'une fois que l'on connaît la suite des événements.

Joanna tenait contre sa poitrine son bébé endormi.

Paul songeait à sa toute nouvelle paternité.

Vingt têtes jaillissaient du sol.

Des têtes qui étaient clairement et catégoriquement, eh bien, *vivantes*. Les yeux clignaient, les bouches s'ouvraient, les personnes enterrées regardaient lentement de haut en bas, de gauche à droite.

« *Hambre*, dit Pablo en soupirant.

— Quoi ? » demanda Paul.

Hambre. La faim.

Joanna aussi les avait vues. Elle serra inconsciemment Joelle un peu plus fort, comme pour la protéger, son instinct maternel prenant soudain le dessus.

« C'est une *protesta* », expliqua Pablo.

Grève. Grève de la faim.

Ces personnes s'étaient enterrées jusqu'au cou dans une section de la route non pavée. Ils étaient vingt ou trente, principalement des hommes et des femmes jeunes. On aurait dit un tableau de Jérôme Bosch, se dit Paul, des pénitents maudits pris au piège dans le troisième cercle de l'enfer.

« Contre quoi protestent-ils ? demanda Joanna.

— Les conditions de vie, répondit Pablo en haussant les épaules.

— Depuis combien de temps sont-ils…

— Longtemps. Quatre, cinq semaines. »

Mais peut-être n'iraient-ils pas beaucoup plus loin.

La première chose que Paul entendit fut une sirène.

Une ambulance, supposa-t-il – car il vit un break avec le mot *Ambulancia* peint sur l'aile se garer soudain sur le trottoir. Son gyrophare n'était manifestement pas allumé. Non, la sirène venait d'ailleurs.

Deux voitures de police. *Urbano Guardia*. L'une d'elles coupa la route juste devant eux, forçant Pablo à enfoncer le frein et à braquer soudainement sur la gauche. La voiture s'immobilisa, son pare-chocs touchant pratiquement un mur de briques.

Joelle se mit à pleurer.

Elle ne fut pas la seule.

Les policiers utilisaient de longues matraques.

On aurait dit ce jeu de bar où de petites marmottes sortent la tête du sol et où l'on marque des points en leur cognant dessus. Seulement, dans le jeu, elles peuvent rentrer la tête dans le sol. Elles peuvent se cacher.

Pas ici.

En quelques minutes – minutes au cours desquelles Joelle devint de plus en plus agitée et Pablo tenta de faire demi-tour – le sol devint écarlate.

Ce qui justifiait la présence de l'ambulance. La municipalité avait tout prévu.

Pablo parvint finalement à orienter la voiture dans la direction opposée et à filer par une rue ridiculement étroite, évitant de peu les torrents de gens qui accouraient de tous les côtés pour regarder.

Le champ de têtes ensanglantées disparut au loin, mais Paul avait du mal à s'en ôter l'image de la tête.

Joanna tremblait… ou bien était-ce lui ? Il n'aurait su le dire, même lorsqu'il lui passa le bras autour des épaules et l'étreignit. Ça faisait une journée qu'ils étaient là, pensa-t-il, moins d'une journée même, mais il était de plus en plus convaincu que Bogotá n'était pas tant le tiers-monde que la quatrième dimension.

Locombia, avait-il entendu quelqu'un dire dans l'avion en parlant de la Colombie. Le pays des fous.

Il avait désormais une bonne idée de ce que cette personne voulait dire.

Et l'idée qu'ils allaient emmener Joelle loin d'ici l'emplissait de bonheur. Ils étaient peut-être venus en Colombie pour se sauver eux-mêmes – de leur solitude, de leur marasme, de leur vie sans enfants – mais ils la sauveraient elle aussi. De *ça*. Joelle grandirait dans un endroit relativement sûr et calme. Où elle ne verrait jamais de gens enterrés jusqu'au cou dans une rue, et même si elle le voyait, des policiers ne viendraient pas les massacrer à coups de matraque.

Pablo leur demanda si ça allait.

« Oui », répondit Paul, conscient que Pablo semblait remarquablement indifférent à l'incident.

Peut-être que lorsqu'on vivait en Colombie, c'était la routine.

Dans l'ascenseur de l'hôtel, Paul sourit au couple de Colombiens quinquagénaires qui y pénétra quelques secondes après eux, s'attendant à recevoir en retour le sourire auquel tous les jeunes parents du monde semblaient avoir droit. Pas de pot. Son sourire fut accueilli avec une hostilité froide et manifeste.

Il se demanda un moment si c'était à cause de sa nationalité. Les Américains n'étaient-ils pas la cible de la colère du monde entier ces temps-ci ? Mais l'homme murmura quelque chose à sa femme et, parmi les mots espagnols, Paul en reconnut un, souvenir de ses cours de langue au lycée : *niña*.

Ils ne leur en voulaient pas pour ce qu'ils étaient. Ils leur en voulaient pour ce qu'ils faisaient. Adopter un enfant.

Un enfant *colombien*.

Ils n'étaient que deux Américains de plus venus faire ce que les Américains avaient toujours fait dans les pays qui n'étaient pas les leurs. Les déposséder de leurs ressources. D'abord l'or, le pétrole, le charbon, le gaz. Maintenant les enfants. Paul n'y avait jamais songé jusqu'alors, mais maintenant qu'il se retrouvait mal à l'aise dans un ascenseur glacial, il comprenait. Et il se sentait un peu moins comme un sauveur et plus comme un pillard.

Par chance, ils atteignirent leur étage en premier. Ils sortirent de l'ascenseur et empruntèrent le couloir.

« Tu as vu ça ? demanda-t-il à Joanna.

— Quoi ?

— Ces gens. Dans l'ascenseur.

— Parle plus bas, dit Joanna. Joelle dort. »

Il inséra la clé dans le verrou et ouvrit la porte.

« Ce couple, murmura Paul. Ils avaient l'air d'attendre qu'on se fasse expulser. Ou fusiller.

— Quoi ? »

Peut-être Joanna n'avait-elle rien remarqué, occupée qu'elle était à essayer d'oublier la scène à laquelle elle avait assisté dans la rue.

« Ils nous détestaient, Joanna.

— Tu n'es pas sérieux. Ils ne nous connaissent même pas. »

Joanna s'assit lentement dans un fauteuil, elle semblait sur le point de s'écrouler de fatigue.

« Ils n'ont pas besoin de nous connaître. Ils désapprouvent ce que nous faisons. Nous prenons leurs enfants.

— *Leurs* enfants ? Qu'est-ce que tu racontes ?

— Les enfants de leur pays. Les enfants de Colombie. Je te le dis, ils avaient l'air de vouloir que je la rende.

— Peu importe. Ça ne concerne que ces personnes, tout le monde a été parfaitement gentil avec nous.

— Tous les autres prennent notre argent. Ça modifie peut-être un peu la donne. »

Joanna ne l'écoutait plus.

Elle observait son enfant, faisait ce que font toutes les mères, supposait-il : elle se prélassait dans cette partie du cercle parfait où même les pères n'osent pas mettre les pieds.

5

VOICI COMMENT ILS RENCONTRÈRENT GALINA.

Ils avaient plongé dans une semi-stupeur et en avaient été tirés par une alarme stridente et assourdissante qui s'était révélée être leur fille. Ils comprirent immédiatement qu'ils avaient un problème.

Ils avaient oublié de stériliser les biberons qu'ils avaient apportés de New York.

Ils avaient oublié de stériliser les tétines.

Toutes ces choses que la nourrice du FANA [1] n'avait eu de cesse de leur répéter.

Il y avait une kitchenette près du salon. Paul mit une casserole d'eau à chauffer puis commença à chercher frénétiquement quelque chose pour ouvrir les conserves de lait maternisé. Les hurlements de Joelle atteignaient un niveau de décibels qui leur était jusqu'alors inconnu.

1. *Fundación para la Asistencia de la Niñez Abandonada* – Fondation colombienne aidant à l'adoption d'enfants colombiens. *(N.d.T.)*

Paul plaça deux biberons et des tétines dans l'eau à peine bouillante, mais impossible de trouver un ouvre-boîtes. Les deux tiroirs de la cuisine étaient absolument vides.

Joanna berçait Joelle tout en allant et venant de la kitchenette au lit, ce qui ne faisait qu'accroître les hurlements de Joelle, pour autant qu'une telle chose fût humainement possible. Joanna, intrépide, indomptable, abonnée depuis quatre ans au magazine *Mère & bébé*, semblait avoir la trouille de sa vie.

On frappa à la porte.

Paul se prépara à l'ouvrir en préparant ses excuses. Nouveau-né, faim, désolé pour le…

C'était Pablo. Et une femme.

« Galina », annonça-t-il. De toute évidence le nom de la femme. « C'est votre nourrice. »

La description de Pablo fut en dessous de la vérité.

Techniquement, Galina était peut-être une nourrice, mais elle était en réalité une faiseuse de miracles.

Joanna, qui maintenait toujours un lien aussi ténu soit-il avec l'Église catholique de son enfance, était prête à en faire une sainte.

« Tu as vu ça ? » murmura-t-elle à Paul.

Galina était parvenue à calmer Joelle, à retirer les biberons et les tétines de la casserole et à mettre la main sur un ouvre-boîtes, le tout en moins de deux minutes. Pour le moment, elle démontrait une ambidextrie surprenante, nourrissant Joelle de la main gauche tout en arrangeant une table à langer improvisée de la main droite.

Paul se dit qu'elle avait tout à fait l'allure d'une nourrice – quelque part entre cinquante-cinq et soixante-quinze ans, un visage agréable, souligné par des rides d'expression prononcées, des yeux d'un gris doux qui semblaient dénoter une patience… eh bien… une patience de sainte.

« Est-ce que je peux le faire ? demanda Joanna, mais elle se fit doucement rembarrer d'un geste de la main.

— Vous aurez tout le temps quand vous ramènerez votre bébé à la maison, répondit Galina dans un anglais excellent. Pour le moment, regardez comment je fais. »

Joanna obéit donc. Et Paul, qui avait promis d'être le genre de père qui met la main à la pâte, observa également.

Galina acheva de nourrir Joelle, puis lui fit faire son rot en faisant preuve d'une technique naturellement parfaite. Une petite claque ferme sur le dos, et Joelle émit un bruit ressemblant à une bouteille d'eau gazeuse qu'on décapsulerait. Galina posa Joelle sur le plan de travail de la cuisine transformé en table à langer et la débarrassa de sa couche sale, tandis que Paul tentait de lui prêter main-forte.

Il fut heureux de remarquer que si changer les couches d'un bébé était une tâche désagréable, la besogne était rendue tolérable par le fait que le bébé était le vôtre.

Un berceau avait été placé dans un coin de la chambre. Galina coucha Joelle sur le ventre sur les draps propres et remonta une petite couverture rose jusqu'à son cou.

« Heu… bafouilla Joanna, visiblement gênée par quelque chose.

— Oui, madame Breidbart ? dit Galina.

— Appelez-moi Joanna, s'il vous plaît.

— Joanna ?

— Est-ce que… Je croyais qu'il fallait coucher les bébés sur le dos. Quand ils dorment. Comme ça, ils n'étouffent pas et ne risquent pas la mort subite.

— Mort subite ? » Galina secoua la tête en souriant. « Elle est bien sur le ventre, dit-elle.

— Heu, oui, mais… j'ai lu quelque chose. Une étude a été menée il y a cinq ans et il paraît que…

— Elle est *bien* sur le ventre, Joanna », répéta la vieille femme, et elle lui donna une petite tape sur l'épaule. Le fait d'être appelée par son prénom ne semblait plus faire tellement plaisir à Joanna.

Un silence embarrassé s'installa soudain.

Paul comprit que l'une des deux femmes avait empiété sur les prérogatives de l'autre, mais il n'aurait su dire laquelle.

Joanna était la mère de Joelle, certes. Mais Galina était sa nourrice. Une nourrice très expérimentée et, de toute évidence, extrêmement compétente. Un jury aurait peut-être eu du mal à trancher.

Galina rompit le silence.

« Si ça peut vous rassurer, Joanna… » dit-elle. Elle se pencha vers le berceau et retourna Joelle.

Dans cette épreuve de force, l'une des deux avait dû capituler.

6

« TU N'ES PAS INTERVENU », lui reprocha Joanna.

Elle ne dormait pas. Paul non plus, mais juste parce qu'elle venait de le réveiller.

Pas intervenu quand ? Elle l'avait tiré d'un rêve impliquant une ancienne petite amie de fac et une plage tropicale torpide, et, l'espace d'un instant, il fut surpris de se retrouver au lit dans ce qui était de toute évidence une chambre d'hôtel.

À Bogotá. Oui.

Les images dans sa tête se firent plus nettes, comme un Polaroïd qu'on agite furieusement en l'air. Il était dans une chambre d'hôtel à Bogotá. Avec sa femme.

Et sa fille.

Mais sans Galina. Elle était rentrée chez elle après leur avoir laissé le temps de descendre dîner au restaurant dont le menu ne comportait pas le moindre plat colombien.

C'était de Galina que parlait Joanna. Il n'était pas intervenu quand Joanna avait accusé la nourrice de coucher Joelle du mauvais côté.

« Je pensais que la prudence était mère de sûreté, répondit Paul.

— Je vois. J'ai lu que les bébés devaient dormir sur le dos, Paul.

— Peut-être qu'elle n'avait pas lu les mêmes articles.

— Des livres.

— D'accord, des livres. Elle ne les a sans doute pas lus non plus.

— Tu aurais dû prendre parti pour moi. »

Paul réfléchit à ce qu'elle venait de dire. Il fut tenté de lui faire remarquer que c'étaient eux les novices et que, tout bien considéré, il privilégiait la connaissance empirique aux livres pratiques et aux magazines tels que *Mère & bébé*. D'un autre côté, s'il lui donnait raison, il aurait une chance raisonnable de pouvoir se retourner et se rendormir.

« Oui, désolé, dit-il. J'aurais dû, je suppose.

— Tu supposes ? Nous sommes ses parents maintenant. Nous sommes censés nous soutenir.

— Tu veux dire qu'on n'était pas censés se soutenir avant ? »

Joanna soupira et lui tourna le dos.

« Laisse tomber. »

Il était clair que pour Joanna il était hors de question qu'il laisse tomber.

« Écoute, dit Paul. Je ne sais pas qui avait raison. Tout d'un coup, nous avons ce bébé. Nous sommes… responsables d'elle. Galina semblait savoir ce qu'elle faisait. Enfin quoi, c'est son métier. »

Paul se rendit compte qu'ils n'étaient pas au bout de leurs peines. Et Dieu sait qu'ils avaient déjà assez souffert rien qu'en essayant d'*avoir* un bébé.

Prenez leurs relations sexuelles, par exemple.

Il pouvait affirmer que leur déclin datait du moment où ils avaient décidé de fonder une famille.

Dans le souvenir de Paul, ils étaient étendus sur un beau lit à baldaquin à Amagansett, sur Long Island, éméchés au cabernet de Californie. Quand Joanna avait annoncé : « Je n'ai pas mon diaphragme », il n'avait pas répondu : « OK, je vais attendre », et elle n'était pas allée le chercher.

Six ans de mariage, ils avaient trente-deux ans, étaient soûls, excités, et indéniablement amoureux.

Ç'avait été la dernière fois qu'ils avaient eu des rapports spontanés.

Quand elle avait eu ses règles un mois plus tard, ils avaient immédiatement décidé de tenter à nouveau le coup.

Cette fois-ci, il n'y avait eu ni cabernet californien ni plage d'Amagansett. Mais le résultat avait été le même.

Ses « amies », comme elle appelait ses règles, étaient revenues pile dans les temps. Encore une fois. Seulement elles n'étaient plus ses amies, c'étaient plutôt des parentes gênantes, quoique intimes, qu'elle pensait avoir fichues dehors pour les retrouver tranquillement assises sur le perron.

Chez les Breidbart, la tension était résolument devenue *post*-menstruelle.

Ils avaient bientôt entamé la tournée épuisante des médecins, en quête de réponses de plus en plus insaisissables, tandis que faire l'amour se transformait lentement et douloureusement en un acte purement procréatif.

À un moment, il avait été forcé de lui injecter un produit accroissant la fertilité exactement une demi-heure avant leurs rapports. Et c'était assurément une sorte de prouesse qui exigeait de plus en plus de maîtrise de soi que de devoir accomplir son devoir à certaines heures précises du jour et de la nuit, heures déterminées en fonction de toutes sortes de facteurs physiques, dont aucun n'avait rien à voir avec le désir.

L'air de rien, ils avaient commencé à se jeter mutuellement la pierre. Lorsqu'un test complet du sperme de Paul avait révélé qu'il avait un nombre de spermatozoïdes inférieur à la moyenne et à peine utilisable, il avait senti le vent tourner légèrement. Le mot « toi » semblait être de plus en plus fréquent dans la conversation de Joanna, et prononcé avec ce qu'il percevait comme une pointe d'accusation.

Lorsqu'un test complet des ovaires de Joanna avait révélé une légère anomalie qui pouvait, dans certains cas, empêcher une fertilisation normale, Paul lui avait rendu la monnaie de sa pièce. C'était un jeu cruel et impitoyable.

Un jeu impossible à arrêter.

Pour tous les deux.

Et ils ne se tapaient pas seulement mutuellement sur les nerfs. Les autres aussi les agaçaient. Les amies de toujours de Joanna, par exemple, dont le seul crime était leur apparente capacité à tomber enceintes sans limites. Même sa meilleure amie,

Lisa, qui vivait avec ses deux têtes blondes juste de l'autre côté du couloir. Les parfaits inconnus commençaient aussi à les énerver. Ils ne les avaient pas rencontrés depuis trois secondes qu'ils posaient invariablement la grande question. « Vous avez des enfants ? » Paul se demandait pourquoi cette attitude n'était pas considérée comme excessivement grossière. Est-ce que, eux, demandaient aux couples qu'ils ne connaissaient pas s'ils possédaient une voiture, ou un compte en banque bien fourni, ou une piscine ?

Au bout du compte, cette longue route vaine les avait inexorablement menés au nouveau grand espoir de tous les couples infertiles. La fertilisation *in vitro*, également connue sous le nom de « dernière chance ». C'était une sorte de roulette pour personnes qui jouaient gros. Après tout, la mise était à dix mille dollars. Et Paul aurait pu réciter tout un tableau statistique sur ses chances de succès – vingt-huit pour cent, les chances s'amenuisant à chaque nouvelle tentative.

On avait prélevé le sperme de Paul. On avait prélevé les œufs de Joanna. Leur rencontre officielle avait été organisée. Ils avaient attendu en espérant que le charme fonctionnerait.

Il n'avait pas fonctionné.

Ils avaient essayé une fois.

Ils avaient essayé deux fois.

Ils avaient essayé trois fois.

Ils en étaient déjà à quarante mille dollars lorsqu'une chose remarquable s'était produite.

C'était un matin, après une nuit particulièrement désagréable.

Toutes leurs accusations à peine déguisées avaient fini par empoisonner l'atmosphère et la rendre explosive. Peut-être n'était-ce pas surprenant étant donné que chacun de leurs souffles dégageait du dioxyde de carbone. Il ne manquait plus qu'une allumette. Dans ce cas précis, l'explosion s'était produite lorsqu'ils s'étaient dit – ou plutôt lorsqu'ils s'étaient hurlé – des choses qu'il vaut mieux taire. Joanna avait fondu en larmes et Paul, furieux, avait disparu dans le salon pour regarder un match de basket à la télé, ce qui, étant donné l'état général des New York Knicks, n'avait pas aidé à le rendre de meilleure humeur.

Le lendemain matin, ils marchaient en silence dans Central Park lorsqu'ils étaient passés devant le terrain de jeux à proximité de la Soixante-sixième Rue. Les rires d'enfants étaient particulièrement douloureux ce jour-là, un rappel déchirant de ce qu'ils ne pouvaient avoir.

Paul était sur le point de faire un détour lorsqu'une petite fille était passée devant eux, cherchant vainement à capturer un ballon rose qui lui avait échappé. Elle était mate, latine, et incroyablement jolie.

« Où est ta maman ? » lui avait demandé Joanna.

Mais la question la plus intéressante aurait été, *qui* est ta maman ? La femme essoufflée qui était arrivée en courant quelques secondes plus tard pour réprimander gentiment sa fille qui s'était éloignée sans prévenir était blonde, pâle, et avait à peu près le même âge qu'eux. Elle avait soulevé sa fille qui gloussait, l'avait embrassée dans le cou, puis avait souri à Paul et Joanna avant de regagner les balançoires.

Jusqu'alors, ils n'y avaient jamais pensé.

Adopter.

Peut-être avaient-ils juste besoin de le voir de leurs yeux.

Cet après-midi-là, après qu'ils eurent regagné leur appartement, Joanna avait demandé à Paul de sortir la poubelle. Étrangement, celle-ci était remplie de seringues, de thermomètres, de médicaments pour la fertilité, de journaux consciencieusement tenus, et de tout ce qu'ils avaient accumulé dans l'espoir d'avoir un enfant. Paul s'était fait une joie de balancer le tout dans l'incinérateur.

Après quoi ils avaient fini par faire l'amour comme avant, ce qui, tout bien considéré, était plutôt fantastique.

Ils étaient allés voir un avocat dès le lendemain.

Paul entendait maintenant Joanna étendue près de lui dans l'obscurité. Et le bruit doux et apaisant de la respiration de Joelle. Il se retourna et embrassa sa femme sur la bouche.

« La prochaine fois je te soutiendrai. OK ? »

Dans le noir, il sentit qu'elle souriait.

Il avait le feu vert pour regagner le pays des rêves.

Sauf que Joelle se réveilla.

Et se mit à hurler.

7

Tout commença le lendemain après-midi.

Galina coucha Joelle pour sa sieste. Elle lui chantonna une berceuse plaintive penchée au-dessus du berceau. Dans la salle de bains, Paul tendit l'oreille pour écouter la voix mélodieuse de la nourrice. Lorsqu'il en sortit, fraîchement rasé et ne se ressentant qu'à peine du manque de sommeil, Galina lui suggéra de prendre un peu l'air avec Joanna. Le bébé dormait. Galina ne partirait pas avant quelques heures.

C'était officiellement l'hiver en Colombie, mais Bogotá, malgré les montagnes qui l'entouraient, était suffisamment proche de l'équateur pour conserver une chaleur douce. Et Joelle dormait… une balade était sans doute ce que leur aurait prescrit un médecin.

Ils tournèrent à droite en quittant l'hôtel et passèrent bientôt devant le genre de boutiques dans lesquelles seuls les touristes et un pour cent de la population colombienne avaient les moyens d'entrer.

Hermès.

Louis Vuitton.

Oscar de la Renta.

Ils marchaient main dans la main et Paul se félicitait de sa manœuvre tactique de la nuit précédente. Il était clair qu'il avait sauvé les meubles.

Joanna avait donné à manger à Joelle dans la matinée, et Paul avait pris en charge la corvée de couches. Ils n'avaient cessé de gazouiller à tour de rôle. Tout du moins, lorsqu'ils n'étaient pas occupés à s'extasier devant sa remarquable beauté. Devant son visage incroyablement expressif, son caractère exceptionnellement doux. De toute évidence, une loi naturelle était à l'œuvre, qui transformait deux personnes intelligentes en idiots transis d'amour.

Mais ça ne déplaisait pas à Paul d'être idiot.

Il serrait maintenant la main de Joanna tandis qu'ils attendaient au bord de la route. Il l'embrassait dans le cou comme ils flânaient devant la vitrine d'une galerie d'art. Une exposition de Botero, le peintre sud-américain dont les personnages étaient grossièrement distendus, gras, enflés, tels des ballons lors de la parade de Halloween.

Ils marchèrent encore un peu, puis Paul s'aperçut que sa fille lui manquait. C'était une expérience nouvelle – aller quelque part en laissant derrière soi une partie de soi-même. Il se sentait… *incomplet*. Le cercle avait besoin d'être refermé.

« Tu veux rentrer ? demanda-t-il à Joanna.

— J'étais sur le point de te le proposer.

— Je crois que je vais l'appeler Jo », dit Paul lorsqu'ils eurent traversé la rue et repris la direction de l'hôtel.

Deux couples sur des mobylettes passèrent devant eux dans un vrombissement de moteur, crachant un fin nuage de gaz d'échappement bleu.

« Beurk », fit Joanna.

Elle ne faisait visiblement pas allusion à la fumée infecte.

« Ça ne te plaît pas, Jo ?

— La seule fois que tu as essayé de m'appeler Jo, j'ai menacé de te frapper. Je crois même que je l'ai fait.

— Oui. C'était quoi déjà la raison ?

— Je suis sortie avec un Joe, tu te souviens ? Il était chômeur et psychotique – pas dans cet ordre-là. Alors tant qu'à faire, poursuivit-elle, je préférerais que tu ne l'appelles pas Jo.

— Soit. Qu'est-ce que tu penses de Joey ?

— Comme Joey Buttafuoco ?

— Comme Joey Breidbart.

— Et si on commençait par Joelle ? Juste histoire que la pauvre gamine apprenne son nom. »

Ils passaient devant un magasin de jouets dont la vitrine était remplie du sol au plafond de poupées, camions, jeux vidéo, peluches, ballons de football et d'autres choses qu'il n'avait honnêtement jamais vues.

« Qu'est-ce que tu en penses ? demanda Paul.

— Bien sûr, répondit Joanna. Allons acheter des jouets. »

Lorsqu'ils pénétrèrent dans le hall de l'hôtel, le portier dut leur prêter main-forte pour qu'ils puissent entrer dans l'ascenseur. Ils s'étaient un peu laissés aller… comme des gamins dans un magasin de jouets.

Il semblait y avoir tellement plus de choses à acheter que quand ils étaient enfants. À l'époque, ça se limitait principalement aux GI Joe, Barbie et Slinky Toys. Il y avait maintenant de vastes nouvelles catégories à considérer, et de nombreuses sous-catégories. Des choses qui parlaient, marchaient, bipaient, clignotaient, claquaient, pirouettaient, chantaient.

Le nom de Joelle semblait écrit sur chacune d'entre elles.

Le portier parvint à les faire entrer dans l'ascenseur sans trop de dégâts.

Lorsqu'ils ouvrirent la porte de leur chambre, Galina n'était pas là.

« Elle doit être dans la salle de bains », suggéra Joanna.

Paul ouvrit la porte de la salle de bains, une girafe en peluche à la main, mais Galina n'y était pas non plus.

Lorsque Paul se retourna en levant les mains, Joanna pâlit.

Galina n'était pas la seule à manquer.

Leur fille aussi.

Elle avait également disparu.

« Non, monsieur Breidbart, je n'ai pas parlé à votre nourrice. »

Le concierge conservait une expression de sollicitude obligeante qui, face à la panique absolue de Paul, semblait terriblement inappropriée.

« Elles ne sont pas dans la chambre, dit Paul. Est-ce que vous me comprenez ?

— Oui, monsieur. Je comprends. »

Paul était descendu dans le hall – après avoir vérifié la piscine sur le toit, le restaurant, le salon de coiffure, la salle de jeux. Joanna était restée dans la chambre au cas où Galina appellerait.

« Elle est peut-être allée faire des courses, suggéra le concierge.

— Les avez-vous vues quitter l'hôtel ?

— Non, j'ai été occupé avec plusieurs clients.

— Bon, est-ce que quelqu'un d'autre les a vues sortir ?

— Je ne sais pas, monsieur Breidbart. Pourquoi ne demandons-nous pas ? »

Le concierge le mena à la réception, où il interrompit le réceptionniste qui était en train d'enregistrer un client. Il s'adressa à lui en espagnol, faisant des gestes en direction de Paul. Paul l'entendit prononcer le nom de Galina, ainsi que le mot *niña*, encore une fois. Le réceptionniste regarda Paul, puis se tourna de nouveau vers le concierge et secoua la tête.

« Il ne les a pas vues, expliqua le concierge. Venez avec moi. »

Ils sortirent de l'hôtel et trouvèrent le portier qui les avait aidés à entrer dans l'ascenseur occupé à draguer une superbe femme portant un tee-shirt qui laissait voir son ventre.

Le portier se redressa immédiatement, laissant la femme en plan au beau milieu d'une phrase. Après que le concierge lui eut expliqué le problème, il posa les yeux sur Paul et acquiesça lentement.

« *Sí* », dit-il. Apparemment, il avait vu Galina et Joelle quitter l'hôtel. « *Hace una hora...* »

Une heure plus tôt. Ce qui signifiait juste après qu'il avait quitté l'hôtel avec Joanna.

« Ah, mystère résolu, dit le concierge en souriant bêtement. Elle a emmené votre bébé en promenade. »

Son bébé faisait la sieste.

Pourquoi Galina emmènerait-elle en promenade un bébé qui dormait ?

Paul avait la tête qui tournait, le sol semblait osciller. Le concierge continuait de lui parler, mais il ne comprenait pas ce qu'il lui disait. Un bourdonnement ininterrompu semblait emplir l'air.

« Elle a emmené mon bébé », dit Paul.

Le concierge et le portier le regardaient bizarrement.

« Vous avez entendu ce que j'ai dit ? Elle a emmené mon bébé.

— Oui, finit par répondre le concierge. En promenade, monsieur Breidbart.

— Je veux que vous appeliez la police.

— *La policía ?*

— Oui. Appelez-les.

— Je crois que vous vous inquiétez trop…

— Oui, je m'inquiète. » Le sol penchait d'un côté, puis de l'autre. Le soleil était devenu froid. « On a emmené mon bébé. Ça m'inquiète. Appelez la police.

— Je ne crois pas…

— Appelez la police !

— Vous accusez votre nourrice d'enlèvement, monsieur Breidbart. »

C'était une affirmation, pas une question, et Paul eut l'impression que la voix du concierge avait changé, que de chaleureuse et obligeante elle était devenue froide et dédaigneuse.

« Mon bébé faisait la sieste. La nourrice nous a dit d'aller prendre l'air. Puis elle a quitté l'hôtel deux minutes plus tard et n'est pas revenue.

— Le bébé s'est réveillé, peut-être.

— Peut-être. Quoi qu'il en soit, je veux que vous appeliez la police.

— Peut-être nous attendons un peu pour voir si elle revient, non ?

— Non.

— Nous l'avons souvent utilisée comme nourrice ici, monsieur Breidbart. »

Oui, le ton du concierge avait assurément changé.

Paul accusait une femme colombienne d'un grave délit.

Une femme colombienne à l'apparence douce, avec des rides d'expression et des yeux gris pleins de patience qui s'occupait d'un bébé *colombien*. Bébé que lui, un Américain, faisait sortir du pays parce qu'il n'y avait visiblement pas assez de bébés chez lui.

« Je me fiche du nombre de fois où vous l'avez utilisée. Elle a emmené mon bébé sans permission. Elle ne nous a pas prévenus. Il faut que je parle à la police. »

Le concierge n'était peut-être pas d'accord avec lui, peut-être même qu'il ne l'aimait pas, mais il était encore le concierge.

« Comme vous voudrez, monsieur », dit-il d'un ton pincé.

Il regagna le hall et son bureau, décrocha le téléphone avec une résignation douloureuse et composa le numéro. Paul attendit en silence tandis que le concierge prononçait quelques mots en espagnol. Puis l'homme raccrocha avec une force excessive. Le bruit du combiné résonna à travers le hall aseptisé, et plusieurs personnes levèrent la tête d'un air alarmé et perplexe.

Les policiers avaient d'épaisses bottes en cuir noir et des armes qui ressemblaient à des Uzi accrochées à la hanche.

Paul ne remarqua aucune matraque.

Le concierge s'adressa à eux en espagnol tandis que Paul écoutait patiemment. Entre le coup de fil du concierge et l'arrivée des policiers, Paul avait à nouveau appelé Joanna.

Pas de nouvelles.

L'un des policiers parlait un anglais décent. Même si ça n'avait pas été le cas, ce qu'il avait à dire n'était que trop évident.

« Pourquoi vous croire que votre nourrice a volé votre bébé ? » demanda-t-il.

Il n'avait pas l'air d'attendre de réponse.

Paul s'expliqua du mieux qu'il put. Joelle faisait la sieste, la nourrice leur avait suggéré de sortir, puis elle s'en était allée à son tour. Elle n'avait pas demandé la permission ni laissé de mot. Ils ne savaient pas où elle était.

« Il dit que c'est une femme bonne. »

Le « il » du policier faisait référence au concierge, qui se tenait à l'écart avec une mine renfrognée. Au jeu du bon flic/ mauvais flic, il aurait été difficile de choisir qui était qui.

« Peut-être ne m'avez-vous pas compris », dit Paul, et il vit le policier tressaillir.

Il se rappela ces têtes ensanglantées qui sortaient du sol et se demanda un moment si, sans sa qualité d'Américain, il ne se serait pas déjà fait cogner sur la tête ou traîner en prison pour avoir proféré de fausses accusations.

Il était en train d'expliquer la légitimité de sa position, d'étaler les raisons de sa panique absolue, de lui faire comprendre que la nourrice ne serait tout simplement pas partie avec leur bébé si elle n'avait pas eu de mauvaises intentions, lorsque Galina pénétra dans le hall avec Joelle.

8

Plusieurs heures après s'être excusé auprès de la police, du concierge et de Galina – dans cet ordre – puis après s'être *à nouveau* excusé auprès de Galina, juste pour s'assurer qu'elle comprenait combien il était désolé, il était étendu sur le lit avec Joanna et se demanda à voix haute si la paranoïa ne faisait pas partie de ce nouvel état étrange qu'était la paternité.

« Nous sommes dans un pays étranger, Paul, répondit Joanna, et Paul ne put s'empêcher de penser que c'était aussi vrai au sens figuré. Nous sommes entrés dans notre chambre et notre bébé avait disparu. Elle ne nous a pas dit qu'elle l'emmenait. Non. »

En fait, Galina leur avait bel et bien dit qu'elle emmenait Joelle. Elle avait laissé un mot coincé sous le cendrier couleur crème de la salle de bains. Après qu'ils eurent regagné leur chambre, Galina était allée le chercher. S'ils n'avaient pas été si prompts à paniquer, peut-être l'auraient-ils vu. Et ils auraient su que Joelle s'était réveillée à peine deux secondes après leur départ, et que son front avait semblé un peu chaud à Galina. Rien de dangereux, non, mais un peu chaud, et Galina n'était pas du genre à prendre de risques. Et ils auraient su qu'un thermomètre faisait partie de ces choses qu'ils *n'avaient pas* apportées de New York. Galina était donc partie avec Joelle à la recherche d'une pharmacie. Pour en acheter un avec ses propres deniers.

Il s'était avéré que Joelle avait 38,3 de fièvre. Rien d'inquiétant pour un bébé, les rassura Galina, mais quelque chose qu'il fallait assurément surveiller.

Galina leur pardonna. Pourtant, Paul remarqua un éclat dans ses yeux gris et doux qui indiquait qu'elle était vexée. Voire en colère. Quelque chose qui disait que même la patience d'une sainte avait ses limites.

Le lendemain, Pablo les conduisit à l'ambassade américaine.

Lorsqu'ils franchirent le portail extérieur, où ils durent passer non pas sous un, mais deux détecteurs à métaux, ils virent un visage familier approcher en sens inverse.

L'ornithologue. L'homme somnolent qui était resté patiemment assis dix-huit heures durant dans le même avion qu'eux.

« Bonjour », lança-t-il.

Il portait déjà l'uniforme de la jungle. Chemise safari à grandes poches plissées, short kaki qui lui arrivait aux genoux, épaisses chaussures de randonnée marron.

« Bonjour, répondit Paul.

— Ah, fit l'homme en ajustant ses lunettes et en se penchant au-dessus de Joelle comme si elle était une nouvelle espèce de pinson colombien. Votre fille ?

— Oui, répondit Joanna. Elle s'appelle Joelle.

— Eh bien, félicitations.

— Merci », dit Paul. Ça faisait plaisir de tomber sur quelqu'un du pays – même s'ils ne l'avaient connu que pendant dix-huit heures. « Nous avons un peu de paperasse à régler pour pouvoir la ramener à la maison. Et vous ?

— Et moi quoi ?

— L'ambassade ?

— Oh, si vous voulez aller dans la jungle, vous devez signer une décharge. Ils ne veulent pas que vos proches les soupçonnent de ne pas vous avoir prévenu et les accusent de négligence. Je crois que ce qu'ils ne veulent surtout pas, c'est qu'on leur colle un procès.

— Eh bien, bonne chance, dit Paul.

— Oui. À vous aussi. »

Lorsqu'ils pénétrèrent dans le spacieux vestibule, ils passèrent sous un portrait de George Bush tout sourire. Les bruits n'évoquaient cependant pas une ambassade. On se serait plutôt cru dans une nursery à l'heure de la tétée. La pièce était pleine de couples tenant, berçant, calmant, changeant une kyrielle de bébés colombiens agités. Si le fait de tomber sur l'ornithologue leur avait agréablement rappelé le pays, ils avaient maintenant l'impression d'être de retour à la maison. Tous les nouveaux parents étaient, naturellement, américains. Joanna et Paul parvinrent à trouver deux chaises près d'un couple de trentenaires originaires du Texas. C'est du moins ce que supposa Paul en voyant l'inscription sur le tee-shirt de l'homme : « Dieu bénisse le Texas ». Lorsque l'homme les salua, son accent ne laissa plus le moindre doute sur cette hypothèse. Sa femme tenait un bébé affligé d'un bec-de-lièvre flagrant. Paul se réprimanda immédiatement, honteux de ne pas avoir tout d'abord remarqué s'il était grand, petit, timide, gentil – non, il n'avait pas pu s'empêcher de lorgner l'imperfection physique du garçon.

Il se décevait quelque peu. Mais lorsqu'il balaya la pièce du regard, il se dit qu'il n'était pas le seul à faire du shopping comparatif. Chaque parent semblait prendre mentalement des notes. Peut-être était-ce naturel lorsqu'on vous donnait un enfant tout fait.

Ils furent appelés dans une pièce éclairée au néon où une Colombienne à l'air austère leur demanda le certificat de naissance de Joelle, qui, bien sûr, n'était pas au nom de Joelle. Paul ne savait pas vraiment ce qui était indiqué sur le certificat car il était entièrement rédigé en espagnol. Parmi les mots espagnols se trouvait apparemment le nom du bébé – celui que sa mère biologique lui avait donné.

« Marti », dit la femme tout en griffonnant quelque chose.

La mère biologique leur était complètement inconnue. María Consuelo avait proposé de leur fournir des informations à son sujet, mais ils avaient promptement et poliment décliné. C'était une sorte de mécanisme de déni, ils le savaient, ils préféraient se voiler la face. S'ils ne savaient rien sur la mère, elle n'existerait pas vraiment. Et si elle n'existait pas vraiment, il serait plus simple de croire que Joelle était toute à eux.

La femme leur posa quelques questions. Ses manières étaient polies mais distantes. Paul, qui recherchait toujours le moindre signe d'hostilité de la part des Colombiens, fut incapable de déceler quoi que ce soit de particulièrement malveillant dans ses questions. Il fut néanmoins soulagé lorsque l'entretien s'acheva.

« Votre bébé est en parfaite santé », déclara le médecin.

La seconde étape de la journée.

Les bébés adoptés devaient subir un examen médical avant d'être autorisés à quitter le pays. Pablo les avait conduits chez un pédiatre près de l'hôtel.

Le docteur Dalliego, un homme d'une cinquantaine d'années avec un début de calvitie, était calme et efficace. Il avait pesé, palpé et trituré Joelle avec un détachement machinal tandis que Paul et Joanna se tenaient à ses côtés, en proie à une anxiété muette. Était-il possible que le médecin découvre quelque chose d'anormal ? Sa légère fièvre avait disparu le matin aussi vite qu'elle était apparue, mais le bébé souffrait-il d'une affection qui n'avait pas été détectée à l'hôpital ? Quelque chose qui les obligerait à la restituer et à quitter la Colombie les mains vides et le cœur brisé ?

De temps à autre, l'infirmière interrompait le médecin pour un coup de téléphone, et il tendait Joelle à Joanna pendant qu'il écoutait patiemment quelque autre parent déverser ses angoisses. Il prononçait calmement quelques mots d'espagnol dans le combiné, acquiesçait comme pour souligner la sagesse de son jugement, rendait le téléphone à l'infirmière. Puis il revenait au bébé.

Au bout d'un moment, Paul en avait eu assez de chercher des indices sur le visage du médecin. Il avait décidé de simplement attendre le verdict final.

Qui était apparemment excellent. « Votre bébé est en parfaite santé. »

On n'aurait pas pu en dire autant du père.

Paul s'autorisa enfin à respirer.

9

ILS ÉTAIENT DE RETOUR DANS LEUR CHAMBRE D'HÔTEL.

Galina était partie pour la journée. Joelle dormait dans son berceau. Des filets de lumière ambrée pénétraient obliquement par la fenêtre.

Il se souviendrait longtemps de ce moment. Peut-être toujours. Il se rappellerait l'atmosphère – les rais de lumière s'entrecroisant sur le couvre-lit, semblant diviser les jambes de Joanna en deux. Il prendrait mentalement une photo de cet instant et la collerait dans son album de très mauvais souvenirs.

Joanna était étendue, à demi recouverte par les draps, regardant fixement le plafond. Elle avait l'air plutôt morose.

À une époque, Paul évitait de lui demander pourquoi elle avait l'air malheureuse, parce qu'il connaissait d'avance la réponse, et qu'il était toujours en cause. Comme il espérait que ces temps étaient révolus – qu'ils baignaient tous les deux dans un bonheur absolu – il se jeta à l'eau.

« Qu'est-ce qui ne va pas ?

— Tu vas me croire folle.

— Non.

— Si. Tu ne sais pas ce que je pense. C'est ridicule.

— Si, je le sais. Tu penses que je vais te croire folle.

— À part ça.

— Quoi, Joanna ?

— C'est dingue.

— OK, c'est dingue. Dis-moi.

— Elle a une odeur différente.

— Quoi ? Qui ça ?

— Joelle. Elle a une odeur différente.

— Différente de quoi ?

— Différente… d'avant. »

Paul ne savait pas vraiment quoi répondre à ça.

« Et ?

— Et quoi ?

— Donc, elle a une odeur différente. Je ne suis pas…

— Tu ne comprends pas ce que je veux dire ?

— Non. »

Joanna roula sur le flanc pour lui faire face.

« Je crois que ce n'est pas elle.

— Quoi ?

— *Je crois que ce n'est pas elle*, répéta-t-elle en articulant pour qu'il saisisse exactement chacun des mots qu'elle prononçait, aussi insensés fussent-ils.

— Joanna… bien sûr que c'est elle. Nous l'avons emmenée chez le médecin aujourd'hui. Tu as passé toute la journée avec elle. Est-ce que tu es… ?

— Folle ?

— Ce n'est pas ce que j'allais dire, répondit Paul en pensant le contraire. C'est juste… Enfin, c'est juste si… C'est bien Joelle.

— Qu'est-ce que tu en sais ?

— Comment ça, qu'est-ce que j'en sais ?

— C'est une question simple. Comment est-ce que tu sais que c'est Joelle ?

— Parce que j'ai passé deux jours avec elle. Parce que… elle lui ressemble.

— Elle a un mois. Combien d'autres bébés as-tu vus ici qui ont exactement la même tête ?

— Aucun.

— Soit. Eh bien moi, j'en ai vu.

— Joanna, tout ça parce qu'elle n'a pas la même odeur ? Tu ne trouves pas ça un peu… parano ?

— Tu veux dire comme quand on a cru que Galina l'avait enlevée ?

— Oui.

— Peut-être qu'on n'était pas paranos. Peut-être que Galina l'a bel et bien enlevée.

— Tu entends ce que tu dis ? Tu t'entends ? C'est ridicule.

— Tu ne trouvais pas ça ridicule hier.

— C'est vrai, je ne trouvais pas ça ridicule hier. C'était avant que Galina la ramène. Elle avait de la température, Galina est allée chercher un thermomètre. Tu te souviens ?

— Joelle n'avait pas de température quand nous sommes partis nous balader, n'est-ce pas ?

— Qu'est-ce qu'on en sait ?

— Parce que je suis sa mère. Je l'ai prise dans mes bras avant de partir. Elle allait bien.

— Les bébés ont souvent des poussées de fièvre, chérie. » Joanna se redressa. Elle saisit la main de Paul. Elle avait les paumes froides et humides.

« Écoute. Joelle avait un grain de beauté sur la jambe gauche. Juste là. » Elle tendit le bras et lui toucha la jambe, juste sous le genou, ce qui faillit le faire sursauter. « Je l'ai vu. Je l'ai touché. Pendant que tu dormais le premier soir, je suis allée à son berceau et je l'ai juste… eh bien, regardée. Je n'arrivais pas à croire qu'elle était à nous. Je me suis réveillée et je me suis dit que je devais rêver. J'avais à nouveau besoin de la voir. Pour m'assurer qu'elle était bien réelle. Tu comprends ? »

Paul acquiesça.

« OK. Quand le médecin l'a examinée aujourd'hui, je ne l'ai pas vu. Je me suis dit : "Tu dois te tromper, peut-être que tu n'avais pas vraiment vu de grain de beauté avant." Il faisait sombre. Peut-être que c'était une poussière, une salissure. Seulement… j'ai eu toute la journée l'impression qu'elle ne sentait pas comme avant.

— Chérie…

— Écoute-moi. S'il te plaît. » Elle lui serra les mains, comme si elle essayait de lui communiquer sa conviction par le toucher, comme si c'était quelque chose qui pouvait s'attraper, telle une maladie. Mais il ne voulait pas de sa maladie. Il voulait qu'elle arrête, qu'elle retrouve l'extase de la nouvelle mère qui se réveille au milieu de la nuit juste pour aller admirer sa fille. « Joelle avait cette… je ne sais pas, cette odeur musquée. Elle l'avait quand nous sommes allés la chercher à l'orphelinat, et elle l'avait ici. Elle a cessé de l'avoir quand Galina l'a ramenée.

— D'accord. Pourquoi n'as-tu rien dit alors ?

— Parce que je savais que tu me croirais folle. Tout comme tu le crois en ce moment. Je me suis moi-même dit que j'étais folle. Mais je n'ai pas vu son grain de beauté aujourd'hui. Alors peut-être que j'ai encore toute ma tête.

— Pourquoi est-ce qu'elle échangerait les bébés, Joanna ? Pourquoi ? »

Paul tentait de lui faire voir combien tout cela était idiot. Mais la certitude n'obéissait pas à la logique, elle avait ses propres lois. Et il commençait à avoir peur, car quelque chose au fond de lui, eh bien… lui disait qu'il devait l'écouter. De fait, Joelle avait bien une odeur un peu musquée. Maintenant que Joanna le mentionnait, d'accord, oui, c'était vrai.

« Je ne sais pas pourquoi elle échangerait les bébés, Paul. Peut-être à cause de notre dispute.

— Quelle dispute ? Tu veux dire à propos de la manière de la coucher ? »

Joanna fit signe que oui.

« C'est ridicule.

— Soit, c'est ridicule. Je suis ridicule. Je pense simplement que dans deux jours nous allons quitter ce pays avec le mauvais bébé. Et après, il sera trop tard.

— Qu'est-ce que tu veux que je fasse, Joanna ? Même si je te croyais. Qu'est-ce que j'irais raconter à la police ? Que je sais que nous nous sommes excusés auprès d'eux après avoir prétendu que notre fille avait été kidnappée, mais vous savez quoi, maintenant nous pensons qu'elle a été échangée ?

— Nous pouvons retourner à Santa Regina, proposa Joanna. Nous pouvons leur demander de l'examiner.

— Et qu'est-ce que tu crois que María en pensera ? Est-ce qu'elle aura l'impression d'avoir affaire à des gens stables ? Est-ce qu'elle aura vraiment envie que nous adoptions l'un de ses bébés ? Rien n'est encore définitif, Joanna. Ils peuvent toujours reprendre Joelle.

— Ce bébé n'est pas Joelle.

— Sache que je ne suis pas d'accord avec toi, OK ? Il s'avère que je pense que c'est bien elle. Parce qu'il est impossible qu'il en soit autrement. Impossible. Écoute-toi parler. Tu bases tout ça sur une odeur, nom de Dieu. Sur quelque chose que tu crois avoir remarqué en pleine nuit.

— Laisse-moi te poser une question, d'accord ? » dit Joanna.

Il aurait voulu répondre non, pas d'accord.

« Mettons qu'il y ait une chance sur cent pour que j'aie raison.

— Quoi ?

— C'est équitable, non ? Une sur cent ?

— Écoute, je…

— Je te pose une question simple. Tu veux m'attaquer sur le plan de la logique, soit, je comprends. Je te pose donc une question logique. Tu aimes les pourcentages, pas vrai ? Fais comme si c'était un tableau d'assurances. Est-ce qu'il y a un pour cent de chances pour que j'aie raison ?

— Tu veux que j'applique un pourcentage à une chose que je juge totalement ridicule ?

— Oui, je veux que tu appliques un pourcentage à une chose que tu juges totalement ridicule.

— D'accord, très bien – il y a un pour cent de chances pour que ce ne soit pas Joelle. Et quatre-vingt-dix-neuf pour cent pour que ce soit bien elle.

— Très bien. Es-tu prêt à quitter ce pays avec ne serait-ce qu'une chance sur cent pour que ce ne soit pas la nôtre ? »

Il fut un moment sur le point de dire que Joelle n'était pas à eux de toute manière – car dans l'ordre naturel des choses, elle ne l'était pas. Mais il ne pouvait pas dire ça. Ce n'était plus vrai. Dès l'instant où il l'avait serrée contre sa poitrine, elle avait été à eux.

C'était leur fille.

Alors maintenant, ils faisaient quoi ?

10

Une éternité sembla s'écouler avant que Galina ouvre la porte.

Peut-être parce que Paul ne savait toujours pas plus qu'avant ce qu'il allait lui dire et qu'il était là à chercher désespérément par où commencer. Et puis il espérait qu'elle ne serait pas là, que personne ne répondrait aux coups frappés par Pablo.

Celui-ci les avait conduits jusque chez Galina dans le quartier de Chapinero, une zone ouvrière où s'entassaient de nombreux immeubles et maisons modestes d'un brun grisâtre. Lorsqu'ils s'étaient glissés sur la banquette arrière, Joanna n'avait pas pris sa fille des bras de Paul comme elle le faisait d'ordinaire.

Elle semblait vouloir dire : Ce n'est pas ma fille. Tu la portes.

Soit, pensa Paul, ils verraient bien.

« Bonjour, Galina », dit-il lorsque la porte s'ouvrit enfin.

Elle sembla surprise de les voir, mais Paul ne lut aucune inquiétude sur son visage. D'ailleurs, elle sourit puis se pencha et murmura doucement bonjour à son bébé préféré. Paul eut envie de se tourner vers Joanna et de dire : Tu vois, satisfaite ? Mais Joanna avait la même expression que dans la voiture, elle semblait nerveuse et malheureuse.

Galina les invita à entrer.

La porte donnait sur un petit salon qui comportait un divan de cuir brun et deux fauteuils râpés mais à l'air confortable qui faisaient face à une télévision. Un chien jaune lourdaud qui était affalé par terre remua à peine à leur arrivée. Galina était en train de regarder un feuilleton ; du moins Paul supposa que c'en était un. Une jeune femme à la silhouette parfaite embrassait un jeune homme tout aussi parfait.

« Asseyez-vous », je vous en prie, dit Galina en désignant le divan.

Tu vois ? poursuivit Paul dans son monologue intérieur comme s'il parlait à Joanna. Elle nous fait entrer. Elle nous invite à nous asseoir sur son divan.

Galina apporta des biscuits et du café colombien, suffisamment fort pour réveiller un mort, dans ce qui devait être sa plus belle porcelaine. Elle baissa le volume de la télé.

Ils commencèrent à papoter.

« Comment a-t-elle dormi cette nuit ? demanda Galina.

— Bien, répondit Paul. Elle s'est réveillée vers deux heures, je crois, puis s'est rendormie aussitôt.

— Vous avez de la chance. Elle dort bien.

— Oui », dit Paul.

Joanna demeurait ostensiblement silencieuse.

« Vous avez une très jolie maison, Galina, poursuivit Paul qui n'avait absolument aucune envie d'aborder le sujet qui avait motivé leur visite.

— Merci.

— Comment s'appelle votre chien ? demanda-t-il.

— Oca », répondit Galina.

En entendant son nom, le chien leva la tête et se mit à renifler l'air.

« Pablo vous a-t-il emmenés chez le médecin hier ? demanda la nourrice.

— Oui.

— Et qu'a-t-il dit ?

— Tout va bien.

— Merveilleux », dit-elle en souriant. Ses rides se creusèrent.

« Sa fièvre a disparu, intervint alors Joanna.

— C'est bien, répondit Galina.

— Je me demande vraiment ce qu'elle avait, ajouta Joanna.

— Allez savoir. »

Galina leva les mains dans ce geste universel qui indiquait les limites de la compréhension humaine face aux mystères de l'univers.

Et c'était précisément ce que Joanna était en train de faire, bien sûr. Essayer de comprendre au moins un mystère.

Paul savait qu'elle attendait qu'il prenne les choses en main.

S'il restait là à ne rien dire, Joanna l'accuserait de ne pas la soutenir, d'aider et d'encourager une ennemie. Sauf que l'ennemie en question leur offrait du café et des biscuits et les accueillait chez elle. L'ennemie avait couru jusqu'à une pharmacie pour acheter un thermomètre à Joelle quand elle était malade. Joanna attendait néanmoins de lui certaines choses. Qu'il la soutienne, par exemple. Chose qu'il s'était abstenu de faire quand elle avait soutenu que Joelle, la vraie Joelle selon elle, avait été couchée dans le mauvais sens. Chose qu'il était censé faire maintenant, fermement, résolument.

« Heu, Galina… nous nous posions une question, commença-t-il.

— Oui ?

— Ça va vous sembler un peu idiot, OK ?

— OK, dit Galina, imitant son accent américain avec un amusement évident.

— Ma femme… tous les deux, à vrai dire, nous avons remarqué cette différence. Au sujet de Joelle.

— Différence ? Quelle différence ?

— Eh bien, je vous ai dit que ça allait vous sembler un peu idiot, mais le fait est qu'elle a une odeur un peu différente. Un peu différente d'avant.

— Une odeur ? »

Elle se tourna vers Pablo comme pour qu'il lui confirme qu'elle avait bien entendu. Apparemment, oui. Pablo semblait aussi confus qu'elle.

« Elle avait cette odeur un peu musquée, continua de bafouiller Paul, et maintenant elle ne l'a plus. Son odeur a semblé changer après, heu… quand nous avons cru qu'elle avait été… quand vous êtes allée lui chercher un thermomètre.

— Et ?

— Nous nous interrogions juste à ce sujet, dit Paul. C'est tout.

— Très bien. »

De toute évidence, Galina n'avait toujours aucune idée de ce dont il parlait.

« Nous espérions que vous pourriez peut-être nous expliquer ?

— Expliquer quoi ?

— Pourquoi elle semble… différente. »

Galina reposa sa tasse de café sur sa soucoupe. Le choc de la porcelaine sembla résonner exagérément. Peut-être parce qu'un silence gêné s'était abattu sur la pièce et que le seul bruit était le vague murmure qui émanait de la télé qui était allumée à bas volume. S'ils avaient tous les cinq fait partie d'un feuilleton, se dit Paul, il y aurait eu à cet instant un accord d'orgue dissonant pour signifier l'imminence d'un drame. Dans ce cas précis, la prise de conscience progressive par Galina qu'on l'accusait, quoique maladroitement, d'une chose qu'elle ne comprenait toujours pas.

« Qu'est-ce que vous dites ? finit-elle par demander. Est-cc que vous suggérez… *Quoi ?*

— Rien, Galina, répondit Paul, un peu trop rapidement. Nous étions juste curieux, c'est tout.

— À quel sujet ?

— Au sujet de la différence d'odeur.

— Je ne comprends pas. Qu'est-ce que vous me demandez ? »

Nous vous demandons si vous avez volé notre bébé, Galina. Si vous l'avez échangé.

« Rien.

— Alors pourquoi êtes-vous venus ? »

Paul avait lui-même envie de poser cette question à Joanna.

« Nous voulions savoir… commença-t-il, mais les mots lui manquèrent.

— Elle avait un grain de beauté, intervint Joanna.

— Quoi ? demanda Galina en se tournant vers elle.

— Elle avait un grain de beauté quand nous l'avons eue. Il n'est plus là.

— Un grain de beauté ?

— Ma fille avait un grain de beauté sur la jambe gauche. Elle avait une odeur de… enfin, son odeur à elle. Le grain de beauté a disparu. Elle a une odeur différente. Je veux savoir s'il s'agit du même bébé. »

OK, pensa Paul, Xena, la guerrière, était passée en mode combat. Le chat sortait ses griffes. Sauf que ce n'était pas un chat, mais plutôt un diable de Tasmanie, quelque chose de gros, de carnivore, de répugnant. C'était probablement ainsi que Galina les voyait en ce moment précis. De fait, sa posture semblait plus rigide – l'un de ces clichés qui, de toute évidence, sonnait juste. Ses yeux gris et doux étaient devenus aussi durs que du verre.

Paul essayait de poser les yeux n'importe où sauf sur elle, il aurait aimé trouver un trou dans lequel se cacher.

Il y avait une boîte à cigares sur la cheminée.

Elle était ornée d'une photo représentant un homme portant un panama blanc.

Paul se demanda si Galina fumait le cigare. Une paire de pantoufles marron attendaient tels des chats sur le paillasson. Le chien, qui était sorti de son semi-coma, en avait saisi une dans sa gueule et l'avait lourdement laissée tomber aux pieds de Pablo.

Paul se força à se tourner vers Galina. Elle n'avait toujours rien répondu – l'accusation de Joanna lui avait coupé la voix. Elle semblait plus ou moins horrifiée.

Plus tard, bien plus tard, Paul se demanderait souvent si l'audition périphérique existait réellement. Quelque chose qui pénétrerait l'oreille mais ne s'annoncerait que plus tard.

Il essayait de ne pas voir l'expression peinée de Galina et se demandait s'il ferait bien de s'excuser. Il n'avait pas entendu le son étouffé qui provenait du fin fond de la maison.

Galina, si. Ce qui expliquait son expression.

Joanna aussi l'avait entendu.

Car elle tendit la main et enfonça ses ongles dans le bras de Paul. Il faillit hurler de douleur. Ce qui aurait fait deux personnes hurlant dans la maison au lieu d'une seule.

Lui et le bébé.

Un bébé pleurait dans la maison.

Il l'entendait enfin.

Il comprenait enfin. Car lorsqu'il baissa les yeux vers Joelle, celle-ci dormait. Un bébé pleurait dans la maison, certes, mais pas celui-là.

« Qui est-ce ? »

C'est la première phrase qui lui vint à l'esprit. Stupide, OK, mais bon, il fonctionnait visiblement au ralenti, ce jour-là.

Galina ne répondit rien.

« À qui est ce bébé ? demanda-t-il, bien qu'il commençât à avoir une bonne idée de la réponse. Pablo, pouvez-vous aller voir ? »

Pablo ne bougea pas.

« Galina ? »

Son expression n'avait pas changé. Ou peut-être que si. Il y avait toujours de la dureté dans son regard, mais il y avait aussi autre chose, une détermination et une force effrayantes.

« Galina, est-ce que c'est notre fille ? Est-ce que c'est Joelle ? »

Paul mit un moment à s'apercevoir que Pablo n'avait toujours pas bougé d'un pouce. Que Galina ne lui répondait toujours pas.

Il se leva en tenant dans ses bras un bébé dont il se demandait à qui il appartenait vraiment. Il se sentait sur le point de défaillir.

« OK, je vais voir qui c'est », annonça-t-il à voix haute comme s'il attendait qu'on approuve son plan.

Il tendit Joelle à Galina puis, bien entendu, se ravisa. Galina n'était plus exactement sa nourrice, et il était possible que ce bébé ne soit pas Joelle. Il avait le sentiment d'être sur le point de tomber dans un abîme profond et dangereux, flottant physiquement et émotionnellement juste au bord. La pièce elle-même semblait osciller.

Puis les choses s'emballèrent.

Joanna se leva à son tour en disant : « Je vais aller voir », puis elle partit dans la direction dont provenaient les cris. Pablo se leva à son tour.

Paul souleva le bébé dans ses bras, s'apprêtant à suivre sa femme, mais l'enfant lui sembla soudain peser un poids énorme.

« Asseyez-vous, Paul », dit doucement Pablo.

Il proposait d'aller voir lui-même. Il disait à Paul de s'asseoir pour qu'il continue de s'occuper du bébé. Pablo, fidèle à lui-même.

Paul regagna son siège avec gratitude tandis que Pablo suivait Joanna dans le couloir. Le bébé pleurait plus fort, ses hurlements étaient de plus en plus stridents. Et Paul comprit enfin, sans le moindre doute, que ce que craignait Joanna était vrai.

Il reconnaissait ces pleurs.

Il se rappelait le premier jour, dans la chambre d'hôtel, quand leur fille avait hurlé sans fin pour qu'on lui donne à manger. Jusqu'à ce que Galina arrive et règle tout.

Galina se tenait toujours raide sur sa chaise, mais elle semblait physiquement plus proche de lui qu'auparavant. Comment était-ce possible ?

Durant une minute ou deux, rien ne se produisit.

Le bébé continuait de pleurer quelque part dans la maison tandis que Galina continuait de le regarder fixement avec un calme étrange et dérangeant.

Puis Pablo réapparut et pénétra dans le salon en soutenant Joanna d'un bras ferme. Elle était penchée contre lui, la tête rejetée en arrière contre son épaule comme si elle était sur le point de s'évanouir. Où était le bébé ?

Joanna avait clairement l'air affolée, tandis que Pablo semblait essayer de l'aider. Il ne faisait aucun doute que quelque chose les reliait, mais Paul ne voyait pas quoi.

Quelque chose clochait.

Regarde mieux.

La tête de Joanna sur l'épaule de Pablo. Il fallut quelques secondes à Paul – secondes au cours desquelles le monde changea du tout au tout – pour comprendre que si la tête de sa femme était sur l'épaule de Pablo, c'était parce que celui-ci serrait fermement dans sa main son abondante chevelure sombre.

Il la traînait dans la pièce en la tirant par les cheveux.

De la bouche ouverte de Joanna s'échappait un cri étouffé.

Pablo la poussa sur le divan, la projetant en arrière de la même manière qu'on balance une valise dans un coffre de voiture.

« Assis ! » lança-t-il comme on aboie un ordre à un chien – un chien stupide, entêté, un chien qui ne comprendrait rien.

Paul avait l'impression d'être collé au divan, spectateur d'un drame effrayant qui serait soudain et inexplicablement devenu réel. Il attendait l'entracte, le moment où il pourrait étirer ses jambes, se remettre les idées en place et remercier les acteurs pour leur performance incroyablement convaincante. Mais la pièce continuait.

Galina se leva.

Elle se mit à fermer méthodiquement les volets de chaque côté du salon tout en s'adressant à Pablo dans un flot ininterrompu d'espagnol. Comme s'ils étaient seuls dans la pièce. Elle semblait le réprimander. L'espagnol de Paul commençait à lui revenir tel un souvenir longtemps refoulé, et il lui semblait comprendre environ un mot sur cinq. « Tu... Appeler... Pas ici... » L'espace d'un moment, Paul eut la stupidité de se demander si elle lui criait dessus parce qu'il avait jeté Joanna sur le divan sans ménagement.

Parce qu'il n'avait pas ramené le bébé.

Parce qu'il s'en était pris à eux.

Mais c'était comme espérer rêver lorsqu'on était absolument et effroyablement éveillé.

Paul tendit le bébé à Joanna – le bébé qu'il avait pris à tort pour sa fille – et se leva pour protester contre la manière dont Pablo avait traité sa femme, pour régler cette histoire raisonnablement, pour aller chercher Joelle et demander à Pablo de les ramener à l'hôtel sur-le-champ.

« Je vous ai dit de vous asseoir, Paul », dit Pablo.

Lorsqu'il entendit cette phrase, Paul eut l'énorme surprise de s'apercevoir qu'il gisait par terre. Il n'était plus debout. Il était étendu sur le parquet qui sentait la fourrure humide et le cirage. *Comment cela s'était-il produit ?* Il entendit Joanna inspirer sèchement.

« Je vais bien, chérie », tenta-t-il de dire.

Mais aucun son ne franchit ses lèvres. Sa langue semblait étrangement obstinée et refusait de se mettre au travail. Tout comme le reste de son corps qui semblait absurdement pesant. Il avait un drôle de goût métallique dans la bouche.

Il essaya de se lever. Rien à faire. Il sentit des vibrations parcourir le plancher, comme si le monde vacillait. Il entendit des pas traînants et lourds et sentit un courant d'air.

Ils ressemblaient à des soldats.

Cinq hommes en uniformes vert bigarré qui s'étaient soudain engouffrés dans la pièce telle une rivière saumâtre rompant ses digues. Des visages jeunes avec l'expression impassible de la détermination imbécile. Ils portaient chacun un fusil.

« Je vous en prie », prononça Paul.

La pièce était plongée dans une obscurité sinistre. Galina avait fermé tous les volets sauf un. On se serait cru à une de ces fêtes d'anniversaire où tout le monde attend dans le noir avant de crier « surprise ! ».

La surprise est pour nous, pensa Paul.

Puis il s'évanouit.

11

Obscurité.

Mais pas complète. Des images et des rêves dansaient devant ses yeux. Comme une séance de cinéma interminable.

Il avait onze ans, et soudain peur du noir. Il n'avait jamais eu peur jusqu'alors, mais maintenant, si. Peut-être parce qu'il faisait sombre en haut de l'escalier, là où sa mère avait été récemment confinée. Pas simplement sombre… une noirceur épaisse, étouffante, comme une couverture de laine enroulée autour de sa tête. « Ta mère se repose, lui avait dit son père. Elle dort. Ne la dérange pas ».

Il gravissait lentement l'escalier dans lequel flottait une désagréable odeur de médicament. Il écoutait à la porte et entendait les sons distincts d'un jeu télévisé : un minuteur, une voix, le rire factice du public.

Sa mère ne dormait pas, au bout du compte. Il pouvait ouvrir la porte et se glisser entre ses bras. Mais l'obscurité dans la pièce était encore plus sinistre que celle qui régnait dans le couloir. Seul le doux éclat de la télé portative aux oreilles de lapin tristement tordues permettait d'y voir clair.

Il mit un moment à distinguer le monstre étendu sur le lit.

Lors du dernier Halloween, il était allé quémander des bonbons déguisé en squelette : un costume tout noir, hormis les os blancs qui indiquaient l'emplacement des bras et des jambes.

C'était à ça que ressemblait le monstre.

Dans son rêve, le squelette levait un bras osseux et lui faisait signe d'approcher.

Il finit par se réveiller. Fin du film.

« Bonjour », dit le garçon.

Il les saluait ainsi chaque matin depuis qu'ils lui avaient appris, bien malgré eux, à le faire. Lorsque Paul avait finalement rouvert les yeux après avoir perdu connaissance sur le plancher de Galina, le garçon qui se tenait là l'avait entendu dire « bonjour » à Joanna. Puis il avait répété le mot plusieurs fois comme pour s'entraîner à le prononcer.

Ce matin-là – ça faisait trois ou quatre jours qu'il les saluait ainsi – le garçon attendait une réponse.

« Bonjour », répondit Joanna.

Puis le garçon posa leur petit déjeuner – gâteaux de maïs et saucisse – par terre et sortit.

Ils étaient dans une maison, quelque part en Colombie.

Mais impossible de savoir où puisqu'ils n'avaient pas le droit de sortir. Les fenêtres étaient condamnées au moyen de planches. Peu de sons leur provenaient de l'extérieur – le bourdonnement lointain de voitures qui passaient, d'occasionnelles mélodies désincarnées qui filtraient de Dieu sait où, un perroquet qui braillait. Ils savaient juste que ce n'était pas la maison de Galina.

On les avait transportés ailleurs.

Une pièce étouffante avec un matelas infect posé à même le sol et deux chaises en plastique. Il y avait un seau dans un coin.

C'était tout.

Le premier matin, Joanna avait repris conscience avant Paul. Comme elle n'était pas parvenue à le réveiller – après avoir à peu près tout tenté hormis lui sauter dessus à pieds joints – elle avait essayé d'ouvrir la porte. Fermée à double tour. Elle avait réussi à entrouvrir un volet, pour découvrir que la fenêtre était condamnée par des planches de bois.

Lorsque Paul, toujours groggy, s'était réveillé, il avait vu Joanna qui se balançait d'avant en arrière en murmurant « oh mon Dieu, oh mon Dieu… »

Il avait naturellement tenté de la réconforter tout en essayant de comprendre ce qui se passait, mais une brume abrutissante semblait lui envelopper le cerveau. Joanna paraissait étrangement loin, bien qu'il la serrât dans ses bras, comme si elle refusait obstinément de s'abandonner complètement à son étreinte. Il pensait savoir pourquoi.

« Je suis désolé, Joanna, dit-il. De ne pas t'avoir crue.

— Oui. OK. Super.

— Ça semblait ridicule. Échanger des bébés. Je ne pouvais pas imaginer…

— Où est-elle, Paul ? coupa-t-elle. Qu'est-ce qu'ils veulent ? »

Difficile de répondre à cette question.

Le premier jour, ils ne virent que le garçon. Il portait le même uniforme de camouflage que les autres et un fusil qui paraissait bien trop grand pour lui. Il devait avoir quatorze ans tout au plus. Hormis ses « bonjour », il restait muet.

Le lendemain après-midi, ils reçurent enfin la visite d'une personne plus haut placée dans la chaîne alimentaire. Un homme d'une trentaine d'années, un visage que Paul croyait avoir vu chez Galina, juste avant de se retrouver les yeux rivés au plafond.

« Écoutez, nous n'avons rien à voir avec la politique, dit Paul lorsque l'homme pénétra dans la pièce en refermant la porte derrière lui. Je travaille dans les assurances », poursuivit-il. Ce qui lui fit penser à autre chose. « Nous ne sommes pas riches. »

L'homme se tourna vers lui.

« Vous nous prenez pour des *bandidos* ? »

Son anglais était passable. Il portait ce qui ressemblait à une Kalachnikov en bandoulière, mais ne semblait ni violent ni antipathique.

« Où est mon bébé ? demanda Joanna. Je veux récupérer mon bébé ! Je vous en prie.

— Je crois que c'est moi qui pose les questions ici », répondit-il sans brusquerie particulière. Juste une affirmation catégorique. « Vous avez été capturés par les FARC, expliqua-t-il. Les Forces armées révolutionnaires de Colombie, poursuivit-il au cas où ils n'auraient pas connu l'acronyme. Nous sommes la voix légitime du peuple colombien. »

Paul eut l'impression d'avoir déjà entendu ce discours des centaines de fois par le passé. « Vous êtes nos prisonniers politiques. *¿Comprende ?*

— Nous ne pouvons pas vous aider, dit Paul. Je vous l'ai dit, nous n'avons rien à voir avec la politique. Nous n'avons pas d'argent… »

Il fut interrompu par un coup de crosse à l'abdomen, délivré avec suffisamment de force et de précision pour le mettre à genoux.

« Paul ! s'exclama Joanna en reculant.

— Quand je pose une question, répondez-moi, dit l'homme. Vous feriez bien de vous en souvenir. »

Paul tenta de se relever, principalement pour rassurer Joanna dont il devinait la peur, palpable, froide, dense, implacable. Mais il ne parvint pas à se relever. Il avait le ventre en feu, les larmes aux yeux.

« Vous êtes les prisonniers politiques des Forces armées révolutionnaires de Colombie. *¿Comprende ?*

— Oui, répondit Paul, toujours à genoux, le souffle coupé après le sale coup reçu en plein plexus solaire.

— Vous n'essaierez pas de fuir. *¿Comprende ?*

— Oui. »

Paul fit une nouvelle tentative, se releva au prix d'un effort surhumain et parvint enfin à se tenir à peu près debout.

« Vous vous écartez de la porte quand nous entrons dans la pièce. Vous vous écartez de la porte quand nous sortons. Vous ne vous approchez pas des fenêtres. Oui ?

— Oui, nous comprenons.

— Comment vous sentez-vous ? demanda-t-il à Joanna.

— J'ai la nausée. » Elle avait la voix tremblotante mais parlait d'un ton neutre, comme si elle cherchait désespérément à conserver un semblant de sang-froid, sans trop y parvenir. « J'ai envie de vomir. »

Il acquiesça, s'attendant visiblement à cette réponse.

« *Escopolamina*, expliqua-t-il.

— Quoi ? demanda Joanna, brisant la règle qui lui interdisait de poser des questions, cette fois apparemment sans conséquence.

— Une drogue qu'on trouve dans la rue. Ils s'en servent pour dépouiller les *turistas*, ici. » Il secoua la tête et lâcha un soupir dédaigneux, comme si ce genre de chose – le vol et tout ce qui allait avec – était en dessous de lui. « Nous étions en retard… Elle a pris peur, hein. »

Galina, pensa Paul. Il faisait allusion à Galina.

« Elle a versé une drogue dans notre café », déclara Joanna d'une voix plate.

L'homme haussa les épaules.

« Vous irez mieux demain. Ça va aller. »

Il se retourna et se dirigea vers la porte, puis marqua une hésitation comme s'il attendait que quelqu'un la lui ouvre. Il se tourna à nouveau et les regarda fixement, attendant clairement quelque chose.

Mais quoi ?

« Oh », fit Paul.

Il saisit la main de Joanna et l'attira jusqu'au mur opposé.

« Bien », dit l'homme comme s'il s'adressait à des enfants obéissants qui auraient rangé leur chambre.

Il sortit, verrouilla la porte derrière lui.

Ils passaient l'essentiel de leur temps à évoquer de bons souvenirs.

Ils se rappelaient, à tour de rôle, les choses qu'ils aimaient à New York. Même des choses que, bizarrement, ils n'aimaient pas auparavant – la foule des jours fériés, par exemple. L'essaim de visiteurs qui se ruait sur la ville de Thanksgiving à Noël, créant des étranglements de Times Square à Houston Street. Paul avait toujours trouvé les marées humaines irritantes et étouffantes, mais elles étaient désormais synonymes de joie, voire de réconfort. L'odeur incontournable des poubelles qui attendaient d'être ramassées était un arôme qu'il regrettait et chérissait. La course d'obstacles que constituaient les grues de chantier, les barrières de nids-de-poule et les camionnettes de la compagnie d'électricité que chaque taxi new-yorkais devait contourner lorsqu'il traversait la ville de part en part étaient le comble de la frénésie urbaine.

Tout était une question de perspective. Et à cet instant précis, leurs perspectives se limitaient à un trou à rat en Colombie.

Ils se rappelaient aussi des lieux hors de la ville. Ils retracèrent chacune de leurs vacances.

La hutte grossière dans le parc Yosemite où ils avaient dormi alors qu'ils venaient de se rencontrer mais étaient déjà tels deux amoureux transis. Le motel Sea Crest, à Montauk, qui donnait sur le sable le plus blanc qu'ils avaient jamais vu. Le ridiculement hors de prix mais fabuleusement beau George V à Paris, un paradis de lune de miel.

Ils essayèrent de reconstituer chacun des meilleurs restaurants où ils avaient dîné ensemble – de Prudhommes à Pinks. Ils théorisèrent sur les probabilités de se rencontrer ainsi, de tomber amoureux, de se marier.

Ils passaient le temps ainsi.

À parler du passé pour éviter d'avoir à songer à l'avenir. Leur situation avait quelque chose d'absolument irréel. Est-ce que ça leur arrivait vraiment ? C'était impossible, non ? Kidnappés ? Quelqu'un allait hurler « Arrêtez ! » et tout prendrait fin. C'était forcé. Il ne pouvait en être autrement.

Autant continuer à parler du passé.

Durant ce qui devait être leur quatrième jour de captivité – difficile de tenir le compte –, Joanna demanda :

« D'après toi, pourquoi ils nous interdisent d'approcher des fenêtres ? » Paul, qui s'était peu à peu enfoncé dans la léthargie, parvint à peine à hausser les épaules d'un air indifférent. « Parce que nous devons être quelque part où des gens pourraient nous voir, poursuivit Joanna, répondant à sa propre question. Nous devons toujours être à Bogotá.

— Soit.

— Nous sommes peut-être tout près d'une rue. »

Paul n'aimait pas la direction que prenait cette conversation. Joanna avait cette *expression*, celle qui indiquait qu'elle était prête à tenter quelque chose.

Celle qu'il avait déjà observée lorsqu'elle se heurtait à un supérieur inflexible, un transgresseur des ressources humaines, cette expression qu'elle avait quand elle avait décidé qu'elle aurait un bébé coûte que coûte.

« Les fenêtres sont juste obstruées par des planches, continua-t-elle. Nous pouvons les arracher.

— Avec quoi ?

— Je ne sais pas. Avec nos mains.

— Je crois qu'il vaudrait mieux s'en abstenir.

— Vraiment ? Et il vaudrait mieux faire quoi, alors ? Rester assis là à ne rien faire ? »

Oui, pensa Paul. Jusqu'à présent, on ne leur avait rien dit. Ni ce qu'ils faisaient ici ni ce qu'on leur réservait. La seule chose qui leur avait été communiquée était de *ne pas* s'approcher des fenêtres. Ça, on le leur avait dit.

« Reste près de la porte et écoute, dit Joanna. Si tu les entends venir, j'arrêterai. »

C'était là qu'il était censé se proposer pour la corvée d'arrachage de planches. Ou alors dire : Non, c'est trop dangereux, laisse tomber, attendons calmement.

Mais Joanna ne semblait pas prête à se laisser convaincre.

Soit, il tenterait le coup. Les planches semblaient plutôt bien fixées. S'il les secouait un bon coup sans résultat, elle serait certainement dissuadée et regagnerait le matelas, où ils pourraient continuer à se rappeler le bon vieux temps.

« Je vais le faire », dit Paul.

Joanna monta la garde près de la porte. Paul ouvrit les volets, révélant deux solides planches. Il crut entendre un lointain bruit de circulation à l'extérieur.

Il parvint à agripper une planche par le bas. Il tira.

Il y avait un peu de jeu.

Il vit le bois s'écarter avant de regagner sa place en claquant. Ce qui n'échappa certainement pas à Joanna.

« Je te l'avais dit », murmura-t-elle.

Paul tira à nouveau avec force. Cette fois, le bois joua encore plus et s'écarta d'un bon centimètre.

Oui, il y avait assurément de la circulation à l'extérieur. Une circulation plutôt régulière – ils devaient être à proximité d'une rue importante. Non loin, des gens qui vaquaient à leurs occupations parfaitement ordinaires, courses, repas, travail, à portée de voix de deux Américains pris en otages.

Paul tira sur la planche avec une vigueur renouvelée, inspira soudain des flots d'air à l'odeur douce. Il adopta un rythme régulier : tirer, lâcher, tirer, lâcher. Lentement, petit à petit, la planche s'écartait. Il distingua des tomettes rouges… une cour ?

Joanna se tenait accroupie près de la porte, elle semblait survoltée et l'incitait du regard à continuer.

Soudain, la planche se brisa en deux en produisant un claquement qui ressembla à un coup de feu, mais en plus fort, et Paul resta là, une demi-planche de bois entre les mains, à attendre que des gardes armés ouvrent brutalement la porte.

Joanna se raidit. Elle colla l'oreille à la porte. Paul retint son souffle.

Après ce qui sembla une éternité, Joanna secoua la tête. Rien.

Paul s'autorisa à nouveau à respirer.

Il jeta enfin un coup d'œil par la fenêtre.

Oui, c'était bien une cour. Un mur de pisé surmonté de pots de cactus l'encerclait. Au milieu se trouvait une simple table en bois, sans chaises autour. Et il y avait autre chose. Une entrée ; un simple portail en bois qui donnait sur la rue. Paul le regarda fixement. Une écolière en uniforme se tenait là, elle avait les yeux braqués sur lui.

Paul se retint de hurler « au secours ! ».

Ils étaient coincés dans cette pièce ; la fenêtre mesurait peut-être soixante centimètres sur soixante, mais ils devaient d'abord retirer tout le bois. Impossible de dire s'ils parviendraient à se glisser dehors.

« Je vois quelqu'un », dit Paul à Joanna sans se retourner, craignant que la petite fille ne disparaisse s'il cessait de la regarder, tel un mirage ou un rêve agréable.

Joanna abandonna immédiatement son poste, courut jusqu'à la fenêtre.

L'espacc d'un instant, ils se regardèrent tous les trois en chiens de faïence, comme s'ils attendaient de voir lequel clignerait des yeux en premier. L'écolière devait avoir onze ou douze ans, elle serrait des livres d'école qui semblaient trop lourds pour elle et regardait avec des yeux écarquillés ces deux personnes visiblement désespérées.

« *Hola* », dit Joanna d'une voix qui était presque un murmure.

La fille ne répondit rien.

« *¡Hola !* » lança-t-elle à nouveau.

Elle agita la main par la fenêtre.

Rien ne se produisit. L'écolière continuait de les regarder sans montrer la moindre réaction.

C'était une vraie torture. Ils regardaient dans les yeux la personne qui pourrait peut-être les sauver, mais ces yeux demeuraient résolument, insupportablement inexpressifs.

Paul se creusa la cervelle, tentant de se souvenir comment dire « au secours » en espagnol, mais rien ne vint. Peut-être la jeune fille comprendrait-elle « au secours ». Peut-être…

« Au secours ! » Il ne reconnut pas sa propre voix. Elle semblait suraiguë, suppliante. « Au secours, répéta-t-il. S'il te plaît… aide-nous… » L'écolière pencha la tête, fit un pas en arrière. « Nous sommes prisonniers », continua Paul en passant les deux mains par la fenêtre dans une sorte de pantomime rudimentaire, comprimant ses poignets comme s'ils étaient ligotés.

Une lueur de compréhension sembla traverser le visage de la petite fille. Puis elle se tourna sur la gauche comme si quelqu'un l'avait appelée. Elle les regarda de nouveau, sourit doucement, puis s'éloigna.

« Non ! » hurla Paul.

Il avait oublié où il était.

Dans une pièce fermée à clé. Sous garde armée.

Ce n'était plus qu'une question de temps.

Il les entendit quelques secondes plus tard. Des bottes courant sur le carrelage, une clé qu'on enfonçait dans le verrou, un charabia nerveux et furieux.

Il tenta désespérément de remettre la planche de bois en place dans l'espoir qu'ils ne remarqueraient rien, comme un enfant tentant de recoller un vase brisé avant le retour de ses parents. En vain.

Le premier homme à entrer fut celui qui leur avait expliqué les règles. Il n'échappa de toute évidence pas à son attention qu'ils en avaient transgressé au moins deux : Tu n'approcheras point de la fenêtre, tu ne tenteras point de t'enfuir. Il resta un moment immobile à regarder fixement Paul qui se tenait là, agrippant un morceau de planche brisée tel un bouclier. Piètre protection. L'homme atteignit Paul en trois foulées rapides et le frappa au visage avec la crosse de son fusil. La tête de Paul fut projetée en arrière et percuta le mur. Il sentit le goût du sang. Le morceau de bois tomba par terre dans un grand bruit.

Paul vit Joanna qui le regardait, livide. L'homme frappa à nouveau, son fusil atteignant Paul sous le menton. Il se mordit la langue, sentit des morceaux de dents brisées dans sa bouche. Il battit en retraite contre le mur, dissimulant son visage derrière ses deux mains.

« Baissez-les », ordonna l'homme.

C'était ça, le vrai pouvoir, comprit Paul. Il n'avait pas besoin de forcer Paul à écarter les mains, il allait demander à Paul de le faire lui-même.

« Non ! hurla Joanna. C'est moi qui lui ai dit de faire ça. Laissez-le tranquille. Je vous en prie.

— Baissez les mains, répéta l'homme.

— Je vous dis que c'est ma faute. » Joanna tenta de s'interposer entre Paul et son assaillant. « Frappez-moi. *Moi*. »

L'homme soupira, secoua la tête, attrapa le col de la robe de Joanna entre ses mains et la souleva du sol.

« Si vous ne baissez pas les mains, c'est elle que je frappe. Et si après vous les relevez, je la frappe encore plus. »

Paul laissa retomber ses mains.

12

Parfois on leur donnait des journaux.

Ce petit luxe leur était accordé par leurs geôliers. Un luxe infinitésimal, étant donné qu'aucun d'eux ne parlait espagnol. Mais ça commençait à revenir à Paul – au compte-gouttes, des mots et des expressions, parfois même des phrases entières.

Et puis ça les occupait. Paul avait découvert qu'il fallait avoir quelque chose à faire pour ne pas songer à la question qui les hantait en silence : quel sort leur réservait-on ?

Le garçon leur apportait les journaux, pour la plupart de la presse à scandale, dont les gardes ne voulaient plus.

Les dernières pages étaient remplies de résultats sportifs. Au bout d'un moment, Paul comprit que les premières pages aussi. C'était comme si la Colombie n'était qu'un vaste terrain de football, les deux combattants allant de but en but, jouant jusqu'à ce que mort s'ensuive. Le but de gauche était gardé par leurs ravisseurs, les FARC, et celui de droite par les

AUC, tandis que le gouvernement tentait sans succès de jouer les arbitres.

Enlèvements, attentats à la bombe et exécutions déterminaient le score.

Il y avait invariablement une histoire d'enlèvement en une. Une photo du sénateur kidnappé, de la vedette de la radio portée disparue ou de l'homme d'affaires a qui on avait tendu une embuscade. (Les Breidbart brillaient par leur absence dans cette galerie d'otages.) Le tout était généralement accompagné d'une photo de la femme éplorée, de l'enfant en pleurs, de la famille ou du porte-parole à la mine sinistre.

Secuestro. Enlèvement, en espagnol.

Les attentats à la bombe étaient à peine un peu moins fréquents. Exemple : un adolescent avait demandé à Orlando Ropero – un garçon de dix ans amateur de football et de musique *vallenato* – de livrer une bicyclette dans la ville de Fortul. Il lui avait donné l'équivalent de trente-cinq cents en guise de récompense. Lorsqu'Orlando, tout heureux et excité, avait atteint un carrefour où étaient stationnés deux soldats, il avait explosé. « Commande à distance », expliquèrent les journaux.

On accusa les ravisseurs de Paul et Joanna, les FARC. Paul décida de ne pas mentionner cet article à Joanna.

Puis il y avait les bombes de représailles de rigueur, posées par les unités paramilitaires de droite, les Autodéfenses unies de Colombie, l'« autodéfense » consistant apparemment à tuer autant de gens que possible sans se soucier particulièrement de leur innocence. Le généralissime de cette auguste organisation prônant le droit et l'ordre résidait pour le moment dans une prison américaine pour trafic de drogue.

Paul avait déjà entendu parler de Manuel Riojas aux États-Unis, bien entendu.

Qui était-il exactement ? Baron de la drogue, politicien légitime, commandant des AUC, auteur de chansons. L'un de ces personnages, deux, peut-être même les quatre. Assurément un auteur de chansons. Il avait paraît-il écrit pour la chanteuse Evi un tube qui avait été un peu diffusé sur les radios américaines. Une chanson d'amour intitulée *Je ne chante que pour toi*. Titre qui prit un sens tout ironique lorsque la chanteuse fut découverte gisant à moitié morte sur le sol de son appartement avec les cordes vocales arrachées. Apparemment, les amants avaient eu une dispute. Evi avait refusé de porter plainte. « Je ne me souviens pas », avait-elle griffonné sur un carnet lorsqu'on lui avait demandé qui lui avait fait ça.

On disait que le meurtre et la torture étaient les autres vocations de Riojas.

Il était de ces personnes dont le nom est toujours suivi de l'expression « soi-disant ». Il possédait « soi-disant » un zoo dans l'une de ses nombreuses haciendas et jetait « soi-disant » ses rivaux en pâture à ses tigres. Il aimait « soi-disant » balancer des gens depuis son hélicoptère Blackhawk dans une piscine pleine de piranhas. Le fait qu'il offrait des sacrifices humains au cours de rites religieux bizarres et sanglants, ça aussi, c'était « soi-disant » vrai. Il faisait clairement les choux gras de la presse à scandale, qui profitait pleinement et voracement de lui.

Paul et Joanna se repassaient les journaux jusqu'à avoir les doigts tachés d'encre et à ne plus y voir clair.

Une nuit, Joanna réveilla Paul et lui demanda d'aller jeter un coup d'œil au bébé.

Il lui fallut un moment pour comprendre qu'elle délirait.

Qu'ils ne se trouvaient pas dans une chambre d'hôtel près de Joelle, mais dans une pièce fermée à clé et sans air.

Son visage le faisait souffrir aux endroits où l'homme l'avait à plusieurs reprises frappé avec la crosse de son fusil, passage à tabac qui avait duré au moins cinq minutes mais avait paru bien plus long. Il avait perdu au moins une dent ; sa lèvre était fendue et toujours couverte de sang séché. Plus tard, assis au milieu de la pièce, ils avaient dû regarder d'un air penaud deux gardes clouer une nouvelle planche à la fenêtre sans cesser de les maudire à voix basse.

« Chut, murmura-t-il à Joanna. Tu fais un rêve. »

Elle ouvrit les yeux.

« J'ai cru entendre… »

Elle se mit à pleurer. Des sanglots doux et étouffés qui, dans le silence, semblaient encore plus déchirants.

Paul la serra dans ses bras.

« S'il te plaît, Joanna. On va s'en sortir. Ils ne vont pas nous tuer, ils auraient pu le faire quand nous avons arraché la planche. Nous allons sortir d'ici. Nous allons récupérer Joelle. Je le promets. »

Il se demanda si faire la moindre promesse à Joanna était une bonne idée. Mais l'espoir était la seule chose qu'on ne leur avait pas retirée. Pas encore.

Elle fit alors une chose étrange. Elle cessa de pleurer et se dégagea de son étreinte. Puis elle posa un doigt sur ses lèvres.

« Écoute, chuchota-t-elle.

— Quoi ? Je n'entends rien. »

Juste le son de leur respiration. Doux, régulier et étrangement synchronisé.

« Écoute », répéta-t-elle.

Et alors, il entendit.

« C'est la télé, dit-il.

— Peut-être que c'est réel.

— Probablement pas. Non.

— Écoute, Paul. Écoute. C'est *elle*. »

Un bébé qui pleurait.

Exactement comme chez Galina, sauf qu'ils n'étaient pas chez Galina.

« Je le sais, reprit Joanna. J'en suis certaine. »

Chez Galina, les pleurs du bébé les avaient effrayés.

Ici, ils eurent l'effet inverse.

Joanna enlaça Paul dans le noir, posa la tête sur son épaule, et ils restèrent étendus ainsi à écouter le bébé pleurer comme si ç'avait été une belle rhapsodie. Comme si c'était leur chanson.

Le lendemain matin, l'homme revint.

Cette fois, il n'était pas seul.

Un personnage visiblement important l'accompagnait. Paul le devinait à la façon qu'avait son agresseur de s'incliner devant lui. Son rôle avait changé, il faisait maintenant office d'interprète.

Ils le comprirent lorsque l'homme regarda Paul et Joanna et dit quelque chose en espagnol.

« Il vous a demandé de vous asseoir », traduisit l'interprète.

Paul avait saisi ce que l'homme leur avait demandé. Mais son passage à tabac l'avait refroidi. Il jugeait préférable de réfléchir à deux fois avant de commettre ne serait-ce que l'action la plus simple. L'homme leur avait demandé de s'asseoir, très bien. Mais peut-être valait-il mieux être absolument *certain* que l'homme voulait qu'ils s'assoient. Joanna aussi était demeurée immobile. Mais pour une autre raison, il le savait. Par simple obstination, pour prouver son courage face au danger.

L'homme leur désigna deux chaises en plastique. À une époque, ces chaises avaient dû se trouver dans la cour, ce lieu paradisiaque qu'ils avaient furtivement aperçu avant qu'il ne disparaisse à nouveau derrière une planche de chêne. De la crasse était incrustée dans le plastique blanc, du genre de celle qui s'accumule après trop d'hivers passés dehors.

Ils s'assirent.

Le chef s'adressa à eux en termes doux et mesurés. Il s'intéressait principalement à Paul, ne le quittant pas des yeux entre les bouffées qu'il tirait d'un gros cigare âcre dont les volutes de fumée bleue s'élevaient lentement jusqu'au plafond. Paul en reconnut la marque : la boîte sur la cheminée de Galina. Il avait une barbe en bataille, sa peau était tavelée, résultat d'une acné juvénile. Il ne parlait qu'espagnol, à un débit suffisamment lent pour permettre à son lieutenant – c'est ainsi que Paul le considérait désormais – de traduire ses paroles.

« Voici ce que vous allez faire pour nous », déclara l'homme.

Et ils apprirent enfin pourquoi ils étaient là.

13

Trois boîtes de préservatifs étaient posées sur la table.

Une marque française. « Cheval », était-il inscrit sur la boîte au-dessus d'une représentation d'un étalon blanc aux yeux fougueux et à la crinière balayée par le vent.

Une Indienne affublée de lunettes à double foyer incongrues était penchée au-dessus de la table et étirait soigneusement les préservatifs l'un après l'autre. Elle portait des gants en latex noir et était torse nu si l'on exceptait un soutien-gorge de sport gris orné du logo Nike.

À l'autre bout de la table, une autre femme portant elle aussi des gants de latex noir et un soutien-gorge de sport broyait des blocs de poudre blanche avec un scalpel de chirurgien étincelant. Le lieutenant était adossé à la porte, les yeux fixés sur les femmes à demi nues tel un homme amoureux.

Assis contre le mur, Paul attendait.

Il avait dû s'administrer deux lavages d'estomac à une heure d'intervalle. Comme il attendait que le second fasse effet, il regardait fixement les trente-deux préservatifs remplis qui étaient déjà posés au milieu de la table tout en essayant de ne pas avoir la nausée.

Il repensa à l'un de ces programmes de téléréalité idiots qui avait récemment fait un tabac aux États-Unis. *Fear Factor*... était-ce son nom ? Des cervelles de porc crues, des abats sanguinolents, des intestins de vache étaient étalés sur une table devant trois ou quatre concurrents avides. « Allez-y, entonnait le présentateur obséquieux, le gagnant sera celui qui en avalera le plus. »

Et ne se goinfraient-ils pas avec un enthousiasme éhonté ? Ne bouffaient-ils pas tout jusqu'au dernier morceau, leurs yeux fermement rivés sur la récompense ? Ça aidait Paul de penser à eux. Ils étaient ses nouvelles idoles. S'ils pouvaient le faire, alors lui aussi.

Après tout, ce n'était pas juste de l'argent qui était en jeu ici. Le grand prix de ce jeu était deux vies.

Celles de sa femme et de sa fille.

La femme au bout de la table ajouta un trente-troisième préservatif.

Il ressentit un gargouillement familier dans ses entrailles et demanda à Arias – c'était le nom du lieutenant – s'il pouvait aller aux toilettes.

Arias acquiesça et lui fit signe d'y aller. Les femmes continuèrent de travailler sans s'interrompre, telles des ouvrières à une chaîne de montage qui attendraient la sonnerie du déjeuner.

Arias ouvrit la porte et poussa Paul hors de la pièce. Il y avait des toilettes au bout du couloir. Arias le regarda y entrer et refermer la porte derrière lui.

Mais la porte ne se referma pas complètement.

Bien sûr que non. Arias la coinçait avec sa botte, comme il l'avait fait la première fois que Paul était accouru aux toilettes.

La porte était donc entrouverte tandis que Paul s'asseyait sur la cuvette couverte de traînées de crasse en essayant d'ignorer Arias qui l'observait. C'était plutôt difficile. Il ferma les yeux et pensa à son appartement, où un exemplaire corné du *Sporting News Baseball Stats* était posé juste à côté des toilettes. Non pas qu'il aimât particulièrement le base-ball – au contraire. Mais il aimait les statistiques. Il visualisa la page 77, Derek Jeter. Moyenne à la batte, *home runs*, points produits, bases volées. Les nombres racontaient toujours une histoire, n'est-ce pas ? Ça le réconfortait de penser à des nombres maintenant. Ils imposaient de l'ordre à l'univers. Vous pouviez vous appuyer dessus, y trouver une consolation. Ils étaient toujours logiques.

Pour la deuxième fois en une heure, il eut la sensation de se vider de la totalité de ses entrailles. Puis, toujours sous le regard d'Arias, il se leva et se nettoya.

Retour à la table, où trois préservatifs supplémentaires avaient été ajoutés à la pile.

« *Sí*, dit Arias en regardant Paul, interrompant les femmes au beau milieu de leur tâche. Commencez à avaler. »

Voici ce que le commandant des FARC leur avait dit :

« Nous sommes une armée révolutionnaire. Nous sommes engagés dans une longue lutte contre l'oppression. Nous devons financer notre combat comme nous le pouvons. »

« Comme nous le pouvons » signifiait en fait exporter de la cocaïne colombienne pure vers la côte est des États-Unis.

Il avait commencé ainsi, comme s'il cherchait à recevoir quelque approbation de leur part. Expliquant la nature déplaisante du commerce de drogue comme une espèce de mal nécessaire. Un moyen d'aboutir à leurs fins.

Lorsqu'il avait marqué une pause, Paul avait acquiescé et même souri nerveusement, lui accordant une sorte d'absolution. Peut-être que tout ce qu'il voulait, s'était dit Paul, c'était quelqu'un pour transmettre son message au monde.

Oui, nous trafiquons de la drogue, mais seulement pour financer notre cause.

Bien entendu, c'était idiot. Ils n'allaient pas les kidnapper pour relayer leurs excuses. Mais Paul avait naturellement espéré que si. Jusqu'à l'instant où l'homme lui avait dit qu'il allait avaler trente-six préservatifs remplis de cocaïne pour une valeur de deux millions de dollars et les livrer à une maison de Jersey City.

Voilà ce qu'il allait devoir faire s'il voulait revoir sa femme et sa fille vivantes.

C'est à cet instant-là que Paul avait pleinement compris l'énormité de sa situation.

Il y avait pourtant des choses qu'il ne comprenait pas.

L'homme lui avait demandé qui savait qu'ils étaient ici en Colombie – pas *tout le monde*, juste les gens qui connaissaient leurs faits et gestes et qui s'attendaient à les revoir à une certaine date. Paul lui avait répondu. En commençant par son patron – Ron Samuels, actuaire en chef de la société pour laquelle il travaillait depuis onze ans. Ses beaux-parents, bien entendu, Matt et Barbara, qui habitaient dans le Minnesota et devaient venir les voir en avion, chargés de cadeaux pour leur petite-fille. Enfin, John et Lisa, leurs voisins de palier et meilleurs amis.

Paul avait reçu l'ordre de leur écrire des lettres, en fait trois fois à peu près la même lettre.

Les choses prennent un peu plus de temps que prévu ici et nous ne pourrons rentrer avec notre fille adoptive que dans quelques semaines. Telle était l'idée générale. Il avait été forcé d'ajouter un passage où il leur disait que ce n'était pas la peine d'appeler car ils se déplaceraient beaucoup et n'auraient guère le temps de discuter.

Ils ne veulent pas que quiconque soit au courant, avait pensé Paul. Pas encore.

Mais ils avaient oublié quelque chose, non ?

« Pablo a réglé votre note à *L'Esplanade*, avait dit Arias. La personne chargée des réservations croit que vous avez changé d'hôtel. C'est tout. »

Non, ils n'avaient rien oublié.

Personne ne saurait qu'ils avaient disparu.

Pas pendant des semaines.

Ils lui avaient donné trois feuilles de papier et un stylo-bille bleu dont quelqu'un avait mâchouillé le bout jusqu'à presque l'arracher. Paul avait écrit les lettres tandis qu'Arias, penché au-dessus de son épaule, vérifiait de toute évidence qu'il n'insérait pas de message caché, d'appels à l'aide déguisés.

Lorsque Paul eut fini, Arias avait lu les lettres à voix haute.

Plus tard dans l'après-midi, tandis que Paul et Joanna étaient assis sur leur matelas, adossés au mur, Paul déclara : « Je crois savoir pourquoi ils ont échangé Joelle.

— Quoi ? »

Il avait longuement réfléchi à la question. Il pensait maintenant comprendre.

« Pourquoi ils ont échangé les bébés. Pourquoi ils ne se sont pas contentés d'attendre et de nous enlever tous les trois.

— OK. Pourquoi ?

— Tu te souviens quand Galina est revenue avec le thermomètre ? Tu as dit que nous n'étions pas paranos, que nous étions dans un pays étranger. Mais la paranoïa est un pays étranger, Joanna.

— Je ne saisis pas.

— Galina a emmené Joelle ce jour-là pour que nous découvrions son absence. Pour que nous appelions la police. Il n'y avait pas de mot ! Rappelle-toi, c'est elle qui l'a trouvé dans la salle de bains.

— Pourquoi voulait-elle que nous appelions la police ?

— Parce qu'ils voulaient que la police soit là quand Galina reviendrait.

— Ça n'a aucun sens.

— Bien sûr que si. Tu es maintenant dans le pays de la paranoïa, tu te souviens ? Pense en citoyenne. Ils voulaient qu'on crie au loup. Ils voulaient nous faire passer pour des cinglés.

— Pourquoi ?

— Parce que les cinglés n'ont aucune crédibilité. Et les étrangers cinglés en ont encore moins.

— Je ne vois toujours…

— Tout d'abord nous avons appelé la police en prétendant que notre fille avait été kidnappée. Mais elle n'avait pas été kidnappée. Ensuite, nous avons remarqué que le bébé n'était pas le nôtre… Ce qui était vrai. Seulement, si nous appelions la police une deuxième fois, nous aurions eu l'air encore plus dérangés qu'avant. Ils voulaient que nous sachions qu'ils l'avaient enlevée. »

Joanna sembla réfléchir à ce qu'il venait de dire.

« D'accord. Et si nous n'avions rien remarqué ? Moi je l'ai vu, mais pas toi. »

Paul haussa les épaules.

« Si nous n'avions rien remarqué, ils nous auraient appelés pour nous le dire. “Nous tenons votre bébé, venez le chercher, ou alors…” De toute manière, nous ne pouvions pas aller à la police sans passer pour des dingues. Peut-être que c'était une sorte d'assurance : au cas où l'un de nous se serait échappé, au cas où ils auraient raté l'enlèvement, au cas où je n'aurais pas bu ce café et ne serais pas tombé dans les pommes. Qui sait ? Peut-être qu'ils comptaient passer ce coup de fil de toute manière. Il a dit que nous étions en avance, tu te souviens ? Galina criait après Pablo à propos de quelque chose... peut-être qu'il s'agissait de ça, du fait qu'il nous avait amenés avant qu'elle soit prête.

— OK. Pourquoi nous ?

— Pourquoi pas ? Ils doivent choisir des gens dont ils pensent que personne ne leur cherchera des noises à la douane. La dernière fois que je me suis regardé, je ne ressemblais pas franchement à un trafiquant de drogue.

— Tu n'es pas un trafiquant de drogue, répliqua Joanna.

— Pas encore. »

Elle se retourna pour le regarder, comme si elle cherchait à voir jusqu'à quel point il était sérieux.

« Tu vas le faire ? » demanda-t-elle, mais sa question ressemblait plus à une affirmation.

Paul croisa son regard. Le visage de sa femme avait changé, pensa-t-il. Quatre jours pratiquement sans manger ni dormir avaient durci ses pommettes et creusé des cratères sous ses yeux. Pourtant, malgré ses yeux caves et son air terrifié, il lut quelque chose sur son visage, comme si ces derniers jours lui avaient fait oublier tout ce qui ne comptait pas pour ne laisser que ce qui avait de l'importance. Il voulait croire que c'était de l'amour.

« Oui, répondit-il.

— Ils vont t'arrêter. Tu risques de passer vingt ans en prison pour trafic de drogue. Tu n'es pas un criminel... ils te repéreront immédiatement. »

Oui, pensa-t-il, tout ce qu'elle disait était vrai.

« Quelle autre option me reste-t-il ? »

Joanna n'avait pas de réponse. Ou peut-être que si. Elle appuya la tête contre la poitrine de Paul, quelque part à proximité de son cœur.

Boum, boum, boum.

« Et s'ils mentaient ? S'ils mentaient lorsqu'ils affirment qu'ils vont nous relâcher ? »

Paul s'attendait à cette question, bien entendu. Il donna la seule réponse possible.

« Et s'ils disaient la vérité ? »

14

ILS LUI ACCORDAIENT DIX-HUIT HEURES.

Trois quarts d'une journée. Mille quatre-vingts minutes.

Pas une de plus.

Au cours de ces dix-huit heures, il était censé avaler trente-six préservatifs remplis de deux millions de dollars de cocaïne pure, prendre un avion pour l'aéroport Kennedy, puis trouver une maison à Jersey City, où il devrait déposer la marchandise sur un journal local crasseux.

S'il arrivait à la maison une minute après les dix-huit heures qui lui étaient allouées, Joanna et Joelle mourraient.

S'il n'expulsait pas les préservatifs à temps, si l'un d'eux se dissolvait dans son estomac, c'est lui qui mourrait. Son cœur s'arrêterait de battre, son corps subirait un choc toxique. Il commencerait par saliver et trembler de façon incontrôlable. Il serait mort avant que quiconque ait pu découvrir ce qui n'allait pas.

Tout ceci lui fut minutieusement expliqué de long en large par Arias. Pour qu'il soit bien attentif, qu'il reste concentré. Une sorte de discours d'encouragement.

Bien sûr, s'il atteignait la maison dans les dix-huit heures imparties avec les trente-six préservatifs toujours à l'intérieur de lui, Arias recevrait un coup de fil. Joanna et Joelle seraient libérées et pourraient rejoindre Paul à New York.

Arias, en bon révolutionnaire, lui avait donné sa parole.

La nuit avant qu'ils l'amènent à la maison où des métisses en soutiens-gorge de sport s'échinaient à hacher le produit d'exportation numéro un de Colombie, ils entendirent quelqu'un chanter une berceuse plaintive juste de l'autre côté de leur porte.

Joanna, qui essayait de dormir un peu sur le matelas sale et déchiré, se réveilla immédiatement et se dressa d'un bond. La berceuse continua, s'insinuant à travers la porte comme l'arôme irrésistible d'un plat longtemps espéré.

La porte s'ouvrit.

Joanna se mordit la main pour réprimer un sanglot.

« S'il vous plaît, implora-t-elle. S'il vous plaît. »

Galina se tenait là, serrant Joelle contre sa poitrine.

« S'il vous plaît… Galina… »

La vieille femme entra dans la pièce, quelqu'un referma la porte à clé derrière elle.

Elle rejoignit Joanna au centre de la pièce et plaça doucement Joelle entre ses bras tendus. Paul se dit qu'une telle douceur ne pouvait être simulée. Galina aimait les enfants, même si elle kidnappait leurs parents, contradiction qu'il avait du mal à saisir.

Cette contradiction n'existait pas pour Joanna. Elle serra sa fille contre sa poitrine et pleura en silence.

Paul se tenait près d'elle, un bras passé autour de ses épaules. Le cercle était à nouveau entier. Mais il ne pouvait s'empêcher de regarder hors du cercle. De regarder Galina. Il voulait qu'elle lui retourne son regard – il supposait qu'elle aurait du mal à le faire. Mais il se trompait.

Elle croisa son regard avec une parfaite sérénité.

Elle sourit même, comme si elle venait de faire le tour du pâté de maisons avec Joelle et s'apprêtait à reprendre ses obligations de nourrice à tout faire.

« Regarde », dit Joanna à Paul.

Elle retroussa la jambe de la layette bleue de Joelle et désigna un grain de beauté ambré juste sous son genou. Juste là où elle avait dit qu'il se trouvait.

« Joelle, murmura-t-elle, puis elle embrassa le visage de sa fille. Est-ce qu'elle peut rester avec nous ? demanda-t-elle à Galina. S'il vous plaît ? »

Galina fit signe que oui.

« Merci », dit Joanna.

Et Paul pensa à la rapidité avec laquelle les personnes captives deviennent reconnaissantes à la moindre faveur de leurs ravisseurs. « S'il vous plaît » et « merci » à des gens qui vous ont arraché au monde et enfermé dans une pièce sans air.

Galina glissa la main dans la poche de son ample robe noire et en tira un biberon rempli d'un lait épais, ainsi que deux couches.

Paul lui prit le biberon des mains. Il ne put s'empêcher de penser que la dernière fois qu'il avait accepté une boisson de sa part, de l'*escopolamina* y avait été ajoutée.

Galina se retourna pour s'en aller.

Mais Paul n'était pas prêt à la laisser partir sans qu'elle reconnaisse ce qu'elle leur avait fait, sans qu'elle avoue sa responsabilité, même si elle le faisait sur un ton provocateur, ou hargneux, ou désagréable.

« À combien de personnes avez-vous fait ça, Galina ? » demanda-t-il.

La vieille femme se retourna.

« Ce n'est pas votre pays, répondit-elle lentement. Vous ne comprenez pas. »

Avant que Paul ait eu le temps de lui répondre, avant qu'il n'ait pu lui dire que « compréhension » et « enlèvement » étaient deux mots n'appartenant pas au même univers, encore moins à la même phrase, elle s'était retournée et avait cogné deux fois contre la porte.

Le garçon l'ouvrit et la laissa sortir.

Joanna déshabilla Joelle.

Elle inspecta le moindre centimètre de son corps à la recherche de bleus, d'égratignures ou de décolorations suspectes. De n'importe quel signe de mauvais traitement. Mais elle ne trouva rien. Paul ressentait la joie qu'éprouvait Joanna à simplement toucher Joelle, à sentir son cœur battre, à lui caresser les cheveux.

« Ils vont tomber, tu sais, dit-elle doucement.

— Quoi ?

— Ses cheveux. Ils sont comme ça à la naissance, mais ils les perdent. »

Les cheveux de Joelle étaient d'un noir d'encre et doux comme de l'angora.

« Quand repoussent-ils ? » demanda Paul, tout en se demandant s'ils seraient encore là pour le voir.

Il sentit que Joanna se posait peut-être la même question.

« Au bout de six mois, je crois, répondit-elle. Dans ces eaux-là. »

Leur conversation avait quelque chose de surréaliste. Ils se comportaient comme s'ils avaient retrouvé leur appartement, comme s'ils étaient deux jeunes parents pareils à tous les autres s'extasiant à voix haute devant le miracle qu'était leur fille. Comme si l'avenir s'étirait sans fin devant eux : garderie, maternelle, primaire, remise de diplômes, célébration de la communion. Et aussi anniversaires, amis, journaux intimes et cours de danse.

Paul comprenait. Ils n'auraient que cette nuit avant son départ. Ils la passeraient aussi normalement que possible.

Paul et Joanna sentirent que c'était le matin sans en avoir la preuve. On leur avait pris leurs montres, les fenêtres étaient solidement condamnées. Mais leur corps s'était habitué aux différentes heures du jour. Tels des aveugles, leurs autres sens compensaient la perte de la vue. Le matin n'avait pas le même goût que la nuit.

Ce matin-là n'avait pas le même goût que les autres matins.

Paul était sur le point de laisser Joanna. Il allait quitter le pays et l'abandonner là.

Elle s'était endormie avec Joelle entre ses bras, et, un peu plus tard, c'était Paul qui s'était endormi avec Joanna entre les siens. Lorsqu'il avait rouvert les yeux, il lui avait fallu plusieurs minutes pour s'apercevoir que Joanna était également réveillée. Il le savait à sa respiration, mais de toute évidence, ils n'étaient pas prêts à se faire face.

Pas encore.

Puis Joanna dit : « Bonjour.

— Bonjour », répondit-il.

Il avait les bras ankylosés après l'avoir tenue toute la nuit, mais il n'osait pas les bouger. C'était peut-être la dernière fois pour un bout de temps. C'était peut-être la dernière fois, point final.

« Au moins, ils nous ont amené Joelle, murmura-t-elle. Peut-être qu'ils ne sont pas si mauvais que ça. Ils n'étaient pas forcés de le faire.

— Ils ne l'ont pas fait par gentillesse, Joanna, répondit-il en chuchotant.

— Non ? Alors pourquoi l'ont-ils fait ?

— Afin que je sache, je pense.

— Que tu saches quoi ?

— Ce qui est en jeu. Ce que je perds si la drogue n'arrive pas à destination… si je merde. Je crois qu'ils voulaient qu'elle soit à nouveau réelle pour moi. C'est tout. »

Joanna colla son dos contre lui, comme si elle essayait de se réfugier à l'intérieur de lui.

« Paul, dit-elle lentement, si tu arrives là-bas et que tu as envie d'en parler à quelqu'un, fais-le. Je comprendrai. On peut peut-être négocier avec eux. Tu peux peut-être leur donner quelque chose en échange.

— Tu te souviens des photos que nous avons vues sur les murs de l'aéroport… le maire de Medellín ? Ils ont retrouvé sa tête à deux rues de la voiture piégée. Je crois que c'est comme ça qu'ils négocient. Je vais livrer la drogue et ils passeront un coup de fil et ils vous relâcheront, toi et Joelle. »

Ils restèrent un moment étendus, en silence.

« Parfois je me dis que nous n'avons vraiment pas eu de pot, finit-elle par dire. Et parfois je me dis juste le contraire. Nous ne pouvions pas avoir de bébé. C'était dur, sans doute la chose la plus dure que j'aie jamais eue à affronter. Avant ça. Enfin quoi, qui peut affronter une telle épreuve ? Notre histoire devrait faire la une des journaux, non ? Mais bon, je t'aime. Je t'ai aimé pendant tout ce temps. Et je crois que tu m'as aussi aimée… malgré ce que nous avons vécu. Et ça, c'est une chance, non ? Alors qui sait. »

C'était sa manière de lui dire au revoir.

Juste au cas où.

Il se demandait comment lui dire au revoir à son tour. Il essayait de mettre bout à bout les mots justes pour exprimer la douleur féroce qui lui rongeait les entrailles. Comment lui donner espoir ? Il essayait de se calmer, de ne pas craquer au moment de lui dire au revoir. Ils entendirent des pas traînants de l'autre côté de la porte.

Puis elle s'ouvrit d'un coup et Arias apparut.

15

Retardo.

L'un des huit millions de mots espagnols qu'il ne connaissait toujours pas. Mais parfois l'espagnol était très facile à comprendre. Le truc consistait à considérer le contexte.

Le contexte, c'était l'énorme panneau noir annonçant les départs à l'aéroport El Dorado. Et les mots et symboles qui le précédaient.

Flt#345 a JFK. Nueva York.

C'étaient des indices utiles et indiscutables.

Seulement Paul essayait d'ignorer ces indices. Il faisait exprès de ne pas les voir, tel un flic à qui on aurait graissé la patte et qui refuserait de voir des preuves.

Il avait avalé trente-six préservatifs deux heures plus tôt dans une maison des faubourgs de Bogotá.

Il avait été conduit à l'aéroport par Pablo, l'homme qui l'avait accueilli ici même, il y avait un peu plus d'une semaine de cela.

Il avait franchi les contrôles de sécurité et les douanes.

Le vol avait du retard.

« OK, les garçons et les filles, comme disait M. Schulman, son prof d'espagnol. Vous avez une idée ? »

Il y avait aussi un autre indice, un indice pratiquement impossible à ignorer. Ses compagnons d'embarquement. Ils râlaient, marmonnaient, secouaient la tête en se regardant les uns les autres avec toujours, toujours, le même air résigné.

Paul se leva de son siège et marcha jusqu'au guichet d'enregistrement. À chaque pas, il sentait les préservatifs dans son ventre. Il avait l'impression d'avoir avalé un ballon de basket. Un tir en extension mortel de Kobe Bryant, menaçant de retomber dans le panier et de tuer net la partie.

« Excusez-moi, dit Paul à la Colombienne avenante qui se tenait derrière le comptoir de la compagnie aérienne.

— Oui, monsieur ? » répondit-elle.

Elle avait ce *regard* – celui qu'on croise au comptoir des retours dans les grands magasins le lendemain de Noël. Des fortifications défensives s'apprêtant à contrer une attaque imminente.

« Est-ce qu'il y a un problème avec le vol ? »

Il savait qu'il y avait un problème, bien sûr.

S'il n'y en avait pas eu, le mot *retardo* n'aurait pas été affiché là-haut sur le panneau des départs. Ses compagnons de voyage n'auraient pas été là à grommeler de colère. Mais tant que la femme ne le lui aurait pas confirmé, il continuerait à se sentir idiot. Il s'en tiendrait à l'horaire qu'il avait en tête, celui qui le voyait arriver à New York dans approximativement quatre heures et demie, puis à Jersey City deux heures plus tard.

« Le vol est retardé, monsieur. »

Soudain, son cœur lui sembla encore plus lourd que son estomac. Plus lourd qu'une pierre.

Il avait encore une question.

« De combien de temps ?

— Nous ne savons pas. Nous ferons une annonce quand nous en saurons plus, monsieur. »

Paul eut envie de faire lui-même une annonce. « Je transporte trente-six préservatifs bourrés de cocaïne dans mon estomac, et si je ne les sors pas bientôt de là, ils se dissoudront et me tueront.

« Ensuite Arias tuera ma femme et ma fille. »

Un policier colombien se tenait entre deux portes. Il fumait et reluquait les jambes et le cul de toutes les femmes qui passaient, un mateur partisan de l'égalité des chances.

« Si tu as envie d'en parler à quelqu'un, fais-le, avait dit Joanna. Je comprendrai. »

Rien de plus facile. Parler. Tout raconter.

Il se soulagerait de son fardeau auprès du policier, qui cesserait de lorgner chaque femme de passage et mènerait Paul à l'hôpital le plus proche, où on lui ferait un lavage d'estomac. On prendrait sa déposition, qui inclurait une description complète des ravisseurs. Ils arrêteraient Pablo et Galina.

C'était pas facile, ça ?

Sauf qu'il était dans un pays d'Amérique latine en proie à une économie inflationniste. Où tout était censé coûter cher, mais en fait ne valait pas grand-chose. La vie, par exemple. Une vie ne valait rien ici.

Celle de Joanna ne valait pas un kopeck. S'il ouvrait la bouche, il pouvait être certain de refermer celle de sa femme pour toujours.

Le policier jeta par terre le mégot rougeoyant de sa cigarette et l'écrasa sous sa botte impressionnante.

Puis il s'éloigna.

Paul se rassit.

Il se relevait à peu près tous les quarts d'heure et marchait jusqu'au guichet d'enregistrement où la Colombienne à qui il avait déjà parlé se dérobait systématiquement. Elle semblait toujours trouver quelque chose à faire, comme vérifier le manifeste du vol ou faire de jolies piles avec les billets. Il lui tapait sur les nerfs, tel un soupirant ennuyeux qui ne se satisferait pas d'un non.

« Nous ne savons toujours rien », avait-elle répondu la deuxième fois qu'il lui avait demandé quand l'avion décollerait.

Il remarqua qu'elle avait laissé tomber le « monsieur ».

« Je dois aller à New York pour une réunion importante. Je ne peux pas être en retard. Est-ce que vous comprenez ? »

Oui, elle comprenait, mais elle ne savait rien. Pouvait-il se rasseoir et attendre une annonce ?

Après avoir attendu pendant quinze minutes une annonce qui n'était pas venue, il revint à la charge. Puis à nouveau un quart d'heure plus tard.

« Écoutez, dit-elle. Je vous l'ai déjà dit. Nous n'avons pas encore d'information.

— Mais est-ce que l'avion est ici ? Vous pouvez me dire si l'avion est ici, non ?

— Si vous voulez bien vous asseoir, je ferai une annonce quand ils nous diront quelque chose. »

Il ne voulait pas s'asseoir. Il voulait des réponses.

« Qui ça, ils ?

— Excusez-moi ?

— Qui sont ces mystérieux "ils" ? Les "ils" qui vous diront quelque chose ?

— S'il vous plaît, asseyez-vous.

— Je vous pose juste une question. J'essaie de savoir combien de temps je vais rester assis ici. J'aimerais un indice, je suppose, quelque chose. Est-ce trop demander ? »

Paul s'aperçut qu'il parlait plus fort que d'habitude. Il s'en aperçut lorsque plusieurs passagers fatigués qui patientaient dans la salle d'attente levèrent les yeux de leurs mots croisés, de leurs journaux, de leurs magazines, pour le regarder. Ils semblaient à la fois inquiets et compatissants. Peut-être parce qu'il faisait simplement ce qu'eux-mêmes auraient voulu faire – donner libre cours à une colère croissante –, même s'il le faisait d'une manière qui allait à l'encontre de la bienséance. Ils garderaient leurs distances et l'applaudiraient en silence. Il se rappela une passagère qui, il y avait longtemps de cela, avait harcelé une autre employée de compagnie aérienne pour avoir des informations. Il y avait longtemps. C'était dans un autre monde.

La femme derrière ce comptoir – Rosa, disait son badge – n'offrait aucun encouragement. « Je vous l'ai déjà dit. Quand ils me diront quelque chose, je ferai une annonce. Maintenant, je dois vous demander de…

— Bien, je vais m'asseoir. Si vous me dites qui "ils" sont. »

Elle préféra simplement l'ignorer et reprit ses petites occupations comme s'il avait déjà tourné les talons et regagné son siège.

Paul sentit quelque chose remonter le long de son œsophage. Il crut un moment qu'un préservatif avait craqué dans son ventre, qu'il allait se retrouver par terre d'un instant à l'autre et se noyer dans son propre vomi. Mais ce n'était pas de la cocaïne. C'était sa rage, tout le poison accumulé au cours de ses cinq jours de captivité. Sa rage envers Galina, Pablo, Arias et l'homme au cigare, qu'il déversait sur cette femme qui refusait de lui dire s'il quitterait la Colombie à temps pour sauver sa femme et sa fille.

« Je vous ai posé une question, merde ! hurla Paul. J'aimerais une réponse ! »

Les personnes qui l'entouraient perdirent soudain leur air compatissant. Leurs visages ne trahissaient plus qu'une pure inquiétude. Celui de Rosa y compris. Elle recula, comme s'il l'avait physiquement attaquée.

« Ce n'est pas une raison pour utiliser ce genre de langage, répliqua-t-elle sèchement. Vous êtes grossier, et je vais appeler les autorités si vous ne… »

Paul perdit le fil de ce qu'elle disait. Principalement parce qu'il voyait plusieurs personnes en uniforme bleu avancer à grands pas vers le lieu de l'esclandre. Il se demanda si c'étaient des employés de compagnie aérienne ou une brigade d'intervention colombienne.

Si la police m'arrête, je ne monterai pas à bord de l'avion. Telle fut la pensée qui lui traversa immédiatement l'esprit. Le vol est peut-être retardé et Dieu sait quand l'avion décollera, mais s'ils m'arrêtent, je ne serai pas dedans.

« Je suis désolé, dit Paul. Pardonnez-moi. Je suis juste sous pression à cause de cette réunion. Je suis désolé. Vraiment. »

Les uniformes bleus étaient des agents de compagnie aérienne. Trois hommes et une femme qui avaient encerclé le guichet dans une impressionnante démonstration de solidarité. Les employés de compagnie aérienne avaient tendance à se serrer les coudes ces temps-ci, maintenant qu'ils travaillaient sur la ligne de front.

« Est-ce qu'il y a un problème ? » demanda l'un des hommes.

Rosa hésita, puis secoua la tête.

« Non, ça va. M. Breidbart va regagner son siège. »

M. Breidbart regagna son siège.

L'avion avait déjà une heure de retard.

Il lui en restait dix-sept.

16

Ils diffusaient une comédie avec Reese Witherspoon. Paul savait que c'était une comédie car plusieurs passagers riaient.

Il regardait lui aussi le film, mais n'avait aucune idée de quoi il était question.

Son ventre était bizarre. Lorsqu'il le touchait, il semblait aussi tendu qu'un bongo. Il aurait pu jouer *Wipe Out* dessus. Et il se sentait de plus en plus nauséeux.

Je ne vais pas vomir, se dit-il.

S'il vomissait les préservatifs, il serait forcé de les ravaler ; il avait déjà eu assez de mal la première fois. Chaque préservatif lui avait donné envie de vomir. Comment avait-il fait exactement ? Grâce à divers stratagèmes plus ou moins efficaces.

Il s'était tout d'abord représenté Joanna et Joelle dans cette pièce, s'était concentré sur ce qui était en jeu. Mais ça n'avait fonctionné qu'un temps. Alors il avait changé de tactique, s'était imaginé que chaque préservatif était une sorte de friandise, une friandise au goût étrange, voire répugnant, mais que l'honneur le forçait à ingurgiter en tant que visiteur politiquement correct.

Quand ça n'avait plus suffi, quand il avait failli s'étouffer et tout rendre, il avait envisagé chaque préservatif comme un médicament. Quelque chose qu'on lui aurait prescrit pour lui sauver la vie – sa vie et celles de Joanna et Joelle.

Dieu sait comment, il était parvenu à avaler les trente-six préservatifs.

Le plus dur était maintenant de les garder dans son ventre.

L'avion avait décollé avec deux heures de retard. Afin d'éviter des turbulences imprévues au-dessus des Caraïbes, ils étaient montés à neuf mille mètres. Ce qui rallongerait la durée de vol, avait expliqué le pilote, mais « mieux valait tard qu'agité », avait-il ajouté avec cet accent du Midwest que tous les pilotes du monde semblaient avoir. Il modifiait le plan de vol pour le confort des passagers.

Le confort de Paul se calculait en nombres négatifs.

Les nombres négatifs l'avaient toujours fasciné. Ils étaient la face cachée de la Lune, l'antimatière de l'univers numérique qui lui était si cher. Il voyageait désormais à travers cet univers.

« Ça va ? » lui demanda son voisin.

De toute évidence, il ne regardait pas le film avec Reese Witherspoon. Il regardait Paul. Et Paul faisait une drôle de tête.

« Je me sens juste un peu nauséeux », répondit Paul.

L'homme sembla s'écarter. Bizarrement, il augmenta la distance qui les séparait sans pour autant bouger d'un pouce. Paul comprenait – « nausée » était le dernier mot qu'on voulait entendre pendant un vol long-courrier. Après « bombe », bien entendu.

L'une des plaisanteries habituelles de sa profession : Tu connais l'histoire de l'actuaire qui emporte une fausse bombe dans un avion ? Il voulait diminuer les probabilités qu'il y ait une autre bombe à bord.

Ha, ha.

« Vous voulez que j'appelle l'hôtesse ? demanda l'homme avec méfiance.

— Non. Ça va aller. »

Paul sentait chacune des gouttes de sueur sur son front. Son estomac grondait comme le tonnerre avant le déluge.

« Bon, OK », dit l'homme.

Mais il n'avait pas l'air de trouver ça OK.

Paul tenta à nouveau de se plonger dans le film. Reese était avocate ou quelque chose de ce genre. Elle enchaînait les mièvreries et souriait beaucoup.

Il allait vomir.

Il se leva, marcha jusqu'aux toilettes de la classe affaires. Occupées. Et quelqu'un d'autre attendait. Une femme qui tenait son fils de quatre ans par la main. Le garçon se trémoussait et se pinçait périodiquement l'entrejambe.

« Il faut qu'il y aille », s'excusa la mère.

Paul jeta un coup d'œil derrière le rideau entrouvert qui menait à la première classe. Personne n'attendait près des toilettes. Il se dirigea vers l'avant de l'avion.

« Excusez-moi, monsieur. »

Un steward s'était matérialisé comme par magie. Il était mince, jeune mais semblait très déterminé. Déterminé à ne pas laisser Paul, un voyageur de la classe affaires, entrer dans les toilettes de la première classe.

« Nous aimerions que vous utilisiez les toilettes de votre section, dit-il.

— Moi aussi. Mais elles sont occupées. Alors…

— Si vous voulez bien attendre qu'elles se libèrent, coupa l'homme.

— Je ne peux pas attendre. Je ne me sens pas bien. »

Les passagers de première classe le regardaient tous. Paul sentait leurs yeux lui vriller le dos. Dans la hiérarchie aéronautique, ils étaient les brahmanes et il était intouchable. Il aurait pu se sentir gêné dans son ancienne vie. Mais dans celle-ci, il était un trafiquant de drogue sur le point de dégueuler sa cargaison illégale dans l'allée d'un avion, il n'en avait donc rien à foutre. Il devait aller aux toilettes.

Le steward, dont le nom était Roland, l'examinait comme pour s'assurer qu'il disait la vérité. Était-il vraiment malade ou tentait-il de l'embobiner pour atteindre les glorieuses toilettes de première ?

Paul n'attendit pas qu'il ait pris sa décision. Il continua d'avancer, bousculant un Roland visiblement vaincu. Il entra dans les toilettes et referma la porte.

Sa nausée avait atteint un niveau à peu près intolérable.

Il se regarda dans le miroir. Il avait le teint cireux et était en sueur.

Il ferma les yeux.

Il s'imagina Joanna dans la pièce sans air. Assise sur ce matelas infect. Seule. Il se demanda si elle priait pour lui, s'accrochant à nouveau à la foi de son enfance, lorsqu'elle allait consciencieusement à confesse tous les dimanches pour abjurer ses péchés de petite fille. Il l'espérait.

Je ne vais pas vomir.

C'était maintenant une prière, émanant d'une personne qui avait besoin d'une petite intervention divine.

Il inspira profondément à plusieurs reprises, s'aspergea le visage d'eau. Il serra les poings. Il évitait soigneusement de regarder les toilettes, qui semblaient une invitation à gerber.

Ça fonctionna.

Il sentit sa nausée s'atténuer. Il était toujours barbouillé, mais pouvait concevoir de regagner son siège sans vomir. Peut-être que ces bondieuseries servaient à quelque chose, après tout. Peut-être même qu'un Dieu blasé avait eu pitié de lui.

Quelqu'un frappa à la porte.

« Qu'est-ce qui se passe là-dedans ? »

Roland. Il avait toujours l'air indigné.

« Je sors, répondit Paul.

— Bien. »

Une minute plus tard, Paul ouvrit la porte et se faufila devant Roland, qui dégageait une forte odeur de lavande. Il regagna son siège et l'homme assis à côté de lui le toisa d'un air suspicieux.

« Tout va bien ? » demanda-t-il.

Paul acquiesça. Il se tourna sur le côté et ferma les yeux. Il était incapable de dormir, mais ferait semblant.

Encore deux heures jusqu'à la douane.

Un chien attendait au bas de l'escalator.

Un berger allemand affublé d'un épais harnais noir.

Paul ne pouvait distinguer qui tenait le harnais car le plafond incliné au même angle que l'escalator bouchait la vue.

Ça pouvait être un aveugle, pensa-t-il. Un mendiant tenant un de ces gobelets blancs et une pancarte disant : Je suis aveugle. S'il vous plaît, aidez-moi.

Ou alors ça pouvait être l'autre catégorie de personnes qu'on voyait avec des chiens dans les aéroports internationaux. À l'arrivée des vols en provenance de Colombie.

Il songea à faire demi-tour en se frayant un chemin à travers la foule. Impossible. L'escalator était bondé.

Les voyageurs semblaient descendre au ralenti. La personne qui tenait le chien apparaissait petit à petit, comme si elle était esquissée par un dessinateur du parc de Washington Square.

D'abord les chaussures.

Noires, avec d'épaisses semelles robustes. Pas nécessairement des chaussures d'aveugle, mais pourquoi pas ?

Maintenant les jambes.

Minces et courtes et recouvertes de bleu foncé.

Un jean ? Ou le tissage de polyester pour lequel optaient certaines agences gouvernementales ? Difficile à dire. La boucle d'un ceinturon apparut dans son champ de vision, un objet conséquent qui semblait avoir une autre fonction que simplement retenir son pantalon. Le genre de boucle qui en imposait.

Le vêtement du haut commença à se matérialiser.

Paul espérait qu'il s'agirait d'un tee-shirt. Quelque chose qui dirait *I Love New York.* Ou : Mon gendre est allé en Floride mais tout ce qu'il m'a rapporté c'est ÇA. Il priait de tout cœur – comme lorsqu'il était dans les toilettes de la première classe.

Une chemise blanche à boutons. Avec une espèce de plaque dessus.

Un policier. Un agent des douanes.

Lorsque Paul atteignit la partie inférieure de l'escalator le plus lent du monde, il s'aperçut qu'il avait à la fois raison et tort. C'était un agent des douanes, d'accord, mais une femme. Ses cheveux teints en blond étaient serrés en queue de cheval, sans doute pour les empêcher de retomber devant ses yeux froids et zélés.

Mais son sexe n'avait pas vraiment d'importance. Paul se concentrait sur le chien.

Un chien renifleur… n'était-ce pas ainsi qu'on les appelait ?

L'agent et le chien étaient postés juste sur la gauche de l'escalator. Paul essaya de se coller à la rampe de droite. Le chien, assis sur ses pattes postérieures, pointait en l'air sa truffe frémissante.

Paul se posait des questions. Il croyait savoir que ces chiens étaient capables de renifler de la drogue dans des réservoirs, dans des poupées en plastique, et même dans des containers en béton. Mais à l'intérieur des gens ? À travers des couches d'intestins, de graisse, de latex, de peau ?

Il transpirait abondamment. Sa peau s'était mise à dégouliner, menaçant de le transformer en éponge ambulante.

Il quitta l'escalator et sentit que la femme des douanes le fixait du regard. Il faisait tout son possible pour ne pas la regarder, tentait d'avoir l'air las, blasé, nonchalant.

Elle devait se demander ce qui pouvait faire autant transpirer un passager en provenance de Colombie. Il semblait sur le point de se noyer dans sa propre sueur.

Paul entendait le chien renifler ; on aurait dit quelqu'un avec un sale rhume. Sa poitrine se comprima pour ne plus former qu'un nœud serré et douloureux. Il y avait paraît-il trois signes annonciateurs d'une attaque cardiaque – transpiration excessive, douleurs à la poitrine, engourdissement. Exactement ce qu'il ressentait. Seulement son engourdissement était plutôt d'ordre mental. Il avait une telle trouille qu'il n'arrivait plus à réfléchir.

C'est alors qu'il fit une chose très étrange.

Il caressa le chien.

Le berger s'était mis à émettre une série de gémissements nerveux, et Paul était convaincu que d'ici une seconde l'agent allait lui demander de sortir de la file et de l'accompagner jusqu'à une pièce spéciale où elle lui ferait passer une radio avant de l'arrêter pour trafic de drogue.

Il allait directement au-devant de sa peur. C'était ce que son père lui avait conseillé de faire lorsque, à sept ans, il lui avait confié la terreur que lui inspiraient les montagnes russes dressées au milieu de Hershey Park. Son paternel l'avait alors installé sur le gigantesque Tourbillon diabolique qui semblait atteindre les nuages, et Paul n'avait pas tardé à se vomir dessus.

Faire preuve d'un culot monstre fonctionnerait peut-être.

Le chien se figea et leva les yeux vers lui avec une intensité à donner le frisson. Ses oreilles s'aplatirent, sa truffe éduquée se remit à frémir.

Mais ce fut la femme des douanes qui lui aboya littéralement dessus.

« Monsieur ! »

Tout s'arrêta. Les autres passagers se retournèrent pour l'observer. Un adolescent avec un sac à dos, une famille de quatre personnes traînant un butin de chez Disneyland, un couple de personnes âgées qui tentaient de rattraper le reste de leur groupe. Un autre agent des douanes qui se tenait plus loin dans l'aérogare commença à s'approcher.

« Monsieur ! répéta la femme.

— Oui ? »

Il avait l'impression d'avoir quitté son corps, d'observer depuis les airs cette confrontation ridicule et terrifiante à l'issue de laquelle Paul Breidbart finirait inéluctablement menotté. Et déshonoré.

« Monsieur. Évitez de caresser la chienne, monsieur.

— Quoi ?

— Ce n'est pas une chienne de compagnie, monsieur. Elle est au travail.

— Oui, bien sûr. Désolé. »

Il ôta sa main qui tremblait nettement.

Puis il pivota sur ses talons et se dirigea vers la pancarte qui disait « Bagages ». Il compta ses pas en silence, se disant que s'il atteignait dix, il serait tiré d'affaire.

Il atteignit onze.

Douze.

Treize.

La chienne n'avait pas senti la cocaïne. Il était passé.

17

IL PRIT UN TAXI.

Le chauffeur parlait un anglais rudimentaire, mais n'eut aucun mal à exprimer la joie que lui inspirait une course qui ferait sa journée. Tout le trajet jusqu'au New Jersey serait au tarif double.

Il prit Grand Central Parkway jusqu'au pont de Triborough tandis que Paul consultait sa montre à peu près toutes les dix minutes, tel un concurrent du marathon de New York estimant sa progression.

Pour l'instant, il était plus ou moins dans les temps.

Tout va bien, lui criait la pom-pom girl dans sa tête.

Tout va bien.

Il tentait de se concentrer sur la ligne d'arrivée. Les contacts des FARC à Jersey City lui taperaient bientôt dans le dos pour le féliciter de sa mission rondement menée et passeraient un coup de fil en Colombie. Il attendrait le lendemain Joanna et Joelle aux arrivées de l'aéroport Kennedy et ils pourraient commencer leur nouvelle vie commune.

Rien qu'une heure.

Le taxi ralentit, roula au pas, s'arrêta.

Ils se trouvaient soudain au milieu d'un embouteillage. Pas le moindre mouvement perceptible devant eux.

Paul avait besoin d'aller aux toilettes.

Les choses n'avaient fait qu'empirer depuis qu'il avait débarqué de l'avion. Au début, sa sensation de trop-plein s'était juste fait légèrement plus pesante – exactement ce à quoi on pourrait s'attendre avec trente-six préservatifs dans le ventre. Mais elle s'était bientôt transformée en un besoin croissant et indiscutable de se vider, un besoin tout aussi inexorable qu'une envie de vomir.

Pour la deuxième fois en l'espace de quelques heures, Paul essaya de forcer son corps à se soumettre à sa volonté. Une simple question de supériorité de l'esprit sur la matière. Cependant, son corps ne lui prêtait aucune attention ; il ne voulait plus rien savoir. Il avait son propre programme et exigeait d'être entendu.

Le taxi n'avait pas bougé d'un centimètre depuis cinq minutes.

Le chauffeur secouait la tête tout en surfant entre une multitude de stations de radio étrangères. Il en résultait une cacophonie à la fois discordante et physiquement irritante. Elle entravait sérieusement la capacité de concentration de Paul, qui essayait de ne pas se laisser aller sur la banquette arrière du taxi.

« Est-ce que ça vous dérangerait d'arrêter ? demanda-t-il.

— Quoi ?

— La radio. Ça vous ennuierait de choisir une station ? »

Le chauffeur se retourna comme s'il venait de lui poser une question ahurissante. Il fixa sur Paul ses yeux aux paupières lourdes enfoncés dans de sombres cavernes de désespoir.

« Vous dire quoi ?

— C'est énervant », répondit Paul.

Son ventre commençait à sérieusement hurler. *Trouve des toilettes. N'importe lesquelles.*

« Ma radio, déclara le chauffeur.

— Oui, mais...

— Ma radio, répéta-t-il avec emphase. Je joue ce que j'aime. OK ? »

OK. Il y avait une frontière entre chauffeur et passager que Paul avait de toute évidence franchie.

Son estomac n'était plus qu'une crampe interminable. Il y avait quelque chose là-dedans qui cherchait désespérément à sortir.

Retiens-toi.

Le chauffeur de taxi klaxonna. De toute évidence, il s'agissait davantage de protester que d'espérer obtenir le moindre résultat. Les conducteurs devant lui ne pouvaient rien faire de plus que lui. Mais il se remit tout de même à klaxonner, en insistant cette fois. La voiture émit un long gémissement de frustration et de colère.

Il semblait heureux de se défouler ainsi et souriait comme s'il venait de se raconter une bonne blague.

Jusqu'à ce que quelqu'un descende de la voiture qui se trouvait devant eux – une Lincoln avec une plaque minéralogique qui disait BGCHEZE.

L'homme qui s'approcha de la vitre du chauffeur de taxi semblait à l'étroit dans ses vêtements : pantalon de survêtement bordeaux avec un tee-shirt qui avait plutôt l'air d'une camisole de force.

Il fit un geste de la main – « Baisse ta vitre ».

Le chauffeur n'était pas d'humeur à obéir. Il avait perdu son sourire et marmonnait en indien.

« Baisse ta putain de vitre », dit l'homme en s'apercevant que ses gestes n'avaient aucun effet.

Le chauffeur de taxi agita la main à son tour – « Allez-vous-en et fichez-moi la paix ».

L'homme n'apprécia pas.

« C'est à qui que tu fais ces putains de gestes, hein ? Tu aimes klaxonner les gens, enfoiré ? Baisse ta vitre. J'ai quelque chose pour toi, connard ! »

Le chauffeur n'allait certainement pas obéir. Non. Il agita de nouveau la main en direction de l'homme et tourna la tête, bannissant l'homme de son champ de vision.

« Hé, toi, l'enturbanné ! Tu piges l'anglais ? Non, pas vrai ? Tu piges pas un mot de ce que je raconte. Tiens, je vais te faciliter les choses. BAISSE. TA. FOUTUE. VITRE », dit-il en martelant la vitre à chaque mot de sa main gigantesque.

Le chauffeur de taxi avait verrouillé les portières. Paul s'en aperçut lorsque l'homme se mit à tirer en vain sur une poignée, ce qui ne fit visiblement qu'accroître sa colère.

Il se mit à bourrer de coups de pied la portière du chauffeur.

Paul ne savait pas si l'homme avait remarqué qu'il y avait un client à l'arrière. Mais même s'il l'avait vu, Paul ne pensait pas que ça l'aurait dissuadé.

« Ouvre cette putain de portière, pédé ! » hurla-t-il.

Le chauffeur avait maintenant l'air sérieusement inquiet. De fait, il sembla chercher de l'aide autour de lui… d'abord à gauche, puis à droite, puis enfin, inexorablement, derrière lui.

« Il va peut-être arrêter, dit Paul en voyant ses deux yeux animés par une pure panique.

— Il est dingue », répliqua le chauffeur.

Cette fois-ci, Paul ne pouvait qu'être d'accord. Et deux idées se bousculaient dans son esprit. *Primo* : il n'allait pas pouvoir se retenir. *Secundo* : si ce cinglé réussissait à entrer dans la voiture, il tuerait le chauffeur de taxi et Paul n'arriverait pas à Jersey City dans les temps. Même s'il parvenait à se retenir.

Paul baissa sa vitre.

« Écoutez, est-ce que vous pourriez vous calmer ? » dit-il à l'homme.

Sa voix semblait contrite et pleine d'angoisse, même à ses oreilles.

L'homme sembla se radoucir momentanément. Il regarda Paul comme s'il venait de tomber sur un objet digne de son attention.

« Dites-lui d'ouvrir sa portière.

— Écoutez, je suis sûr qu'il n'avait pas l'intention de klaxonner. Il se sentait frustré. Toute cette circulation. Est-ce qu'on pourrait oublier ? »

L'homme se fendit d'un sourire.

« C'est ça », dit-il.

Il passa la main par la vitre de Paul, tira le verrou et ouvrit la portière, le tout en quelques secondes. Avant que Paul ait eu le temps de réagir, l'homme le tirait hors du taxi par le bras.

Paul trébucha, faillit tomber.

« Hé, allez, arrêtez ça ! » s'exclama-t-il.

Quelque part entre « arrêtez » et « ça », le poing de l'homme l'atteignit au menton.

Paul tomba en arrière et s'étala de tout son long sur le trottoir. Paf. Mais ce n'était pas ça le pire. Non.

Il venait de passer des heures à se battre pour garder la drogue en lui, à batailler contre son propre corps à cause de cette intrusion indésirable et contre nature.

Et en un instant humiliant, il perdit.

18

ILS TROUVÈRENT UNE STATION-SERVICE EXXON quelque part dans le Bronx.

Un homme originaire du Moyen-Orient qui s'occupait de la pompe désigna l'arrière de la station lorsque Paul lui demanda où se trouvaient les toilettes.

Paul était remonté dans le taxi au milieu du pont de Triborough, avec l'assistance d'une femme d'une cinquantaine d'années qui avait jailli comme par magie d'un minibus blanc. Il avait refusé lorsqu'elle avait proposé d'appeler une assistance médicale. Il avait expliqué au chauffeur de taxi, qui était resté tranquillement assis sur son siège, qu'aller à la police ne l'intéressait pas. Non. Il voulait juste se rendre au 1346 Ganet Street à Jersey City.

Mais il lui fallait d'abord des toilettes.

Le chauffeur avait fermé la partition en plastique qui séparait l'avant et l'arrière du taxi, et Paul avait passé le reste du trajet à moitié assis sur sa hanche.

Lorsqu'il pénétra dans les toilettes suffocantes de la station-service – qui ressemblaient moins à des toilettes qu'à un simple trou dans le sol – il découvrit ce à quoi il s'était plus ou moins attendu.

Tout ce qu'il avait avalé à Bogotá était ressorti. Et les préservatifs étaient intacts.

Il les balança dans le lavabo infect, les rinça avec une eau brunâtre et tiède. Il ôta son pantalon, étala dessus le liquide jaunâtre qui sortait du distributeur de savon puis le mouilla sous le robinet. Il se nettoya du mieux qu'il put.

Il n'allait pas ravaler les préservatifs. Il en était incapable. Il se rendrait à la maison de Jersey City et leur expliquerait ce qui s'était passé – qu'ils étaient sortis juste quelques kilomètres avant la livraison.

Il plaça minutieusement la drogue dans le sac de voyage qu'il avait traîné avec lui jusqu'aux toilettes, regagna le taxi et se glissa discrètement sur la banquette arrière. Le chauffeur avait aéré en son absence. Les deux portières étaient grandes ouvertes, les deux vitres, baissées.

Au moins le chauffeur ne fit-il aucun commentaire. Paul s'en était pris une au menton pour lui. Sa reconnaissance devait compenser son dégoût.

Une demi-heure plus tard, ils pénétraient dans Jersey City.

Paul avait regagné espoir. Oui, il y avait de l'espoir puisqu'il était arrivé jusqu'ici alors qu'il ne donnait pas lourd de ses chances.

Il était à quelques rues de l'endroit où il devait effectuer la livraison. Sur le point d'accomplir sa part du marché.

Le chauffeur de taxi s'engagea dans un quartier pavoisé d'enseignes en arabe. Ils passèrent devant une mosquée jaune surmontée d'un minaret étincelant, un marché en plein air regorgeant de fruits et de légumes d'apparence exotique. Ils roulèrent au pas devant plusieurs femmes couvertes de la tête aux pieds d'une burka noire, glissant dans la rue telles des ombres.

Mon nom est Paul Breidbart. J'ai ce que vous attendez.

Il s'imagina le visage de Joanna lorsqu'elle descendrait d'avion. Les yeux toujours creusés, épuisée, mais débordante de reconnaissance et de soulagement. Elle tiendrait Joelle contre sa poitrine. Ils rentreraient chez eux, où leurs meilleurs amis, John et Lisa, auraient attaché des ballons rose vif à la poignée de la porte de leur appartement.

Mon nom est Paul Breidbart. J'ai quelque chose pour vous.

Le taxi s'arrêta. Le chauffeur tendait le cou pour regarder par sa vitre.

« Nous sommes arrivés ? demanda Paul.

— 1346, Ganet Street ?

— Oui. Nous y sommes ?

— Oui, c'est Ganet Street, répondit le chauffeur.

— Bien. »

Ils étaient au milieu d'un pâté de maisons. Une épicerie, un drugstore et deux agences d'encaissement de chèques bordaient un côté de la rue. L'autre côté semblait résidentiel, la maison qu'il cherchait devait donc s'y trouver.

Mais quelque chose clochait. Le chauffeur continuait de secouer la tête en soupirant.

« 1346 ? demanda-t-il à nouveau.

— Oui.

— Elle n'est pas là.

— Quoi ?

— Elle a disparu.

— Je ne comprends pas.

— Regardez, dit le chauffeur de taxi. Il n'y a pas de maison. »

19

LE MATIN.

Joanna sentait une odeur de banane plantain frite et de fumée. Et l'odeur musquée et familière de Joelle qui, sa tête douce calée sous le menton de sa mère, buvait avidement le lait jaune pâle fourni par Galina.

Paul était parti depuis plusieurs heures. Ou étaient-ce plusieurs jours ?

Elle avait essayé de vivre son départ avec courage. Elle avait essayé de rester forte pour lui – il en avait besoin. Mais quand il était parti, quand il avait quitté la pièce pour de bon, elle avait eu l'impression que son espoir l'avait quittée en même temps que lui.

Voilà ce que ça fait d'être complètement seule, se disait-elle.

Et pourtant il y avait Joelle. Elle n'était donc pas complètement seule.

Galina était revenue peu après le départ de Paul, et Joanna s'était accrochée à son bébé comme elle s'accrochait autrefois à son sac à main lorsqu'elle croisait un voleur potentiel dans la Quatre-vingt-quatrième Rue.

Ça, vous ne me le prendrez pas.

Et Galina ne l'avait pas pris.

« Est-ce que vous voudriez lui donner à manger avec moi ? avait demandé Galina.

— Oui. »

C'est ce qu'elles avaient donc fait. Côte à côte, comme les jeunes mères avec leurs nourrices étrangères qui se retrouvaient sur les bancs de Central Park chaque matin. Mais sans balançoire, ni tape-cul, ni toboggan.

Il y avait une autre différence, bien entendu. La nourrice les avait kidnappées.

Joanna ne prit pas la peine d'évoquer ce fait précis. Elle essayait de profiter de l'instant. « Ne crache pas dans la soupe », avait l'habitude de dire sa mère lorsqu'elle se plaignait d'une chose ou d'une autre. Ce qui voulait dire : contente-toi de ce que tu as. Pourquoi ? Parce que ça pourrait toujours être pire.

Si vous me laissez la tenir, la nourrir et être avec elle, je ne parlerai pas de ce que vous nous avez fait.

Cela allait certes diamétralement à l'encontre du caractère de Joanna. Elle était habituée à dire ce qu'elle pensait. Mais elle ne pouvait courir le risque de se faire arracher Joelle une deuxième fois.

Galina demanda à Joanna comment elle avait dormi, fit remarquer que Joelle mangeait bien, montra la bonne façon de lui faire faire son rot, parlant comme si elles étaient encore dans la chambre d'hôtel de Bogotá.

Et Joanna acquiesça, répondit, alla jusqu'à *discuter* avec elle.

« Où êtes-vous née, Galina ? demanda-t-elle après que Joelle eut fini de manger et qu'elle l'eut bercée doucement jusqu'à ce qu'elle plonge dans un demi-sommeil.

— Frontino, répondit Galina. Antioquia. Au nord, ajouta-t-elle lorsqu'elle s'aperçut que Joanna ne connaissait sans doute pas les diverses provinces colombiennes. Dans une ferme. Il y a longtemps.

— Comment était-ce ? »

Galina haussa les épaules.

« Nous étions pauvres. Des *campesinos*. Les pères m'ont envoyée à l'école. »

À l'évocation de la religion, Joanna se rappela la soutane noire et le col blanc qu'elle apercevait à travers la grille du confessionnal. L'odeur de naphtaline, d'encens et de talc.

Joanna était déterminée à faire durer la conversation. Joelle dormait et, d'une minute à l'autre, Galina risquait de se lever en disant : Donnez-la-moi. De plus, parler à un autre être humain était indéniablement agréable.

Mais il y avait une autre raison.

Parler l'empêchait de réfléchir.

« Dix-huit heures », avaient-ils dit à Paul.

Galina tendit la main et s'amusa à caresser doucement les cheveux hérissés sur la tête de Joelle.

Il était difficile de ne pas apprécier une telle femme, pensa Joanna. Il devait y avoir deux Galina. Rien n'empêchait de confier votre bébé à celle-ci.

« Quand êtes-vous venue à Bogotá ?

— Pendant les émeutes, répondit Galina. Quand Gaitán a été tué. »

Elle décrivit à Joanna la Colombie des années quarante. Jorge Gaitán était un homme du peuple… pas un blanc-bec comme les autres politiciens. À moitié indien. L'espoir des *campesinos*, comme son père. Mais il avait été abattu par un forcené. Le pays était devenu fou et avait sombré dans une violence qui n'avait jamais vraiment cessé depuis.

Joanna écoutait, acquiesçant, posant des questions. Elle ne cherchait plus seulement à faire durer la conversation, ce que Galina racontait l'intéressait. Peut-être que ça l'aiderait à comprendre.

« Vous ne comprenez pas, avait dit Galina à Paul quand il lui avait demandé comment elle avait pu les kidnapper. Ce n'est pas votre pays. »

OK, pensait Joanna, aidez-moi à comprendre.

Elle songea à *West Side Story* – un film qui l'avait fait pleurer quand elle l'avait vu à la télé à onze ans. Les Jets contre les Sharks, avec l'empoté et inefficace agent Krupke au milieu. En Colombie, c'était les rebelles de gauche contre ceux de droite, avec le gouvernement coincé au milieu.

Seulement il n'y avait pas ici de réconciliation plus forte que la mort.

Il n'y avait que la mort.

Elle serra Joelle plus fort tout en continuant de la bercer doucement.

Mon bébé, mon bébé à moi…

Elle tenta d'imaginer Paul dans un avion quelque part au-dessus de l'Atlantique. Ou bien était-il déjà arrivé ? Combien de temps s'était-il écoulé depuis son départ ?

Elle se tourna vers Galina pour le lui demander, mais celle-ci regardait fixement Joelle, apparemment perdue dans ses pensées. Ou dans ses souvenirs ?

« J'avais une fille », déclara Galina.

Joanna était sur le point de lui demander son nom, à quoi elle ressemblait, où elle était, lorsqu'elle s'aperçut qu'elle avait parlé au passé.

« Que lui est-il arrivé ? » demanda-t-elle.

Galina se leva, tendit les bras vers Joelle.

« Je la ramènerai », finit-elle par dire en voyant que Joanna ne la lui donnait pas.

N'ayant pas d'autre choix, elle tendit sa fille à la femme qui l'avait enlevée.

Le lendemain matin, après son réveil, Joanna colla l'oreille contre les planches grossières qui recouvraient l'une des fenêtres, cherchant à étendre son univers de quelques mètres, ou tout au moins de quelques centimètres.

Elle entendit des bruits de chantier – des coups de marteaux discontinus et un battement étouffé et régulier. Elle s'imagina un engin de battage, une pelle à vapeur. Deux chiens aboyaient. Un avion passa au-dessus de la maison. Quelqu'un faisait rebondir un ballon de basket.

Puis Galina pénétra dans la pièce. Elle n'avait pas le bébé. Mais elle avait autre chose.

Des nouvelles.

« Votre mari, annonça-t-elle d'une voix plate et dénuée d'émotion. Il n'a pas livré la coca. »

20

Il y avait un trou carbonisé, noir, encore fumant, à environ un tiers de la rue, sur le trottoir de gauche.

Paul comprit enfin que le 1346 avait dû se trouver là.

« Elle a brûlé, leur expliqua un résident arborant une calotte blanche.

— Quand ? demanda Paul.

— Hier. »

Paul sentit quelque chose dans son estomac – l'opposé de ce qu'il avait éprouvé auparavant. Son atroce sensation de trop-plein avait été remplacée par une sensation de vide tout aussi atroce.

Comme un trou noir qui absorberait la moindre particule.

« Les gens qui vivaient ici ? demanda Paul. Savez-vous où ils sont ? »

L'homme haussa les épaules.

Il s'avéra que personne ne savait où ils étaient. Personne ne savait vraiment qui ils étaient non plus.

« Des putains de Portoricains, lança un Blanc qui tenait une boîte de bière à moitié enveloppée dans un sac de papier brun.

— Des étrangers », confirma un autre homme qui semblait originaire d'Europe de l'Est et ne parlait qu'un anglais hésitant.

Les étrangers étaient restés dans leur coin. Ils n'avaient vécu là qu'environ six mois sans trop se mêler à la population locale. Ils étaient deux ou trois, ce chiffre variant d'un interlocuteur à l'autre. Des hommes.

« Mais personne n'est mort ? Dans l'incendie ? »

Apparemment non. En tout cas, les pompiers n'avaient découvert aucun corps.

Le chauffeur de taxi commençait à s'impatienter. Il avait fait sa course au tarif double et avait hâte de rentrer.

« Laissez tourner le compteur, dit Paul.

— Vous allez bien ? » demanda le chauffeur.

Il avait dû remarquer le reflet spectral de Paul dans le rétroviseur.

Ils remontèrent lentement Ganet Street et trouvèrent un petit restaurant. À travers la vitrine, Paul vit une cabine téléphonique au fond de l'établissement. Il avait laissé son téléphone portable chez lui.

Ils lui avaient donné un numéro. Au cas où.

Il allait expliquer la situation. « J'ai la drogue, les trente-six préservatifs. Mais je ne sais pas à qui la donner. »

Paul demanda au chauffeur de l'attendre.

« Bien sûr. Mais donnez-moi ce que vous me devez. »

Paul tira cent soixante-cinq dollars de son portefeuille et les lui tendit à travers la partition. Les guérilleros lui avaient rendu son argent et ses *traveller's checks* pratiquement intacts.

Vous nous prenez pour des bandits ?

Non. Juste des kidnappeurs et des assassins.

Lorsque Paul pénétra dans le restaurant, il entendit le son reconnaissable entre tous d'une voiture démarrant au quart de tour. Il se retourna et ne vit qu'un mince filet de gaz d'échappement bleu à l'endroit où le taxi était censé se trouver.

Il utilisa sa carte téléphonique. Après une minute à écouter des « clics » monotones, il entendit le téléphone sonner, mais personne ne répondit. Une sonnerie, deux sonneries, trois sonneries, quatre. Paul laissa sonner pendant environ cinq minutes qui semblèrent durer une semaine entière.

Il raccrocha, essaya à nouveau.

Toujours pas de réponse.

Il se sentait fiévreux.

Il retourna au 1346, observant le visage de chaque passant dans l'espoir d'en reconnaître un, mais ils filaient près de lui à toute allure.

Il se planta devant la maison calcinée. Des cendres aussi fines que des aiguilles flottaient toujours dans l'air épais et humide.

Ils devaient l'attendre, pensa-t-il. Quelqu'un allait revenir chercher la drogue.

Il se tint là pendant ce qui lui sembla une éternité. Les gens allaient et venaient, devant lui, derrière lui. Personne ne s'arrêta pour lui parler. Personne ne lui demanda ce que contenait son sac.

Puis quelqu'un l'aborda.

Un gamin, même s'il n'avait pas franchement une allure de gamin.

Lorsqu'il traversa la rue d'un pas tranquille et s'approcha en traînant les pieds, Paul supposa qu'il avait dû passer un bout de temps sur le trottoir d'en face car sa tête lui disait quelque chose.

« Psstt, fit le gamin.

— Oui ? demanda Paul, apercevant enfin une première lueur d'espoir.

— Je sais pourquoi tu es là, chef. »

Il semblait de la bonne nationalité – hispanique en tout cas.

« Ah oui ?

— Bien sûr, mon pote. » Le gamin regarda sur sa gauche, puis sur sa droite, puis il fit signe à Paul de le suivre. « J'attendais simplement que la voie soit libre.

— J'ai vu que la maison avait brûlé. Je ne savais pas quoi faire », murmura Paul tout en lui emboîtant le pas.

Le gamin avait tourné au coin de la rue et s'enfonçait dans une petite rue transversale bordée de maisons attenantes toutes peintes en diverses nuances sinistres de marron.

« Hum ! Hum ! fit le gamin.

— Je me suis dit que j'allais vous attendre jusqu'à ce que vous me trouviez.

— Bien pensé, chef. »

Au milieu de la rue, le gamin s'engagea dans une allée qui s'enfonçait entre deux maisons. Ils débouchèrent sur une cour au ciment fissuré et recouvert de tags. À l'arrière d'une des maisons, deux fenêtres vides sans stores semblaient les observer.

« Voyons voir ce que vous avez dans ce sac pour moi », dit le gamin.

Ils l'avaient trouvé. Il allait réussir, après tout.

Lorsqu'il eut ouvert le sac, Paul mit deux secondes à s'apercevoir qu'il avait tout faux.

C'était l'expression du gamin. En regardant dans le sac, il avait semblé, disons… déçu.

« Qu'est-ce que c'est que cette merde ? demanda-t-il.

— C'est… commença à expliquer Paul, puis il s'interrompit.

— T'as du fric, mon pote ? dit le gamin. Tu veux ta dose ou pas ? »

Non. Il était logique que la rue où des trafiquants de drogue colombiens avaient attendu leur cocaïne soit aussi peuplée de dealers. Et il était tombé sur l'un d'eux.

« Non », répondit Paul, et il commença à refermer le sac.

Le gamin lui attrapa le bras avant que la fermeture Éclair ne soit complètement fermée.

« Attends une minute, mon pote. »

Autant montrer de la viande à un chien.

Le gamin s'était remis de sa déception et il commençait à comprendre ce qu'il venait de voir.

« Y a pas le feu.

— Faut que j'y aille. Je vous ai pris pour quelqu'un d'autre, d'accord ?

— Qu'est-ce qui te plaît pas chez moi ?

— Écoutez, ça ne m'appartient pas. Je dois le donner à quelqu'un. »

Paul tirait sur le sac, qui ne bougeait pas.

« Je suis quelqu'un, chef.

— Écoutez, ça appartient à des gens dangereux, compris ? Ils vont piquer une crise si je ne leur apporte pas. »

Mais il y avait une autre personne dangereuse. Le gamin avait perdu son côté commerçant décontracté. Ses yeux étaient devenus durs comme la pierre. Il serrait le sac de plus en plus fort.

« Lâche ça, ordonna le gamin.

— Non », répliqua Paul, se surprenant lui-même.

L'ancien Paul aurait jonglé avec les nombres, calculé les risques. Il aurait lâché le sac.

Mais pas aujourd'hui.

S'il perdait le sac, tout était fini.

Le gamin saisit un objet dans sa poche. Paul vit l'éclat terne du métal.

« Écoute, mec, tu lâches ce sac, OK ? Tu veux pas que je te fasse du mal, pas vrai ?

— Je ne peux pas vous le donner, dit Paul.

— Tu me le donnes pas. C'est moi qui le prends. »

Paul ne lâcha pas.

Il vit à peine la main du gamin bouger. Il semblait impossible qu'une main puisse lui atteindre la pommette gauche puis revenir à sa position initiale en un clin d'œil. Paul eut l'impression d'avoir reçu une balle de base-ball en pleine face – chose qui lui était arrivée à deux reprises lorsqu'il jouait avec les moins de douze ans, et qui lui avait valu une infime fracture du lobe orbital que l'on pouvait toujours détecter sur les radios.

Étonnamment, il ne mordit pas la poussière. Il chancela, vacilla, tituba. Puis il fit une chose encore plus étonnante.

Il riposta.

Le gamin avait relâché son étreinte – peut-être était-il difficile de cogner quelqu'un d'une main tout en tenant quelque chose de l'autre. Paul lui arracha le sac des mains, puis le projeta en avant vers la tête du gamin.

Paf.

Le gamin tomba au sol. Violemment. Suffisamment violemment pour se cogner le côté du visage contre le ciment fêlé et regarder Paul avec un brin d'incrédulité, pour ne pas dire de peur.

Paul croisa son regard.

Peut-être était-ce l'expression de Paul – il faisait sa tête de dur et semblait dire : Vas-y, essaye encore. Essaye. Ou peut-être, ce qui était plus probable, était-ce la voiture de police qui était lentement apparue entre deux maisons.

Quoi qu'il en soit, le gamin se releva et détala.

21

MILES RÉPONDIT À LA TROISIÈME SONNERIE.

« Allô ?

— Miles ?

— Oui ?

— Ici Paul. Paul Breidbart. »

Paul était retourné dans le restaurant. Il avait réessayé le numéro en Colombie. Six fois. Pas de réponse. Il ne voyait plus qu'une personne à appeler.

« Paul ? » Son avocat sembla feuilleter son carnet d'adresses mental pendant un moment avant de le remettre. « Ha, comment allez-vous ? Est-ce que vous et… Joanna êtes rentrés ? »

Paul se demanda s'il avait dû feuilleter un véritable carnet d'adresses pour se souvenir du prénom de sa femme. Probablement.

« Non. Oui. Enfin juste moi.

— Vous ? Et pas elle ?

— J'ai des ennuis, Miles.

— Quels ennuis ? Tout se passe bien avec le bébé ?

— Est-ce que je peux passer vous voir ?

— Bien sûr. Appelez le bureau demain et prenez un rendez-vous avec…

— Il faut que je vous voie maintenant, coupa Paul.

— Maintenant ? J'étais sur le point de rentrer chez moi.

— C'est une urgence.

— Ça ne peut pas attendre les heures d'ouverture de mon cabinet ?

— Non. Ça ne peut pas attendre.

— Bon… d'accord, dit Miles après un moment d'hésitation. Vous allez devoir me retrouver chez moi. Vous avez un stylo sous la main ?

— Je me souviendrai. »

Il lui donna une adresse à Brooklyn.

Paul appela une compagnie de taxi locale dont le numéro était accroché sur un tableau d'affichage encombré dans le hall puant du restaurant.

Les Limos de Jersey Joe.

Coincé entre la *Psychothérapie de Stanley Franks* et les *Soins du corps de Wendy Whoppers – au salon ou à domicile*.

Paul se serait bien offert une séance avec les deux.

Mais il avait surtout besoin d'une limousine.

Même si Jersey Joe n'en avait apparemment pas. Dix minutes après son coup de fil, une Mercury Sable vert forêt se gara devant le restaurant et deux coups de klaxon retentirent. Le chauffeur, d'une obésité répugnante, offrit de mettre le sac de Paul dans le coffre. Paul serra les anses plus fort et refusa.

Il se demanda combien de temps il lui restait. Lui avait-on accordé un sursis ? Personne n'avait pu répondre quand Arias avait appelé cette maison de Jersey City. Il n'avait pas pu y avoir de sonnerie vu qu'il n'y avait plus de téléphone. Peut-être avaient-ils compris que quelque chose ne tournait pas rond et qu'ils en tiendraient compte. Ils attendraient.

Ils quittaient la rampe du pont de Williamsburg lorsque des gens à l'allure étrange apparurent. Du moins, leurs vêtements étaient étranges. C'était l'été, mais les hommes portaient d'énormes chapeaux à fourrure et de longues vestes noires. Les femmes étaient encore plus chaudement habillées.

Il n'avait pas fait le lien entre l'adresse que Miles lui avait donnée et Williamsburg, bastion du judaïsme orthodoxe. À l'évidence, ils étaient arrivés.

À chaque feu, des hommes en sueur et barbus le regardaient à travers la vitre.

La maison de Miles était une belle maison en grès soigneusement ornée de jardinières dans lesquelles poussaient des géraniums écarlates.

Paul paya le chauffeur et tira son sac hors de la voiture, tel un gentil dealer habitué au quartier. Il gravit les marches de la maison et sonna à l'interphone. Une femme corpulente et souriante, qui aurait pu être d'apparence agréable si une épaisse perruque noire n'avait été posée sur sa tête tel un casque, ouvrit la porte.

« Monsieur Breidbart ? demanda-t-elle.

— Oui. »

La femme se présenta, Mme Goldstein, et le mena à un bureau lambrissé.

« Il arrive dans une minute, dit-elle. Je vous en prie, asseyez-vous. »

Paul choisit l'un des fauteuils qui faisaient face à un bureau noyé sous une avalanche de paperasse.

Après le départ de Mme Goldstein, il s'interrogea sur la perruque.

Cancer ?

Il revit soudain sa mère devant le miroir de la coiffeuse, plaçant méticuleusement les cheveux d'une autre sur sa tête.

Paul étudia les étagères encombrées qui longeaient deux des murs de la pièce et sur lesquelles livres et photos se disputaient l'espace. La plupart des photographies représentaient Miles. Serrant des mains, posant en compagnie de divers gamins sud-américains. Sur l'une d'elles, Miles et María Consuelo posaient devant l'orphelinat Santa Regina. Plusieurs plaques étaient accrochées au mur ici ou là. « Homme de l'année de l'Association des parents d'Amérique latine » ; juste au-dessus, un diplôme accordé à titre honorifique par une université de droit et un certificat de service d'un hôpital local.

Lorsque quelqu'un pénétra dans la pièce et se retourna pour refermer la porte, Paul faillit lui demander quand l'homme sur les photos arriverait.

Mais c'était lui.

Déguisé.

Miles portait une kippa de feutre noir. Il était en train de détacher un petit objet noir qui ressemblait à une boîte de son avant-bras nu, déroulant tout un enchevêtrement de lanières de cuir. Il était vêtu d'une veste d'un noir de jais qui lui tombait jusqu'aux genoux et lui donnait l'air de sortir tout droit de *Matrix*.

« On appelle ça un phylactère », expliqua Miles après avoir serré la main de Paul et s'être assis derrière son bureau. Il avait ajouté l'étrange boîte noire prolongée par des lanières au bazar qui encombrait son bureau, où elle gisait telle une créature marine exotique. « Ils sont plus ou moins indispensables à la prière du matin.

— On est l'après-midi.

— Oui. Mieux vaut tard que jamais.

— Vous êtes juif orthodoxe ? demanda Paul.

— Hé ! Bien vu, dit Miles avec un sourire.

— Vous ne vous habillez pas comme ça au bureau. Je ne savais pas.

— Bien sûr que non, pour quoi faire ? répondit Miles. De toute manière, je suis un orthodoxe moderne. Et je ne suis pas très orthodoxe en ce qui concerne mon orthodoxie. Porter des habits non religieux est un compromis imposé par ma carrière – je risquerais d'effrayer le client. Porter la kippa à la maison est un compromis imposé par ma religion – si je ne le faisais pas, Dieu pourrait se mettre en colère. Vous saisissez ? »

Oui, Paul saisissait.

Il avait hâte d'abandonner ce sujet pour passer à celui de l'enlèvement de sa femme et de sa fille.

« Donc, reprit Miles, vous êtes rentré. Bienvenue au pays. Quel est le problème ?

— Le problème ? » répéta Paul. Peut-être parce que c'était un mot chargé de tant d'espoir. On pouvait faire face à un problème, non ? Et aussi trouver une solution. « Bogotá, dit-il d'une voix plate. Ce n'était pas plus sûr que Zurich.

— Quoi ?

— J'ai de gros ennuis. Aidez-moi. »

Paul buvait une tasse d'infusion généreusement apportée par Mme Goldstein.

« C'est bon pour les nerfs », avait commenté Miles.

De toute évidence, ses nerfs à lui se portaient à merveille et il n'avait pas eu besoin de thé. Assis à son bureau, il se tenait le front entre les mains.

Il avait réagi comme un avocat apprenant que ses clients avaient été kidnappés, que l'un d'eux se trouvait toujours en Colombie tandis que l'autre avait été forcé de franchir la douane américaine avec de la drogue. Il s'était décomposé, son visage n'était plus qu'inquiétude, colère et sympathie.

Il avait quitté sa chaise et était venu serrer les épaules de Paul.

« Mon Dieu, Paul. Je suis sincèrement désolé. »

Paul se laissait faire, il buvait ses paroles de réconfort. Jusqu'à présent, la seule personne à le plaindre, ç'avait été lui-même. Miles voulait des détails.

« Dites-moi ce qui s'est passé. Exactement ce qui s'est passé. »

Il lui raconta leur retour à l'hôtel et la disparition de leur bébé. Il lui décrivit la réaction de Joanna, persuadée que le bébé qui dormait à côté d'eux n'était pas Joelle, puis la visite chez Galina, les cris provenant du fond de la maison, et la soudaine brutalité de Pablo. La pièce aux fenêtres condamnées.

Arias. L'homme au cigare. La maison brûlée. Paul continua jusqu'au moment où le taxi l'avait laissé en plan à Jersey City.

Miles écoutait attentivement, prenait des notes sur un bloc jaune qui était apparu comme par magie au milieu du bazar qui régnait sur son bureau.

« Pablo ? demanda Miles. C'était votre chauffeur ?

— Oui.

— Hum. Et il était embauché par Santa Regina ?

— Oui. Pourquoi ? Croyez-vous que Santa Regina ait quelque chose à voir avec ça ?

— Aucun risque. Ça fait des années que je connais María Consuelo. Cette femme est une sainte. »

Paul jeta un coup d'œil à sa montre. « Ils ont dit dix-huit heures. Ça nous en laisse deux.

— OK. Envisageons les choses logiquement », répliqua Miles.

Plus facile à dire qu'à faire, faillit répondre Paul. Ma femme et ma fille sont dans la ligne de feu. Et nous manquons de temps. Mais il garda le silence.

« Écoutez, je sais que les choses se présentent plutôt mal, mais nous avons toujours ce qu'ils veulent », dit Miles. Il regarda le sac noir posé sur les genoux de Paul. « Là-dedans, hein ? » Paul acquiesça. « Nous devrions peut-être ranger ça dans mon coffre. Mes gamins sont toujours à courir partout.

— OK. »

Miles fit le tour de son bureau, ouvrit le sac et regarda dedans. Il lâcha un sifflement.

« Je ne suis pas expert en narcotiques, mais ça doit représenter un paquet.

— Deux millions de dollars.

— Ça fait en effet un beau paquet. »

Miles referma le sac, puis le souleva avec hésitation, à bout de bras, comme un promeneur portant les crottes de son chien jusqu'à la poubelle. Il ouvrit un bar qui n'en était pas un ; à l'intérieur se trouvait un coffre en acier inoxydable.

Lorsqu'il eut rangé le sac, il regagna son fauteuil.

« Est-ce que je peux vous demander comment vous avez fait pour avaler tout ça ? »

Paul allait dire que c'est ahurissant ce qu'on peut ingurgiter quand la vie de sa femme en dépend. Trente-six préservatifs, tout en ravalant sa peur et son dégoût.

« Je ne sais pas. J'y étais forcé.

— En effet. Je suppose, concéda Miles. Bon, où en étions-nous ?

— La drogue. Ce qu'ils veulent.

— Exact, la drogue. Ils ne feront rien à votre femme tant qu'ils ne sauront pas où elle est. Logique, non ? » Paul fit oui de la tête. « Bien sûr que c'est logique, poursuivit Miles. Il y en a pour deux millions de dollars. De plus, je crois que les FARC ont surtout la réputation de garder leurs otages longtemps. Des années, même. »

Miles avait dit ça pour le rassurer. Ses paroles eurent l'effet inverse. Paul eut soudain la nausée.

Des années.

Miles s'en aperçut.

« Écoutez, c'était juste une observation. Ils vous ont peut-être dit dix-huit heures, mais je ne pense pas qu'ils s'y tiendront.

— Qu'est-ce que vous en savez ?

— Appelons ça une supposition éclairée. »

OK, selon Miles, ils avaient encore du temps. C'était comme ces lettres de rappel menaçantes qu'on recevait par courrier – elles avaient pour unique but de faire peur.

Mais Paul avait tout de même la nausée – sans compter qu'il était en sueur, qu'il se sentait dégoûtant et physiquement épuisé. Il ferma les yeux et passa sur son front palpitant une main qui sentait toujours le savon de la station-service.

« Vous allez bien ? demanda Miles, visiblement soucieux. Enfin, relativement bien ? Écoutez, j'ai besoin que vous restiez avec moi. Nous allons régler ça, trouver une solution – mais j'ai besoin de vous, d'accord ? » Il consulta les notes qu'il avait griffonnées. « Voyons les solutions possibles. »

Paul ignorait qu'il en existait.

« *Primo*, on va voir les autorités. » Miles sembla envisager cette hypothèse pendant un moment, puis il secoua la tête. « Hum, hum. Votre première idée était probablement la bonne. Et puis, quelles autorités exactement irions-nous voir ? La police ? Le département d'État ? Le gouvernement colombien ? Ils ne sont même pas fichus de faire libérer leurs propres concitoyens. Alors une étrangère… En plus, si les hommes des FARC découvrent que nous avons envoyé des gens à la recherche de Joanna et de Joelle, elles deviendront un boulet pour eux. Ils risquent de leur faire du mal. Et il y a autre chose : vous avez fait entrer de la drogue aux États-Unis – beaucoup de drogue. Sous la contrainte, certes, la pire contrainte imaginable, mais nous parlons quand même de trafic de drogue, un délit fédéral. Donc nous ne nous adressons pas aux autorités. D'accord ?

— Oui », répondit Paul.

Le fait que Miles utilise le mot *nous* lui fit chaud au cœur. Il se sentit un peu moins seul au monde.

« *Secundo*, reprit Miles en levant un deuxième doigt. Nous pourrions ne rien faire. Nous pourrions nous contenter d'attendre qu'ils nous contactent. » Il secoua à nouveau la tête. « Pas si malin que ça. Rien ne nous assure qu'ils sachent comment entrer en contact avec vous. Il y a de grandes chances pour qu'ils l'ignorent. Et qui dit que votre femme le leur a dit ? OK, on oublie cette solution. Nous ne pouvons pas rester à ne rien faire. Maintenant… »

Il leva un troisième doigt, se pencha légèrement en avant. « *Tertio*, nous pouvons les contacter nous-mêmes. Nous pouvons leur dire que nous avons toujours leur drogue. Tout ce qu'il nous faut, c'est quelqu'un à qui la donner. "Nous vous donnons la drogue, vous laissez partir Joanna et le bébé." Pas de libération, pas de drogue. La drogue est synonyme d'argent, de beaucoup d'argent. Ils voudront l'argent. »

OK, pensa Paul. Ça ressemblait à un vrai plan.

Parfaitement logique, simple, voire encourageant. Sauf que…

« Comment allez-vous les contacter ? Ils ne répondent pas au numéro de téléphone qu'ils m'ont donné. J'ai essayé.

— Le chauffeur, répondit Miles en claquant des doigts. Pablo. Je vais appeler Santa Regina. María doit avoir son numéro quelque part. » Miles ouvrit le tiroir de son bureau et en tira un petit répertoire. « Voyons voir… » Il parcourut une page, puis passa à la suivante. « Consuelo… Consuelo… la voici. »

Il décrocha son téléphone, composa le numéro.

Certaines personnes parlent au téléphone comme si leur interlocuteur se trouvait dans la même pièce qu'eux. Miles était de ces gens. En disant bonjour à Maria, il fit un grand sourire, comme si elle avait été assise juste en face de lui.

« Bien, dit Miles, et vous ?

— Oui, ils grandissent. Et comment vont les vôtres ?

— C'est merveilleux. J'aimerais voir une photo… »

Ils continuèrent dans la même veine pendant une minute ou deux, à échanger des civilités, à se poser des questions polies, à prendre des nouvelles.

« María, finit par dire Miles, je me demande si vous pourriez me donner le numéro d'un chauffeur de taxi… Pablo. Je ne connais pas son nom de famille… Oui, c'est ça. J'envisage de faire appel à lui pour un autre couple… Vraiment ? Oh, magnifique. »

Il leva le pouce en direction de Paul, attendit tout en triturant un stylo entre deux doigts.

« Ah… » Il griffonna quelque chose. « Merci, María… Bien sûr. À bientôt. »

Il raccrocha.

« OK, dit-il en regardant Paul. Nous avons le numéro. Maintenant… »

Il consulta son carnet et composa le numéro. Cette fois, il n'y eut ni bonjour, ni amabilités, ni papotages. Pour la bonne et simple raison qu'aucun mot ne fut prononcé. Miles attendit, continuant de triturer son stylo, consultant sa montre, balayant la pièce du regard. Puis il haussa les épaules, raccrocha et essaya à nouveau.

Même résultat.

« Bon, fit Miles, il n'y a personne. » Il reposa le combiné. « Je réessaierai plus tard. »

Paul acquiesça. Mais la question était : *plus tard* ne serait-il pas trop tard ?

« Écoutez, dit Miles, j'ai réfléchi. Vous feriez sans doute mieux de ne pas rentrer chez vous. Pas encore. Ils ne voulaient pas que quiconque sache que vous étiez rentré, correct ?

— En effet. »

Il avait repris espoir, l'optimisme de Miles avait été contagieux, mais maintenant qu'ils avaient échoué à entrer en contact avec qui que ce soit, il sentait son courage le quitter.

« On s'en tient à ce plan, d'accord ? Du moins pour le moment. Vous pouvez rester ici. Jusqu'à ce qu'on arrive à les joindre. Ça vous va ? »

Paul acquiesça à nouveau, tel un enfant obéissant. Si Miles lui recommandait de rester, il resterait. *Oui, monsieur.* Il était vidé, claqué, et avait salement besoin de piquer un somme.

Miles expliqua brièvement la situation à sa femme. Paul l'entendit chuchoter dans la pièce d'à côté. Puis les deux hommes montèrent à l'étage, passèrent devant la chambre des enfants où deux garçons avec des télécommandes entre les mains levèrent les yeux de leur console Nintendo.

Une petite chambre d'amis se trouvait au bout du couloir.

Miles alluma la lumière.

« Faites comme chez vous. Si vous voulez prendre une douche, la salle de bains est au bout du couloir. Vous trouverez des oreillers dans le placard.

— Merci, dit Paul. »

Il avait vraiment besoin d'une douche, surtout après l'incident du pont de Triborough. Mais il n'avait pas l'énergie.

Miles s'apprêta à quitter la pièce, fit quelques pas, puis se retourna.

« Je vais continuer d'appeler ce numéro. Si on n'arrive pas à le joindre aujourd'hui, on y parviendra demain. Nous allons les sauver, OK ? Joanna et le bébé, toutes les deux. Nous allons faire tout notre possible. »

C'était la meilleure prière que Paul pouvait espérer avant de se coucher.

Il ôta ses chaussures et ses chaussettes et s'étendit sur le lit sans prendre la peine d'aller chercher un oreiller.

Paul se réveilla en pleine nuit. Sa montre indiquait 3 h 14.

Pendant un moment, il se demanda où il était, ne se souvenant même pas de ce qui lui était arrivé. Joanna aurait pu être étendue dans le lit près de lui, Joelle aurait pu se trouver dans la pièce d'à côté, suçant paisiblement sa tétine.

Puis la réalité s'imposa. Il se rappela où il était. Il se rappela pourquoi. Il se souvint que dix-huit heures s'étaient écoulées et que sa femme n'était peut-être plus en vie. Il ferma les yeux et enfonça la tête dans le matelas pour essayer de se rendormir.

Impossible.

Il se sentait soudain totalement éveillé, la panique semblant lui insuffler de l'énergie. Il se retourna plusieurs fois, alla chercher un oreiller dans le placard, se recoucha et ferma à nouveau les yeux. Rien à faire. Son esprit fonctionnait à cent à l'heure.

Bonjour, Arias, content de te revoir. Comment ça va ?

Buenas noches, *Pablo.*

Galina, ça me fait plaisir de vous revoir.

Il se représenta aussi Joanna, emprisonnée dans cette pièce. Sa femme, sa princesse guerrière.

Au bout d'une heure, il capitula.

Tout était absolument silencieux, c'était ce moment de la nuit où il avait l'impression d'être seul sur terre.

« Ne sois pas idiot. L'obscurité ne te fera pas de mal », avait l'habitude de lui dire son père lorsqu'il frissonnait sous ses couvertures.

Mais il avait du mal à le croire. Après tout, il y avait d'autres choses dont on lui avait dit qu'elles ne faisaient pas de mal, avant qu'il découvre qu'il en allait autrement. Le cancer, par exemple. On lui avait dit que ce n'était pas grand-chose, mais il avait déjà réduit sa mère à l'état de squelette lorsqu'il l'avait vue sur son lit, et avait fini par la tuer trois jours avant son onzième anniversaire. Son père était distant, et rarement à la maison. C'était sa mère qui s'occupait de la famille. Il s'était mis à prier constamment, sérieusement, pour elle. Mais lorsqu'elle était tout de même morte, lorsque le prêtre de la famille s'était accroché à sa main pendant qu'on faisait descendre l'escalier à sa mère – pas à sa mère, à son *cadavre* – enveloppée dans un drap blanc, il avait secrètement renoncé à sa foi en une divinité supérieure et avait adopté la logique froide des nombres, s'était minutieusement construit un univers structuré, ordonné. Un monde où les probabilités et les ratios étaient vos amis. Où vous pouviez statistiquement calibrer les risques qu'une tuile vous arrive, et y trouver du réconfort.

Ce n'était pas par hasard qu'il avait été attiré par un métier dont le seul but était de « contrôler les risques », ce qui signifie en langage d'actuaire : « réduire la probabilité d'événements indésirables ».

Mais sa capacité à évaluer les risques semblait lui faire défaut ses temps-ci.

Il roula hors du lit et se tint debout pieds nus. Le plancher était froid, il semblait vieux. La chambre ne comportait ni télévision ni radio.

Il lui fallait une distraction, quelque chose pour s'occuper l'esprit. Quelque chose à lire.

Bien qu'il marchât sur la pointe des pieds jusqu'à l'escalier, le parquet émit quelques gémissements de protestation. Ne sachant où se trouvaient les interrupteurs, il descendit en s'appuyant d'une main à la rampe et de l'autre au mur.

Il atteignit finalement le bureau de Miles où, après quelques tâtonnements, il découvrit un interrupteur juste derrière la porte.

Clic.

Il se dirigea vers les étagères en traînant les pieds. Bon, une lecture légère s'imposait. Mais la chance ne semblait pas vouloir lui sourire. Les étagères étaient couvertes du genre de livres qu'on s'attendrait à trouver dans le bureau d'un avocat. Une tonne de livres de droit : épais, reliés de cuir, et singulièrement rebutants. Une bible juive à la reliure craquelée et écaillée. Un bouquin sur la kabbale. Une biographie de David Ben Gourion. Un volume tout fin, intitulé *L'Histoire de Ruth*.

Ce dernier gagna par défaut.

Une bonne histoire ne lui ferait pas de mal. N'importe quelle histoire. Mais lorsqu'il tira le volume, non sans quelques difficultés car il était coincé entre *Statuts de l'État de New York* et *Principes de procédure pénale*, une liasse de papiers tomba.

Paul se pencha en avant pour les ramasser.

Des lettres, anciennes à en croire leur aspect. La couleur du papier allait du blanc cassé à un jaune maladif. La première lettre commençait par « Cher père, papa, papou ».

L'un des amateurs de jeux vidéo qui dormaient à l'étage. Des lettres de colonie de vacances, peut-être ?

Il avait l'impression d'être un voyeur, de s'immiscer dans l'histoire de la famille Goldstein. Ce qui lui fit penser à sa famille – ou plutôt à son absence de famille.

Il se sentit soudain submergé par une tristesse mêlée d'une émotion qu'il reconnut clairement comme de la jalousie. Miles avait de la chance. Il avait une femme qui ne moisissait pas sous garde armée en Colombie. Deux enfants qui lui écrivaient consciencieusement depuis leur colonie.

Un seul aurait suffi au bonheur de Paul.

Cher père, papa, papou,

Te souviens-tu de la fois où nous sommes allés au zoo et où tu es parti ?

Miles avait envoyé ses enfants en colonie et l'un d'eux lui faisait part de son mécontentement. Il lui rappelait la fois où il l'avait emmené quelque part et laissé seul, momentanément abandonné au milieu de la foule d'amateurs de singes pendant que Miles était parti acheter de la barbe à papa. Paul créait sa propre version de l'histoire de la famille Goldstein… ce qu'on fait pour passer le temps quand on n'a pas de famille.

Il aurait pu continuer de s'inventer des histoires s'il n'avait soudain entendu un bruit distinct à la porte. L'un des fils de Miles se tenait debout en pyjama bleu et frottait ses yeux à demi ouverts dans la lumière éblouissante. Il devait avoir dans les quatorze ans, jugea Paul. C'était un grand échalas à l'air gauche à mi-chemin entre enfance et adolescence. Ses jambes étaient trop longues pour son corps, un infime duvet recouvrait sa lèvre supérieure comme une tache de rouge à lèvres.

« J'ai entendu quelqu'un dans l'escalier », dit le garçon.

Si Paul avait eu le sentiment de se comporter en voyeur auparavant, maintenant il nageait en pleine confusion. Pris la main dans le sac en train de lire des lettres personnelles qu'un fils avait écrites à son père. Comme si c'était normal, comme s'il en avait le droit.

« J'ai voulu attraper ce livre, et elles sont tombées », expliqua Paul, penaud.

Le garçon haussa les épaules.

Paul replaça les lettres dans le livre qu'il reposa sur l'étagère.

« Bon, fit Paul, je retourne au lit. »

Le garçon hocha la tête et se retourna tandis que Paul éteignait la lumière et le suivait hors de la pièce. Ils remontèrent l'escalier ensemble à tâtons.

« Est-ce que tu es allé en colonie ? demanda Paul.

— Hum, hum, répondit le garçon dans un demi-sommeil.

— Pendant l'été ? Quand tu étais plus jeune ?

— Hum, hum, répéta le garçon d'une voix endormie. Au camp Beth-Shemel dans les montagnes Catskills. C'était craignos.

— Oui, dit Paul. Moi non plus, je n'aimais pas la colo. »

On l'y avait envoyé après le décès de sa mère.

En haut de l'escalier, Paul lui souhaita une bonne nuit et regagna sa chambre, où il mit deux heures à trouver enfin le sommeil.

Lorsque Paul se réveilla en milieu de matinée, Miles n'était plus là.

« Il est parti au travail il y a deux heures, l'informa Mme Goldstein. Il m'a dit de vous dire de vous mettre à l'aise. Alors, je vous en prie, dit-elle en rougissant timidement, mettez-vous à l'aise. Il vous appellera plus tard. »

Il avait trouvé Mme Goldstein dans la cuisine après avoir enfilé ses chaussettes et ses chaussures et s'être aventuré au rez-de-chaussée. Un garçon assis à la table lisait une bande dessinée – *La Vengeance de Spider-Man*. C'était l'autre fils de Miles, il devait avoir deux ans de moins que son frère.

« Bonjour, je m'appelle Paul », se présenta-t-il.

Le garçon marmonna « salut » sans décoller le nez de sa bande dessinée.

Mme Goldstein soupira.

« Dis-lui ton nom. Quand quelqu'un se présente, tu te présentes aussi. »

Le garçon leva la tête et fit les gros yeux.

« David », dit-il, puis il se replongea immédiatement dans les aventures du superhéros qui, en guise de présentation, vous piégeait dans sa toile gluante et vous pendait la tête en bas.

Mme Goldstein portait toujours sa perruque, mais cette fois Paul remarqua une touffe de cheveux qui ressortait sur le côté. Ils semblaient épais et sombres, et Paul comprit soudain que ce n'était pas le cancer, mais la religion, qui lui dictait de se couvrir la tête.

« Voulez-vous du café, monsieur Breidbart ?

— Paul. S'il vous plaît.

— S'il vous plaît du café, ou s'il vous plaît Paul ?

— S'il vous plaît les deux.

— D'accord. Mais vous devez m'appeler Rachel, dit-elle en prononçant le *ch* de façon gutturale, comme les Allemands.

— Oui, Rachel. Merci.

— Asseyez-vous. Il ne mord pas. »

Paul s'assit à côté du garçon, qui ne semblait pas particulièrement surpris d'être assis à la table du petit déjeuner avec un inconnu.

L'humidité semblait avoir disparu. Des rayons de soleil aussi jaunes que du beurre filtraient à travers les géraniums de la jardinière. Si sa femme et sa fille avaient été à la maison, ils seraient allés se promener dans Central Park et auraient étalé une couverture de pique-nique dans Sheep Meadow. Ils se seraient abandonnés au bonheur nouveau de former une famille.

Plus tard, après que Paul eut pris une douche, revêtu une des chemises de Miles fraîchement repassée et généreusement fournie par sa femme, lu deux journaux – dont un journal juif qu'il avait consciencieusement feuilleté sans y comprendre un traître mot – après qu'il eut fait absolument tout ce qu'il pouvait pour se retenir de sauter au plafond, Miles l'appela enfin.

« OK, commença-t-il. Tenez-vous bien. J'ai réussi à le joindre.

— Quoi ?

— J'ai réessayé plusieurs fois hier soir… rien. Dix fois ce matin – toujours rien. Je l'ai finalement eu au téléphone cet après-midi. Notre ami Pablo.

— Et ? »

Paul sentit un vague espoir s'éveiller en lui.

« Il était méfiant, bien sûr. C'est le moins qu'on puisse dire. Il a commencé par nier vous connaître. Même quand je lui ai dit qui j'étais, que je savais tout ce qui s'était passé là-bas. Au bout d'un moment, il a admis vous connaître un peu, mais il prétendait n'avoir aucune idée de ce dont je parlais. Il vous avait juste servi de chauffeur, c'est tout. Je lui ai dit de se calmer – que personne n'irait voir la police. Sa mémoire a alors semblé lui revenir. Je lui ai parlé de la maison incendiée. Je l'ai assuré que nous avions toujours la drogue. Je crois que tout va bien se passer. Il va me rappeler. Il nous dira où livrer le sac. Où et quand.

— Et Joanna ? Et ma fille… Est-ce qu'elles sont… ?

— Elles vont bien. »

Paul sentit l'énorme nœud qui lui serrait le creux de l'estomac commencer à se défaire lentement.

« J'ai aussi demandé à Pablo s'il en était absolument certain, continua Miles. Je lui ai tout expliqué pour qu'il n'y ait aucune méprise. Pas de Joanna ni de Joelle, pas de drogue. Je crois qu'il a pigé. C'est comme pendant les procès. Il faut leur faire croire qu'on a les cartes en main, même si c'est faux. Qui sait ? Peut-être que nous les avons ? Nous avons leur drogue, non ?

— OK.

— *OK ?* Qu'est-ce que vous pensez de "C'est génial, Miles ? C'est fantastique. Ces nouvelles me rendent fou de joie" ?

— Ces nouvelles me rendent fou de joie.

— Vous n'avez pas l'air fou de joie.

— Je suis inquiet.

— OK, vous êtes inquiet. Bien sûr que vous êtes inquiet. Qui ne le serait pas à votre place ? Ayez la foi, je vous prête la mienne si vous voulez – gratuitement. Je vous l'ai dit. Nous allons y arriver. Il va rappeler, nous livrerons la coke et nous vous sortirons de ce traquenard.

— Il y a autre chose.

— Comment ça, autre chose ?

— Si nous leur donnons la drogue et…

— Et ?

— … et qu'ils ne les libèrent pas ? »

C'était la question évidente, naturellement. La même question que lui avait posée Joanna dans cette pièce en Colombie. Celle à laquelle il avait évité de songer de trop près ou trop souvent. Ce qui était somme toute facile quand vous étiez occupé à échapper aux douanes américaines ou aux jeunes dealers.

Mais plus maintenant qu'il était sur le point de livrer deux millions de dollars de drogue entre les bonnes mains.

« Je ne sais que répondre à ça, dit Miles. Je crois que leur faire confiance est le prix à payer. Désolé, mais nous n'avons pas vraiment le choix. »

22

ILS LA TRANSFÉRÈRENT SANS PRÉVENIR.

En pleine nuit ? En plein jour ? Elle n'en savait rien. Elle savait seulement qu'elle était plongée dans l'un de ces sommeils sans fond et était heureuse de se trouver au beau milieu d'un rêve agréable. Le plus agréable de tous. Elle était à la maison avec Paul par ce qui semblait être un paisible après-midi d'été. Un dimanche, peut-être, au cours duquel ils se seraient levés vers dix heures pour aller lire le *Sunday Times* devant deux cafés glacés.

Le rêve baignait dans cette atmosphère dominicale.

Puis la porte s'ouvrit brutalement. Elle eut l'impression que le tonnerre venait de frapper non loin de leur appartement de la Quatre-vingt-quatrième Rue. Le déluge allait suivre.

Mais ce qui suivit fut quelqu'un la soulevant sèchement du matelas et la tirant aussitôt de son rêve. Et l'odeur âcre d'hommes nerveux et en sueur. Et le son d'ordres sévères hurlés dans une langue qui n'était pas sans rappeler un film de kung-fu.

« *Fissa*, lui lança l'un des jeunes hommes. *Vamos.* »

Puis on lui enfila une cagoule, mais à l'envers, pour que les trous soient à l'arrière et qu'elle ne puisse rien voir.

Elle se demanda si le moment était venu. Si c'était la fin. Les premiers pas vers sa tombe de fortune au milieu de nulle part. Finirait-elle sur l'une de ces photos épouvantables qu'on voyait dans les journaux ? Elle sentit le goût de sa propre peur – une saveur amère à l'arrière de la langue.

Elle avait beaucoup réfléchi à sa mort ces derniers temps. Depuis que Galina l'avait sommairement informée de l'échec de Paul à livrer la drogue. Ces paroles avaient eu la puissance et la solennité d'une sentence de mort lue par un juge impitoyable.

Mais il n'y avait pas que ça. Il y avait aussi l'attitude de ses gardes. Le garçon qui lui apportait chaque jour son petit déjeuner ne se comportait plus comme un employé d'hôtel espérant un pourboire. Il ne la saluait plus d'un sourire. Quelqu'un lui avait fait passer le message : elle n'était plus une vache à lait, mais un agneau à sacrifier.

Les autres gardes aussi. Bourrus, aigres, énervés. Ils s'adressaient à elle avec une colère à peine retenue et un mépris mal dissimulé.

Elle sentait la menace dans l'air.

Et maintenant, ça. On la traîna hors de la pièce, le long d'un couloir, puis soudain il y eut des marches – une, deux, trois – elle trébucha, faillit tomber. Ils lui avaient ligoté les poignets au moyen d'une corde – les fibres rêches s'enfonçaient dans sa chair.

« Je n'y vois rien ! » lança-t-elle.

La panique dans sa voix, son ton de victime impuissante lui fit horreur.

Elle avait passé des années dans des services de ressources humaines. Elle avait l'habitude de voir des victimes défiler devant son bureau, le genre de jeunes femmes terrifiées à l'idée qu'on puisse leur faire du mal – c'étaient presque toujours des jeunes femmes – et qui énuméraient en pleurnichant les vexations qu'elles devaient endurer. Elle acquiesçait, souriait, les réconfortait, mais il y avait toujours une part d'elle qui aurait voulu dire *Pourquoi ne vous défendez-vous pas ? Pourquoi ?*

Maintenant, elle était comme ces femmes, réduite à supplier. Elle n'était pas encore sortie de la maison que ses poignets la brûlaient déjà. Elle sentit des odeurs de graisse brûlée, de beurre, d'ananas. Ils devaient lui faire traverser la cuisine. Elle peinait à marcher, trébuchait, titubait, battait l'air de ses bras.

Personne ne lui avait répondu. Ou peut-être que si. Quand elle avait dit : « Je n'y vois rien », la personne qui l'entraînait avait brutalement tiré sur la corde et elle s'était violemment cogné l'épaule contre le mur.

C'était ça leur réponse : boucle-la.

Elle sut qu'elle était dehors lorsqu'elle perçut soudain l'odeur distincte des pins, l'arôme doux des hibiscus et le relent familier, quoique écœurant, de l'essence. Et l'air semblait différent. Il avait la texture de la nuit, mais il était déjà chargé de rosée matinale. Être à nouveau dehors avait quelque chose de douloureusement agréable. Respirer l'air frais et sentir une brise douce contre sa gorge. Seulement on l'emmenait – loin de ce qu'elle connaissait, vers l'inconnu.

Loin de Joelle.

Une portière de voiture s'ouvrit.

Mais ce n'était pas une portière. Elle se retrouva poussée en avant dans un coffre. Aucune main attentionnée pour amortir sa chute. Sa joue heurta de plein fouet le plancher du coffre. La douleur soudaine dans sa mâchoire lui arracha un cri.

« *¡Silencio !* » ordonna l'un d'eux.

Le coffre se referma. La panique s'empara d'elle. Un coffre de voiture contenait une quantité limitée d'air. Elle en manquerait tôt ou tard. Et le fait qu'elle respirait rapidement, que sa poitrine se soulevait comme si elle venait d'effectuer un bon jogging, n'aidait pas.

Du calme, se dit-elle. Pas si vite.

La voiture s'ébroua dans un grondement sonore. Elle entendit deux portières s'ouvrir puis se refermer. Puis elle sentit qu'ils roulaient. D'abord doucement, comme un bateau s'éloignant d'un embarcadère. La voiture tourna à droite, puis négocia une longue courbe sur la gauche, avant de prendre rapidement de la vitesse.

Ils semblaient rouler plus ou moins en ligne droite.

Une autoroute ?

Vers où ? Depuis où ?

Au moins, elle ne serait pas morte d'asphyxie lorsqu'ils arriveraient ; dès que la voiture avait démarré, des flots d'air frais étaient venus lui fouetter le visage. Ils avaient enlevé une partie du plancher du coffre pour qu'elle puisse respirer.

Elle reprit un peu courage. S'ils cherchaient à la garder en vie durant le trajet, peut-être qu'ils ne la tueraient pas en arrivant. Peut-être…

Reste forte.

Ils roulèrent au moins une heure ou deux. Le plus gênant était le manque d'espace – ses bras étaient coincés sous son corps. Ils s'engourdirent rapidement. Mais ses épaules étaient une autre histoire – au moindre cahot, une douleur lancinante la transperçait depuis les épaules jusqu'au milieu de la poitrine. La voiture avait à peu près autant besoin de nouveaux amortisseurs que la route d'un nouveau revêtement. Elle eut à quelques reprises la sensation qu'ils tombaient dans un trou.

Les hommes avaient allumé l'autoradio. On aurait dit une retransmission sportive, sans doute du football.

Quoi qu'il en soit, l'attention des hommes était accaparée par le programme. Ils riaient, grommelaient, juraient. Elle jugea qu'ils devaient être trois.

Tant qu'elle était enveloppée dans l'obscurité, elle pouvait s'imaginer qu'une autre personne était là, près d'elle.

Joelle.

Ça faisait cinq ans qu'elle songeait à avoir un enfant, que ce désir la consumait, mais quand c'était enfin arrivé, quand elle avait enfin pénétré dans l'orphelinat de Santa Regina et qu'on lui avait tendu cette petite fille extraordinaire, la puissance de son amour avait été une leçon d'humilité. Les cordons ombilicaux pouvaient être coupés, mais ce lien, elle le savait, durerait toute la vie.

« Je vais la ramener », avait promis Galina.

Mais que valait la promesse d'une kidnappeuse ? Surtout maintenant qu'on transférait Joanna ailleurs ? Elle sentit les larmes lui couler le long des joues et imprégner la cagoule. La laine avait un goût de poussière.

Arrête.

Au bout d'un moment, elle dut s'assoupir.

Elle se rendit soudain compte que la voiture avait cessé de rouler. Plus de flot d'air s'engouffrant dans le coffre. Pas de bosses sur la route à vous retourner l'estomac. L'autoradio était éteint.

Elle entendit clairement un coq chanter.

Le coffre s'ouvrit. Une lueur grise filtra à travers les fibres de la laine. On la tira par les jambes. Son menton percuta le rebord du coffre. Elle sentit l'odeur de son propre sang.

Un homme la mit debout. Il en profita pour lui passer les mains sur les seins. *Bueno*, lança-t-il d'une voix chantante avant d'éclater de rire.

Un frisson la parcourut soudain. Malgré toutes les différentes fins qu'elle avait envisagées, les nombreux outrages et indignités auxquels elle avait songé aux moments les plus sombres, elle n'avait pas pensé à ça.

Mais pourquoi pas ?

L'homme cessa de la peloter et la guida vers un autre endroit. Elle distinguait des formes vagues à travers la laine. On la menait dans une maison.

Elle franchit une porte, trébucha sur une grande marche contre laquelle personne ne l'avait mise en garde et se cogna le genou contre la pierre dure.

L'homme la remit sur pied de force et la traîna dans ce qui devait être un couloir. Elle sentait confusément la présence de deux murs de chaque côté.

Il régnait une odeur de ferme, pensa-t-elle.

Moutons, vaches, poulets. Poutres de bois brut. Four à pain.

Soudain, elle s'arrêta et on lui ôta la cagoule.

Elle se trouvait dans une petite pièce qui n'était pas sans rappeler celle qu'elle venait de quitter. Les fenêtres étaient condamnées par des planches. Par terre se trouvait un matelas sale, le jumeau identique de celui sur lequel elle venait de passer huit nuits d'affilée. Mais il y avait une différence de taille.

Des gens.

Deux personnes. Des femmes.

Lorsque les gardes s'en allèrent, elles s'approchèrent d'elle et la touchèrent comme si elles n'étaient pas tout à fait sûres qu'elle fût réelle.

« *¡Hola !* lança l'une d'elles, une femme d'environ quarante ou quarante-cinq ans.

— Je suis américaine, dit Joanna. Parlez-vous anglais ?

— Pas vraiment. Mais bon, les Américains non plus », répondit l'autre femme, puis elle lui fit un sourire.

Elles s'appelaient Maruja et Beatriz.

Maruja était journaliste, du moins jusqu'au jour où on l'avait tirée de sa voiture tout près de la très fréquentée Plaza de Bolívar. Beatriz était une officielle du gouvernement qui avait recommandé des actions plus dures à l'encontre des guérilleros, ce qui lui avait valu d'être enlevée dans la rue en plein jour pendant que son garde du corps se faisait abattre juste sous ses yeux.

Un homme à l'air morose que les gardes appelaient *el doctor* semblait être en charge des captives. Il apparut quelques minutes à peine après que Joanna eut été placée dans la pièce. Il leur expliqua qu'elles n'étaient pas censées discuter entre elles. *Interdit de parler.* Il agita le doigt dans leur direction, telle une mère supérieure exaspérée dans un couvent pour jeunes filles.

Les autres gardes étaient plus cléments, expliqua Maruja. Du moins, plus distraits. Ils passaient l'essentiel de leurs soirées à regarder des matches de football et des feuilletons sur une petite télé dans le couloir et ne faisaient pas trop attention à elles.

Joanna avait perdu Paul, puis Joelle. Elle était maintenant entourée de femmes qui traversaient la même épreuve qu'elle. Elles avaient des maris, des enfants, des parents. Elles comprenaient.

Les trois femmes communiquaient en murmurant et par signes. Maruja et Beatriz racontèrent leurs histoires respectives. Elles lui montrèrent des photos de leurs enfants et de leurs époux. De leurs maisons aussi, l'une dans le quartier prisé de La Calera à Bogotá, l'autre nichée dans les collines qui surplombaient la ville.

Lorsqu'elles demandèrent à Joanna si elle avait des enfants, celle-ci répondit par l'affirmative. Un. Mais pas de photos, juste des souvenirs dans sa tête. Elle leur expliqua ce qui était arrivé. Maruja et

Beatriz soupirèrent, secouèrent la tête avec compassion.

Elles dormirent toutes les trois sur le même matelas, en quinconce. Maruja, qui était une fumeuse impénitente dans le monde réel, ronflait. Beatriz lui donna des coups de coude dans les côtes pour la faire cesser. Apparemment, l'affection entre femmes avait ses limites.

Elles devaient être dans les montagnes, se dit Joanna. La nuit était glaciale. Leur respiration produisait de la vapeur et elles se blottissaient les unes contre les autres pour se tenir chaud. Le matin, Joanna vit de petites gouttelettes de givre sur les lattes de bois qui recouvraient les fenêtres.

Le deuxième jour, elle eut un peu le sentiment de participer à une soirée pyjama qui n'en finirait pas. Elles se tressèrent mutuellement les cheveux. L'un des gardes avait fourni à Maruja un flacon de vernis bon marché – « Passion Pourpre ». Elles se firent à tour de rôle les ongles des mains et des pieds.

L'homme qui avait touché les seins de Joanna gardait ses distances. La peur du viol qu'éprouvait Joanna s'estompa, remplacée par d'autres peurs. Celle de la mort, bien sûr. Mais aussi une autre, qui la tenaillait et qui pouvait s'apparenter à la mort : quitterait-elle jamais cet endroit ?

Maruja et Beatriz avaient le teint gris pâle des captifs et des mourants. Joanna se demanda combien de temps sa peau mettrait à prendre la même teinte.

Occasionnellement, les gardes les laissaient regarder la télé avec eux, confia Beatriz. Maruja et Beatriz attendaient avec impatience les informations.

Parfois leurs maris y apparaissaient, offrant des messages d'espoir.

Nous négocions. Nous sommes en discussions. Reste courageuse.

Joanna savait qu'elle ne connaîtrait pas ce réconfort. Paul était parti et s'était volatilisé, aussi rapidement et absolument que son ancienne vie.

Le troisième matin, on frappa à la porte. C'était en soi inhabituel car les gardes avaient tendance à simplement faire irruption dans la pièce quand ça leur chantait. Les trois femmes pouvaient être en train de dormir, ou de murmurer, ou de s'éponger, à demi vêtues, devant un seau d'eau tiède. « Un bain de putain » – n'était-ce pas l'expression consacrée ?

Ce matin-là, elles étaient assises au centre de la pièce, tout habillées, et tuaient le temps en énumérant leurs villes préférées. Beatriz avait choisi Rome, Rio et Las Vegas. Maruja, San Francisco, Buenos Aires et Acapulco. C'était au tour de Joanna. Tout ce qui lui venait à l'esprit, c'était New York. La ville dans laquelle elle vivait, celle où elle mourait d'envie de retourner.

La porte s'ouvrit et Galina entra.

Joanna se sentait si désespérée que la vue de sa ravisseuse lui inspira… quoi ? Du plaisir ? Du soulagement ? Un simple sentiment de familiarité ?

Peut-être était-ce parce que Galina paraissait différente de la dernière fois que Joanna l'avait vue, quand elle l'avait solennellement informée que Paul avait échoué. Elle ressemblait plus à l'*autre* Galina – celle avec qui on aurait pu passer un après-midi ensoleillé sur un banc dans un parc.

Elle fit signe à Joanna d'approcher. Elle avait quelque chose à lui dire.

« Nous avons reçu des nouvelles de votre mari, murmura-t-elle, et elle lui serra la main. Tout va bien se passer. »

Alors, le cœur de Joanna, ou son esprit – en tout cas cette chose qui permet occasionnellement aux gens d'être au septième ciel – sembla soudain débarrassé d'un poids. Pas simplement à cause de la nouvelle. Non.

Galina n'était pas venue dans les montagnes seule. L'un des gardes – un garçon timide qui semblait avoir treize ans tout au plus – entra à sa suite.

Il tenait Joelle entre ses bras.

23

ILS AVAIENT FRANCHI LE PONT DE WILLIAMSBURG, puis le tunnel de Lincoln, et prenaient la direction d'un endroit situé aux environs de Jersey City. Il était cinq heures. Ils roulaient sur une route à peu près déserte flanquée par des champs de joncs qui oscillaient au vent. *Aussi hauts que l'œil d'un éléphant.* Les paroles provenaient de la comédie musicale préférée de Joanna, *Oklahoma !* Ils avaient vu la reprise lors de leur dernier anniversaire de mariage, expliqua Paul à Miles.

Le mot *dernier* lui resta coincé en travers de la gorge.

Cela faisait trois jours et dix-huit heures qu'il avait quitté sa femme et sa fille.

Le marais vibrait d'un bourdonnement continu d'insectes. Ils entendaient néanmoins clairement les scores de la première division de base-ball. Miles était tout ouïe.

« Le base-ball, dit Miles, est le sport le plus difficile à pronostiquer. Costaud.

— Vous voulez dire pour parier ?

— Oui, pour parier. Vous devez donner les points, deux, trois, en fonction du lanceur. La plus mauvaise équipe du monde gagne soixante fois par an. Allez vous y retrouver. Faut être un gogo pour parier là-dessus.

— Vous pariez sur le sport ?

— Heu, oui. Des broutilles. Vous savez, vingt, trente dollars, juste histoire de rendre les choses intéressantes. C'est ma petite rébellion contre la vie qui m'est imposée. L'orthodoxie a des petites règles pour tout. Ça peut vous rendre dingue. »

Paul devina qu'aller travailler sans kippa était une autre de ses petites rébellions.

« Avez-vous jamais songé à abandonner l'orthodoxie ?

— Bien sûr. Mais alors qu'est-ce que je serais ? Ça revient un peu à demander à un Noir s'il a déjà songé à ne pas être noir. On peut y songer tant qu'on veut, mais on est comme ça.

— Alors. Est-ce qu'il y a des règles à suivre pour parier sur le base-ball ?

— Oui. Il faut éviter de miser sur les Padres de San Diego. »

Miles monta le volume pour écouter les résultats de la ligue nationale.

Paul eut envie de mentionner le fait que ses collègues et lui avaient passé un bon nombre d'heures à établir des probabilités sur des lancers spécifiques adressés à des batteurs spécifiques sur des terrains spécifiques. Une vraie bande de Bill

James[1]. Il aurait pu dire à Miles, par exemple, que lancer une balle très rapide en plein sur Barry Bonds dans le stade de 3-Com Park avait une chance sur trois de porter ses fruits. Quand vous aviez Barry, une fois sur deux il en envoyait une dans la stratosphère.

Mais il ne dit rien.

Paul comprit que Miles parlait de sport pour qu'ils n'aient pas à parler d'autre chose. De ce qu'ils étaient sur le point de faire : rencontrer des dealers dans un marais non loin de Jersey City. S'ils en parlaient, ils seraient forcés de reconnaître qu'ils étaient totalement hors de leur élément.

« Merci, dit Paul.

— De quoi ?

— De faire ça avec moi, je suppose. »

Miles resta silencieux une minute.

« Je vous ai envoyé à Bogotá. Je vous ai dit que vous seriez en sécurité. Ça me rend en quelque sorte responsable, non ?

— Super. Je peux louer vos services pour vous poursuivre en justice ?

— Désolé. Je ne fais pas les procès.

— Depuis combien de temps êtes-vous avocat ? demanda Paul après avoir monté la climatisation.

— Combien de temps ? répéta Miles, comme si on ne lui avait jamais posé cette question auparavant.

1. George William « Bill » James, écrivain spécialiste du base-ball. Il a publié depuis 1977 plus de deux douzaines d'ouvrages consacrés à l'histoire et aux statistiques de ce sport et a développé une approche « scientifique » pour tenter de déterminer les raisons des victoires et des défaites des différentes équipes. *(N.d.T.)*

Trop longtemps. Pas assez longtemps. Ça dépend des jours.

— Pourquoi avez-vous voulu être avocat ?

— Je ne l'ai pas voulu. Je voulais être Sandy Koufax [1]. Dieu n'a pas coopéré. Mon lancer n'était pas assez rapide. Et si vous ne pouvez pas être Sandy, vous devenez médecin ou avocat. Chef indien n'était pas disponible. Ça devrait l'être, nous sommes une tribu, non ? J'ai opté pour avocat. Peut-être pas le genre d'avocat qu'ils attendaient.

— Ils ?

— Vous savez, tous les sages de la tribu. Tout le monde choisit l'immobilier, la fiscalité ou les affaires. J'ai choisi l'aide juridictionnelle. Délinquance juvénile.

— Comment c'était ?

— Dingue. J'avais environ cent cinquante affaires sur les bras. J'avais droit à environ dix minutes avec chaque gamin et à un rapide coup d'œil au dossier avant d'aller dire bonjour au juge. C'était tout. Et impossible de plaider pour qu'ils retrouvent leur liberté.

— Pourquoi ?

— On ne pouvait pas menacer les plaignants d'un long procès devant un jury vu qu'il n'y a pas de jury dans les cas de délinquance juvénile et que les gamins ne possèdent pas vraiment d'informations qui valent le coup d'être échangées. Personne ne veut

1. Sanford Koufax (né Sanford Braun), célèbre lanceur des Brooklyn Dodgers (1955-1957) et des Los Angeles Dodgers (1958-1966) ; il refusait de jouer les jours de fêtes juives. *(N.d.T.)*

négocier. Le mieux que je pouvais espérer était de les faire interner dans un hôpital du Bronx, parce que c'était plus sûr qu'une prison pour jeunes délinquants.

— Un hôpital ?

— Oui, un hôpital psychiatrique. Ils purgeaient leur peine en gobant des médocs au lieu de se faire violer par des gangs. Croyez-moi, c'était le paradis comparé à une prison classique pour jeunes. Pour eux, c'était l'endroit le plus sûr de la terre. Mais bon, quand j'ai commencé à me pointer devant le juge en mélangeant Julio et Juan, María et Maggie, je me suis dit que j'avais peut-être un problème. J'ai dit à mon superviseur qu'il me fallait moins d'affaires – que j'étais à la limite de la faute professionnelle. Il a répondu : "Tu peux rêver." Alors je suis parti.

— Et vous êtes passé des jeunes délinquants aux bébés colombiens.

— Oui. Je me suis dit que j'allais m'impliquer à un stade antérieur du développement. Ça paye mieux. Et vous ?

— Moi ?

— Oui. Difficile de croire que vous avez toujours voulu travailler dans les assurances. Qu'est-ce qui vous est arrivé – vous êtes tombé dedans par hasard ? »

Non, pas par hasard, pensa Paul. Ma mère est morte, aurait-il voulu dire. Ma mère est morte et je me suis mis à avoir peur. Il aurait aimé expliquer à Miles que, comme Einstein, il cherchait simplement à imposer l'ordre et la probabilité dans un monde froid.

« Plus ou moins », se contenta-t-il de répondre.

Une route non goudronnée apparut sur la droite – pas tant une route qu'un renfoncement dans la boue. Une piste qui ne menait nulle part en particulier.

Miles ralentit, puis s'arrêta.

« Ils ont parlé d'une route non goudronnée à environ cinq kilomètres, dit-il, tentant de plonger son regard dans le sentier pratiquement dissimulé. Bon, allons voir… »

Il s'engagea dans le passage, la voiture bondit pardessus une petite bosse.

Soudain, des joncs se mirent à racler les deux côtés de la Buick, donnant à ses passagers l'impression de traverser un portique de lavage automatique. Paul, qui détestait les montagnes russes quand il était gosse, n'aimait pas non plus les lavages automatiques. Avec son imagination fervente, ces brosses rigides, ces éponges qui recouvraient la voiture, ces jets d'eau brûlante, lui avaient toujours semblé maléfiques.

Il éprouvait le même genre de vulnérabilité en ce moment. Ils étaient en sécurité dans la voiture. Mais qui savait ce qui les attendait dehors, dans les marais ?

Il regarda à travers le pare-brise, qui s'était rapidement transformé en un champ de bataille d'insectes écrasés. Miles mit les essuie-glaces en route dans l'espoir de s'en débarrasser – mais les bestioles s'abattaient sur la voiture comme un déluge.

Au bout du sentier, ils atteignirent une petite clairière. Miles coupa le moteur.

« Je pense que nous y sommes », dit-il. Il tapota sur le volant, une fois, deux fois, jetant des coups d'œil nerveux à droite et à gauche. Miles se sentait peut-être responsable de la situation de Paul, mais il avait l'air de commencer à regretter de l'avoir accompagné. « C'est quoi le protocole pour les livraisons de drogue ? Une demi-heure d'attente ? » Il consulta sa montre. « Nous avons cinq minutes d'avance.

— Vous êtes sûr que c'est ici ? demanda Paul.

— Non.

— Super. Je voulais vérifier. »

Dix minutes s'écoulèrent. Miles fit quelques commentaires sur le temps, puis ne trouva plus rien à dire. Paul comprenait. Faire la conversation quand on avait la trouille de sa vie demandait un effort. Paul se frotta les mains et tenta de ravaler sa salive malgré sa gorge sèche. Il entendit la voiture en premier.

« Quelqu'un arrive », dit-il.

Une minute plus tard, une Mercedes bleue émergea des joncs et vint piler à environ six mètres d'eux.

Les deux voitures restèrent là, face à face.

« OK, dit Miles après une bonne minute, je suppose qu'on ferait bien de sortir. »

Il appuya sur le bouton d'ouverture du coffre, ouvrit sa portière et descendit prudemment de la voiture. Paul fit de même.

Ils se rejoignirent à l'arrière de la voiture.

« Vous voulez le porter ? demanda Miles. Ou vous préférez que ce soit moi ? »

Le sac noir usé dépassait de sous une vieille bâche.

« Je vais le prendre, dit Paul. C'est moi qui étais censé le livrer. »

Il tira le sac du coffre. Personne n'était encore sorti de l'autre voiture, dont le moteur tournait au ralenti. Aucun mouvement n'était perceptible à l'intérieur.

« Vous connaissez celle de l'actuaire et de l'avocat ? demanda Miles.

— Non.

— Moi non plus. »

Ils approchèrent côte à côte de la Mercedes. Paul avait l'impression d'être dans un western, lorsque les deux hommes de loi avancent, épaule contre épaule, en direction des truands pour le règlement de compte final. En bon actuaire, il ne put s'empêcher de penser que ces héros de western avaient environ une chance sur deux de se faire brûler la cervelle.

Les portières de la Mercedes s'ouvrirent. Deux hommes en descendirent. Ils auraient pu être des vendeurs de voiture. Pas de lunettes de soleil à effet miroir, ni de grosses chaînes en or, ni de tatouages tape-à-l'œil. À la place, ils portaient des pantalons de coton sergé bien repassés et des polos de golfeurs, Lacoste bleu pastel pour l'un, polo rayé pour l'autre.

Le conducteur – celui qui portait le polo à rayures – leur fit un signe de tête.

« Vous avez l'air un peu nerveux, les mecs. »

OK, pensa Paul, une telle perspicacité méritait une récompense.

« Lequel est Paul, hein ? » demanda-t-il.

Il parlait avec un accent marqué – colombien, supposa Paul. Il avait la voix haut perchée, presque une voix de fille.

Paul dut se retenir de lever la main comme à l'école.

« C'est moi. »

Ils s'immobilisèrent à environ un mètre cinquante l'un de l'autre. Le sac noir semblait peser de plus en plus lourd, seconde après seconde. Le chauffeur se donna une tape sur le cou.

« Putain de moustiques. Je vais choper la fièvre jaune. » Lorsqu'il ôta sa main, il avait une tache de sang rouge vif sur le cou. Il se tourna vers Miles. « Et toi, tu es qui, mon ami ?

— Son avocat, répondit Miles.

— Son avocat ? » Il éclata de rire et se tourna vers son compagnon. « Bordel, j'ai pas d'avocat, moi. » Il se tourna de nouveau vers eux. « Est-ce qu'il va falloir signer des papiers ou je sais pas quoi ?

— Pas de papiers, répondit Miles. Faites juste en sorte qu'il récupère sa femme et sa fille.

— Hé, je sais pas de quoi vous causez. Pas mon boulot », dit-il, affectant un accent encore plus prononcé histoire d'amuser la galerie. Personne ne rit. « Je suis ici pour voir la poudre, pigé ?

— Pigé », répondit Miles.

Paul demeura silencieux. Une bonne chose. Il avait trop la trouille pour parler.

« Alors, chef ? reprit le chauffeur. Tu es venu pour me passer le sac ou pour m'inviter à danser ? »

L'autre homme partit à rire. Paul tendit le sac à bout de bras.

« Je veux d'abord voir ce qu'il y a dedans. »

Paul posa le sac sur le sol boueux et l'ouvrit. Lorsqu'il se pencha en avant, il ressentit un vertige et faillit tomber à la renverse. Quelque chose bourdonnait dans le marais, un ronflement monstrueux, le plus gros insecte de ce bourbier.

Le conducteur s'avança et baissa les yeux vers le sac.

« Putain ! Ça m'a tout l'air d'être des capotes. »

Il avait un strabisme divergent de l'œil gauche et semblait regarder dans deux directions à la fois.

« Elles sont remplies de… commença Paul.

— Merde, je sais pertinemment de quoi elles sont remplies. Je déconne, chef, ajouta-t-il en souriant. Sortons-en une pour vérifier, OK ? » Paul hésita. « C'est toi qui le fais. Sans vouloir te vexer, elles étaient dans ton cul. » Il se tourna vers son pote. « *Culero*, hein ? »

Le bourdonnement d'insecte s'était amplifié – Paul avait les tympans qui sifflaient. Il plongea une main dans le sac, en tira un préservatif dont l'extrémité avait été méticuleusement nouée par une de ces femmes en Colombie. Il le tendit d'une main affreusement moite.

Le conducteur tira quelque chose de sa poche.

Clic. Une lame chatoyante scintilla dans la lumière. Paul se crispa et Miles fit un pas en arrière.

« Relax, *muchachos*. »

Il attrapa la main de Paul, presque doucement, et pointa la lame vers le bas. Paul se demanda si l'homme avait remarqué que sa main tremblait.

Oui.

« T'en fais pas, dit-il à Paul. Je loupe rarement mon coup. »

Il donna un petit coup de lame sur la paume de Paul. En voyant Paul tressaillir, il se mit à rire et recommença. L'autre homme – celui qui portait le Lacoste – dit quelque chose en espagnol. Il parlait d'un filet de voix fin, presque un murmure.

Le conducteur enfonça la pointe de la lame dans le préservatif, pratiquant une minuscule entaille. Il se penchait pour récupérer un peu de poudre blanche sur le bout de son doigt lorsque quelque chose se produisit.

Le bourdonnement.

Il était encore plus fort qu'avant, était devenu franchement énervant et semblait même faire vibrer le sol. On avait envie de hurler à cette bestiole de la fermer, de l'écraser avec un journal, de l'aplatir sous sa chaussure.

Mais une chaussure n'aurait pas suffi.

Deux voitures jaillirent des joncs à peu près en même temps.

Des Jeep, du genre de celles équipées de gros pneus aux sillons profonds et de moteurs gonflés. Elles émettaient des nuages noirs et approchaient rapidement.

L'homme leva les yeux et se donna une nouvelle tape sur le cou. Et comme la fois précédente, lorsqu'il ôta sa main, celle-ci était tachée de sang.

« Ils m'ont tiré dessus », lança-t-il.

Il attrapa le sac et se mit à courir. L'autre homme fit de même. Lacoste-pastel et Polo-rayé s'évanouirent dans les joncs.

Paul se sentait paralysé. Ce n'est que lorsqu'il entendit un sifflement tout près de son oreille et des bruits d'impacts par terre à environ trente centimètres de sa chaussure gauche qu'il se décida à bouger. Sans compter que Miles l'avait attrapé par le bras droit en hurlant : « Courez ! »

Il s'enfonça péniblement dans les hautes herbes à la suite de Miles.

Il entendait une multitude de bruits derrière lui : le vrombissement des moteurs qui s'arrêtait, des portières qui claquaient, des hurlements, des cris de guerre. Il repensa à un western : une bande de hors-la-loi déferlant sur la ville le samedi soir avec la ferme intention de se défouler, vidant leurs six-coups dans les airs. *Jeep Riders in the Sky* [1].

Sauf que les types derrière lui étaient armés de semi-automatiques, et que c'est sur eux qu'ils tiraient.

Paul courait en ligne droite à travers les joncs dont les tiges fines et sèches lui fouettaient le visage et les bras. Il suivait la silhouette de plus en plus lointaine de Miles. Le sol n'était certainement pas idéal pour une course de fond – humide, poisseux, boueux. Au bout de dix secondes dans les hautes herbes, ses chaussettes étaient trempées.

Derrière lui, les hommes continuaient de hurler. Et de tirer. Les épis des joncs voltigeaient tels des spores de pissenlits emportés par le vent.

1. Littéralement, « les cavaliers en Jeep dans le ciel », allusion à une célèbre chanson du folklore américain écrite par Stan Jones en 1848, *Ghost Riders in the Sky* – « les cavaliers fantômes dans le ciel ». *(N.d.T.)*

Mais ce n'était pas tout. Une chose était désormais effroyablement claire : c'était eux que les tireurs poursuivaient.

Paul remarqua avec bonheur que les joncs étaient « aussi hauts que l'œil d'un éléphant ». Merveilleusement, superbement hauts. Assez hauts, se dit-il, pour les envelopper totalement. Il distinguait à peine quelques pans de ciel bleu tremblotants au-dessus de sa tête. Les dealers avaient choisi un endroit impénétrable dont ils pouvaient tirer parti.

Il leur restait une chance.

Un souvenir lui revint. Au jeu de pierre, papier, ciseaux auquel il jouait quand il était enfant, le papier, la matière la plus fragile qui soit, l'emportait toujours sur la pierre. Pourquoi ?

Parce que le papier peut *envelopper* la pierre.

Bizarrement, cette idée ne le réconforta pas.

Il continua de courir, haletant derrière Miles tel un chien fidèle pourchassant le canard. Il tenta de ne pas s'attarder sur le fait que les canards, c'étaient eux. Ses semelles soulevaient de grosses mottes de boue, son sang cognait dans ses oreilles à la manière d'un marteau-piqueur.

Les hommes les talonnaient et gagnaient du terrain.

Paul n'aurait su dire lequel des deux eut l'idée en premier – Miles ou lui ? Ils semblèrent s'arrêter de courir quasiment au même instant. Ils se retournèrent, se regardèrent, et prirent sans un mot la même décision plus ou moins simultanément. Ils plongèrent au sol.

S'ils pouvaient entendre les hommes qui les poursuivaient, alors ceux-ci les entendaient courir.

Allonge-toi et fais le mort.

Il faudrait un coup de pot à leurs poursuivants.

Calcule. Il se représenta la situation tel un calcul de probabilités. La masse au carré de deux corps, divisée par la surface de ce marais, divisée par le nombre de personnes à leurs trousses. Combien de chances pour qu'on les trouve ? Remplacez les joncs par du foin, et ils étaient les aiguilles du proverbe.

Ils se tapirent contre le sol.

Il devint vite évident que Lacoste-pastel et Polo-rayé ne voyaient pas les choses sous le même angle.

Ils continuaient de courir. Quelque part sur la gauche – le son de deux souffles légers filant à travers les hautes herbes.

Derrière eux, une sorte de tornade.

Courez, pensa Paul. Courez, courez.

Ils avaient la drogue. Ils tenaient le destin de Joanna entre leurs mains. Il fallait qu'ils parviennent à sortir du marais.

Mais les bruits de pas séparés semblèrent converger les uns vers les autres pour ne plus former qu'un rugissement monotone. Puis quelqu'un hurla, et il n'y eut soudain plus aucun bruit. Même les insectes semblèrent s'incliner et respecter une minute de silence.

Puis un nouveau bruit se fit entendre, comme un diamant cherchant le sillon d'un disque.

Qu'est-ce qui se passait ?

Paul eut sa réponse presque immédiatement.

« Hé ! cria quelqu'un. Hé ! On tient ton petit copain. Il a l'air de se sentir un peu seul. »

Ils en avaient capturé un. Lacoste-pastel ou Polo-rayé ? Juste un. L'autre avait pris le large. Il faisait probablement le mort comme eux – il jouait à l'aiguille.

Le bruit des hommes armés qui les traquaient était plus ou moins fort, comme un signal radio défaillant. À un moment, Paul aperçut une basket Puma rouge à environ trois mètres de lui. Fini. Il ferma les yeux et attendit de se prendre une balle dans le dos. Quand il les rouvrit et jeta un coup d'œil, la basket avait disparu.

Il revint à son calcul de probabilités. On lui demandait d'évaluer les risques d'une nouvelle activité potentiellement dangereuse, de les présenter sous forme de tableaux, de les segmenter.

Voyager en avion.

Conduire une voiture.

Travailler sur un chantier.

Rester étendu dans un marais avec des truands armés à ses trousses.

« Je vais te dire, cria l'un de leurs poursuivants. J'ai un marché à te proposer, *bollo*. Tu te montres maintenant, et on te laisse la vie sauve. Qu'est-ce que tu en dis ? »

Bollo. Chatte. L'un de ces mots espagnols que les élèves de troisième se répétaient en ricanant entre les cours.

Bon, se demanda Paul, pourquoi se concentraient-ils sur l'autre dealer en fuite ? N'avaient-ils vu ni Miles ni lui dans la clairière ? Était-ce possible ?

Miles répondit à la question sans qu'il ait à la lui poser :

« C'est lui qui doit avoir le sac, chuchota-t-il. C'est la drogue qu'ils veulent. »

Le type à la voix haut perché et au strabisme divergent. Polo-rayé. Il s'était emparé du sac quand les balles avaient commencé à siffler.

Le poursuivant lui cria à nouveau de se montrer, le traita de *bollo*, d'*abadesa*, de *culo* – des choses pas très gentilles, supposa Paul. Il répéta sa proposition. S'il se levait et venait jusqu'à eux avec le sac, il sortirait du marais en vie – parole d'Indien.

Toujours pas de réponse.

Paul se dit que Polo-rayé n'en croyait pas un mot. Ils lui avaient déjà collé une balle dans la nuque – si la fièvre jaune ne l'achevait pas, la balle risquait de s'en charger.

« OK, cria l'homme, OK, c'est bon. Qu'est-ce que tu dirais d'un peu de musique pendant que tu réfléchis ? Juste pour te faire plaisir. »

Quelqu'un regagna les Jeep et alluma un lecteur CD. Ou peut-être était-ce l'autoradio. Une samba se mit à hurler à travers les joncs. Des trompettes stridentes et un rythme soutenu. *De la musique, sympa de leur part.* Seulement, apparemment, quelque chose clochait. La musique semblait suraiguë et discordante.

Paul mit à peu près une minute à comprendre pourquoi.

Il avait d'abord cru à un problème acoustique, une altération des ondes sonores provoquée par les joncs épais et la chaleur plus épaisse encore. Il se trompait.

C'était un homme qui hurlait. Lacoste-pastel.

Ils torturaient leur prisonnier au rythme de la musique.

Pour recouvrir ses cris. Ou parce que c'était plus marrant. Ou parce qu'ils aimaient la samba.

Un, deux, trois… crie.

Ils continuèrent pendant toute une chanson – la chanson la plus longue de tous les temps.

American Pie faisait peut-être dix-neuf minutes et demie. Ce morceau était plus long.

Finalement, la musique cessa.

« T'en penses quoi ? cria l'homme. *Mi Mami* de Celia Cruz. À se pisser dessus, non ? »

Paul se tourna vers Miles.

« Qui sont-ils ? »

Quand les Jeep avaient surgi à travers les hautes herbes avec à leur bord des hommes armés qui s'étaient mis à faire feu, il avait pensé : La police. Des agents du gouvernement. Brigade des stupéfiants.

Plus maintenant.

Miles ne répondit rien. Peut-être parce qu'il se bouchait les oreilles avec les mains. Il fermait les yeux comme s'il ne voulait rien voir non plus. Une longue balafre couverte de sang lui barrait le front de part en part. Il avait rendu service à Paul, était allé au-delà de ce qu'imposaient raisonnablement ses fonctions, et il était fort possible qu'il y laisse sa peau.

« Julio. » Un filet de voix, un murmure. « Juliooooo… »

Il y avait quelque chose de pitoyable dans cette voix.

« Ils m'ont cassé les doigts, Julio. Ils m'ont cassé toute la main. Ma main, Julio… Faut que tu viennes ! Tu m'entends ! Je ne peux pas… S'il te plaît… Ils veulent le *llelo* [1], mec, c'est tout. Putain, viens ! »

Le marché proposé par le tortionnaire était tombé dans l'oreille d'un sourd. Ils avaient changé de tactique. C'était maintenant Lacoste-pastel qui implorait son acolyte.

« Écoute-moi… Ils m'ont cassé les doigts, tous les doigts, Julio… tous sans exception… Amène la dope… Ils vont me tuer… S'il te plaît, Julio… s'il te plaît… Tu entends ce que je te dis ? »

Julio resta muet.

Ils passèrent une autre chanson.

Une autre samba, volume baissé pour que les hurlements de l'homme soient plus forts, implacables, pour qu'ils ressortent malgré le rythme claquant et les cuivres stridents.

Parfois, l'homme hurlait des phrases entières.

« *¡Ayudame madre !* »

Aide-moi, maman !

La musique s'arrêta à nouveau.

Paul entendit un gémissement horrible entrecoupé de reniflements.

« Juliooo… mon oreille. Ils m'ont coupé l'oreille. Ça fait mal… oh, ça fait mal, Julio… oh, ça

1. Cocaïne. *(N.d.T.)*

fait mal… Viens… Je t'en prie, viens… Je t'en prie… IL FAUT que tu viennes… Ils m'ont coupé l'oreille, Julio… Tu comprends… »

Julio comprenait – il aurait fallu être sourd, idiot, ou mort pour ne pas comprendre. Mais il ne venait pas.

Paul plaqua son visage contre le sol qui dégageait une puanteur de légumes pourris. S'il avait été une autruche, il se serait enfoncé la tête dedans et n'aurait plus bougé.

C'était difficile d'écouter un homme se faire torturer. Même quelqu'un que vous ne connaissiez pas. Mais il l'avait vu suffisamment longtemps pour se le représenter : pantalon bien repassé, polo bleu pastel qui avait viré au rouge sang. Un trou noir en lieu et place de l'une de ses oreilles.

« Non… non, je vous en prie… Pas ça… Non, pas mes couilles… je vous en supplie, pas mes couilles, non… Julio, ne les laisse pas me couper les couilles… Je t'en suppliiiiie, Julio, non… Ne les laisse pas faire ça… Non… »

Un hurlement à glacer le sang.

Si fort que l'un des tortionnaires demanda à l'homme qu'il venait d'émasculer de "fermer sa gueule".

Et l'homme finit en effet par la fermer.

Pendant un moment, tout fut presque silencieux. Ils n'entendaient que les insectes, une brise infime bruissant à travers les joncs.

« Je peux avoir un peu d'eau ? »

C'était à nouveau lui.

« Je voudrais un peu d'eau. S'il vous plaît. De l'eau… »

D'une voix douce et polie, comme s'il s'adressait à un serveur de restaurant.

Comme s'ils allaient lui répondre sur le même ton.

« Bien sûr, plate ou gazeuse ? »

Il finit par s'arrêter de parler. Du moins, il ne prononçait plus de mots. Il avait abandonné tout langage humain attesté pour émettre un gémissement guttural et indéchiffrable.

Sa langue.

Ils lui avaient coupé la langue.

Paul ne pouvait plus écouter ça.

Il ne voulait plus entendre.

Les risques de mourir accidentellement foudroyé sont de 1 sur 71 601 au cours d'une vie moyenne.

Les risques de mourir d'une piqûre d'insecte non venimeux sont de 1 sur 397 000.

Les risques de se noyer dans sa baignoire sont de 1 sur 10 499.

Les risques de…

« *Maricón* [1], tu vois ce que tu nous as fait faire. Bordel… ton petit copain a pissé le sang comme un sale porc. Y en a plein mes pompes. On t'a donné une chance, espèce d'enculé de merde. »

Leur prisonnier était mort.

Quelqu'un marcha jusqu'aux Jeep. Paul entendit des portières s'ouvrir, claquer.

« Qu'est-ce qu'ils font ? » demanda Paul en chuchotant à Miles.

1. « Pédé », en espagnol. *(N.d.T.)*

Mais Miles se bouchait toujours les oreilles. Il était pâle comme un linge.

Ils avaient repris leur traque – du moins un ou deux d'entre eux, avançant lentement à travers les champs.

Paul fut le premier à sentir une odeur.

Si Joanna avait été là, elle l'aurait déjà repérée depuis plusieurs minutes, il le savait. Elle aurait levé la tête en disant : « C'est bizarre, tu sens ? »

Elle flottait à travers les joncs. Lorsque Paul releva la tête dans l'espoir de l'identifier, il entendit des bruits de liquide qu'on versait.

« Ils tracent une ligne », murmura Miles, ses premiers mots depuis une demi-heure.

Il avait enfin décollé les mains de ses oreilles et était désormais tout ouïe, mais il était clair qu'il n'aimait pas ce qu'il entendait.

Une ligne ? Que voulait dire Miles ? Quelle ligne ?

« Le vent souffle dans ce sens », expliqua Miles. D'abord une déclaration énigmatique sur des lignes, et maintenant un bulletin météo. « Ils vont foutre le feu pour le forcer à sortir, poursuivit-il d'une voix étrangement détachée. Ils vont le forcer à se jeter dans leurs bras. »

L'odeur.

Du kérosène.

OK, Paul comprenait enfin. Il saisissait. Même s'il n'en avait aucune envie, même s'il aurait préféré être idiot et ne rien piger à rien. Ils traçaient une ligne de kérosène. Ils traçaient cette ligne derrière eux. Paul se représenta un mur de flammes ininterrompu poussé vers eux par le vent. Puis il repensa à autre chose – cette maison de Jersey City. Ou plutôt, ce qui avait été une maison à Jersey City. L'endroit où il était censé rencontrer les deux types dans la Mercedes bleue, Lacoste-pastel et Polo-rayé. Seulement, il ne les avait pas rencontrés, parce que quelqu'un avait foutu le feu à la maison et l'avait réduite à un trou noir.

Qui ?

Ces mêmes types qui les encerclaient, bidon de kérosène à la main. Telle était la conclusion logique, celle vers laquelle les preuves empiriques menaient.

Paul avait tenté de livrer la drogue deux fois, et il en avait été empêché deux fois par les mêmes incendiaires.

Il se tourna à nouveau vers Miles pour lui poser une question, mais sa question s'envola lorsqu'il vit Miles reculer lentement à quatre pattes. Il avait l'air... bizarre. Comme un Blanc qui tenterait de danser comme un Noir. Comme s'il essayait un mouvement de *breakdance*. Mais deux fois trop vite. À la vitesse de la panique.

Paul vit pourquoi.

Les risques de mourir asphyxié ou brûlé vif sont de 1 sur 13 561.

La première flamme avait jailli dans les airs à environ cinquante mètres d'eux sur la droite. Elle avait quelque chose de biblique – comme un solide pilier de feu. Les joncs s'embraseraient comme des briquettes imbibées d'essence, puis le vent pousserait le feu en avant. S'ils s'éloignaient du feu, ils se retrouveraient confrontés à un autre type de feu, celui produit par des armes semi-automatiques. Miles, qui avait avoué parier de temps en temps sur les matches de base-ball, faisait le pari qu'il pouvait s'échapper dans l'autre sens – en allant *vers* le feu. Qu'il pouvait se sortir de là avant que toute la ligne soit allumée. Qu'il pouvait aller plus vite que le feu.

Lorsque Paul le rattrapa, Miles s'était déjà retourné. Ils se tortillèrent sur le ventre côte à côte à travers les herbes, le nez quelques centimètres au-dessus de la puanteur âcre du marais, odeur toujours préférable à son alternative.

La chair brûlée, remarqua Paul, avait une odeur suave et écœurante.

Les hommes avaient mal calculé leur coup. Ils cherchaient à faire fuir un homme qui n'était très probablement plus en état de fuir. La balle dans le cou, se dit Paul. L'homme au polo rayé était mort.

Ils continuèrent de ramper.

Il pensa à ces créatures proches des poissons du pléistocène qui avaient quitté l'eau pour se glisser sur la terre ferme dans l'espoir d'un avenir meilleur. Si elles avaient su ce qui les attendait, elles auraient peut-être fait demi-tour.

Il se sentait seulement à demi humain maintenant. Il était couvert de vase et de boue, les écorchures provoquées par les herbes aussi acérées que des rasoirs saignaient, et des insectes le piquaient furieusement. Respirer était presque impossible. Déjà, des traînées nettes de fumée noire et étouffante serpentaient au niveau du sol.

Il avançait à l'aveuglette. Ses yeux pleuraient, en partie à cause de la fumée, en partie à cause de l'effroyable certitude qu'il avait échoué.

Il devinait le feu sur leur gauche. À quelle distance ? Vingt mètres ? Suffisamment près pour sentir la chaleur l'atteindre par vagues, similaires à ces déferlantes qui vous envoyaient cul par-dessus tête et ne vous lâchaient plus. De petites cloques commençaient à poindre sur ses avant-bras.

Plus vite. Plus vite. Plus vite.

Quelles chances avaient-ils de s'en sortir maintenant ? L'actuaire au fond de lui répondit : aucune. Que dalle. *Nada.*

Abandonne.

Impossible. Son instinct de conservation était plus fort. Pas question de s'apitoyer sur son sort. Pour que sa femme et sa fille sortent de Colombie, il devait sortir de ce marais.

Paul vit les premières langues de feu irrégulières danser à travers les tiges. Les joncs crépitaient, craquaient, se désintégraient littéralement devant ses yeux à moitié aveugles. Il ne semblait plus y avoir d'air. Les hommes hurlaient par-dessus le rugissement assourdissant du feu, tels des étudiants devant un feu de joie d'avant-match.

Sur sa droite, Miles s'écroula.

Il était étendu sur le ventre, haletant bruyamment, tentant désespérément d'inspirer un peu d'air.

« Allez, Miles. Encore un peu », prononça Paul au prix d'un énorme effort.

Ses paroles étaient confuses, à demi formées, comme s'il psalmodiait. Elles n'eurent aucun effet. Miles gisait là, indifférent, immobile.

Le feu avançait droit sur eux. Il était presque là.

« Je… ne… peux… pas… murmura Miles d'une voix entrecoupée de halètements. Je… »

Paul l'attrapa par son col de chemise, qui était brûlant et dégageait de la vapeur comme du linge sortant d'un séchoir.

Il tira.

Ce geste n'avait aucun sens. Il était purement symbolique, car Paul n'avait pas la force d'éloigner Miles du feu, pas plus qu'il n'avait la force de se lever et de se ruer sur les assassins qui l'avaient allumé.

Il tira néanmoins.

Soudain, Miles sembla rassembler le peu d'énergie qui lui restait. Il avança. Juste d'une trentaine de centimètres. Puis, après avoir craché des glaires noires, il avança de trente centimètres supplémentaires.

Mais il était trop tard.

Ils étaient devant la gueule grande ouverte du brasier qui attendait de les engloutir. Ils ne s'en sortiraient pas.

« Quand je marche dans la vallée de l'ombre de la mort, ta… Ta houlette et ton… Ta houlette… » Où étaient les prières quand vous aviez vraiment besoin d'elles ? Il rampait sur ses mains et ses genoux ensanglantés. Il faisait ce que tout athée fait quand il se retrouve dans une mauvaise passe. Il marmonnait des paroles magiques qu'il avait abandonnées lorsqu'il était un gamin triste et solitaire.

Miles était là, près de lui. Le feu l'illuminait comme un flash.

La chair de Paul commençait à roussir – à griller littéralement. Il se projeta une dernière fois en avant, puis se couvrit la tête des mains en espérant qu'il ne souffrirait pas.

C'était tout.

24

ON NE LUI AVAIT RIEN DIT. Mais elle savait tout de même.

Galina avait pu lui raconter que tout irait bien, mais tout n'allait pas bien.

C'était monotone, abrutissant, interminable.

Tout au moins lorsqu'elle ne tenait pas Joelle dans ses bras. Car ces instants-là, par contraste, étaient douloureusement positifs.

Ils se produisaient deux fois par jour – pour les repas du matin et du soir. Galina la menait dans une autre pièce de la ferme – elle était pratiquement certaine qu'il s'agissait d'une ferme puisqu'elle entendait des coqs, des poulets, des vaches, des moutons. Elle les sentait aussi, leur odeur se mêlant à celle, reconnaissable entre toutes, du fumier fraîchement retourné. Elle était née dans le Minnesota, une région agricole, et son sens olfactif s'était affûté parmi ces odeurs terriennes.

Lorsqu'elle demandait à Galina ce qui s'était passé – si Paul avait livré la drogue comme il était supposé le faire –, la vieille femme haussait les épaules sans donner de réponse.

Mais aucune réponse n'était nécessaire. Qu'il ait réussi ou échoué, Joanna savait qu'elle n'était pas prête de plier bagage.

C'était la routine qui la sauvait – ces repas du matin et du soir, qu'elle attendait avec des fourmillements d'anticipation. Mais c'était aussi la routine qui la tuait, petit à petit. Les jours qui se ressemblaient tous, la torpeur, cette impression d'un harcèlement implacable et incessant.

Le fol espoir suscité par les paroles que lui avait murmurées Galina était retombé.

Elle perdait du poids – elle avait découvert certains os de ses bras et de sa cage thoracique dont elle ignorait l'existence.

Une nuit, elle entendit des bruits de coups furieux quelque part dans la maison. Suivis de gémissements. Un homme.

Elle sentit que Beatriz et Maruja étaient éveillées et écoutaient, étendues à ses côtés sur le matelas.

« Qui est-ce ? murmura-t-elle.

— Rolando, répondit Maruja.

— Rolando ? répéta Joanna. Qui est-ce ? Un autre prisonnier ?

— Un autre journaliste dont on parle maintenant dans les journaux, expliqua Maruja.

— Comme toi ?

— Non. Pas comme moi. Plus célèbre. Son fils… commença-t-elle avant de s'interrompre comme si elle s'était rendormie.

— Son fils ? Qu'est-ce qui s'est passé avec son fils ?

— Rien. Dors.

— Maruja. Quoi ?

— Il avait un fils… c'est tout. Chut…

— Qu'est-ce qui lui est arrivé ? Dis-moi.

— Il est tombé malade.

— Malade ?

— Cancer. Leucémie, je crois. Il voulait revoir son père une dernière fois. Avant de mourir.

— Et ?

— On en parlait dans les journaux, murmura-t-elle. À la télévision. Une espèce de grand feuilleton national. Ils ont laissé Rolando regarder. Les débats. Il a vu son fils s'adresser à lui à la télé, implorer ses ravisseurs de le relâcher. »

Joanna tenta de s'imaginer ce qu'avait pu ressentir un père voyant son fils mourant à la télé, mais abandonna car ce qu'elle ressentait était trop douloureux.

« Des gens se sont présentés – comment dites-vous… *los famosos*. Des politiciens, des acteurs, des *futbolistas*. Ils se sont proposés pour prendre la place de Rolando. Prenez-nous, qu'ils disaient, pour que Rolando puisse être avec son fils. Il n'avait plus que quelques mois à vivre.

— Et puis ?… »

Maruja secoua la tête – les yeux de Joanna s'étaient accoutumés à l'obscurité et elle distinguait le contour vague du menton pointu de Maruja.

« Rien.

— Mais le garçon…

— Il est mort.

— Oh.

— Rolando a regardé son enterrement à la télé. »

Joanna s'était mise à pleurer sans s'en rendre compte. Jusqu'à ce qu'elle sente le matelas humide contre sa joue. Elle n'avait jamais vraiment été du genre à pleurnicher. Peut-être parce qu'elle passait l'essentiel de ses journées au travail à sécher les larmes des autres, tout en leur en voulant secrètement d'exhiber leur faiblesse en public. Mais elle trouvait maintenant que pleurer était à la fois terrible et magnifique. Ses larmes la faisaient se sentir humaine. Savoir qu'elle était encore capable d'être émue par la tragédie d'un autre, même au beau milieu de la sienne.

« Rolando ? demanda Joanna. Depuis combien de temps est-il ici ?

— Cinq ans.

— Cinq ans ? »

Ça semblait impossible. Comme ces gens qui restaient dix ans dans le coma, maintenus en vie dans un état végétatif.

« À la mort de son fils, Rolando a commencé à se révolter. Il n'écoutait plus. Il répondait », dit Maruja comme un élève dénonçant un camarade à son instituteur. Joanna se demanda si la rébellion de Rolando avait rendu la vie de Beatriz et Maruja plus difficile. Probablement. « Il s'est enfui un jour, poursuivit-elle en chuchotant. Mais ils l'ont rattrapé, bien sûr. »

« Enfui. » En entendant ce mot, Joanna sentit les battements de son cœur s'accélérer. Une idée étrange et mystérieuse.

S'enfuir. Une telle chose était-elle possible ?

Elle entendit de nouveaux bruits de coups, des hurlements, le son d'une personne projetée contre un mur. Elle ferma les yeux, tenta de ne pas se représenter ce qui se passait dans cette pièce. Rolando était attaché à son lit, ajouta Maruja.

Elle préféra songer à la fuite, se demanda ce qu'elle ressentirait si elle s'échappait. Elle pensa au vent soufflant sur son dos, au parfum de la terre et des fleurs, à la certitude étourdissante que chaque pas ajouterait de la distance entre elle et eux. C'était un rêve si délicieux qu'elle faillit oublier qu'elle laisserait quelqu'un derrière elle.

Joelle.

Ils tenaient son bébé.

Le rêve se dissipa en un clin d'œil et elle éprouva une sensation de vide dans la poitrine, le trou qui demeure lorsque tout espoir vous quitte.

Les coups finirent par cesser. Une porte se referma violemment.

Elle eut du mal à retrouver le sommeil. Maruja et Beatriz s'étaient assoupies, mais elle restait obstinément éveillée. Dans quelques heures, ce serait le matin, Galina lui amènerait Joelle et toutes deux la nourriraient et la changeraient. Un moment, des gestes auxquels elle pouvait se raccrocher. Même en ce lieu où elles dormaient à trois dans un lit pendant que dans la pièce d'à côté un homme était ligoté comme une volaille.

Elle s'endormit mais fut réveillée au bout de ce qui lui sembla quelques minutes par ce cinglé de coq qui paraissait chanter à chaque heure du jour et de la nuit.

Joelle toussait.

Lorsque Galina la plaça entre les bras de Joanna, son petit corps tremblait à chaque minuscule quinte de toux.

« C'est juste un rhume », déclara Galina.

Mais lorsque Joanna tenta de la nourrir, Joelle refusa la tétine en caoutchouc. Joanna attendit quelques minutes, essaya à nouveau, mais l'enfant ne voulait toujours pas manger. Elle continuait de tousser de plus en plus régulièrement, de plus en plus fort. À chaque quinte de toux elle écarquillait ses yeux noirs comme si elle était surprise et mortifiée. Joanna colla ses lèvres au front de Joelle – chose qu'elle avait vu des amies faire avec leurs enfants.

« Il est chaud, Galina. »

La nourrice glissa une main sous le tee-shirt de Joelle pour lui toucher le torse, puis elle posa la joue contre son front.

« Elle a de la fièvre », confirma-t-elle.

Joanna sentit son estomac se nouer. *Ça fait donc cet effet-là*, pensa-t-elle. D'être terrifiée, non pour soi-même, mais pour son enfant.

« Qu'est-ce qu'on fait ? »

Elles se trouvaient dans la petite pièce où Galina l'emmenait toujours pour les repas. Quatre murs blancs avec la légère trace d'un crucifix qui avait dû être accroché au-dessus de la porte. Elle ne portait plus de masque durant ses déplacements, chose qui l'avait à la fois réconfortée et terrifiée la première fois. Elle avait interprété ce changement de façon étonnante : *Tu es ici pour un bon bout de temps*. Ce n'était plus la peine de jouer à cache-cache avec elle.

Galina posa la main sur le front de Joelle puis la retira comme si elle s'était brûlée.

« Attendez », dit-elle, et elle quitta la pièce.

Elle revint en agitant le thermomètre qu'elle avait acheté à Bogotá. Joanna, hébétée, la laissa ôter la couche de Joelle dont les petites cuisses étaient irritées et rouges. Galina l'étendit sur le ventre, sur les cuisses de Joanna, et lui demanda de la maintenir immobile.

Elle introduisit doucement le thermomètre.

« Oh », lâcha Joanna en voyant le mercure monter, laissant malgré elle s'exprimer son angoisse.

Lorsque Galina retira le thermomètre et le tint à la lumière, le mercure approchait la marque des 40 degrés.

« Elle est malade », dit Joanna.

Ce n'était plus la petite fièvre que les bébés ont de temps en temps. Cette fois, c'était sérieux.

« Nous devons éponger sa sueur, dit Galina.

— De l'aspirine ? demanda Joanna. Est-ce que vous avez de l'aspirine ici ? »

Galina la regarda comme si elle venait de lui demander un lecteur DVD ou un soin du visage. Ils étaient de toute évidence en pleine campagne, dans un endroit où les gardes étaient suffisamment détendus pour regarder la télé le soir sans vraiment prendre la peine d'empêcher Maruja, Beatriz et Joanna de discuter. Un endroit aussi éloigné d'une pharmacie qu'il était éloigné des patrouilles des AUC qui les cherchaient.

Sa fille avait une fièvre de cheval. Mais rien à faire. Ils étaient seuls.

« Je vous en prie. »

Joanna entendit le ton implorant de sa voix, mais cette fois elle n'en fut ni surprise ni dégoûtée. Elle était prête à supplier à genoux pour son bébé. Elle aurait donné un bras, ou sa vie, pour Joelle.

« Si nous l'épongeons, ça fera retomber la fièvre », dit Galina d'un ton peu convaincant.

Son air soucieux s'était transformé en une véritable expression de peur. Ce que Joanna trouvait bien plus terrifiant que la vue du thermomètre.

Galina partit chercher un chiffon humide.

Comme c'est étrange, songea Joanna. Galina semblait pouvoir passer sans effort du rôle de ravisseuse à celui de nourrice.

Elle revint en portant un pot d'étain débordant d'eau. Elle avait déniché une petite serviette qu'elle imbiba abondamment tout en jetant des petits coups d'œil inquiets en direction du bébé qui ne cessait de hurler. Elle l'essora et la frotta doucement sur le bébé. Joelle n'était pas coopérative – elle s'agitait sur les genoux de Joanna comme si le simple contact de la serviette la faisait souffrir.

Elle poussait des cris effrayés à briser le cœur. Son corps minuscule frissonnait.

Joanna saisit la main de Galina.

« Ça ne sert à rien. Ça ne fait qu'empirer les choses. »

La serviette humide pendait mollement entre les mains de Galina, des gouttes d'eau heurtaient doucement le plancher grossier.

Poc, poc, poc.

« Regardez-la, bon sang. Regardez-la !

— Ça va faire retomber la fièvre, insista Galina. S'il vous plaît. »

Mais elle ne tenta pas de dégager son bras. Qu'auraient pensé les gardes s'ils avaient vu Joanna serrant le poignet osseux de Galina ?

Joanna la lâcha.

Lorsque Galina eut fini, elle toucha à nouveau le front de Joelle.

« C'est un peu moins chaud, non ? »

Mais lorsque Joanna y posa la main, elle eut l'impression de toucher du feu.

Galina souleva Joelle, remit sa couche en place et l'enveloppa dans une couverture de laine grossière. Joelle braillait toujours – son visage était fermé comme un poing – tandis que Joanna la berçait contre sa poitrine en faisant les cent pas dans le petit espace qui leur était alloué. Elle lui chanta une berceuse, à peine plus fort qu'un murmure.

Chut, petit bébé, ne dis pas un mot,
Maman va acheter un oiseau moqueur.
Si cet oiseau moqueur ne chante pas…

Sa mère lui chantait cette chanson. Elle lui passait le duo de James Taylor et Carly Simon sur la chaîne du salon et dansait autour du canapé-lit avec Joanna dans ses bras. Et Joanna se sentait chaque fois aimée et en sécurité.

Ça ne fonctionnait pas avec Joelle.

Elle avait cessé de hurler, mais seulement parce qu'elle n'en pouvait plus. Lorsqu'elle ouvrait la bouche, elle ne semblait plus avoir assez d'énergie pour émettre un son humain.

« Je vais l'emmener maintenant, dit Galina.

— Non.

— Ils vont se mettre en colère si je ne le fais pas. »

Joanna était alors trop effrayée pour relever les paroles de Galina, mais plus tard elle les retournerait encore et encore dans son esprit.

Ils vont se mettre en colère si je ne le fais pas.

Le premier minuscule aveu que, dans la dynamique du « eux contre nous » qui régissait la maison – Maruja, Beatriz et Joanna contre leurs gardes – une nouvelle alliance s'était peut-être formée.

Galina et elle.

Galina lui aurait volontiers laissé Joelle, mais elle ne pouvait pas parce qu'*ils* se mettraient en colère.

Dans un monde dénué d'espoir tangible, vous vous raccrochez à ce que vous pouvez.

Elle lui tendit Joelle. On la ramena à sa prison, également appelée leur « chambre », où Maruja et Beatriz, voyant l'expression sur son visage, lui demandèrent ce qui n'allait pas.

Lorsque Galina apparut à la porte à l'heure du repas du soir, elle était d'une pâleur spectrale. Mais ce n'était pas le plus inquiétant.

Le plus inquiétant, c'était qu'elle n'avait pas Joelle.

« Que s'est-il passé ? Où est-elle ? demanda Joanna.

— Dans son berceau. Elle a fini par s'endormir. Je n'ai pas voulu la réveiller. »

Elles se rendirent à la pièce où Joelle prenait ses repas, passèrent devant deux gardes métis qui jouaient aux cartes – dont une femme à la peau brune et aux cheveux noirs chatoyants qui lui retombaient jusqu'au creux des reins. Après avoir refermé la porte, Galina déclara :

« Elle a une pneumonie.

— Une pneumonie ? » Le mot lui fit l'effet d'une claque. « Comment le savez-vous ? Vous n'êtes pas médecin. Pourquoi dites-vous ça ?

— Sa poitrine. Je l'entends.

— Ça pourrait être un virus ? Une simple grippe ?

— Non. Ses poumons… ils sont pleins de *liquide*. »

La peur s'empara de Joanna.

« Vous devez l'emmener à l'hôpital, Galina. Il le faut. Maintenant. »

Galina la regarda avec une expression que, dans d'autres circonstances, Joanna aurait peut-être qualifiée de tendre.

De cette tendresse que l'on témoigne à l'égard des têtes de linotte incorrigibles.

« Il n'y a pas d'hôpital, répondit Galina. Pas ici. »

Cette nuit-là, Joanna entendit sa fille hurler.

Les gardes en avaient assez. Les cris leur tapaient sur le système. Au milieu de la nuit, l'un d'eux arracha Joanna de son lit, où elle tenait la main de Beatriz pour se retenir de courir jusqu'à la porte et de leur hurler dessus.

« Vamos », dit-il en la poussant vers la porte ouverte.

Beatriz se leva pour protester.

« *Para eso...* »

Le garde, qui s'appelait Puento et était d'ordinaire docile et aimable, la poussa brutalement contre le mur.

« Un bébé qui pleure peut éprouver la patience des jeunes parents », affirmait le magazine *Mère & bébé*.

Où Puento l'emmenait-il ?

Lorsqu'il eut refermé la porte à clé derrière eux, un autre garde s'approcha, portant Joelle à bout de bras. Plus tard, Maruja lui expliquerait que les guérilleros des FARC craignaient particulièrement de tomber malade car il n'y avait pas de médecins dans les parages pour les soigner.

Le garçon nerveux lui balança littéralement Joelle entre les bras, puis il lui fit signe de prendre la direction de la pièce où elle lui donnait ses repas. Il la fit entrer tout en maintenant ses distances, puis lui donna un petit coup dans le dos avec la crosse de son fusil. Il claqua la porte derrière elle.

Joelle était trempée de sueur.

Chacune de ses respirations produisait un gargouillis étouffé et râpeux. Lorsque Joanna colla son oreille contre la poitrine de Joelle, on aurait dit quelqu'un mourant d'emphysème.

Où était Galina ?

Joanna cogna sur la porte – une, deux, trois fois. Puento finit par la rouvrir, avec visiblement l'intention de cogner à son tour sur autre chose.

Joanna lui demanda d'aller chercher Galina immédiatement, tout de suite, *sur-le-champ*.

Pas de réponse.

Elle demanda alors un chiffon en mimant nerveusement avec les mains. Elle n'aurait su dire si Puento la comprenait, et si oui, s'il en avait quoi que ce soit à faire.

Lorsqu'il lui claqua la porte au nez, elle jugea que non.

Mais quelques minutes plus tard, il revint et lui jeta un chiffon dégoûtant.

Elle n'avait pas songé à demander de l'*agua* – par chance, le chiffon semblait suffisamment humide pour qu'elle puisse s'en passer. Elle effectua le rituel désormais familier d'ôter ses vêtements et sa couche à son bébé, tout en essayant de ne pas remarquer sa peau presque bleue et ses tremblements de petit oiseau. Elle l'épongea comme Galina l'avait fait.

« Ça va aller, murmura-t-elle à sa fille. Nous allons rentrer à la maison et voir papa. Tu vas aimer New York. Il y a un manège, et en hiver on peut faire du patin à glace. Il y a un zoo avec des ours polaires et des singes et des pingouins. Tu vas adorer les pingouins. Ils sont rigolos. »

Elle tint le bébé entre ses bras toute la nuit. La plupart du temps, Joelle criait, gémissait, faisait des bruits de gargouillis. Mais ça, c'était quand ça allait. Parfois, elle sombrait dans le sommeil et paraissait s'arrêter de respirer.

À un moment, alors que Joelle était bel et bien vivante, c'est-à-dire qu'elle braillait à s'arracher les poumons, Puento ouvrit la porte et regarda dans la pièce avec une nette envie de meurtre. Il leva la Kalachnikov qui ne le quittait jamais – Paul lui avait dit que tel était le nom de ces fusils, fabriqués en

Russie, hors d'âge et absolument pas fiables – et la pointa directement sur la tête de Joelle.

« Je vais la faire arrêter. Elle est malade. Je vais la faire arrêter. Je le promets. »

Il abaissa son arme et referma la porte.

Puis Joanna s'assoupit.

Quelqu'un la réveilla en lui secouant l'épaule.

Galina.

La première chose que Joanna remarqua fut l'absence de pleurs, le silence absolu et choquant. La seconde fut que Joelle n'était plus entre ses bras. Disparue. L'espace d'un moment effroyable, elle crut que sa fille n'avait pas passé la nuit. Que Galina était venue l'informer que le cadavre de Joelle avait été emporté et enterré dans un champ.

Elle était sur le point de se mettre à hurler lorsqu'elle la vit.

Elle dormait paisiblement entre les bras de Galina.

Elle respirait mieux, pas normalement, non, mais absolument, indubitablement *mieux*.

« Je suis allée lui chercher des médicaments, dit Galina. Des gouttes *Antibióticos*. Elle va s'en sortir, je crois. »

Joanna apprendrait plus tard que Galina avait parcouru plus de cent cinquante kilomètres, appelé un médecin qu'elle connaissait et fait ouvrir une *farmacia* pour obtenir les gouttes.

Elle va s'en sortir, je crois.

Le nouveau mantra de Joanna.

Joelle avait moins de fièvre, sa toux s'était calmée, elle ne tremblait presque plus.

Galina regarda Joanna la nourrir. Elle semblait étrangement fascinée, voire hypnotisée. Peut-être était-ce le manque de sommeil, pensa Joanna.

Non, c'était autre chose, comme si elle était transportée par un souvenir.

Joanna se rappela.

J'avais une fille.

« Galina ? »

La vieille femme sembla mettre une minute à sortir de sa rêverie et à lui répondre.

« Oui ?

— Votre fille ? Que lui est-il arrivé ? »

Galina se retourna, inclina la tête qui forma un angle bizarre, comme si elle cherchait à entendre ce qui se passait dans la pièce d'à côté. Ou peut-être plus loin encore.

« Elle a été tuée, répondit Galina.

— Tuée ? » Joanna ne s'attendait pas à ça. Morte, oui, mais *tuée* ? « Je suis vraiment désolée – c'est horrible. Comment, Galina ? Qu'est-ce qui s'est passé ? »

Galina soupira. Elle leva les yeux vers l'ombre du crucifix toujours visible sur le mur. Elle se signa d'une main légèrement tremblante.

« Riojas, murmura-t-elle. Avez-vous entendu parler de Manuel Riojas ? »

25

Galina regardait la mère et son enfant.

Elle se disait :

Sainte Marie, Mère de Dieu.

Pendant un moment, on aurait dit cette photo sur mon bureau. Décolorée après tant d'années, mais soudain devenue réelle. Oui.

C'était moi. Et elle. Mon enfant.

Elle était à nouveau dans mes bras. À nouveau jeune.

Rien qu'une niña. *Ma* niña.

A-t-elle jamais été si petite ?

L'a-t-elle jamais été ?

Tu t'en souviens, non ?

Claudia.

Clau-di-a.

Son nom était comme une chanson. Une chanson à chanter à tue-tête dans les rues de Chapinero à l'heure du dîner, ou dans l'escalier de leur *apartamento* après l'école, et il était difficile de ne pas le prononcer sur un rythme chantant – même quand vous étiez en colère pour de bon. Même quand vous faisiez *semblant* d'être en colère parce que Claudia n'avait pas encore fait ses devoirs, ou parce qu'elle était en retard pour dîner.

Il était impossible de vraiment lui en vouloir. Elle était comme ça, un don de Dieu. Elle finissait toujours par faire ses devoirs, suffisamment bien pour avoir au bout du compte d'excellentes notes.

Et quand elle était en retard pour dîner, elle arrivait à bout de souffle, avec la mine penaude de rigueur, et noyait ses parents sous un déluge de mots pour leur raconter les événements de la journée.

« Ferme ton clapet et mange », lui disait Galina.

Mais la vérité était que Galina trouvait plus agréable de l'écouter que de regarder manger sa fille maigrichonne.

Claudia faisait partie de ces enfants étrangement *conscients*. Précocement sensible au monde et à la plupart de ses habitants. Une partageuse de jouets impénitente, même après que sa poupée préférée – Manolo le *torero* – s'était fait arracher une jambe par la sale gamine qui habitait sur le même palier.

Elle était du genre à demander tout le temps : pourquoi ?

Pourquoi ci, pourquoi ça, pourquoi *eux* ?

Galina avait toujours estimé que, dans un pays comme la Colombie, « pourquoi » était un mot qu'il valait mieux éviter.

Il était donc peut-être écrit que lorsqu'elle irait à l'université Nacional – avec les honneurs, bien entendu – elle se mêlerait à une certaine clique. Que lorsqu'elle commencerait à avoir la réponse à ces questions qui ne cessaient de l'indigner – comme, pourquoi un pour cent des Colombiens contrôlaient-ils quatre-vingt-dix-huit pour cent de la richesse, pourquoi chaque programme censé soulager la pauvreté et la faim échouait-il misérablement, pourquoi étaient-ce toujours les mêmes personnes qui disaient toujours les mêmes choses aux mêmes postes de pouvoir, pourquoi, pourquoi, *pourquoi* – elle se joindrait à ceux qui pourraient peut-être y remédier.

Ou, du moins, qui parlaient d'y remédier.

De simples clubs politiques, au début. Des sociétés inoffensives où l'on débattait.

« Ne t'en fais pas, mama, disait-elle. On boit du café et on se dispute pour savoir qui paiera la note. Et après on parle de changer le monde. »

Mais Galina s'en faisait.

Elle possédait elle-même une conscience sociale raisonnablement développée ; ce qui ne lui avait jamais valu rien de bon. Elle se souvenait encore des rassemblements en faveur de Gaitán, le leader à demi métis qui s'était promis de démocratiser la Colombie. Elle se rappelait avec tendresse l'espoir qui avait balayé les rues comme une brume printanière en plein hiver. « Je ne suis pas un homme, je suis un peuple. » Elle voyait encore son cadavre criblé de balles sur la une du journal de son père. Après ça, une espèce de fatalisme s'était installé, progressivement, avec l'âge, comme le durcissement des artères. Les jeunes étaient vaccinés contre cette maladie particulière. Il fallait des années d'usure et de déchirures avant que l'idéalisme tombe en miettes.

Claudia était moins souvent à la maison.

Elle rentrait plus tard, prétextant un petit ami ou un autre.

Mais on ne la faisait pas à Galina.

Claudia était amoureuse, certes. Mais pas d'un garçon. Cette agitation nerveuse et ces yeux brillants trahissaient son amour pour une cause. L'objet de son béguin monstrueux était une conviction.

Désormais, lorsque Galina lui conseillait de ne pas s'impliquer dans la politique, Claudia lui répondait par un silence de marbre ou, pire, elle secouait la tête avec exaspération, comme si Galina ne pouvait comprendre de telles choses. Comme si elle ne pouvait comprendre ce qui n'allait pas et devait être *réparé*. Comme si elle était idiote, aveugle et sourde au monde.

Mais elle était précisément le contraire. C'était justement sa terrible lucidité, sa connaissance du monde et de la façon dont les choses fonctionnaient, ou ne fonctionnaient pas – à la vérité rien ne fonctionnait en Colombie – qui lui faisaient avoir si peur pour sa fille.

Quand Claudia était-elle entrée en contact pour la première fois avec eux ?

Peut-être quand elle avait raconté à Galina qu'elle partait en excursion avec des amies. « À Carthagène », avait-elle dit. À son retour, dix jours plus tard, elle n'avait pas la moindre trace de bronzage. « Il a fait un temps horrible », avait-elle expliqué.

Galina avait été terriblement tentée de vérifier dans les journaux. Elle n'en avait rien fait.

Carthagène était au nord. Et les FARC aussi, elle le savait.

Ces petits voyages devenaient de plus en plus réguliers.

« L'université organise un séminaire », expliquait-elle.

« Je vais rendre visite à un ami. »

« Nous partons faire du camping. »

Mensonge après mensonge.

Qu'était censée faire Galina ? Claudia était majeure. Claudia était amoureuse. Que pouvait-elle faire à part attendre et espérer que ça passe, comme passent la plupart des premières amours ? On lui tendait un tissu de mensonges, et elle s'en servait pour essuyer ses larmes.

Claudia commençait à prendre moins soin de son apparence. Tous les jeunes faisaient pareil dans une certaine mesure, mais pour Claudia, ce n'était pas une question de mode. C'était plus une question de *solidarité*. Elle passait des jours sans se maquiller, sans même jeter un coup d'œil dans le miroir.

Elle ne se doutait pas qu'elle n'en était que plus belle.

Galina lui avait-elle dit combien elle était belle ? Combien elle était parfaitement exquise ? Presque féline. Ondoyante, gracieuse. Ses yeux, bien sûr. Ovales, d'un ambre profond, et sa peau, café au lait comme disait la mère de Galina. Elle avait dû hériter sa beauté de quelqu'un d'autre que Galina. Peut-être de sa grand-mère paternelle, une *chanteuse*[1] de *vallenato* d'une certaine réputation qui avait, disait-on, brisé bien des cœurs de Bogotá à Cali.

Un jour, Claudia était partie, mais n'était pas revenue.

Une autre excursion, une virée au bord de la mer avec des amis. Mais quand Galina avait appelé ses amis, dans tous ses états, paniquée, deux jours après la date à laquelle Claudia était censée rentrer, ils avaient prétendu ne rien savoir.

Une excursion ?

Bizarre. Elle n'avait éprouvé aucune surprise. Juste une confirmation. Et une terreur simple, implacable. Elle était restée assise près du téléphone, priant pour qu'il sonne. S'efforçant de ne pas décrocher le combiné et de ne pas composer le numéro de la police. Elle savait pertinemment où était Claudia. Faire intervenir la police aurait été pire que ne rien faire.

Au bout du compte, Claudia avait fini par appeler.

Galina, hors d'elle, s'était emportée, avait crié. Comme on réprimande un enfant. Comment Claudia avait-elle pu ne pas appeler, comment avait-elle pu faire *ça* ?

Mais Claudia n'était plus la petite fille qui arrivait en retard pour le dîner.

« Je suis avec eux, car ne pas être avec eux, c'est être avec les autres », avait-elle expliqué.

Claudia parlait avec assurance. Avec logique. Avec passion, même. Et peut-être, au fond

1. En français dans le texte. *(N.d.T.)*

d'elle-même, Galina l'avait-elle comprise, elle qui avait jadis acclamé Gaitán aux côtés de son père.

Mais elle avait fini par dire ce que disent toutes les mères. Ce qu'elles ont le droit de dire. Même à leurs filles révolutionnaires qui ont pris le maquis.

« Tu vas te faire tuer, Claudia. Ils m'appelleront pour que j'aille récupérer ton corps. Je t'en prie. Reviens. S'il te plaît, je t'en supplie. »

Mais Claudia avait ignoré ses supplications – tout comme, lorsqu'elle était enfant, elle s'était moquée de sa mère quand celle-ci avait voulu lui faire porter des bottes en caoutchouc.

« Alors je ne sentirai plus les flaques, mama. »

Claudia, par-dessus tout, était une fille qui voulait sentir les flaques.

Son père était bouleversé. Il avait menacé d'aller à la police, de la ramener à la maison par la peau des fesses. « Tu aurais dû savoir, avait-il lancé à Galina, tu aurais dû savoir ce qu'elle manigançait. » Galina savait que c'était la frustration et l'amour blessé qui le faisaient parler ainsi ; et lui savait qu'aller à la police était dangereux, que se mettre à la recherche de Claudia était inutile vu qu'il n'avait pas la moindre idée de l'endroit où elle se trouvait.

Alors ils avaient attendu, chacun dans son cocon de douleur. Attendu un printemps qui risquait de ne jamais revenir.

De temps à autre, des amis faisaient passer des messages. Il vaut mieux qu'elle ne vous appelle pas, avait expliqué un certain jeune homme, un des camarades avec lesquels elle voyageait à l'époque de l'université et qui arborait désormais un bouc de dix centimètres de long et un béret noir comme le Che. Elle se porte bien, avait-il poursuivi. Elle défend la cause.

Mais Galina aussi avait une cause : revoir le visage de sa fille. Elle avait besoin de la toucher. Quand Claudia était petite, elle se nichait comme un oiseau dans les replis de sa robe. « Je suis un kangourou, chuchotait Galina, et tu es dans ma poche. »

Maintenant, sa poche était vide.

Un jour elle reçut un autre message du jeune homme.

Soyez dans tel bar à huit heures ce soir.

Quand Galina demanda pourquoi, il répondit juste : « Soyez-y. »

Elle ne posa pas davantage de questions.

Ils s'habillèrent comme pour aller à l'église. Après tout, n'était-ce pas ce pourquoi ils avaient tant prié ? Ils arrivèrent plusieurs heures en avance. Le bar était désagréablement sombre et sordide, principalement fréquenté par des prostituées et des travestis.

Ils attendirent une heure, deux heures, trois. À vrai dire, Galina aurait pu attendre des jours.

Puis elle sentit une tape sur l'épaule, non, plus qu'une simple tape, une main chaude se posant tel un papillon sur son épaule. Elle connaissait cette main. Les mères ne se trompent pas. C'était son sang qui coulait à travers.

À quoi ressemblait Claudia ? Déguenillée, maigre, malade ?

Si tel avait été le cas, peut-être qu'ils auraient pu la convaincre de rentrer – comme on convainc quelqu'un s'apprêtant à sauter d'une fenêtre de ne pas le faire. Peut-être qu'ils auraient pu la soulever de terre et la porter jusqu'à la maison.

Mais Claudia n'était pas déguenillée. Ni maigre. Et certainement pas malade.

Elle avait l'air heureuse.

Que souhaite-t-on le plus pour ses enfants ?

Quel est le vœu avec lequel on achève chaque prière ?

Celui que l'on se murmure lorsqu'on nous demande de souffler les bougies d'un nouvel anniversaire qu'on préférerait ne pas célébrer ?

Je souhaite, murmurons-nous, que mon enfant soit heureux.

Juste ça.

Claudia dégageait un bonheur incontestable.

Dire qu'elle était rayonnante eût-il été trop fort ?

Ce n'étaient plus les affres du premier flirt, elle vivait clairement une véritable histoire d'amour. Un seul coup d'œil suffit à Galina pour comprendre qu'ils repartiraient sans elle.

Claudia embrassa sa mère, puis son père.

Ils se tinrent tous les trois la main, comme lorsque, à quatre ans, Claudia les forçait à jouer au chat et à la souris. Claudia était toujours la souris. Et la souris se faisait toujours capturer.

Galina lui demanda comment elle allait.

Mais elle connaissait déjà la réponse.

« Bien, maman, répondit Claudia.

— Pourquoi ne nous as-tu rien dit ? » demanda Galina.

Puis elle se mit à faire ce qu'elle s'était juré de ne pas faire. Pleurer, craquer, s'effondrer.

« Chut… murmura Claudia, comme si la fille était soudain devenue la mère. Arrête, maman. Je vais bien. Magnifiquement bien. Il n'y a pas de mot pour le décrire. Tu le sais. »

Non. Tout ce que Galina savait, c'était que Claudia était son cœur. Et qu'à partir de maintenant, la vie serait faite de rencontres hâtives dans des bars pour travestis et de messages furtifs communiqués par des amis.

Claudia ne leur donna aucun détail précis. Comme par exemple où elle vivait. Avec qui. Elle passa l'essentiel du temps à les interroger sur la maison. Comment allait le chat, Tulo ? Et ses amies, Tani et Celine ?

Galina refusa de lui lâcher la main tout le temps qu'ils restèrent ensemble. Quelque instinct primitif devait lui dire que si elle ne la lâchait pas, alors Claudia serait forcée de rester avec eux. Que tant qu'elles se toucheraient, elles ne pourraient être séparées.

Elle se trompait, naturellement. Les heures s'écoulèrent en un clin d'œil, rien à voir avec toutes ces journées qu'elle avait passées comme figée dans le temps à attendre de ses nouvelles.

Claudia annonça qu'elle devait y aller.

Galina avait encore une ultime requête de taille à formuler. Elle l'avait préparée pendant que Claudia posait des questions sur la maison, la famille et les camarades d'école, tandis qu'elle tenait la main de sa fille comme si sa vie en dépendait.

« Je veux que tu m'écoutes, Claudia. Je veux que tu écoutes tout ce que j'ai à dire. D'accord ? »

Claudia acquiesça.

« Je comprends ce que tu ressens », commença-t-elle. Et c'était vrai. Mais ça n'avait pas d'importance. « Tu me crois trop vieille pour pouvoir ressentir ce que tu ressens. Mais tu te trompes. Il fut un temps, quand j'étais très jeune, où j'étais exactement comme toi. Mais je sais ce que je sais. Les FARC, les AUC – aucune importance. Les deux côtés sont coupables. Les deux côtés sont irréprochables. Au bout du compte, ils ne font qu'un. Aussi innocents les uns que les autres. Aussi meurtriers. Et tout le monde meurt. Tout le monde. Je te le demande car je suis ton unique mère au monde. S'il te plaît. Ne retourne pas là-bas. »

Elle aurait tout aussi bien pu parler chinois.

Ou ne pas parler du tout. Claudia ne pouvait pas l'entendre, et même si elle l'avait pu, elle aurait été incapable de comprendre un mot de ce que sa mère venait de dire.

Elle tapota la main de Galina, sourit comme on sourit aux personnes que la sénilité a rattrapées. Elle se leva, étreignit son père tandis que Galina restait comme pétrifiée sur sa chaise. Puis Claudia se baissa, posa la tête dans le creux du cou de sa mère.

« Je t'aime, maman », dit-elle.

Ce fut tout.

Sur le chemin du retour, ils restèrent parfaitement silencieux, hébétés. Ils s'étaient habillés comme pour aller à l'église, mais revenaient d'un enterrement.

Ils ne reçurent que quelques messages d'elle par la suite.

De temps en temps, le garçon de l'université appelait pour donner des nouvelles. Chaque fois qu'elle ouvrait le journal, Galina retenait son souffle…

La porte s'ouvrit en grinçant.

Galina se tut.

Tomás – l'un des gardes – lui ordonna de se lever en hochant la tête dans sa direction. Joelle était désormais hors de danger. Joanna allait devoir la rendre, regagner sa chambre.

« Que lui est-il arrivé ? » demanda-t-elle à Galina tout en lui tendant Joelle. Soudain, elle voulait à tout prix connaître la fin. « Vous n'avez pas fini votre histoire. »

Galina secoua simplement la tête, serra Joelle contre sa poitrine. Puis elle se dirigea vers la porte.

26

Il ne savait plus s'il était vivant, jusqu'au moment où il s'aperçut qu'il bougeait, donnait des coups de pieds, bougeait ses jambes d'avant en arrière pour tenter d'éteindre le feu qui rampait sur sa peau.

Il avait dû s'évanouir à cause de la fumée. Il revit le mur de flammes fonçant sur eux tel un acte divin. Mais peut-être n'en était-ce pas un. Il se rappelait avoir prié Dieu juste avant que tout devienne noir, et il était encore vivant.

Alors peut-être Dieu et lui s'étaient-ils rabibochés. Peut-être Dieu avait-il dit : « Assez de nombres, d'équations, de probabilités de risques, essayons la foi aveugle pour changer, OK ? »

Il ne flambait pas à proprement parler. Pas littéralement. Son pantalon, ce qui en restait, fumait. Et la peau qui apparaissait entre les lambeaux semblait rose comme de la peau de bébé, le signe d'une brûlure au premier degré.

Mais ils étaient parvenus à franchir la ligne de kérosène.

Sur sa gauche, tout était calciné, une fumée noire s'élevait. Le vent avait poussé le feu dans une seule direction. Ce qui signifiait que Miles avait eu raison. Ils avaient avancé *vers* le feu et avaient gagné.

Du moins Paul. Car Miles avait disparu.

Et les autres ?

Paul leva timidement la tête et jeta un coup d'œil alentour.

On aurait dit un décor volcanique. Comme dans ces émissions spéciales de la chaîne Découverte où des îles à la végétation luxuriante sont réduites à une masse bouillonnante de feu et de fumée. Ici et là, des flammes jaillissaient toujours dans les airs.

Les lieux étaient aussi déserts que la Lune.

Ils avaient disparu.

Le bonheur que lui procura cette découverte fut de courte durée. Ils avaient disparu… et la drogue aussi. Elle devait être ensevelie dans la suie noire. Son unique chance de sauver Joanna s'était volatilisée. « Quand Dieu ferme une porte, il ouvre une fenêtre », avait l'habitude de dire sa défunte mère. Mais à en croire sa toute nouvelle foi, il était fort possible que l'inverse fût aussi vrai. Quand Dieu ouvre une fenêtre, il ferme une porte.

Paul était vivant. Joanna et Joelle étaient mortes.

C'était juste une question de temps.

Il se laissa retomber sur le sol toujours fumant, comme si on lui avait tiré dessus.

Quelqu'un l'appela.

Une créature au visage complètement noir, hormis les yeux qui étaient d'un blanc lunaire comme ceux de ces chanteurs blancs qui se déguisaient en Noirs. Des volutes de fumée s'élevaient tout autour de lui.

Un ange ? Descendu sur terre pour dire à Paul qu'il s'était trompé, désolé, qu'il n'avait pas survécu au feu en fin de compte ? Étant donné le destin probable de Joanna et Joelle, serait-ce une si mauvaise nouvelle ?

Ce n'était pas un ange.

C'était Miles.

Ils trouvèrent la voiture de Miles à peu près là où ils l'avaient laissée. Les deux portières étaient grandes ouvertes et le pare-brise était brisé.

Mais ce n'était pas ce qui tracassait Miles.

Il se fichait qu'ils aient bousillé sa voiture, ce qui le souciait, c'était qu'ils l'avaient *vue*, qu'ils puissent la reconnaître, qu'ils aient noté son numéro d'immatriculation, consulté sa carte grise qui se trouvait quelque part dans la boîte à gants. Maintenant que l'euphorie de la survie était retombée, Miles semblait comprendre qu'il risquait de ne pas en avoir pour longtemps. Il se replia sur lui-même.

Tout comme Paul.

Celui-ci s'était excusé auprès de Miles tandis qu'ils regagnaient la voiture – « Désolé d'avoir failli vous faire tuer ». Miles avait répété que c'était lui qui avait envoyé Paul et Joanna en Colombie. Mais cette fois, il n'avait pas été très convaincant.

Puis tous deux s'étaient tus.

Les toiles d'araignées formées par les fissures du pare-brise rendaient la conduite hasardeuse. Y avait-il des voitures devant eux ? Les feux étaient-ils verts ou rouges ? Impossible de lire les pancartes…

En quittant le marais, ils croisèrent quatre camions de pompiers qui fonçaient sur l'autoroute toutes sirènes hurlantes.

Miles essayait de conduire en passant la tête par la vitre.

Quelque part entre Jersey City et le tunnel de Lincoln, Paul demanda :

« Qui étaient ces hommes ? » Miles ne répondit pas immédiatement. « Ils ont dû aussi incendier la maison de Jersey City. C'était forcément eux.

— Ça serait logique, consentit Miles.

— Alors ? »

Miles semblait perdu dans ses pensées. Ou alors il était encore trop déprimé pour parler. Ils s'étaient engagés dans l'éclat fluorescent du tunnel, qui n'était pas sans rappeler un film de science-fiction.

« Je ne sais pas de qui il s'agit, déclara Miles après un moment, mais je peux le deviner. Leurs adversaires.

— Quels adversaires ? Le gouvernement colombien ?

— Le gouvernement colombien ne viendrait pas dézinguer des gens ici.

— D'accord. Alors de qui parlons-nous ?

— Ceux contre qui ils se battent. Ces cinglés de paramilitaires d'extrême droite. Manuel Riojas, précisa-t-il, et cette éventualité ne semblait pas lui faire plaisir.

— Riojas ? Je le croyais en prison. Ils l'ont extradé. Vers la Floride.

— Pour sûr. Lui, il est en prison. Mais pas eux.

— Qui ça, eux ?

— Les siens. Son gang. Ses hommes de main. Vous savez combien il y a de Colombiens à New York ? »

Miles tenta de se nettoyer les mains en les essuyant sur l'accoudoir qui séparait les sièges, mais ne parvint qu'à le recouvrir de suie noire.

« Ils ont suivi les trafiquants qui bossent pour les FARC ? dit Paul, réfléchissant à voix haute. C'est ça que vous voulez dire ? Ils ont découvert cette maison à Jersey City et l'ont incendiée ? Puis ils les ont suivis jusqu'à nous ?

— Peut-être. Pourquoi pas ? Ils sont adversaires, mais ils ont autant besoin d'argent. La drogue signifie de l'argent. L'argent signifie des armes. »

Certes, se dit Paul. Et il se demanda si parfois l'argent signifiait juste de l'argent.

« Considérez qu'ils voulaient faire d'une pierre deux coups. Ils éliminaient quelques amis des FARC tout en mettant la main sur la drogue. C'est juste ma théorie. »

Étant donné ce que Paul avait lu sur Manuel Riojas, c'était une théorie qu'il ne voulait pas envisager trop longtemps. « Et maintenant ?

— Je pourrais vous baratiner et dire que j'ai une idée géniale. Vous me croiriez ? »

Miles insista pour qu'ils s'arrêtent à son cabinet en ville.

« Je risquerais d'avoir du mal à expliquer à ma femme pourquoi on a l'air de revenir tout droit de Bagdad. Il y a une douche là-bas. Et des vêtements. »

Le cabinet de Miles était situé dans une maison de grès brun de l'East Side. Trois mois plus tôt, Paul et

Joanna s'y étaient rendus pour s'entendre dire qu'ils auraient une fille dans deux mois.

Miles gara la voiture dans le petit garage sous le bâtiment.

Lorsqu'ils descendirent de voiture, Paul sentit cette odeur caractéristique de tous les garages – moisissure, poussière, huile de moteur. Joanna, pensa-t-il avec un serrement de cœur, aurait été capable de discerner quelques effluves supplémentaires.

Ils entrèrent dans la maison par une porte latérale qui donnait sur un couloir dont les murs de ciment gris étaient recouverts d'une pellicule de condensation. Une simple ampoule nue diffusait une lumière faible.

Ils gravirent un escalier jusqu'au rez-de-chaussée qui abritait une salle d'attente moderne pleine de magazines périmés. Paul se rappelait y avoir attendu avec Joanna en feuilletant un numéro du magazine *Time* qui avait stratégiquement été placé en évidence. « Infertilité, le nouveau fléau », annonçait le gros titre.

« La salle de bains est à l'étage, dit Miles. Vous voulez y aller en premier ?

— Merci. Mais je n'ai rien à me mettre.

— Je vais vous prêter un jean. »

Lorsqu'il ouvrit la douche, l'eau à ses pieds vira au noir. Il avait l'impression que la peau de ses jambes et de ses bras avait été arrachée et il se demanda s'il avait besoin de soins médicaux.

Une fois sorti de la douche, il s'examina dans le miroir. Son visage semblait normal – un peu plus rose que d'ordinaire, et il avait assurément l'air découragé. Mais aucun médecin n'aurait pu y remédier.

Miles avait posé un jean et une chemise sur une chaise juste à l'extérieur de la salle de bains. Les habits étaient à peu près deux tailles trop petits. Paul se dandina jusqu'au couloir où Miles attendait patiemment son tour.

Celui-ci se dirigea vers la salle de bains et ils se croisèrent sans un mot.

Lorsque Miles sortit de la salle de bains, sa peau avait plus ou moins retrouvé sa couleur normale.

« Allons dans mon cabinet », dit-il sans grand enthousiasme.

Le fait de se retrouver à l'endroit même où il gérait ses affaires, tirait les ficelles et faisait apparaître des bébés, ne semblait aucunement le mettre dans de meilleures dispositions. Il s'assit derrière son bureau mais semblait étrangement perdu – comme s'il avait oublié ce qu'il faisait pour gagner sa vie.

Paul n'avait qu'à regarder au-dessus du bureau pour s'en souvenir.

Celui qui sauve un enfant sauve le monde.

Bon, Miles. Il y a maintenant un autre enfant qui a désespérément besoin d'être sauvé. Et sa mère aussi.

Paul parcourut la pièce du regard tandis que Miles demeurait silencieux et songeur. Entre un diplôme honorifique de l'école de droit de Baruch et une citation décernée par un hôpital du Bronx se trouvait une affiche qu'il n'avait pas vue auparavant. « L'équipe de base-ball nazie », disait-elle. Le nom de chaque joueur était inscrit en fonction de son poste sur un terrain en forme de diamant. Joseph Goebbels était sur le monticule du lanceur. « Lançait toujours des balles courbes », disait la légende. Hermann Göring était derrière la plaque de but : « superbe défense ». Joseph Mengele était sur la droite. « Bras mortel. » Albert Speer en troisième base – « pouvoir de surprise ». Les ramasseuses de balles étaient Eva Braun et Leni Riefenstahl. Le directeur technique ? Hitler, bien sûr : « un grand meneur d'hommes ». Mais pas suffisamment. L'affiche ne manquait pas de rappeler que l'équipe avait « perdu le championnat du monde en 1945 ».

Ha, ha.

Paul se demanda si Miles était le seul Juif à trouver ça drôle.

« Je suppose que vous n'avez pas assez d'argent pour les rembourser », finit par dire Miles.

Il baissait les yeux vers ses mains, dont les ongles étaient toujours noirs, même après la douche.

« Deux millions ? » s'exclama Paul.

Autant lui demander deux milliards.

« OK, fit Miles en haussant les épaules. C'était juste une question. »

Paul avait fini par prendre une décision. Ce n'était pas une décision facile, mais c'était clairement la seule. Le fait qu'il avait fait entrer de la drogue dans le pays n'avait pas d'importance. Plus maintenant. La drogue avait disparu, il n'avait plus rien à proposer. La vie de sa famille tenait à un fil.

« Je vais voir les autorités, déclara-t-il.

— Les autorités ? répéta Miles, comme s'il s'agissait d'un étrange concept qui lui était parfaitement inconnu. OK. Et de quelles autorités parlons-nous ?

— La police, le gouvernement, quiconque pourra faire quelque chose. Le département d'État, les Colombiens. Toutes les autorités possibles et imaginables. Je vais tout leur raconter – m'en remettre à la merci des juges. N'est-ce pas l'expression consacrée ?

— La merci des juges ? Oh oui, c'est une expression. Absolument. C'est d'ailleurs à peu près tout ce que c'est. Je ne crois pas que la merci ait le droit de franchir les détecteurs de métaux. Vous feriez mieux de réexaminer la question.

— Réexaminer la question ? Qu'est-ce que vous suggérez que je fasse ? Dire à Pablo que j'ai perdu pour deux millions de drogue, mais que si ça ne lui fait rien, j'aimerais quand même récupérer ma femme et ma fille ? Je dois faire quelque chose. Il ne me reste rien d'autre.

— Peut-être que si, dit Miles.

— De quoi parlez-vous ? »

Miles se leva, balaya du regard les quatre murs de la pièce, se mit à aller et venir derrière son bureau, lentement, petit à petit, semblant retrouver cette aura d'homme plein de ressources juste sous les yeux reconnaissants de Paul. Puis il s'arrêta, leva les yeux et claqua des doigts.

« Plan B », annonça-t-il.

27

Son nom était Moshe Skolnick.

« C'est un homme d'affaires russe, expliqua Miles.

— Quel genre d'affaires ? demanda Paul.

— Aucune idée, répondit Miles. Mais il les mène de main de maître. »

Quelle qu'ait été la nature de ses affaires, Moshe traitait beaucoup avec les Colombiens.

« Il a des contacts là-bas, reprit Miles. Il se rend à Bogotá au moins trois fois par an. »

Selon lui, le plan B (aller voir Moshe) était préférable au plan C (aller voir les autorités) car Paul avait besoin de quelqu'un qui dispose des bonnes relations. Ou, pour être plus précis, des mauvaises relations.

« Quelqu'un qui a une crédibilité auprès des deux camps. »

Paul avait accepté de tenter le coup. S'il était mû par une panique pure et simple, Miles, quant à lui, semblait mû par un véritable entêtement, comme si abandonner eût constitué un affront personnel. Miles leur avait un jour promis un bébé, et il n'avait qu'à moitié accompli sa mission. Il semblait bien décidé à finir le boulot.

Ils roulaient vers Little Odessa.

« Comment l'avez-vous connu ? demanda Paul.

— C'est ça qui est bien dans mon boulot. On rencontre toutes sortes de gens qu'on ne rencontrerait normalement pas.

— C'était un client ?

— Plutôt le client d'un client.

— Pas un ami ?

— Vous ne tiendriez pas vraiment à l'avoir comme ami. Encore moins comme ennemi. Mais il a une dette envers moi. »

Miles déposa tout d'abord Paul chez lui.

Il lui fallait ses propres vêtements. Il avait l'impression que le pantalon de Miles bloquait sa circulation sanguine. Il lui fallait son propre environnement, sa propre vie. Être discret n'avait plus tellement d'importance. Miles et lui avaient décidé que s'il tombait sur ses amis John ou Lisa, il attribuerait l'absence de Joanna à un cafouillage avec les visas et prétendrait être rentré pour régler le problème. Avec un peu de pot, il parviendrait à les éviter.

Il emprunta l'escalier pour diminuer les risques de tomber sur une de ses connaissances.

Lorsqu'il referma la porte, très doucement car il ne voulait pas que John et Lisa l'entendent, il vit un berceau dans le salon. Il avait des lattes roses et un matelas à fanfreluches orné de petits oursons. Un nœud rose bien trop grand était fixé dessus, qui ressemblait à une énorme fleur de serre. Il ne put s'empêcher d'observer que le berceau était vide.

Il s'approcha et décrocha la carte scotchée à la tête du lit.

Félicitations pour notre nouvelle petite-fille ! Nous nous sommes dit que ça pourrait vous être utile à votre retour. Matt et Barbara.

Les parents de Joanna qui commençaient à gâter leur petite-fille.

Il sentit une douleur, comme un coup de couteau sous le cœur. Si l'expression « avoir le cœur brisé » était impropre, si les émotions résidaient quelque part dans le cerveau et non plus bas, pourquoi était-ce précisément là que ça faisait mal ?

Ils auraient dû être rentrés maintenant. Tous les trois.

Des amis seraient venus, les bras chargés de gâteaux, de bouteilles de champagne, de layette rose. Les parents de Joanna se seraient installés dans la chambre d'amis pour une bonne semaine. L'appartement aurait été plein de vie.

Le vide qui régnait semblait l'accuser de quelque chose. Et il savait quoi.

Il n'avait qu'à regarder l'horloge au-dessus de la télé du salon, l'heure et la date affichées bien en évidence, les chiffres rouge sang.

Miles devait revenir le chercher dans un quart d'heure. Il enfila un pantalon de coton et un tee-shirt, fourra son téléphone cellulaire dans sa poche et se dirigea vers la porte.

Une lumière verte clignotait sur son répondeur.

Oh, après tout.

Il enfonça le bouton « lecture ».

Bonjour, monsieur Breidbart. Je vous appelle de la part de la société Home Equity Plus. Nous proposons un taux spécial de refinancement valable uniquement ce mois-ci...

Salut, c'est Ralph. Appelle-moi à ton retour, d'accord ? Je n'ai pas trouvé les diagrammes pour McKenzie. Au fait, félicitations pour le bébé. Les cigares arrivent.

Salut ! C'est maman, chérie. J'ai reçu ta lettre, mais nous ne savons pas quand vous rentrez. Les gens de l'hôtel nous ont dit que vous aviez déménagé. Appelle-nous, s'il te plaît ! Gros bisous ! Est-ce que le berceau te plaît ?

Bonjour, monsieur et madame Breidbart. María à l'appareil. J'appelle pour voir comment ça se passe.

María Consuelo qui venait aux nouvelles comme elle avait promis de le faire.

Cet appel était suivi de deux autres coups de fil de María. Puis une « offre exceptionnelle à ne pas manquer » d'une société de vente de tapis, un message automatique d'un parlementaire qui se présentait à sa réélection, puis un nouveau message de María.

Elle avait cette fois-ci l'air franchement agacé. Elle les avait appelés quatre fois, *quatre*, et toujours pas de réponse. Elle leur serait reconnaissante de bien vouloir lui faire l'honneur de la rappeler pour lui dire comment les choses se passaient.

Salut, María. À vrai dire, ça ne roule pas vraiment. Le bébé que vous nous avez donné a été kidnappé par votre nourrice et votre chauffeur. J'ai fait entrer de la drogue aux États-Unis pour les faire libérer, mais nous avons été attaqués et avons failli mourir cramés. Donc, tout bien considéré, ça pourrait aller mieux. Mais merci d'avoir posé la question.

Little Odessa était à l'image de son nom. On se serait cru dans un autre pays. C'était une soirée grise et brumeuse, et un vent fort soufflait de l'océan. On pouvait voir de petites gouttes d'écume blanche et de petits tourbillons de sable danser à travers la plage.

La plupart des enseignes étaient en russe. La rue qui longeait la plage était pleine de boîtes de nuit qui tiraient pour la plupart leur nom de villes russes.

Le *Kiev*, le *Saint-Pétersbourg, Moscou Central.*

Le manque de sommeil commençait à rattraper Paul. Il avait piqué du nez en franchissant le pont de Williamsburg. Le crissement du métal combiné aux chocs sourds l'avait brutalement réveillé, et il avait découvert un morne paysage noir et blanc. Mais ce bref instant de sommeil avait été terriblement agréable. À peine avait-il rouvert les yeux que l'appréhension était revenue.

Moshe travaillait dans un vaste entrepôt.

Miles pénétra dans un parking où une autre voiture était garée, une Buick bordeaux. Deux hommes adossés à la Buick fumaient des cigarettes tout en baragouinant en russe.

Lorsqu'ils descendirent du véhicule, Miles leur adressa un signe de la main, qu'ils ne lui rendirent pas.

« Des types sympas, dit-il. Ils m'adorent. »

Le parking faisait face à un portail de livraison dont le rideau métallique était à demi relevé. Ils baissèrent la tête et entrèrent. L'intérieur de l'entrepôt était immense, un véritable centre commercial. Et il devait contenir à peu près autant de marchandise.

Rangées de machines à laver, séchoirs, réfrigérateurs, télés, chaînes stéréo, ordinateurs, meubles. Vélos, ballons de basket, clubs de golf, vêtements, pneus. Jeux vidéo, livres, meubles de jardin, barbecues.

Un groupe d'hommes s'affairait dans la section des équipements ménagers. L'un d'eux se retourna et agita la main.

« C'est Moshe », dit Miles.

Paul le trouva drôlement élégant pour ce genre d'endroit. Il portait un costume qui devait coûter dans les mille dollars, agrémenté d'une cravate en soie bleue et de chaussures bien cirées qui se terminaient en pointe. Il avait un bouc et d'épais sourcils qui semblaient lui donner un air constamment amusé.

Il s'avança et donna à Miles une accolade virile tout en l'embrassant sur les deux joues.

« Hé... Miles... mon avocat préféré. »

Il avait une voix de fumeur, rauque et basse, mâtinée d'un fort accent russe.

Lorsqu'il reposa Miles par terre – dans son enthousiasme, il l'avait littéralement soulevé de deux bons centimètres – il se tourna vers Paul et sourit.

« Paul ?

— Bonjour. Heureux de vous rencontrer.

— Non, dit Moshe en secouant la tête. Pas si heureux que ça, il me semble. Miles m'a expliqué votre… situation. Catastrophe. Je compatis. Votre femme et votre fille, hein ? Ces rebelles… » Il prononça ce qui devait être un juron russe. « Vous savez ce qu'on fait aux rebelles en Russie, hein ? Vous vous souvenez de ce théâtre à Moscou… Ces putains de Tchétchènes ? Boum-boum. Gazés, les salopards. »

Paul se souvenait également que les autorités russes avaient aussi gazé environ deux cents otages innocents, mais il jugea préférable de garder ça pour lui.

Au lieu de cela, il demanda à Moshe s'il pouvait l'aider.

Moshe lui plaça son énorme bras autour des épaules.

« Écoutez, je connais ces salauds. Du moins certains d'entre eux. On va voir ce qu'on peut faire, OK ? Parfois on peut négocier. Ils sont à peu près aussi marxistes que nous l'étions… Tout le monde fait du business, OK ? Écoutez, ils ne vont pas les tuer. Peu probable. Je vais passer quelques coups de fil.

— Merci. Vraiment.

— Me remerciez pas encore. J'ai fait que dalle. » Il sourit. « On va voir. »

Il regarda par le portail de livraison à demi ouvert et secoua la tête.

« Hé, Miles, mon putain de génie d'avocat, combien de fois faut que je te dise de pas te garer là ? Tu bloques la porte.

— Oh, désolé, s'excusa Miles. Je vais la déplacer.

— Donne tes clés à un de mes types. Il va la déplacer pour toi, OK ? On va aller discuter dans le bureau.

— L'un de tes types a amoché mon pare-chocs la dernière fois. Je vais la déplacer moi-même », répliqua Miles.

Un homme passa, grognant sous le poids d'un énorme cageot qu'il portait sur son épaule gauche et qui semblait sur le point de basculer et de s'écraser au sol. L'homme avait les lettres *CCCP* tatouées sur le bras – l'acronyme désignant l'ancienne Union des républiques socialistes soviétiques.

« Allez-y, dit Miles à Paul. Je reviens dans une minute.

— Gare-la dans Rostow, OK, *meshugener*[1], lança Moshe. Si tu te gares dans Ocean, tu vas te prendre une amende.

— D'accord. »

Miles passa à nouveau sous le rideau métallique.

« Paul », dit Moshe en l'invitant à le suivre.

Ils franchirent une porte latérale qui donnait sur un couloir aux murs recouverts de lambris imitation bois bon marché. Le bureau de Moshe se trouvait au bout du couloir. Les mots *El Presidente* étaient inscrits sur le verre madré. Paul supposa que c'était une plaisanterie.

« On attend Miles, OK ? » Une salle d'attente dotée de deux divans jouxtait le bureau. Moshe désigna l'un d'eux. « Je vous en prie. »

1. « Fou », en yiddish. *(N.d.T.)*

Paul s'assit tandis que Moshe se glissait dans son bureau.

Une sonnerie.

Deux.

Il s'était assoupi. Son téléphone l'avait réveillé.

Combien de temps avait-il dormi ?

Son téléphone s'était tu mais la sonnerie continuait de résonner dans sa tête. Il le tira du fond de sa poche, l'ouvrit et vérifia le numéro. Il ne reconnut pas l'indicatif.

Où était Miles ?

La porte donnant sur le bureau s'ouvrit et Moshe apparut, souriant. Il baissa les yeux vers sa montre, un kaléidoscope chatoyant d'or et de diamants.

« Qu'est-ce qu'il fout ? On commence sans lui », dit-il avant de retourner dans son bureau.

Mais le téléphone de Paul se remit à sonner.

« Monsieur Breidbart ? »

Il reconnut María Consuelo.

« Oui, bonjour.

— Ça fait trois jours que je vous appelle. Vous le savez ?

— Oui, María. Nous avons été…

— Je prends toujours des nouvelles des parents. Je vous l'avais dit, ainsi qu'à Mme Breidbart, n'est-ce pas ?

— Oui, en effet. Nous étions… dans la famille.

— Je commençais à m'inquiéter. Nous devons être certains que nos familles s'adaptent. Comment ça se passe ? Est-ce que le bébé va bien ?

— Oui, elle va bien. »

Moshe était toujours visible dans l'entrebâillement de la porte. Il désignait sa montre du doigt.

« Juste une minute », lui dit Paul.

Mais Moshe ne l'entendait pas. Il inclina la tête, porta la main à son oreille tel un comique attendant les rires.

« Quoi ? demanda María.

— Non, pas vous. Je parlais à quelqu'un d'autre. Le bébé va bien. Faut vraiment que je file. Je ne manquerai pas de…

— Est-ce que je peux parler à Mme Breidbart, s'il vous plaît ? »

L'espace d'un moment, Paul ne put se résoudre à répondre.

« Non, finit-il par dire. Elle n'est pas ici.

— Oh ? Elle va bien ?

— Oui, ça va. Simplement, elle n'est pas avec moi. Pas pour le moment.

— Est-ce qu'elle peut me rappeler ? J'aimerais lui parler.

— Oui. Elle vous rappellera.

— Très bien. Vous êtes sûr que tout va bien ?

— Oui, pas de problème. Tout va pour le mieux.

— Bon, très bien. »

Paul était sur le point de raccrocher, mais il ne put soudain s'empêcher de lui poser une question à son tour.

« María ?

— Oui ?

— Juste par curiosité. Depuis combien de temps employez-vous Pablo ? Est-ce que vous le connaissez bien ?

— Pablo ?

— Oui. Le chauffeur que vous nous avez fourni. Est-ce que ça fait longtemps que vous utilisez ses services ?

— Je vous ai fourni un chauffeur ? Non.

— Non ? Comment ça, non ? Je parle de *Pablo*. Vous l'avez embauché pour qu'il s'occupe de nous à Bogotá.

— Non. Ce n'est pas moi.

— D'accord, un membre de votre personnel, alors. Quelqu'un s'en est chargé à votre place.

— Nous ne fournissons ni l'hébergement ni le transport. C'est clairement stipulé dans le contrat, non ?

— Alors qui… ?

— Qui ? Votre avocat, M. Goldstein, je suppose. »

Votre avocat, M. Goldstein.

« Miles, dit Paul.

— Oui, certainement. Il est de sa responsabilité de fournir l'hébergement et…

— Le transport.

— Oui. »

Moshe, tout sourires, l'attendait toujours dans le bureau.

« M. Goldstein vous a téléphoné il y a deux jours, María, dit Paul à voix basse. Souvenez-vous… il vous a demandé le numéro de Pablo.

— Téléphoné ? Non, M. Goldstein ne m'a pas téléphoné.

— Il ne vous a pas téléphoné ? Il ne vous a pas téléphoné pour vous demander ce numéro de téléphone ? Il y a deux jours… mercredi soir ?

— Non. »

Une image lui revint à l'esprit. Miles au téléphone – souriant, opinant du chef, riant, faisant tout un cinéma pour quelqu'un qui ne se trouvait même pas face à lui. Mais il y avait bien quelqu'un face à lui. Paul.

« OK. Merci.

— Avez-vous eu un problème avec le chauffeur ?

— Non, aucun problème.

— S'il vous plaît, demandez à Mme Breidbart de m'appeler.

— Oui. Au revoir. »

Il fonctionnait en pilotage automatique. De la même manière qu'on peut manœuvrer sa voiture, s'arrêter aux feux et accélérer sur l'autoroute, même quand on a l'esprit ailleurs. Et l'esprit de Paul était loin, très loin, coincé quelque part entre la terreur et l'impuissance.

« Vous venez ? » demanda Moshe qui se tenait soudain devant lui.

Il souriait toujours, mais Paul comprit que son sourire était aussi faux que celui de Galina lorsque celle-ci avait ouvert sa porte et les avait accueillis chez elle.

« Est-ce qu'il y a des toilettes ? demanda Paul. J'ai besoin d'aller aux toilettes. »

Stupéfiant, la façon qu'a l'instinct de survie de toujours reprendre le dessus.

Paul avait beau être figé sur place, avoir le corps littéralement paralysé par la peur, il était tout de même parvenu à ouvrir la bouche pour demander où étaient les toilettes. Il aurait pu demander n'importe quoi pour ne pas avoir à entrer dans ce bureau. Car il savait avec une certitude absolue que s'il y entrait, il n'en ressortirait pas.

Moshe sembla réfléchir un moment à sa requête.

« Là-bas, dit-il en pointant le pouce. Après la porte sur la gauche. »

Paul se leva. Ses jambes étaient aussi cotonneuses que lorsqu'il s'était trouvé dans le bureau de María. Il tenta de dissimuler à Moshe le fait qu'il connaissait maintenant le grand secret, qu'il comprenait qu'il était le seul acteur de cette comédie à qui on n'avait pas donné son texte.

« Au bout du couloir, reprit Moshe, mais Paul remarqua qu'il avait cessé de sourire.

— OK. Je reviens tout de suite. »

Il se retourna pour s'éloigner. Moshe lui posa la main sur l'épaule. Paul sentit des ongles acérés s'enfoncer dans sa chair.

« Faites vite », dit l'homme.

Il avait les dents jaunes et de travers, chose que Paul n'avait pas remarquée de loin. Mais maintenant qu'il était suffisamment près pour sentir son odeur, il voyait clairement les dégâts laissés par ce qui avait dû être une enfance pauvre en Russie.

« Oui. J'ai juste besoin d'aller aux toilettes. Je reviens tout de suite. »

Ça sonnait faux, il en disait trop.

« Bien, répondit Moshe, qui n'avait visiblement rien remarqué. Nous avons du pain sur la planche, hein ?

— Oui. Du pain sur la planche. »

Paul franchit la porte, résistant à une envie irrépressible de se mettre à courir. C'est ce qu'on fait quand on se retrouve face à un danger mortel, non ? C'est ancré au plus profond de nous – ce besoin de prendre ses jambes à son cou et de décamper sans demander son reste.

Il entendait Moshe avancer dans le couloir derrière lui pour s'assurer que Paul allait bien là où il prétendait vouloir aller.

Les toilettes se trouvaient environ dix mètres plus loin. La porte portait l'inscription *Hombres.* Elle devait faire partie de la même collection Western Spaghetti que celle qui disait *El Presidente*.

Il n'avait aucun plan lorsqu'il avait affirmé avoir besoin d'aller aux toilettes. Et il n'en avait pas plus maintenant.

Juste un objectif. Sortir de là vivant.

Il sentait que Moshe était toujours dans le couloir. À l'observer.

Il poussa la porte des toilettes.

Elles comportaient un lavabo, un urinoir sale et deux cabines étroites.

Et maintenant ?

Son téléphone.

Il pouvait appeler la police, leur expliquer qu'on l'avait menacé, qu'il était pris au piège, en danger.

Il pénétra dans la première cabine et ferma le loquet. Il s'assit sur le rabat des toilettes.

Paul sortit son téléphone et composa le 911, un nombre désormais à jamais associé au 11 septembre 2001.

Rien. Ces trois notes irritantes signalant qu'il s'était trompé. Ou que son interlocuteur avait déménagé ou changé de numéro.

Il vérifia le numéro affiché à l'écran : 811.

OK. Les nerfs. Il composa à nouveau le numéro tout en se demandant si son téléphone était réglé sur le vibreur et si quelqu'un l'appelait en même temps, car il semblait trembler dans sa main. Mais il savait pertinemment que ce n'était pas son téléphone qui tremblait.

Cette fois quelqu'un répondit.

« Urgences. Comment pouvons-nous vous aider ? »

Une femme dont la voix semblait vaguement automatisée.

« Je suis en danger, murmura Paul. S'il vous plaît, envoyez la police.

— Quel est le problème, monsieur ? »

Ne venait-il pas de lui dire quel était le problème ?

« Ces hommes… ils essaient de me tuer.

— S'agit-il d'un cambriolage, monsieur ?

— Non. Je suis quelque part… dans un bureau. Pas un bureau… un entrepôt.

— Avez-vous été attaqué, monsieur ?

— Non. Oui. Enfin ils sont sur le point de le faire.

— Où vous trouvez-vous ?

— Heu… à Little Odessa.

— Little Odessa. C'est à Brooklyn, monsieur ?

— Oui, Brooklyn.

— Quelle est l'adresse exacte, monsieur ?
— Je ne… Quelque part près de… »

Il entendit des bruits de pas dans le couloir, se tut.

« Donnez-moi votre nom, monsieur. »

Les pas s'arrêtèrent juste devant la porte. La porte s'ouvrit. Deux hommes entrèrent, l'un d'eux sifflant la mélodie de *Night Fever*. Il entendit un robinet s'ouvrir, l'un des hommes se laver les mains.

« Monsieur ? Votre nom, monsieur ? »

L'un des hommes se racla la gorge, cracha dans le lavabo. Ils se mirent à parler dans un mélange de russe et d'anglais, passant d'une langue à l'autre sans raison apparente.

Celui qui se lavait les mains dit quelque chose en russe, puis demanda si une personne nommée Wenzel avait payé les intérêts. L'autre cessa de siffloter.

« Quoi ?
— Wenzel. Il a payé intérêts ou pas ?
— Oh, bien sûr.
— Putain de PIB de Slovaquie, pas vrai ? »

L'autre homme répondit en russe et ils éclatèrent tous deux de rire.

S'ensuivit un bref échange, principalement en anglais – « Tu croises Yuri, dis à cet enfoiré il suce moi » – interrompu par le son de l'un des hommes urinant.

« Monsieur… vous êtes toujours… ? »

Paul raccrocha. Il s'aperçut soudain qu'il retenait sa respiration depuis que les hommes étaient arrivés. Lorsqu'il expulsa l'air de ses poumons, son souffle produisit le bruit d'un climatiseur à l'allumage.

Les deux hommes se retournèrent vers la cabine, s'apercevant avec embarras qu'ils n'étaient pas seuls, que quelqu'un avait entendu toute leur conversation.

Paul ne distinguait que leurs pieds sous la porte de la cabine, chaussés de ces baskets hybrides où se mêlaient feutre et bandes de nylon aux couleurs criardes.

L'un des hommes prononça quelque chose en russe. Comme Paul ne répondait rien, il changea de langue.

« Tu te branles là-dedans, Sammy ?

— Non. »

Silence. Ils ne reconnaissaient pas la voix.

« OK, dit l'un d'eux. On vérifie juste, on est la patrouille antibranlette. »

Ils éclatèrent de rire, pivotèrent sur leurs talons et sortirent.

Paul était sur le point de rappeler le 911, mais il entendit une voix par la porte qui se refermait. Quelqu'un s'adressait à eux – Moshe ?

Il devait leur demander si Paul était là.

Oui, répondraient-ils. Il y avait quelqu'un qui se branlait dans la cabine.

Bon, ça lui laissait cinq minutes au maximum avant que Moshe vienne en personne ou envoie l'un de ces hommes. Pour faire quoi ?

Tirer Paul hors de la cabine et l'achever.

La femme qui avait répondu au téléphone lui avait demandé une adresse, mais il ne la connaissait pas. Ils devraient organiser des séminaires sur le sujet : si vous êtes sur le point de vous faire assassiner, notez *l'adresse*. Notez aussi *le nom*. Car il avait oublié le nom qui figurait sur le toit de l'entrepôt.

Il se releva et poussa la porte de la cabine. Il y avait une petite fenêtre. Il souleva le vantail. Presque. Il resta fermement coincé à mi-hauteur. De toute évidence, la fenêtre n'avait pas été ouverte depuis des années, du moins pas de l'intérieur. Des araignées mortes jonchaient l'espace entre la fenêtre et l'écran rouillé.

Il y avait aussi une araignée qui était loin d'être morte. Noire, grasse, et qui refusait obstinément de quitter sa toile pleine de mouches. « Araignée »... ce mot était placé entre « abeille » et « arbovirus » dans la longue liste des choses qui fichaient la trouille à Paul.

Paul appuya sur le bouton de chasse d'eau de l'urinoir pour recouvrir le bruit, puis poussa de toutes ses forces sur le vantail, qui alla frapper brutalement le montant supérieur de la fenêtre.

Les choses importantes d'abord. L'araignée.

Il essaya de l'écraser contre l'écran avec une poignée de papier toilette roulée en boule, mais l'écran était si rouillé qu'il tomba.

Parfait. Doublement parfait. L'araignée était tombée avec.

Paul grimpa sur le lavabo et, poussant dessus avec ses pieds, se glissa à travers la fenêtre ouverte. Elle donnait sur le parking. Miles était depuis longtemps parti. Il ne restait plus que la Buick bordeaux. Appuyé contre la portière du conducteur, l'homme avec le tatouage *CCCP* fumait une cigarette.

Qu'il tourne légèrement sur la droite – pour se gratter le bras ou cracher ou simplement s'étirer le cou – et il aurait une vue parfaitement dégagée sur un homme terrifié cherchant à se faufiler par une fenêtre.

Aucune importance. Reculer était hors de question.

Mais la fenêtre était trop étroite. Elle était à peu près de la même taille que celle de la maison de Bogotá, celle à travers laquelle il avait passé le bras dans l'espoir de faire comprendre à l'écolière abasourdie qu'ils avaient besoin d'aide. Une fois de plus, il avait besoin d'aide, mais ce n'était de toute évidence pas le fumeur qui la lui fournirait.

Continue d'avancer.

Il avait l'impression que le montant de la fenêtre lui arrachait des couches de peau. Il se demanda s'il saignait. Il se rappela une scène saisissante d'une émission animalière : un énorme python sortant littéralement de sa peau. Si seulement lui aussi pouvait en faire autant… laisser sa chair brûlée et meurtrie derrière lui et repartir avec un corps tout neuf.

Le fumeur jeta sa cigarette par terre et la regarda un moment, comme hypnotisé par la petite volute de fumée qui ondulait devant lui.

Paul avait passé la moitié du corps, mais il n'avait rien à quoi se retenir. Le haut de ses cuisses supportait tout le poids de son corps. Il avait la sensation qu'il allait littéralement se briser en deux.

Quelque chose lui chatouilla le creux des reins. Il pivota la tête.

L'araignée.

Noire, velue, et de retour. Elle avait décidé de faire une petite promenade de santé sur sa peau nue, à l'endroit où son tee-shirt s'était retroussé.

Il poussa avec une vigueur renouvelée tout en gardant un œil nerveux braqué sur l'araignée.

Il aurait mieux fait de regarder de l'autre côté.

Lorsqu'il se retourna enfin pour voir ce que faisait l'homme au tatouage, celui-ci avait les yeux fixés sur lui.

Il s'était redressé, puis avait commencé à s'approcher pour regarder de plus près cette chose bizarre : un adulte qui se faufilait par une fenêtre.

Ou plutôt, un homme coincé dans une fenêtre. Paul sentait chaque poil piquant de chacune des huit pattes de l'araignée sur son dos.

« Qu'est-ce que vous foutez ? »

L'homme s'était arrêté à environ dix pas de lui. Un véritable ours. Des veines serpentaient le long de ses bras dont les muscles étaient suffisamment saillants pour déformer étrangement les lettres de son tatouage. Il ressemblait à une pub pour stéroïdes.

« Il y a une araignée sur moi », répondit Paul.

C'était la première chose qui lui était venue à l'esprit, probablement parce que, si l'on exceptait le colosse qui lui faisait face, c'était bel et bien la seule chose qui le préoccupait.

« Araignée ?

— Oui. J'ai paniqué, expliqua Paul.

— Hein ?

— J'ai sauté par la fenêtre.

— Araignée ? » Il éclata de rire. Un rire qui venait du fond du cœur, effroyable, à se rouler par terre, comme ces rires préenregistrés à la télé. D'une seconde à l'autre, des larmes abondantes allaient se mettre à couler sur ses joues. « Peur d'une araignée ? dit-il. Ha ! Ha ! Ha ! »

OK, au moins, il le croyait.

« Vous pouvez me tirer de là ? » demanda Paul.

Le Russe avança paresseusement et l'attrapa par les bras.

Paul sentit la force énorme de ses muscles, quelque chose d'inhumain, voire de mécanique. Lorsqu'il tira, Paul eut la sensation qu'il allait soit s'envoler, soit avoir les bras arrachés. *Fifty-fifty*.

Soudain, il se retrouva au sol, en un seul morceau.

Mais ce n'était peut-être pas une bonne chose.

L'homme s'était déporté sur sa gauche et soulevait ostensiblement un gros morceau de ciment qui s'était décroché de la base d'un parcmètre qui, pour une raison indéterminée, gisait par terre. Il le soupesa entre ses mains puis regarda Paul avec un sourire bizarre.

Paul fit un pas en arrière.

L'homme souleva le bloc de ciment aux bords irréguliers au-dessus de sa tête et se mit à avancer vers Paul.

« Attendez… »

Mais il n'attendit pas.

Le Russe abattit le bloc de toutes ses forces. À environ quinze centimètres de la chaussure droite de Paul.

Il sourit, souleva à nouveau le morceau de ciment, et admira l'affreuse étoile de sang brun qui tachait le sol. Quelques-unes des pattes de l'araignée, bien qu'arrachées, gigotaient encore.

« Fini », déclara-t-il.

Avant que Paul ait le temps de bouger, un bruit soudain retentit dans les toilettes. Moshe les regardait fixement par la fenêtre ouverte.

Personne ne prononça un mot.

Moshe avait l'air confus. De toute évidence, Paul s'était glissé par la fenêtre des toilettes – par quel autre moyen aurait-il pu sortir de l'entrepôt ? – mais il se demandait sans doute si Paul savait ce qui l'attendait. Il devait donc se décider sur l'attitude à adopter. Continuer à jouer à l'ami inquiet déterminé à l'aider à sauver sa femme et sa fille ?

Ou revêtir son costume d'assassin ?

« Il a eu peur d'une araignée », expliqua le bienfaiteur de Paul, visiblement toujours amusé par l'incident.

Mais Moshe ne partageait pas son amusement. Il se tourna vers Paul et demanda :

« Quelle araignée ?

— Sur mon dos, répondit Paul. J'étais au lavabo et l'araignée m'est tombée dessus. J'ai une sorte de phobie. J'ai paniqué.

— Phobie ? »

Il était clair que ce terme ne lui était pas familier. En revanche, le mensonge lui était probablement très familier. Il avait les yeux rivés sur ceux de Paul, comme un joueur de poker fixant le visage de ses adversaires pour savoir s'ils bluffent ou non. Le regard de Moshe avait quelque chose de *physique*, comme s'il fouillait au fond de l'âme de Paul.

Moshe marmonna quelque chose en russe.

Quoi ?

Paul décida de ne pas attendre de le savoir.

L'homme au tatouage aurait facilement pu l'aplatir d'un coup de poing nonchalant, ou faire lâcher à Paul le bloc de ciment qu'il venait de ramasser. Mais comme il ne devait pas s'attendre à ce qu'un homme qui avait peur d'une araignée soit capable de commettre une agression physique, il ne bougea pas, et Paul lui abattit le bloc de ciment sur le sommet du crâne. L'homme s'effondra lourdement.

Paul prit ses jambes à son cou.

« Paul ! » hurla Moshe.

Il ne parviendrait jamais à sortir du parking. Il s'était débarrassé de M. Muscle, d'accord, mais d'ici une minute il y en aurait d'autres. Et ils seraient nombreux.

Il entendit des cris, le bruit du rideau métallique qu'on relevait.

Il n'avait pas assez d'avance. Il était foutu.

Mais, parfois, la chance sourit.

Comme n'importe quel actuaire digne de ce nom pourrait vous le dire, parfois, les probabilités ne sont que ça. Des probabilités. Des chiffres. Elles ne comptent pas. Vous pouvez être absolument certain que si vous vivez assez longtemps, un jour elles viendront vous mordre le cul.

Ou vous embrasser sur la bouche.

Comme il se dirigeait vers le portail ouvert, il passa tout près de la Buick qui était garée sur le parking. Même dans son sprint effréné – certes, pas grand-chose pour un Carl Lewis, mais pas si mal que ça pour un guerrier du dimanche – il eut le temps de jeter un coup d'œil à l'intérieur.

Les clés étaient dans le contact.

Il s'arrêta net, ouvrit la portière avant et se glissa à l'intérieur. Il mit le contact, enfonça l'accélérateur et franchit le portail à toute allure alors même que trois hommes approchaient en courant.

Mais leurs voitures n'étaient pas dans le parking.

Ils les avaient garées dans Ocean ou Rostow pour ne pas bloquer l'accès au portail de livraison.

28

À LA LUEUR DU PETIT MATIN DE BROOKLYN, la maison de Miles semblait plus sombre, menaçante même.

La tour noire des contes de fées.

Paul avait passé la nuit dans la voiture qu'il avait garée dans un parking désert sous le pont de Verrazano. Il avait écarté l'idée de rentrer chez lui, craignant que quelqu'un ne l'y attende. Un clochard l'avait réveillé en cognant à sa vitre ; il l'avait regardé fixement comme si Paul avait été son reflet dans un miroir.

Paul jeta un coup d'œil dans le rétroviseur. Oui, il aurait fait un bon clochard. Il avait le teint terreux, les yeux chassieux et injectés de sang. Il avait mal à la tête.

Il ne cessait de se demander : pourquoi ?

Il avait l'impression d'être plongé dans le monde bizarroïde des bandes dessinées de superhéros qu'il lisait quand il était gamin. Un monde où tout était à l'envers, sens dessus dessous. Où les gens que vous preniez pour vos amis n'en étaient pas. Où vous ne compreniez rien à rien.

Il ne cessait de se demander s'il avait pu se tromper. Sur toute la ligne. S'il avait pu comprendre de travers ce que María lui avait dit au téléphone. S'il avait additionné deux et deux et était arrivé à cinq.

Peut-être que Miles avait bien embauché Pablo. Peut-être que María avait tout simplement oublié le coup de fil qu'il lui avait passé mercredi soir.

Et Moshe ? Peut-être que ce qu'il avait murmuré à M. Muscle n'avait été qu'une blague innocente. Une plaisanterie sur l'araignée, sur les actuaires aux peurs idiotes.

Et ces hommes qui lui avaient couru après ? Après tout, pourquoi pas ? Il venait d'assommer un de leurs collègues.

Peut-être.

Mais il n'arrivait pas à oublier le regard que lui avait lancé Moshe par la porte du bureau – ce sourire dégoulinant d'une hypocrisie qui faisait froid dans le dos. La manière dont Moshe l'avait observé tandis qu'il se dirigeait vers les toilettes, comme s'il mettait une proie en joue.

Et il y avait autre chose. *Miles était parti déplacer sa voiture mais n'était jamais revenu.*

La vie commençait à reprendre dans le quartier.

Les gens sortaient peu à peu de chez eux – des jeunes, des vieux, voire certaines personnes hors d'âge. Contrairement à Miles, ces gens n'osaient pas offenser Dieu, même si ça devait leur coûter un client ou deux. Les hommes portaient de longs favoris en tire-bouchon qui leur retombaient sur les épaules comme des anglaises de l'ère victorienne. Ils portaient tous une calotte noire. Ils devaient aller à la synagogue, se dit soudain Paul en s'apercevant qu'on était samedi.

Dix-huit heures et quatre jours. Une terrible appréhension s'empara de lui.

La maison de Miles demeurait ostensiblement calme.

Paul attendit vingt minutes. Huit heures du matin. Une heure raisonnable pour être réveillé et en état de fonctionner.

Il descendit de voiture et se dirigea vers les marches de la maison.

Il crut apercevoir un mouvement rapide à la fenêtre du salon, infime et furtif, comme l'ombre d'un papillon.

Il frappa à la porte, n'attendit que dix secondes avant que Rachel vienne ouvrir.

Elle était sur son trente et un, perruque fermement en place sous un chapeau noir à large bord, de toute évidence prête à se joindre à la foule qui allait à la prière. Elle lui lança un regard interrogateur, puis jeta un bref coup d'œil à son poignet dénué de montre.

Oui, il était bien un peu tôt pour recevoir de la visite.

« Bonjour, dit Paul, du ton le plus normal possible. Miles est-il ici ? »

Le visage de Rachel sembla dire que la réponse à cette question était évidente. Où pouvait-il être un samedi à huit heures du matin à part chez lui ?

« Il ne se sent pas bien. Je m'apprêtais à emmener les enfants à la synagogue. Est-ce qu'il vous attend ? »

Bonne question, pensa Paul.

Lorsque Miles demanda à Rachel : « Qui est là ? » depuis derrière la porte, puis apparut, l'air groggy, sans attendre de réponse, Paul décida que la réponse était non.

Il ne l'attendait pas.

Miles sembla surpris, abasourdi, ou, pour utiliser un cliché galvaudé, on aurait dit qu'il avait vu un fantôme. Il n'avait pas l'air dans son assiette, mais la vue de Paul n'avait visiblement rien arrangé.

Miles se ressaisit. Peut-être son instinct professionnel avait-il repris le dessus, et il afficha le genre d'expression qu'on attendrait d'un avocat dont le client viendrait d'avouer un meurtre à la barre. Certes, Miles ne plaidait plus. Il donnait maintenant dans l'adoption à l'étranger, et avait aussi quelques activités annexes pour lesquelles il n'était sans doute pas nécessaire d'avoir une licence.

« Paul, commença-t-il, esquissant un demi-sourire hypocrite. J'ai dit que j'étais tout le temps disponible, mais vous poussez un peu, non ? »

OK, pensa Paul, il fallait reconnaître qu'il encaissait le coup avec une certaine grâce.

Mais quelque chose turlupinait Paul… outre ce qui allait de soi.

Réfléchis.

Miles l'avait emmené à Little Odessa pour le faire tuer. Paul avait dû agresser quelqu'un, piquer une voiture et s'enfuir. Moshe l'avait forcément prévenu de sa fuite.

Alors pourquoi avait-il l'air si stupéfait de voir Paul en chair et en os et bien vivant ?

« J'ai eu de petits soucis », expliqua Paul.

Rachel se tenait entre eux tel un arbitre qui n'aurait pas compris que le combat était commencé.

« Tu devrais remonter te reposer », dit-elle à Miles d'un ton autoritaire.

Les affaires étaient les affaires, mais c'était son jour de repos.

« Des ennuis ? répéta Miles, ignorant sa femme. Au fait, désolé, j'ai été appelé hier. Moshe vous l'a-t-il dit ? »

Le plus important, pensa Paul, était de savoir ce que Moshe avait dit à Miles. Pour la cinquantième fois de la matinée, Paul se demanda s'il avait pu tout comprendre de travers. Il aurait donné n'importe quoi pour que ce soit le cas.

Rachel se racla la gorge.

« Ça va, chérie, dit Miles. Je te promets que quand j'aurai fini de discuter avec Paul, je prendrai un long repos. »

Et il avait l'air d'en avoir besoin. Il semblait fiévreux et fatigué, comme s'il n'avait pas dormi depuis plusieurs jours.

Ils étaient donc deux dans ce cas.

Il était clair que l'intrusion de Paul ne faisait pas plaisir à Rachel, mais elle acquiesça en silence, puis appela ses fils.

Ils sortirent et descendirent en file indienne les marches de la maison derrière leur mère sans grand enthousiasme.

Les deux hommes étaient désormais seuls.

« Entrez », dit Miles.

Il ouvrit le chemin jusqu'à son bureau dont le désordre était familier à Paul.

« Alors, qu'a dit Moshe ? Est-ce qu'il peut vous aider ? »

Paul voulait désespérément croire Miles.

Il voulait s'excuser d'avoir assommé cet homme avec un bloc de ciment et volé une voiture.

Il voulait se raccrocher à l'image du Miles qui avait affronté la mort avec lui dans les marais de Jersey City.

Mais il ne parvenait pas à se débarrasser de l'expression initiale qu'avait eue Miles à la porte. Sa surprise de voir Paul vivant. Miles savait ce qui attendait Paul dans cet entrepôt. Si Paul se trompait sur tout le reste, il était certain de ça.

« Quel est le problème ? demanda Miles, continuant de jouer à l'avocat amical qui cherche à aider. Vous avez dit avoir eu des soucis. Que s'est-il passé ?

— María m'a appelé, dit Paul, laissant ces paroles toutes simples flotter un moment dans l'air.

— María ? » se contenta de demander Miles.

Paul remarqua que le téléphone que Miles avait utilisé pour appeler María Consuelo – ou plutôt, pour faire semblant de l'appeler – était décroché. Il se rappela alors quelque chose.

Les Juifs n'avaient pas le droit de répondre au téléphone depuis le coucher du soleil du vendredi jusqu'au coucher du soleil du samedi.

Les règles orthodoxes.

Miles avait cru Paul mort et enterré parce que Moshe n'avait pas pu l'appeler pour le détromper.

« Le soir où vous avez décroché le téléphone pour appeler María, dit Paul. En fait, vous ne l'avez pas appelée. Vous avez juste fait semblant. » Paul prenait soin de parler lentement pour que Miles saisisse bien toute la portée de ses paroles – et parce qu'il peinait à aligner les mots. « Si María ne m'avait pas appelé et mis au parfum, je serais entré dans ce bureau où m'attendait votre ami. Et je suis à peu près certain que je n'en serais pas ressorti vivant. »

Miles sembla se liquéfier. Paul se souvint d'un ballon de baudruche que quelqu'un avait percé à la télé le jour de Thanksgiving quand il était gosse… l'énorme visage souriant d'un shérif de dessin animé heurtant un lampadaire, puis se dégonflant jusqu'à ne plus être qu'un infime bout de plastique ridé.

« Vous êtes actuaire pour une société d'assurances, n'est-ce pas ?

— Oui.

— OK. Quelles sont vos chances de sortir d'ici vivant ? »

Il braquait un pistolet sur la tête de Paul.

L'arme s'était soudain matérialisée de derrière le bureau. Il avait dû l'attraper dans un tiroir.

« Laissez-moi vous donner les faits, poursuivit Miles. C'est comme ça que vous procédez, non ? Les faits, puis les chiffres. Ça, c'est un Agram 2000.

Fabriqué en Croatie, un pistolet-mitrailleur. Il a appartenu à un véritable assassin du KGB – du moins c'est ce que m'a juré Moshe. Ils appréciaient cette arme parce que, bien qu'elle soit assez petite pour tenir dans la poche, elle est extrêmement précise jusqu'à six mètres. Encore des faits. Nous sommes seuls – ma femme et mes enfants sont partis prier un Dieu juste et bienveillant. Et puis, ce drôle de truc au bout du canon ? Un silencieux. Personne ne m'entendra vous abattre. Bon, maintenant, d'après vous, quelles sont vos chances ?

— Minces », répondit Paul. Et de plus en plus minces de seconde en seconde, pensa-t-il. Miles tenait l'Agram 2000 d'une main tremblante.

« Pourquoi ? » demanda Paul.

Pendant un moment, il eut l'impression que Miles ne l'avait pas entendu. Il semblait écouter autre chose. Il se leva, marcha jusqu'à la fenêtre, jeta un coup d'œil à travers le rideau – sans jamais cesser de maintenir Paul dans sa ligne de mire.

« Vous avez vu quelqu'un dehors ? demanda-t-il.

— Quelqu'un ? Que voulez-vous dire ?

— Ce que je veux dire ? Je veux dire, est-ce que vous avez vu quelqu'un dehors ? Quelqu'un qui ne porterait pas de kippa, par exemple ? Laissez tomber. Aucune importance. »

Il revint derrière son bureau, s'assit.

« Pourquoi ? demanda à nouveau Paul.

— Pourquoi ? Arrêtez de poser des questions comme un gamin. Pourquoi, d'après vous ?

— L'argent.

— L'argent. Bon, bien sûr, l'argent, en partie. Vous avez déjà parié sur quelque chose, Paul ?

— Quoi ?

— Vous avez déjà parié ? Sans doute pas. Question idiote. Ça va probablement à l'encontre du code de conduite des actuaires. Vous vous souvenez des attaques sans regroupement de l'équipe des Buffalo Bill en 1990 ? »

Paul avait du mal à se souvenir de quoi que ce soit hormis du pistolet pointé sur sa tête.

« Ma première bourde colossale. Vous savez que vous pouvez parier votre culotte si vous avez assez de tripes. Si vous êtes sûr de vous. Pas la peine de vous fatiguer avec ces histoires de points. Seulement il faut trois mises pour gagner une fois. Pas de problème. J'étais sûr de moi. Je *savais*. Ma religion prescrit un bain rituel chaque année, pour moi, ç'a été la douche froide.

— Vous avez perdu.

— Oh oui. Vous êtes certain de n'avoir vu personne dehors, Paul ? Quelqu'un qui serait passé en voiture devant la maison, peut-être ?

— Non.

— Tant mieux.

— Vous disiez parier trente dollars ici et là, dit Paul. Juste histoire de rendre les choses intéressantes.

— C'étaient des bobards. C'est beaucoup plus intéressant quand vous en pariez trente mille. Je vais vous dire comment tout a commencé. Un jour, j'attendais assis près du téléphone. Vous savez ce que j'attendais ?

— Non.

— Moi non plus. Quelque chose. Quand il a sonné, j'ai décroché, et la personne au bout du fil a dit : "Monsieur Goldstein, votre jour de chance est arrivé." C'était une société de pronostics. Un oracle, comme à Delphes, mais pour la génération Internet. Ils vous balancent leurs trois premiers choix gratuitement, juste pour vous prouver combien leurs pronostics sont excellents. Et ils étaient excellents, ce jour-là. J'ai gagné. J'ai même gagné une deuxième fois. C'est ça, le problème. Vous commencez à vous sentir tout-puissant. Vous oubliez que le seul Tout-Puissant, il est là-haut. Je me suis mis à pratiquer une forme personnelle d'économie inversée. Je pariais plus que ce que j'avais. »

Une voiture démarra dehors. Miles tendit soudain la tête en direction de la fenêtre, serra son pistolet plus fermement.

« C'est juste une voiture, dit Paul.

— Ben voyons. Juste une voiture. Tout le monde roule en voiture pendant le shabbat. »

Il garda Paul à l'œil tout en surveillant la fenêtre, jusqu'à ce que le bruit du moteur s'éloigne dans la rue.

« Est-ce que vous attendez quelqu'un ?

— Oui. J'attends quelqu'un. Mais je ne sais pas quand ils doivent arriver. Bientôt, je pense. » Miles ferma les yeux, s'essuya le front. « Mon bookmaker n'était pas très compréhensif, Paul. À propos de l'argent que je lui devais. Combien de chances y avait-il pour qu'il dise "pas de problème" et efface l'ardoise ? Allez, Paul… un chiffre ?

— Je n'en sais rien. »

Paul continuait de lui répondre du tac au tac, comme s'ils étaient encore dans cette voiture, dans le New Jersey, à tailler une bavette. Comme s'il n'avait pas l'arme de poche du KGB braquée sur sa tête. Peut-être qu'une idée géniale allait lui venir.

« Vous n'en savez rien ? Allons. Vous l'avez rencontré. Moshe, l'homme d'affaires russe. Au fait, il ne fait pas vraiment d'affaires avec les Colombiens. Il n'en a pas besoin. Il gagne suffisamment d'argent en prenant mes paris. »

Paul se rappela la conversation qu'il avait surprise dans les toilettes. Wenzel avait-il « payé les intérêts » ? avait demandé l'un des hommes. « Putain de PIB de la Slovaquie. » Et ils étaient partis à rire.

« D'ailleurs, savez-vous comment les Russes appellent les Colombiens ? »

Paul fit signe que non.

« Des amateurs. » Miles sourit, s'essuya à nouveau le front. « Vous savez pourquoi Moshe m'a appelé son avocat juif préféré à l'entrepôt ? Parce que les autres avocats juifs lui prennent son argent. Moi, je suis l'exception. Je suis sa poule aux œufs d'or. Vous voyez, je devais à Moshe ce que je n'avais pas. Combien de chances avais-je de m'en tirer comme ça ? »

Paul calculait d'autres probabilités. Il essayait d'estimer la distance qui le séparait de la porte du bureau, se demandant combien de temps il lui faudrait pour atteindre la porte d'entrée et sortir de la maison.

« Vous êtes toujours là, dit Paul.

— Oui. Je suis toujours là. On peut avoir de la jugeote et on peut avoir de la veine. Il me fallait les deux. J'ai ouvert les bras et attendu la manne tombée du ciel. Et j'ai été sauvé.

— Comment ?

— Comment ? C'est ce que j'essaie de vous expliquer. »

Le pistolet ne cessait de dévier de temps à autre. Miles s'en rendait compte et tentait de remettre Paul en joue en esquissant un sourire penaud.

« Vous n'allez pas me tirer dessus, dit Paul.

— Ah non ? C'est bizarre. C'est vraiment bizarre. Vous voyez, j'ai à nouveau la corde au cou. Pas à cause de vous… vous tombez mal, tout simplement. Ce sont ces connards armés d'Uzi et de kérosène qui m'inquiètent. Ils ont vu ma voiture, ils savent que je suis ici. Ils flairent l'odeur du sang. Ils commencent à *comprendre*. Je le sens. Ils resserrent leur étau.

— Qu'y a-t-il à comprendre ?

— Peut-être que ce sont des amateurs comparés aux Russes, mais pas de beaucoup. Dans le panthéon des assassins, disons qu'ils sont en bas du classement de première division. Je suis cuit. »

Miles avait l'air cuit. Son visage était trempé de sueur. Paul ne pouvait s'empêcher de se demander si son doigt était aussi trempé sur la détente, s'il risquait de glisser malencontreusement.

« Je ne comprends toujours pas, dit Paul.

— Je sais que vous ne comprenez pas.

— Les hommes dans le marais. Vous avez affirmé qu'ils travaillaient pour Manuel Riojas. Qu'a-t-il contre vous ?

— Combien y a-t-il de chances pour que le petit Paul résolve jamais cette énigme ? Disons juste qu'aucune bonne action ne reste impunie.

— Quelle bonne action ?

— OK. Aucune mauvaise action ne reste impunie.

— Je ne…

— *Celui qui sauve un enfant sauve son cul.* »

C'était comme si Miles parlait par fragments, comme si Paul avait toujours un pas de retard et ramassait chaque morceau pour essayer désespérément de les recoller.

« Joanna ! » cria presque Paul. Miles avait menti en prétendant appeler María. Il comprit soudain qu'il avait pu mentir sur autre chose. « Vous avez dit qu'elle allait bien. Est-ce que c'est vrai ? »

Miles sembla mettre plusieurs secondes à reprendre ses esprits, à se concentrer sur la question qu'on lui posait et à y répondre.

« Bien sûr, dit-il. Vu les circonstances. Désolé pour votre femme et votre fille. Pas ma faute – pas vraiment. Les choses n'étaient pas censées se dérouler ainsi. Je ne peux rien faire pour vous. J'aimerais bien.

— Miles…

— Hum ! Hum ! fit Miles en agitant son pistolet. À mon tour. J'ai une autre question pour vous. La dernière, promis. Et elle n'a rien à voir avec votre métier. Prêt ? Crayon en main ? »

Paul se préparait à se précipiter sur la porte. Ou par-dessus le bureau. *Choisis.* Il n'avait rien à perdre.

« Vous savez quel est le pire péché dans le judaïsme orthodoxe… à part épouser une goy, bien sûr ?

— Non, répondit Paul.

— Bien sûr que si. »

Paul avait à peine commencé de bondir par-dessus le bureau qu'un éclair jaillit du canon en même temps que la balle. Elle pénétra dans la cavité crânienne, siège de la mémoire et du savoir-vivre, et ressortit sous la nuque pour aller s'encastrer dans la couverture des *Statuts de l'adoption dans l'État de New York*. Paul avait choisi de se précipiter *vers* Miles en comptant sur l'effet de surprise.

Il s'était trompé.

Miles l'avait surpris en premier.

Le pire péché dans le judaïsme orthodoxe ?

Ce n'était pas le meurtre.

Non.

« Je te promets que quand j'aurai fini de discuter avec Paul, je prendrai un long repos », avait-il dit à sa femme.

Il avait tenu promesse.

29

Cet après-midi-là, Joanna avait été exceptionnellement autorisée à rester avec sa fille après son repas, à la bercer, à la regarder dormir.

Quand elle avait regagné sa chambre, Maruja et Beatriz avaient disparu.

On avait beaucoup parlé ces derniers temps. Il y avait quelque chose dans l'air. Un possible échange de prisonniers ou une simple rançon en espèces. La dernière fois que Maruja avait vu son mari à la télé, il avait fait allusion à une libération imminente.

Joanna avait vu Maruja prier avec le chapelet que Tomás, l'un des rebelles – un homme au regard triste et secrètement croyant – lui avait donné. Il l'avait fabriqué avec du liège et le lui avait offert après qu'elle lui avait demandé une bible.

L'homme qu'elles appelaient *el doctor* et qui leur rendait régulièrement visite tel un concierge consciencieux faisant sa tournée avait dit à Maruja et Beatriz qu'elles feraient peut-être bientôt un petit voyage, ponctuant ses paroles d'un clin d'œil.

Joanna s'était sentie comme coupée en deux. D'un côté, elle était enchantée pour Maruja et Beatriz qu'elle considérait maintenant presque comme des sœurs et elle comprenait combien elles avaient dû souffrir d'être si longtemps séparées de leurs enfants et de leurs familles.

Mais elle se sentait aussi bouleversée, jalouse, abandonnée.

Maintenant, Maruja et Beatriz n'étaient plus là.

La pièce empestait la solitude, l'air était encore lourd de leur présence. Le ménage avait été fait, le matelas avait été secoué et retourné, le sol, balayé. Les quelques vêtements que Maruja et Beatriz avaient accumulés au fil du temps – les frusques des « gamins », comme Beatriz appelait leurs gardes, qui étaient en effet pour la plupart des gamins – avaient aussi disparu. Beatriz avait fabriqué une commode de fortune avec deux cageots de bouteilles de lait, et lorsque Joanna regarda à l'intérieur, il ne restait plus que le sweat-shirt orné du logo de l'équipe de football colombienne que Maruja lui avait gentiment offert.

Joanna s'assit dans un coin et pleura.

Au bout d'environ une heure, elle frappa à la porte en demandant à voir *el doctor*. Lorsque Tomás ouvrit, il avait l'air encore plus mélancolique que d'ordinaire. Il ne répondit rien. Mais quelques heures plus tard, le docteur frappa à la porte et entra.

« Oui ? fit-il, arborant ce sourire magnanime que Joanna trouvait incongru de la part de la personne qui la maintenait captive.

— Où sont Maruja et Beatriz ? demanda-t-elle.

— Ah. Bonne nouvelle. Libérées, répondit-il comme s'il avait toujours été de leur côté.

— Oh. C'est merveilleux.

— Oui. » Son sourire s'élargit encore plus. « La prochaine fois. Vous. »

Joanna essaya de le croire, et elle y parvint même pendant un moment.

« Et mon bébé.

— Oui, bien entendu. Les bébés appartiennent à leur mère.

— Et Rolando ? » demanda-t-elle.

Le docteur ignora la question et se contenta de parcourir du regard la pièce désormais presque vide.

« Vous avez plus d'espace maintenant, oui ? »

Joanna acquiesça. « Bien. »

La première nuit A.B. – « après Beatriz » – Joanna dormit mal. Le matelas, qui avait toujours paru surpeuplé, quoique douillettement chaud, semblait immense et glacial. Une odeur étrange, légèrement écœurante, flottait dans l'air. Elle se réveilla, assoiffée de compagnie. Bientôt, sa soif se fit plus concrète.

Elle frappa à la porte et demanda de l'eau.

La gardienne aux longs cheveux bruns ouvrit la porte. Elle regardait la télé. À l'écran, un présentateur à l'air morose lisait une feuille de papier.

Lorsqu'elle alla chercher de l'eau pour Joanna, la femme prit soin d'éteindre la télé.

L'eau, qui était tiède et acide, n'aida pas Joanna à retrouver le sommeil. Elle était étendue, les yeux grand ouverts, rivés au plafond. Beatriz avait dessiné une multitude d'étoiles sur le plafond de plâtre avec un feutre. Une manière de briser les murs de leur prison et de créer une pathétique illusion de liberté.

Joanna enfonça son visage dans le matelas, regrettant égoïstement que Beatriz ne soit plus avec elle.

Cette odeur. *Qu'est-ce que c'était ?*

Elle semblait désormais plus forte. Elle se dit que ça devait être le matelas. Ils l'avaient retourné lorsqu'ils avaient sommairement fait le ménage, mais le côté sur lequel elle dormait – ou plutôt tentait de dormir – avait toujours reposé sur le sol poussiéreux. Et il y avait aussi l'absence d'odeur, pensa-t-elle ; l'odeur familière des amies disparues.

Elle se leva, retourna le matelas, puis s'étendit à nouveau.

Au début elle ne remarqua rien.

La pièce était trop sombre. Ses yeux devaient s'accoutumer à l'obscurité. Mais l'odeur, au lieu de disparaître, semblait avoir empiré de façon exponentielle.

Joanna se tourna sur la gauche, puis sur la droite avant de s'allonger dans l'autre sens. Ce n'est que lorsqu'elle posa le visage contre le matelas qu'elle faillit suffoquer.

Elle se redressa d'un bond et regarda fixement l'endroit où s'était trouvée sa tête quelques secondes plus tôt.

On aurait dit un test de Rorschach. Un mélange informe de couleurs et d'ombres qui finalement laissait paraître les images terrifiantes qu'il renfermait.

Une grande tache irrégulière.

Elle pensait savoir de quoi il s'agissait. Une tache à peu près de la taille d'une tête.

Elle ferma les yeux, appuya un doigt au milieu de la zone d'un brun roux. C'était humide, comme la terre battue d'une cave. Lorsqu'elle regarda le bout de son doigt, elle vit une tache brune. Du sang.

Elle se leva, chancelante. Se mit à tituber à travers la pièce comme si elle était soûle, sentant la panique monter en elle.

Elle se mit à cogner furieusement à la porte.

Tomás à nouveau. Elle voulait prononcer leurs noms à voix haute, les dire clairement, distinctement. Mais elle vit un objet pendouiller de sa poche de pantalon.

Le chapelet de liège. Celui qu'il avait donné à Maruja, celui qu'elle avait juré de toujours garder sur elle comme un symbole éternel de foi, d'espoir, de désir de vie acharné.

Joanna attendit qu'il referme la porte, puis elle s'effondra par terre et enfonça son visage entre ses mains.

Puis elle se mit à hurler comme une écorchée vive.

Ils savaient qu'elle savait.

Pour Maruja et Beatriz.

Elle le leur disait probablement elle-même, à sa manière de sursauter chaque fois que l'un d'eux entrait dans la pièce ou s'approchait trop près d'elle. Elle ne pouvait s'empêcher de se demander lequel d'entre eux avait appuyé sur la détente, sorti son couteau. Était-ce Tomás, qui semblait ces temps-ci avoir encore plus d'idées noires que d'habitude ? Ou Puento, qui avait braqué un fusil sur Joelle quand elle hurlait à cause de sa pneumonie ? Ou les deux ?

Elle devait chaque fois se rassurer en se disant qu'ils ne s'en étaient pas pris à elle.

Elle fut absolument certaine qu'ils savaient qu'elle savait lorsque *el doctor* arriva et s'excusa d'avoir à l'enchaîner à un mur.

Il semblait éprouver un remords sincère, mais expliqua que c'était pour son propre bien.

« Si les patrouilles des AUC se mettent à tirer, dit-il, vous serez plus en sécurité comme ça, non ? »

Non. Joanna lui demanda juste une fois de ne pas le faire. S'il vous plaît.

Il haussa les épaules en soupirant. Ce n'était pas de son ressort, expliqua-t-il. C'était juste pour la nuit – c'est tout.

Ils attachèrent une extrémité de la chaîne au radiateur depuis longtemps hors service. L'autre fut passée autour de sa jambe gauche.

Ce n'était pas physiquement gênant. La douleur était psychologique. On entravait son existence même. Elle était désormais littéralement mise aux fers.

L'un de ses gardes venait la détacher le matin, et ce n'était qu'une fois ce rituel accompli que Joanna se remettait à respirer normalement. Elle savait alors qu'elle vivrait au moins un matin de plus. Elle pouvait se laisser aller à attendre l'heure des repas de Joelle. Mais cette manière de vivre d'heure en heure la minait. Elle était nerveuse, épuisée, fondait en larmes sans raison. Par moments, elle tremblait de façon incontrôlable.

Lorsqu'elle dit à Galina qu'elle était à peu près certaine que Maruja et Beatriz avaient été assassinées, la vieille femme secoua la tête et répondit : « Non, elles ont été libérées.

— Elles n'ont pas été libérées, rétorqua Joanna. Tomás a le chapelet de Maruja. Elle ne l'aurait jamais laissé ici. La fille a coupé les informations cette nuit-là quand elle a vu que je regardais. Il y avait du sang sur le lit. Je le sais. »

Galina ne voulait rien entendre. Elle était sourde.

C'était à vous rendre folle. À vous rendre malade.

Joanna comprit qu'évoquer certains sujets avec Galina revenait à parler à un mur. Et Joanna connaissait cette impression, car elle parlait désormais au mur au lieu de parler à Maruja et Beatriz. Elle avait décidé que c'était légèrement plus raisonnable que de parler toute seule.

Parfois, le mur devenait quelqu'un qu'elle connaissait. Paul. De temps en temps, elle essayait d'imaginer où il était – en prison pour trafic de drogue ? Mort ? Quand elle sentait la peur l'étouffer, elle se l'imaginait tout près d'elle et lui racontait sa journée.

Parfois Paul répondait.

Qu'est-ce qui ne va pas ?

Ils ont tué mes amies.

Tu te trompes peut-être.

Non. Il y avait du sang sur le matelas. Je l'ai découvert le jour où elles sont parties.

Peut-être qu'une de tes amies s'est coupée.

Non. Il y avait beaucoup de sang. Et Maruja a laissé quelque chose derrière elle.

Ça ne prouve rien.

Tu dois me croire. Parfois j'ai l'impression de devenir folle, mais je ne deviens pas folle.

OK. Je te crois.

J'ai peur maintenant. Chaque jour j'ai peur.

Reste forte. Tu es Xena, ma guerrière, tu te souviens ? De plus, je viens te chercher.

Quand ? Je veux rentrer à la maison, Paul.

Bientôt, chérie.

Quand ?

Bientôt.

Elle demanda le chapelet à Tomás.

« Maruja vous l'a donné quand vous l'avez libérée, je suppose », dit Joanna.

Tomás ne répondit rien. Mais lorsque Joanna le lui demanda, il le lui donna.

Elle avait observé la manière dont la porte se fermait. Un tour de clé à l'extérieur faisait glisser un petit pêne dans la serrure. C'était tout. Le montant en bois de la porte semblait hors d'âge et rongé par les vers.

Joanna arracha l'un des grains de liège du chapelet. Le liège était tout juste malléable, comme de l'argile à demi séchée.

Lorsque Galina la fit sortir de la pièce pour le repas du lendemain matin, elle enfonça le petit morceau de liège dans la gâche de la serrure, l'écrasant avec son pouce.

Cette nuit-là, elle observa lorsque la gardienne quitta la pièce, referma la porte derrière elle et tourna consciencieusement le verrou. Joanna tendit l'oreille ; elle n'entendit pas le petit déclic indiquant que la porte était verrouillée.

Une excitation croissante s'empara d'elle. Un feu brûlant, comme une rasade de vieux cognac lorsqu'on est mort de froid.

Beatriz avait dessiné des étoiles pour s'échapper de sa prison, mais elle avait fini assassinée dans son lit.

Mieux valait s'enfuir pour de bon.

Mais elle était toujours enchaînée au mur. Et elle ne pouvait partir sans son bébé.

Sans compter qu'elle ne savait pas ce qu'elle ferait ensuite. Elle ne s'était pas réveillée un matin avec un plan de fuite. Elle n'avait pas discuté stratégie avec le mur. Elle avait fait ce premier pas en se disant : Si ça fonctionne, j'aviserai pour la suite.

Puis un événement arriva, qui régla d'un seul coup ses deux principaux obstacles.

Joelle tomba à nouveau malade.

Juste un mauvais rhume cette fois – le nez bouché, une légère fièvre –, de quoi la rendre irritable.

Joanna demanda à Galina si elle pouvait rester avec elle. Pas juste une heure ou deux, mais toute la nuit, comme la fois où Joelle avait eu une pneumonie et où elle avait dû passer des heures à prendre soin d'elle.

Galina fut d'accord.

Puis Joanna demanda autre chose. Est-ce qu'ils pouvaient la détacher ? Comment ferait-elle si elle devait bercer Joelle ? Joanna serait peut-être obligée de la promener dans la pièce. Ce serait infiniment plus pratique si elle n'était pas enchaînée au radiateur.

Galina sembla moins conciliante sur ce point.

Après que Joanna eut plaidé sa cause, Galina finit par accepter d'en toucher un mot au garde.

C'était Tomás qui était de service. Peut-être l'appréciait-il plus maintenant qu'elle avait la foi. Peut-être cherchait-il à se racheter d'avoir assassiné ses amies. Il accepta. Pas de chaîne ce soir.

Lorsqu'il referma la porte derrière lui et tourna le verrou, Joanna retint son souffle.

Pas de déclic.

Ça y était. Elle avait fait un pas, puis un autre, et un autre, et soudain, elle avait atteint une porte. Une porte qui ne demandait qu'à être ouverte.

L'espace d'un moment, Joanna se demanda si elle parviendrait à la franchir.

La tache de sang sur le matelas la poussait à partir tout en la retenant en arrière. Si elle échouait, ils la tueraient. Si elle restait, ils finiraient aussi par la tuer.

Courage.

Elle attendit plusieurs heures – jusqu'à ce que son horloge interne lui dise qu'il devait être aux alentours de deux heures du matin. Elle était raisonnablement certaine qu'il n'y aurait personne de l'autre côté de la porte. La fois où elle avait eu besoin d'un chiffon au milieu de la nuit, elle avait dû cogner sur la porte pendant cinq minutes avant que Puento réponde.

Elle avança sur la pointe des pieds, colla son oreille contre le bois de la porte. Rien.

Elle essaya de tourner la poignée.

Rien. Pendant un bref instant elle pensa : Je me suis trompée. Ça n'a pas fonctionné. La porte est verrouillée. Je suis coincée.

Puis elle exerça une pression un peu plus forte.

La poignée tourna.

La porte s'entrouvrit légèrement.

C'était comme dans un film d'horreur… la porte qu'il ne fallait pas ouvrir mais qu'on ouvrait tout de même. La porte derrière laquelle vous attendait quelque chose de diabolique.

Mais il n'y avait rien.

Un couloir vide.

Depuis qu'ils lui avaient ôté son masque pour l'emmener dans le local où elle donnait ses repas à Joelle, elle avait suffisamment observé pour pouvoir se repérer. Sur sa droite se trouvaient la cuisine, la pièce où elle nourrissait sa fille et celle où Rolando était emprisonné… pour autant qu'il y fût encore.

Sur sa gauche, la liberté.

Dans ses bras, Joelle dormait d'un sommeil agité. Joanna craignait qu'elle ne se réveille et se mette à hurler. Le meilleur système d'alarme dont ses gardes pouvaient rêver. Elle allait devoir avancer très lentement, très prudemment. Elle allait devoir avancer pas à pas.

Lorsqu'elle s'engagea dans le couloir, elle eut l'impression de traverser quelque chose de tangible – un champ de force comme dans un film de science-fiction. Elle s'arrêta, respira. Puis elle tourna sur la gauche, avança sans bruit, un petit pas après l'autre, jusqu'à atteindre la porte qui devait ouvrir sur l'extérieur – celle que, terrifiée et les yeux bandés, elle avait franchie à son arrivée.

Elle était *toujours* terrifiée.

Elle poussa la porte.

30

UNE TRAJECTOIRE.

Les atomes en ont une. Les électrons et les neutrons. Les vies aussi.

La balle qui avait tué Miles – celle qui l'avait fait s'écrouler avec un air étrangement paisible, son Agram 2000 toujours serré dans sa main – avait traversé sa nuque pour aller s'enfoncer directement dans un volume de droit poussiéreux. L'impact de la balle avait projeté plusieurs autres livres dans les airs, éparpillant les pages tels des confettis.

La trajectoire. Paul n'y prêta d'abord aucune attention, préférant se lancer dans sa propre trajectoire. Il s'envola de manière hasardeuse du bureau soudain couvert de sang, puis traversa la pièce en titubant tel un boxeur à bout de forces, hésitant entre tomber au tapis ou poursuivre le combat.

Il resta sur ses jambes.

Cherche des indices, se disait-il.

Miles était son dernier lien avec ce qui s'était passé en Colombie.

Des indices.

Miles ne s'était pas trompé à propos du silencieux. Personne n'avait pu entendre la détonation – on aurait dit le petit bruit qu'on fait quand on met un doigt dans sa bouche et qu'on fait claquer sa joue. Comme un effet sonore de dessin animé.

Mais il y avait beaucoup de sang. Son odeur empestait la pièce.

Paul contourna le bureau jusqu'à l'endroit où se trouvait le cadavre de Miles. Il essaya d'ignorer cette masse de chair sans vie qui avait eu un nom, une voix, une famille.

« Vous savez quel est le pire péché dans le judaïsme orthodoxe ? »

Paul ouvrit le tiroir du bureau. Papier, agrafes, crayons, deux paquets de chewing-gums à moitié vides. Wrigley's à la menthe verte. Calculatrice, talons de tickets, trombones, enveloppes. Il n'avait pas la moindre idée de ce qu'il cherchait.

Des indices.

La question était : qu'est-ce qui constituait un indice ? Comment faire la différence entre un indice et une fourniture de bureau ou un objet de la vie quotidienne ?

« Ils commencent à comprendre. Je le sens. »

Il parcourut quelques documents qui se trouvaient dans le tiroir. Un formulaire d'impôts. Une proposition de renouvellement d'abonnement à une publication juridique. Un coupon de chez Toys « R » Us – la poupée « Chatty Cathy » entourée à l'encre rouge. Un programme de l'équipe des New York Giants datant de 1999.

Un répertoire téléphonique.

Celui que Miles avait consulté quand il avait fait mine d'appeler María – quand il avait claqué des doigts et dit : « Le chauffeur. Pablo. María doit avoir son numéro quelque part. »

Le numéro de María s'y trouvait, bien entendu.

Celui de Pablo devait aussi y figurer. Mais Paul ne connaissait pas son nom de famille. Pour lui, il s'agissait juste de Pablo, le chauffeur, l'employé.

Puis Pablo le ravisseur.

Il dut parcourir les lettres de *a* à *l* avant de le trouver à « Loraizo ». Pablo Loraizo.

Étrange, ce nom de famille lui disait quelque chose.

Il arracha la page et la fourra dans sa poche.

Il cherchait des indices, mais ne savait pas quoi. Et il ne savait pas quoi faire. Appeler la police ? Trouver la synagogue du quartier et informer Rachel et ses enfants que leur mari et père venait de se griller la cervelle ?

Partir.

Partir semblait une bonne idée. Quand la police viendrait le voir, il leur expliquerait qu'ils avaient discuté, puis qu'il était parti. Un suicide ? Quel suicide ? Ou alors il leur dirait tout – que Miles l'avait envoyé se faire kidnapper en Colombie et que sa femme et sa fille devaient être libérées contre une rançon. Quelle rançon ? Deux millions de dollars de cocaïne non coupée avec lesquels il avait consciencieusement franchi la douane. Il laisserait peut-être ce détail de côté.

Il se sentait étourdi, comme lorsqu'il s'était levé pour s'opposer à Pablo chez Galina et avait fini gisant au sol. Mille idées lui traversaient la tête, allant dans toutes les directions à la fois, contrairement à la balle qui avait transpercé la tête de Miles.

Il la remarqua soudain : la trajectoire.

La balle avait causé des dégâts. Des pages de livres jonchaient le sol. Non, ce n'étaient pas des pages de livres. En regardant de plus près, il remarqua qu'elles étaient écrites à la main.

Des lettres.

OK, Paul se souvint.

La nuit où il ne pouvait dormir et était descendu chercher un peu de lecture. Il avait fini par lire cette lettre écrite par un enfant en colonie : *Cher papa, te souviens-tu de la fois où nous sommes allés au zoo et où tu es parti ?* Et cette plongée dans l'histoire familiale d'un autre avait renforcé son sentiment de solitude.

Il commençait à se diriger vers la porte en marchant sur les feuilles de papier lorsqu'il remarqua autre chose.

Il lut, se pencha en avant, puis resta paralysé, les mains sur les genoux.

La trajectoire d'une balle est gouvernée par les lois de la physique, pensa-t-il.

Par les forces de propulsion, de résistance, de gravité. Et par la position de la main qui appuie sur la détente. C'est important. La direction dans laquelle pointe la main.

Peut-être que juste avant de décider de se coller une balle dans la cervelle, Miles avait songé aux probabilités « que le petit Paul résolve jamais cette énigme » et avait décidé d'accroître ses chances.

Et il s'était dit : Je vise de ce côté-là.

Dans cette direction.

31

NE SACHANT OÚ ALLER, IL AVAIT DÉCIDÉ de retrouver l'environnement confortable de son appartement.

Sauf que ce n'était pas confortable. Trop de souvenirs.

Il poussa le berceau à travers l'appartement et l'enfonça à moitié dans le placard pour ne plus avoir à le voir. Les oursons roses lui faisaient de grands sourires, comme s'ils étaient amusés par sa tentative puérile de dissimuler le caractère désespéré de sa situation.

Lisa dut entendre le berceau rouler car, une seconde plus tard, Paul entendit frapper à la porte. Lorsqu'il alla sur la pointe des pieds jeter un coup d'œil dans le judas, il vit Lisa, la meilleure amie de Joanna, qui le regardait en retour. Elle tordait la bouche d'un air perplexe, mimique que Paul avait toujours trouvée vaguement sexy. Mais pas aujourd'hui. Soit Paul et Joanna étaient rentrés – soudainement et sans prévenir – soit quelqu'un cambriolait leur appartement.

Paul se sentait en effet comme un cambrioleur, un intrus dans sa propre vie.

Il attendit qu'elle s'en aille.

Il pouvait lui déballer son histoire de visa, mais il n'était pas d'humeur. Pas encore.

Après que Lisa eut frappé une fois de plus, puis haussé les épaules et décampé, Paul ramassa la pile de lettres qu'il avait récupérées dans le bureau de Miles. En approchant son nez, il percevait encore l'odeur du sang.

Il ferma les volets et débrancha le téléphone. Rachel mettrait un moment à le localiser. Il ne se souvenait plus si elle connaissait son nom de famille. Probablement pas. Ça n'avait pas d'importance. À un moment ou un autre, elle consulterait le carnet d'adresses de Miles, sous la supervision d'un agent de police, et elle noterait le numéro de tous les « Paul ». Ils arriveraient jusqu'à lui. Et ils finiraient par l'appeler.

Je suis allé voir Miles pour lui parler de mes problèmes d'adoption. Quand j'ai quitté la maison, il était en vie. Était-il déprimé ? Un peu… il a évoqué une histoire de dettes de jeu. Je suis sincèrement navré d'apprendre la nouvelle.

Les lettres n'étaient pas datées.

Mais il parvint à les classer chronologiquement d'après leur couleur. Du jaune desséché au blanc cassé.

La plus récente était celle qu'il avait lue cette nuit-là, celle que le fils de Miles avait envoyée de colonie. C'étaient les autres lettres qui l'intéressaient. Elles étaient aussi tombées de *L'Histoire de*

Ruth. Mais elles étaient différentes. Elles n'étaient pas écrites par un enfant.

Elles *parlaient* d'un enfant.

Cher monsieur Goldstein, commençait la première.

J'ai un enfant qui a désespérément besoin d'être adopté.

La plupart des gens qui écrivaient à Miles voulaient adopter un enfant. Ils en avaient besoin, lui en demandaient un, l'imploraient même. Cette lettre était différente – on lui offrait un enfant.

Considérez ceci comme une requête particulière, continuait la lettre. *Les choses doivent se faire vite. Nous n'avons pas le temps de suivre la procédure habituelle. C'est pourquoi je vous écris directement. C'est pourquoi j'ai besoin de votre aide. Il me faut une réponse immédiate. Aujourd'hui. Demain. Je vous supplie de me répondre dès que cela vous sera humainement possible.*

Paul passa à la deuxième lettre, puis à la troisième.

Il lisait lentement, méticuleusement, revenant parfois en arrière pour relire un passage avant d'aller plus avant. Toutes les lettres, bien sûr, étaient adressées à Miles. Paul n'avait pas les réponses que celui-ci avait envoyées. C'était comme n'entendre que la moitié d'une conversation téléphonique. À vous d'imaginer les réponses. À vous de remplir les vides.

L'auteur des lettres expliquait que l'enfant était une petite fille de trois ans qui devait quitter la Colombie sur-le-champ car son père la traquait. La petite fille courait un danger terrible. Puis, enfin, la personne expliquait sans détour comment il fallait procéder.

Lorsqu'il eut achevé la dernière lettre, Paul les relut toutes. Et il se souvint que Miles avait parlé par fragments, et que lui-même avait tenté de rassembler les morceaux pour les recoller ensemble.

« Combien y a-t-il de chances pour que le petit Paul résolve jamais cette énigme ? »

Pas beaucoup, Miles, pensait-il, mais peut-être la roue allait-elle enfin commencer à tourner.

Le nom du père de la petite fille n'apparaissait jamais. Juste une initiale : *R.* À un moment, entre deux lettres, ce nom avait dû être prononcé à l'oreille de Miles, une bonne fois pour toutes.

Mais le nom de l'auteur des lettres figurait au bas de chaque page. Et c'était ce nom que Paul avait remarqué tandis qu'il s'apprêtait à quitter le bureau de Miles qui empestait le sang – c'était ce nom qui l'avait fait s'arrêter.

Une signature élégante, surtout le *G*.

Galina.

32

IL CRUT TOUT D'ABORD QUE LE BRUIT à la porte était un rêve.

Peut-être parce qu'il était justement plongé dans un rêve. Du moins à demi.

Il rêvait de sa femme et de sa fille.

De la petite fille des lettres.

Et de cette broderie au-dessus du bureau de Miles.

Celui qui sauve un enfant sauve le monde.

Qui était cette enfant ? La petite-fille de Galina.

Elle l'expliquait clairement dans la deuxième lettre qu'elle avait adressée à Miles. Et elle avait aussi évoqué le père de l'enfant.

J'ai à un moment cru que ma propre fille était tirée de ses griffes, avait-elle écrit. *Je me trompais.*

Elle avait imploré Miles de l'aider. Sa petite-fille devait quitter le pays.

Son père la cherche. Il ne cessera que lorsqu'il l'aura trouvée. Comme vous le savez, R. a le pouvoir et les moyens d'arriver à ses fins.

Il fallait que quelqu'un adopte l'enfant aux États-Unis. Et il fallait que ça se fasse vite.

Et, au fil des lettres, elle lui en avait dit plus sur l'enfant.

Elle a vu des choses qu'aucun enfant ne devrait jamais voir, avait-elle écrit. *Personne ne devrait voir ça. Elle fait des cauchemars.*

Dès la quatrième lettre, il était clair que Miles avait accepté. Il l'aiderait. Même plus. Il avait de toute évidence fait une proposition d'une générosité et d'un altruisme remarquables. Il avait consenti à adopter lui-même la petite-fille de Galina.

Êtes-vous sûr ? avait-elle demandé. *Ma joie est grande, mais vous devez comprendre que ce n'est pas quelque chose de temporaire. Vous l'adopterez pour toujours. Vous ne serez pas simplement son père. Vous serez son protecteur. Son gardien. Son seul espoir.*

Oui, avait dû répondre Miles, il était sûr.

Mais il avait voulu quelque chose en échange.

Quoi ?

Difficile à dire.

De toute évidence, la joie de Galina s'était plus ou moins évanouie. Ses lettres avaient adopté le ton sobre d'une négociation d'affaires.

Comprenez que ce que vous me demandez risque de ne pas être possible, avait écrit Galina. *Ils ne me connaissent pas. Ils ne m'ont pas demandé de parler en leur nom. Tout au plus m'écouteront-ils.*

« Ils. »

Paul était comme un enfant de deux ans qui commencerait à comprendre que les mots apparemment insignifiants étaient en fait lourds de sens.

« Ils » avaient dit oui.

Il ne pouvait en être autrement car, dans sa dernière lettre, Galina l'implorait de manière déchirante de prendre soin de sa petite-fille.

Voici ce que je vous demande, écrivait-elle. *Réconfortez-la lorsqu'elle se réveillera effrayée au beau milieu de la nuit. S'il vous plaît, lisez-lui des histoires, elle aime les histoires de trains, de clowns, de lapins. Apprenez-lui ce qu'elle devra savoir dans son nouveau pays. Protégez-la. De temps en temps, je vous serais reconnaissante de me donner de ses nouvelles. Pas toutes les semaines, ni tous les mois. De temps à autre. Ceci est la dernière lettre que je vous adresserai. Moins nous aurons de contacts désormais, plus elle sera en sécurité. Et je vous demande une dernière chose. La chose la plus importante. Aimez-la, vous et votre épouse.*

Il y avait quelqu'un à la porte.

Il était soudain complètement réveillé, les yeux rivés au plafond de la chambre.

Il entendit à nouveau du bruit.

Un grattement léger. Comme un chat qui voudrait qu'on lui ouvre.

Il n'avait pas de chat.

Il resta étendu sur son lit, se demandant de quelle porte il s'agissait. La porte fermée de sa chambre ? La porte d'entrée ? Ça avait son importance. Si c'était la porte d'entrée, il lui restait une chance. Si c'était la porte de la chambre, il était mort.

Il se concentra, tendit l'oreille. Le sang lui martelait les tympans, il se sentait oppressé, respirait difficilement, bruyamment.

Le grattement semblait faible et étouffé.

OK, pensa-t-il, la porte d'entrée.

Il se coula hors du lit et résista à la tentation de ramper dessous. La porte d'entrée était fermée à clé. Il était toujours maître de son domaine. Il pouvait les empêcher d'entrer, il pouvait se protéger.

Il ne portait qu'un caleçon. Lorsqu'il se vit dans le miroir en pied posé contre le mur, il se trouva comiquement vulnérable. Il se tint parfaitement immobile, tendit le cou pour mieux entendre.

Crrrrr, crrrr.

Encore ces connards avec les Uzi et le kérosène.

Ou le type avec *CCCP* tatoué sur le bras.

C'était lui qui était à la porte d'entrée. Celle derrière laquelle Lisa s'était tenue et qui, si sa mémoire ne lui jouait pas des tours, était fermée à clé.

À double tour même.

Il ouvrit prudemment la porte de sa chambre, sortit. Il regarda la porte d'entrée comme s'il la voyait pour la première fois. *Fixement*. Elle avait l'air solide. Elle avait besoin d'un coup de peinture, pour sûr, mais était aussi robuste que de l'acier. Cette analogie le réconforta.

Il aurait pu jurer qu'il l'avait fermée à double tour, mais il ne se souvenait pas si le loquet oblong était censé être à la verticale ou à l'horizontale.

Il s'aperçut soudain qu'il n'avait pas entendu de bruit depuis qu'il était sorti de sa chambre. Il s'en aperçut car il venait de reprendre.

Beaucoup plus proche. Il semblait plus fort, amplifié. « Le brouillard approche à petits pas de chats »... un poème qu'il se rappelait de son enfance.

Mais ce n'était pas un chat, et ce n'était plus son enfance.

Une arme.

Il parcourut nerveusement l'appartement du regard.

Le presse-papiers métallique acheté chez Sharper Image. Peut-être.

La canne en bois verni que les parents de Joanna avaient rapportée du Kenya. Pourquoi pas ?

L'œuf en verre insipide qui trônait au milieu de la table du salon. Non.

La table elle-même.

Un couteau.

Il se tourna vers la cuisine en tentant de se rappeler l'endroit où Joanna rangeait les couteaux à steak.

Il réprima une envie irrésistible d'aller les chercher en courant.

Marche. Sur la pointe des pieds. Flotte comme Mohamed Ali. L'homme à la porte ne savait pas qu'il était ici. Il tentait juste sa chance. Il pouvait se fatiguer à essayer de crocheter la serrure. Il pouvait abandonner.

Alors que s'il savait que Paul était dans l'appartement…

Il « flotta » jusqu'à la cuisine, s'imaginant léger et silencieux alors qu'il se sentait lourd comme du plomb et que les bruits à la porte se faisaient plus forts et plus insistants.

Le type essayait d'insérer quelque chose dans le verrou, mais, la frustration s'emparant de lui, il y allait de plus en plus fort, tel un homme tentant de violer une femme qu'il connaîtrait – d'abord poli et consensuel, puis insistant et brutal. Le verrou hurlait « non ». L'intrus n'en avait rien à foutre.

Paul ouvrit un tiroir dans la cuisine. Le tiroir grinça.

Le grattement s'arrêta net.

Silence.

« Il faudrait que tu t'occupes de ces tiroirs, Paul. » Joanna avait dû le lui dire mille fois. Et il lui avait mille fois répondu de « téléphoner à un de ces types dans les petites annonces ».

Aucun bricoleur n'avait été appelé. Les tiroirs continuaient de se plaindre chaque fois qu'on les ouvrait.

La personne derrière la porte savait qu'il était à l'intérieur.

Autre mauvaise nouvelle.

Le tiroir contenait le répertoire téléphonique de Joanna, quelques crayons, des trombones, un menu de restaurant chinois à emporter.

Pas de couteau.

Le grattement reprit de plus belle.

Au deuxième tiroir, il toucha le gros lot. La collection complète de couteaux Ghinzu qu'ils s'étaient offerte en toute simplicité pour cinq mensualités de 49,95 dollars chacune. Ces couteaux remarquables qu'on voyait couper des mouchoirs en papier au téléachat. Fabriqués par de véritables maîtres samouraïs à Yokohama. Il referma les doigts sur l'une des poignées froides, tira un couteau.

Il se retourna pour faire face à la porte.

Il était peut-être à trois mètres. À trois mètres de *lui*. Il semblait inconcevable et ridicule qu'une simple porte puisse le sauver. Il sentait presque l'odeur de la rage de l'homme. Il était sûr que Joanna l'aurait sentie.

Appelle le 911.

Cette fois-ci, il serait en mesure de leur donner son adresse.

Il pouvait faire venir la police. Foutre la trouille au type derrière la porte en lui faisant croire que les flics arriveraient d'une minute à l'autre.

Le téléphone se trouvait à l'autre bout de l'appartement. Un espace aussi vaste et infranchissable que le Sahara.

Attends. Pas la peine d'appeler. Il n'avait qu'à faire semblant.

« Allô, la police ? cria-t-il soudain. Oui, je suis au 341 de la Quatre-vingt-quatrième Rue Ouest, appartement 9G. Quelqu'un essaie de forcer ma porte… Oui, c'est ça… Vous arrivez dans deux minutes ? Dieu merci. »

Bizarrement, malgré son faux coup de téléphone, la personne derrière la porte ne s'arrêta pas. Non.

Peut-être aurait-il dû se demander : pourquoi ?

Peut-être l'aurait-il fait s'il n'avait pas été cinq heures du matin, s'il n'avait pas eu la trouille de sa vie, s'il avait été un peu plus malin.

Il aurait alors compris que si un faux coup de fil à la police ne dissuadait pas quelqu'un de forcer une porte, c'était précisément parce que ce quelqu'un *savait* que c'était un faux coup de fil.

Et pour le savoir, ce quelqu'un devait aussi savoir que vous n'aviez pas de téléphone.

Parce que, disons, il aurait pris la précaution de couper la ligne.

33

Il sentit tout d'abord sa force pure.

La présence écrasante, indéniable de sa force.

Le muscle noueux. Comme si la porte n'était pas faite d'acier, mais que l'homme qui venait de jaillir l'était. *CCCP*, pensa-t-il.

À un moment, Paul se tenait à trois mètres de la porte, couteau Ghinzu en main. L'instant d'après, une vague forme noire se ruait droit sur lui.

Il se jeta en avant, pointant son couteau en direction de l'apparition, mais l'homme écarta son bras avec une aisance presque comique.

Le couteau alla rebondir quelque part sur le sol.

Pourtant Paul n'allait pas se laisser tuer comme ça.

Il évita le bras de l'homme qui s'abattait sur lui et regagna la cuisine. Il fouilla avec fébrilité le deuxième tiroir, mais ne parvint qu'à se couper avec l'un des couteaux Ghinzu – peut-être le vide-pomme qu'ils avaient reçu gratuitement car ils avaient passé commande tout de suite. Lorsqu'il la sortit du tiroir, sa main était ensanglantée et, surtout, vide.

L'homme était juste derrière lui. Il entendait sa puissante respiration, comme si l'effort qu'il avait dû fournir pour enfoncer la porte l'avait épuisé.

Mais juste momentanément. Pas assez pour l'empêcher d'aller plus loin.

Paul s'élança en direction de la chambre, zigzaguant tel un joueur de football se faufilant à travers la défense adverse. Il claqua la porte.

Non.

L'homme avait atteint la porte juste avant que Paul ait le temps de la fermer.

Il poussait en sens inverse.

L'adrénaline est une sorte de drogue, pensa Paul. Le moindre de ses muscles frémissait d'énergie. Il se sentait puissant, implacable, voire invincible.

Il n'avait pas une chance.

L'adrénaline ne peut pas faire de miracle. La brute de l'autre côté de la porte n'était pas humaine. C'était une monstrueuse force de la nature. La porte recula.

Un centimètre.

Deux centimètres.

La main de Paul glissa dans son propre sang.

« Putain ! *Putain !* » hurla-t-il tout en grognant, tentant de puiser dans ce qui lui restait de force.

Mais il pouvait brailler tout ce qu'il voulait. Il pouvait pousser, griffer, lutter, prier. Il allait perdre.

Un grand fracas retentit, accompagné d'un gémissement. La porte alla percuter violemment le mur. Paul bascula en arrière. Non, il s'envola plutôt, décolla, fut catapulté. Puis il percuta le lit, attrapa le téléphone. Pas de tonalité.

L'homme approchait.

Paul leva les mains pour se protéger. Il hurla. Rien ne sortit.

L'homme avait une main plaquée sur sa bouche, l'autre autour de sa gorge.

Il avait l'impression d'être une poupée de chiffon dont on était sur le point de fracasser la tête.

Mais l'homme ne fracassa pas la tête de Paul.

Il lui parla.

Il murmura même.

« Respirez, dit-il. Tout doux. Voilà. »

Pas de trace d'accent russe. Ni d'accent colombien. Ce fut sa première surprise. Mais une autre l'attendait.

Plus tard, lorsque Paul eut cessé de trembler, ils parlèrent du bon vieux temps.

Pas vraiment le bon vieux temps. Des souvenirs plutôt récents, juste assez éloignés du moment présent pour ressembler à de l'histoire ancienne.

Le retard à l'aéroport de New York.

L'escale à Washington. Huit interminables heures sur la piste sans rien à faire.

Seulement, elles n'avaient pas semblé interminables à cet homme. Non. Il était resté assis là, absolument calme, à regarder fixement le siège devant lui.

Il avait l'habitude d'attendre, avait-il dit. « Vous vous souvenez ? » demanda-t-il à Paul.

Il était ornithologue.

34

« Le Livre de la *jungle*. »

« Dans la *jungle*, terrible *jungle*, le lion est mort ce soir. »

« *Jungle* Boogie [1]. »

Joanna faisait l'inventaire de toutes les références liées à la jungle. Elle était Google à elle toute seule. Certaines de ces références montraient un monde aimable. La jungle pour tous, en quelque sorte. Un monde qui se prêtait à la chanson et à la danse.

Mais d'autres références étaient plus effrayantes.

« La *jungle* de béton. »

« C'est la *jungle* là-bas. »

Celles-là, elle aimait tout autant ne pas y penser.

La vraie jungle, cette zone humide infestée de bourdonnements invisibles, de bêtes aux cris stridents, de végétation pourrissante et impénétrable, était assez effrayante comme ça.

Pour commencer, il y faisait sombre. Plus sombre que sombre.

1. Chanson de Kool and the Gang, 1973. *(N.d.T.)*

Une voûte étouffante de branches invisibles voilait le clair de lune. C'était comme tourner en rond d'un pas hésitant dans un placard – du genre de ceux dont les enfants sont convaincus qu'ils abritent des monstres hideux.

Et la nuit était assurément pleine de bruits inquiétants. Elle les entendait juste au-dessus de sa tête. Des branches qui bruissaient, des grondements soudains. Des singes ? Ou pire ?

Jaguars, ocelots, boas constrictors.

Joelle s'était réveillée alors que toutes deux venaient de traverser une petite clairière pour s'enfoncer dans la forêt épaisse. Elle s'était mise à hurler de faim… ou de froid. À moins qu'elle ne fût tout simplement malade. Joanna n'en savait rien. Elle en était encore à apprendre la langue étrangère que parlaient les bébés, langue que Galina semblait maîtriser parfaitement. Mais quelle importance en cet instant ? Elle n'avait pas de lait maternisé sur elle, et la mince couverture de Joelle semblait inefficace contre le froid.

« On rentre à la maison », murmurait-elle à sa fille, cherchant principalement à se convaincre elle-même.

Parler à voix haute l'aidait à percer l'obscurité, la rassurait sur le fait qu'elle était bien là. Bien sûr, elle risquait aussi d'en informer les prédateurs qui rôdaient dans les parages, humains ou autres.

Occasionnellement, des choses qui volaient venaient lui frapper le visage. Elle faillit avaler une mite énorme, la recracha juste à temps, puis se pencha en avant, secouée par des haut-le-cœur lorsqu'elle comprit ce qui lui était entré dans la bouche.

Elle ne savait pas où elle allait.

Elle avait décidé d'avancer en ligne droite depuis la maison. Même si elle ignorait vers quoi elle se dirigeait, elle savait de quoi elle s'éloignait. Il y avait cependant un problème – comme avec tous les plans d'attaque dûment réfléchis. L'ennemi avait son mot à dire.

La jungle n'était pas coopérative. D'innombrables obstacles se dressaient sur son chemin : troncs d'arbres énormes qu'elle faillit percuter à plusieurs reprises, précipices soudains, ruisseau noir avec une chute d'eau dont le bruit évoqua en elle brièvement le son rassurant de parasites à la télévision.

Elle ne cessait de faire des détours, comme si elle jouait à colin-maillard. On l'avait tellement fait tourner sur elle-même qu'elle ne savait plus de quel côté elle allait. Elle avait désespérément besoin que quelqu'un lui dise si elle « chauffait » ou non.

Pour le moment, elle avait de plus en plus froid. Et de plus en plus faim. De plus en plus peur.

Le simple fait d'avancer un pied devant l'autre avait suffi à bercer Joelle jusqu'à ce qu'elle se rendorme. Joanna en aurait bien fait autant. Une fois le soleil levé, au moins elle y verrait clair – elle serait en mesure d'observer ce qui l'entourait et de se faire une idée de l'endroit où elle se trouvait.

Mais elle craignait qu'un de ses gardes ne jette un coup d'œil dans la pièce et ne lance à ses trousses des hommes qui connaissaient la jungle et qui, surtout, savaient comment y traquer quelqu'un. Elle devait continuer d'avancer.

Elle déboucha sur une vaste clairière.

C'était comme si quelqu'un avait soudain allumé la lumière. Elle distinguait ses jambes, le visage de Joelle assoupie, le ciel. Elle n'avait pas vu le ciel depuis… à vrai dire, elle ne se souvenait pas. Elle tomba un moment en arrêt face à la tapisserie d'étoiles scintillantes. Il y en avait tant que cela semblait artificiel, comme une énorme boule à facettes. Elle resta immobile le temps de reprendre son souffle.

Bizarre. Elle était au beau milieu de la jungle, mais si elle ne l'avait pas su, elle aurait juré se trouver devant un champ. Quelque chose de cultivé, de régulier, d'entretenu. Il flottait une odeur moite mais distincte. Quoi ?

Elle avança jusqu'à se tenir tout au bord du terrain.

Bien sûr.

De la coca. Elle était tombée sur l'un de ces champs de coca illégaux plantés au fin fond de la jungle pour échapper aux patrouilles du gouvernement.

Joanna sentit quelque chose monter en elle. Quoi ? De l'espoir ?

Elle évoluait en terrain dangereux, mais au moins un terrain fréquenté par des humains.

Si elle attendait jusqu'au matin, quelqu'un pouvait venir – la personne qui s'occupait du champ. Mais que se passerait-il s'il ne s'agissait pas d'un *campesino* en quête d'un petit revenu supplémentaire ? S'il était dans *leur* camp ? Peut-être cultivaient-ils leurs propres champs… peut-être ce champ leur appartenait-il. Elle se sentait tiraillée entre deux possibilités. Elle ferait n'importe quoi pour ne pas retourner dans la jungle. Mais si elle restait, si elle s'étendait et se recroquevillait jusqu'au matin, elle risquait de tomber sur les mauvaises personnes.

Partir ou rester ?

Puis la décision s'imposa à elle.

Le champ était une couverture indistincte et noire. Ses yeux avaient beau s'accoutumer au clair de lune, il ne changeait pas. Il demeurait noir.

Son odeur semblait presque palpable, humide, terreuse, amère.

Et alors, elle comprit. Le champ semblait noir parce qu'il l'était bel et bien.

Noir comme la cendre.

Il avait brûlé. Elle le voyait désormais… un enchevêtrement de plants de coca, hauts d'un mètre cinquante, réduits à des bouts de tiges tordus et ravagés.

Une patrouille du gouvernement l'avait découvert et incendié. Ou les AUC. Ou le fermier qui l'avait cultivé. Peut-être pratiquaient-ils une sorte d'agriculture sur brûlis.

Quoi qu'il en soit, il était abandonné. Personne ne viendrait.

Elle devait continuer d'avancer.

De quel côté ?

Il paraît qu'on peut se guider grâce aux étoiles. Mais comment ? Paul savait ce genre de chose. Elle lui avait acheté un télescope pour ses trente-cinq ans, qui s'était révélé quasiment inutile une fois placé sur le toit de leur immeuble. Les lumières étincelantes de New York n'aveuglaient pas que les nouveaux arrivants émerveillés, elles avaient le même effet sur les astronomes amateurs. Pourtant, Paul avait plus d'une fois tenté de lui montrer telle ou telle constellation. Elle regrettait de ne pas y avoir prêté plus attention.

Bon, de quel côté ?

Elle dessina un arc avec le bras et décida d'arrêter lorsqu'elle aurait le sentiment que sa main désignerait la bonne direction. Autant jouer aux fléchettes les yeux bandés.

Lorsque son bras s'immobilisa, il pointait vers la gauche.

Elle embrassa Joelle sur le sommet du crâne et s'enfonça à nouveau dans la jungle.

Le jour se levait vite.

La nuit était passée d'un noir profond à un gris anthracite. Elle ne craignait plus de mettre à chaque pas les pieds dans des sables mouvants, ou dans un trou. Ou sur la tête d'un animal.

C'était l'aspect positif.

L'aspect négatif était qu'elle voyait certaines des bestioles hurlantes, grondantes et rampantes qu'elle n'avait jusqu'à présent qu'entendues. L'imagination était peut-être plus effrayante que la réalité, mais pas de beaucoup, pensa-t-elle.

Une bête ressemblant à une espèce de babouin passa à quelques centimètres d'elle en émettant un cri strident et menaçant qui lui perça presque les tympans. L'animal atterrit au creux d'une branche à un mètre au-dessus de sa tête et agita une liane dans sa direction. Il montra ses dents, qui semblaient immenses et terriblement acérées.

Joanna bifurqua sur la droite et s'enfonça d'un pas incertain dans un sous-bois en espérant que le singe ne la pourchasserait pas.

Il ne bougea pas.

Plus loin, elle vit une branche se mettre soudain à bouger devant elle, se soulever littéralement puis se détacher d'un énorme tronc d'arbre d'où dégoulinaient des voiles de mousse verte pareils à de la dentelle. Ce n'était pas une branche mais un serpent… un serpent de toute évidence énorme que sa présence avait alerté. Il était aussi épais que son bras, avait des yeux jaunes inertes et une langue noire qui frétillait. Morte de peur, tentant de ne pas hurler, elle le regarda se dérouler pendant ce qui lui sembla durer plusieurs minutes.

Puis il se glissa dans d'épaisses fougères.

Avec la lumière arriva la chaleur, qui la recouvrait comme une serviette humide. Elle se retrouva trempée de sueur, ce qui ne manqua pas d'attirer les insectes. Des nuées de moucherons blancs fondirent sur elle de tous côtés. Elle battait des bras pour les repousser, mais ils étaient aussi indifférents que les pigeons de New York. Impossible de les déloger à moins de leur tirer dessus.

Et il y avait aussi les moustiques – ou leurs très grands cousins. Véritable repas ambulant, elle avait les bras recouverts de boursouflures rouges, comme si elle avait foncé dans une ruche.

Joelle s'était remise à pleurer et ne semblait pas d'humeur à s'arrêter.

Même si elle ignorait tout du langage des bébés, Joanna comprit que même si Joelle était sans doute incommodée par la chaleur, la faim était responsable de ses hurlements. Pour la première fois, Joanna se demanda si elle n'avait pas commis une erreur. Elle aurait dû planifier, mettre du lait de côté. Elle était coupable d'une imprévoyance criminelle.

Rien ne semblait calmer Joelle ; et Joanna fut bientôt également à bout de nerfs. La peur qui s'était logée quelque part au creux de son ventre entravait ses mouvements, ses jambes semblaient attachées par des élastiques. Elle avait l'impression d'être au beau milieu de l'un de ces rêves où l'on est pourchassé mais où l'on ne parvient pas à bouger, même lorsque sa vie en dépend.

Elles avaient touché le fond.

La jungle les avait avalées, dévorées vivantes. Elles n'en sortiraient jamais.

Mais Joanna continuait de marcher. Quelque chose en elle lui ordonnait de soulever une jambe, puis l'autre. Peut-être de l'obstination pure et simple.

Des chansons de marche – en avant toute :

« Je marche, oui en effet, je parle, oui en effet… »

« Ces bottes sont faites pour marcher… »

« Marche comme un homme… »

Elle décida de continuer de marcher jusqu'à être à bout de forces. Elle ne pouvait guère faire plus. Aller aussi loin que possible puis s'écrouler. Lutter jusqu'au bout.

Il était encore tôt. Hormis le bref répit qu'elle s'était octroyé près du champ de coca abandonné, elle avait marché six heures sans interruption.

Soudain elle sentit une odeur.

Elle s'arrêta net, ferma les yeux, croisa les doigts.

Elle renifla.

Renifla encore.

De la saucisse.

Était-ce possible ?

De la saucisse grillée aux aromates.

Peut-être était-ce une sorte de plante ? Un animal ? Une odeur de la jungle qu'elle ne connaissait tout simplement pas.

Elle renifla l'air à nouveau, prenant son temps. Non. Aucun doute possible. Quelqu'un préparait son petit déjeuner.

Son cœur bondit dans sa poitrine, sembla s'envoler, faire des pirouettes. Elle cessa de bercer Joelle et la souleva pour la caler sous son menton.

« Nous avons réussi. Nous allons rentrer à la maison. Nous sommes libres. »

Elle ne voyait personne… toujours le même paysage fait d'arbres, de lianes, de souches, de fougères. Une énorme toile d'araignée chargée de rosée réfractait la lumière du soleil en diamants de feu étincelants.

Elle suivit l'odeur.

À gauche, puis à droite, puis tout droit.

Pourvu que mon odorat ne me trompe pas.

La jungle sembla devenir moins dense – pas brutalement, mais petit à petit, inexorablement. L'air était moins lourd, elle respirait mieux, les insectes s'éloignaient d'elle.

L'odeur s'intensifiait, lui chatouillait les papilles, l'attirait en avant.

Elle distinguait désormais de petits coins de ciel à travers les arbres.

Elle hâta le pas. Si elle avait porté des tennis au lieu de chaussures à talons bas, elle se serait mise à courir.

Même Joelle semblait remarquer que quelque chose avait changé. Ses pleurs diminuèrent, puis cessèrent totalement. Elle émit une série de gargouillis entrecoupés de reniflements rauques.

Joanna vit de la végétation qui avait manifestement été piétinée. Quelqu'un était passé par là, brisant des tiges de fougères, écrasant les frondes vertes dans la terre. Elle crut même distinguer une empreinte de pas.

L'odeur était enivrante. Joanna passa à toute allure devant un figuier banian et déboucha soudain sur une zone dégagée.

Une silhouette solitaire se tenait là, éclairée à contre-jour par un soleil orangé.

La silhouette s'adressa à elle.

Et Joanna se laissa tomber à genoux, serrant Joelle entre ses bras. Elle baissa la tête, bascula son torse d'avant en arrière, et se mit à pleurer.

« Non, murmura-t-elle, à elle-même, à Joelle, à la personne qui se tenait dans la clairière, peut-être à Dieu. *Non…* »

La clairière montait en pente vers une crête sur laquelle se dressait une ferme modeste dotée d'une cheminée fumante, de volets d'un vert jaunâtre et d'un enclos à l'arrière qui abritait des coqs, des chèvres et des vaches.

C'était la première fois qu'elle la voyait de l'extérieur.

« Dépêchez-vous, dit Galina, regagnez votre chambre avant qu'ils ne vous voient. »

35

GALINA LA FIT ENTRER DISCRÈTEMENT DANS LA MAISON, mais elles se firent tout de même repérer. Au moment où elle sortait des toilettes, l'Indienne aux longs cheveux noirs faillit les bousculer.

« Elle a eu un malaise, expliqua Galina en espagnol, elle avait besoin de prendre l'air. »

La fille acquiesça d'un air indifférent.

Lorsque Galina eut ramené Joanna à sa chambre, elle referma la porte, s'assit et déclara :

« C'était idiot. Vous ne connaissez pas la jungle. » Elle prit Joelle des bras épuisés de Joanna, la changea et lui donna à manger. « Vous auriez pu mourir.

— De toute façon, je vais mourir », répondit Joanna.

C'était la première fois qu'elle exprimait cette idée à voix haute, ce qui sembla la rendre encore plus affreusement indiscutable.

« Vous ne devriez pas dire ça, objecta Galina en secouant la tête.

— Pourquoi pas ? C'est vrai. Ils vont me tuer comme ils ont tué Maruja et Beatriz. Vous ne voulez pas en parler. Ils les ont tuées ici… dans cette pièce. Je peux vous montrer leur sang.

— Son rhume a empiré, dit Galina à propos de Joelle, refusant toujours d'évoquer les deux fantômes qui hantaient la pièce.

— Oui, son rhume a empiré. Et sa mère est toujours enchaînée à un mur. Et vous refusez de parler de deux femmes qui se sont fait assassiner. »

Joanna avait l'impression que c'était une inconnue qui parlait à sa place – sa voix lui semblait plate, dénuée d'émotion. J'ai perdu tout espoir dans la jungle, pensa-t-elle.

« Je vais la mettre au lit, dit Galina.

— Oui. Merveilleuse idée. Et tant que vous y êtes, mettez-moi dans une tombe. »

Galina fit la moue et lui caressa le bras gauche.

Nourrice. Ravisseuse. Amie. Geôlière.

« Je ne vous comprends pas, dit Joanna.

— Pardon ?

— Je ne vous comprends pas. Ce que vous faites ici. Ce que vous faites avec ces gens. Des tueurs. Des assassins. Vous avez été mère. »

Galina pivota pour partir, mais elle interrompit son mouvement, se retourna. C'était ce mot, pensa Joanna : « mère ».

« Vous n'avez jamais fini votre histoire, reprit Joanna. Dites-moi. J'ai besoin d'une bonne histoire ce soir. Vraiment. J'ai besoin de comprendre pourquoi. »

36

J'ai besoin d'une bonne histoire ce soir.

Exactement ce que me disait Claudia quand elle n'avait pas envie de dormir.

Une histoire, maman, implorait-elle. Une histoire.

Bon, soit.

Une histoire.

Après avoir quitté le bar ce soir-là, Galina et son mari n'eurent plus jamais l'occasion de parler à Claudia.

Parfois, le garçon de l'université Nacional les appelait.

Une fusillade entre les rebelles et des forces spéciales en hélicoptère avait eu lieu dans les montagnes. Une nouvelle initiative d'un président fraîchement élu qui avait promis d'être impitoyable avec les guérilleros. Le garçon avait affirmé que Claudia se trouvait là-bas – des officiers de l'armée avaient rapporté avoir vu une belle jeune fille en tenue de camouflage. « Ne vous en faites pas, les avait rassurés le garçon, elle n'est pas blessée. »

Ces incursions du gouvernement étaient rares et uniquement de l'esbroufe. Tout le monde savait que la déclaration du président n'était qu'une simple posture. Il y avait bien deux factions impitoyables en Colombie, mais le gouvernement n'en faisait pas partie.

Il y avait les FARC, les Forces armées révolutionnaires de Colombie, à gauche.

Et à droite, les Autodéfenses unies de Colombie.

Tous les noms dans ce genre de conflit avaient quelque chose d'ironique. « Autodéfense »... comme s'ils s'étaient pris une droite dans le nez et se défendaient simplement contre un caïd de bac à sable. Peut-être certains d'entre eux y croyaient-ils.

Pas seulement l'homme qui était à leur tête.

Pour comprendre ce qui était arrivé à Claudia, il fallait aussi comprendre cet homme. Si vous voyiez une Claudia sensible et fragile arpenter les allées de Chapinero à huit ans, vous deviez aussi le voir lui, grandissant à Medellín et distribuant généreusement les coups. Tout les opposait. Si Claudia était la lumière, il était la nuit.

Ils étaient faits pour se télescoper.

Comment expliquer un Manuel Riojas ?

Les génies du mal ne naissent généralement pas, ils sont juste là. Ils se tapissent dans les cloaques de la peur et du malheur des hommes. Ils n'ont pas de commencement, juste une fin. Mais, même alors, ils ne s'en vont pas discrètement. Non, avant de partir, ils laissent derrière eux de vastes étendues désolées de terre brûlée.

En revanche, les génies du mal du monde réel ont souvent un commencement. Ils ont des anniversaires, des confirmations, des diplômes scolaires. Ils vivent parmi les autres, pas dans des cloaques. Pour sa part, Manuel Riojas avait grandi dans le quartier sordide de Jesús de Navarona, à Medellín.

Galina y était allée un jour voir de la famille. Elle se rappelait l'incessante pluie grisâtre qui charriait les déchets jusqu'au bas de la colline. Il était même possible qu'elle soit passée en voiture à côté de Riojas en personne. Elle s'était plus tard posé la question. Est-ce qu'il aurait volé leur voiture ? Est-ce qu'il aurait crocheté les portières ? Braqué un pistolet par la vitre et mis un terme à toute cette histoire avant même qu'elle commence ?

On disait de lui qu'il avait grandi bercé par les légendes.

Celles des *bandidos* colombiens. Desquite, Tirofijo et Sangrenegra. « Vengeance », « Fine-Gâchette » et « Sang-Noir ». Galina en était venue à croire que les habitants des pays où une grande partie de la population est pauvre et opprimée sont voués à vénérer les mauvaises personnes. Ceux qui volent aux riches, même si en fait ils ne donnent rien aux pauvres. Qu'importe – ils sont eux-mêmes pauvres. Ou plutôt, ils l'étaient. Ils peuvent être des assassins cruels, manifestement fous à lier, ils parviennent à se faire passer pour des victimes. Ce qui suffit à en faire des héros de folklore. À donner envie à des enfants qui grandissent dans des milieux précaires de devenir comme eux.

Les débuts criminels de Riojas étaient obscurs. On disait qu'il avait fait modifier des dossiers de la police, effacer des registres des tribunaux, éliminer diverses vieilles connaissances. On savait qu'il avait été arrêté au moins une fois à l'âge de quatorze ans – probablement pour un petit vol – qu'il avait vendu de faux billets de loterie, trafiqué des cigarettes, volé des voitures, avant de passer à quelque chose d'infiniment plus lucratif, le fléau particulier de leur malheureux pays : la drogue. Plus spécifiquement, la coca. Il avait commencé dans la rue, en tant que petit dealer. Il était apparemment l'un des favoris du *contrabandista* local, qui avait commis l'erreur fatale de lui faire confiance et lui avait fait gravir les échelons. Dieu sait comment, la tête tranchée dudit *contrabandista* s'était retrouvée au sommet d'un poteau au bord d'une route de montagne près de Medellín. Dieu sait comment, Riojas s'était retrouvé à la tête du commerce de cocaïne de la région. Cette exécution était généralement considérée comme la première manifestation de la conception très particulière que Riojas se faisait du commerce. Il ne rivalisait pas avec ses concurrents. Il les éliminait. D'une façon censée décourager les autres. Des enfants étaient tués devant leurs parents, des mères violées devant leur mari, des ennemis torturés et mutilés avant de voir leurs corps fraîchement massacrés exposés en public. De quoi faire les choux gras de la presse.

Les propriétés n'étaient pas épargnées. Entrepôts, usines, champs de coca appartenant à la concurrence étaient incendiés et anéantis.

Les histoires à son sujet étaient de plus en plus nombreuses. La légende prenait forme et substance.

Il atteignit des sommets presque inimaginables.

Ce qui était nécessaire pour un génie du mal. Afin d'écraser les êtres serviles. Pas juste les gangs rivaux, les Ochoa, les Escobar, qui disparurent bientôt dans une longue série d'abominables bains de sang. Mais aussi les *familias* qui tiraient les ficelles, et qui finirent aussi par s'incliner. Riojas mangeait le cœur de ses ennemis, puis il prenait leur place. Il se fit élire sénateur. La respectabilité. On disait qu'il avait juré à sa mère de l'obtenir, qu'il l'avait promise aux idoles qu'il gardait dans une chapelle secrète dans l'une de ses haciendas. *Santería*, murmurait-on. Cette religion bâtarde pratiquée à travers une grande partie du pays en dehors de Bogotá.

Mais les chefs exigent plus que de l'obéissance. Ils exigent des armées. Celle du gouvernement ne pesait pas lourd. Inutile d'être particulièrement intelligent pour comprendre que les seuls soldats dignes d'être combattus vivaient dans les montagnes au nord de Bogotá et s'appelaient les FARC. Ils dégoisaient leur baratin marxiste, parlaient de renverser l'élite, parlaient du peuple comme si le peuple comptait vraiment. Dans d'autres circonstances, Riojas aurait peut-être sympathisé avec eux, peut-être même les aurait-il rejoints. Après tout, il venait du même milieu misérable qu'eux. Mais il était désormais l'un de ces *capitalistas* qui avaient réussi et qui cherchaient à protéger leurs investissements. Les FARC étaient donc l'ennemi.

Il arma sa propre milice, donna des titres aux hommes de main en qui il avait le plus confiance – « capitaine », « général », « major » – se constituant ainsi plus ou moins une armée qu'il obligea les cinq *familias* à financer.

Maintenant ils pouvaient se livrer une vraie guerre.

Et Riojas pouvait la mener à sa guise. Lorsque les hommes des AUC voulaient empêcher les villageois d'abriter des guérilleros des FARC – non qu'ils l'eussent fait, ni même qu'ils y eussent songé, juste au cas où – ils choisissaient vingt *campesinos* au hasard. Toi, toi et toi. Ils leur faisaient creuser leur propre tombe, puis forçaient leurs pères, ou leurs frères, ou leurs oncles à les exécuter. Celui qui refusait les rejoignait dans la fosse. C'était le genre d'enseignement musclé qu'un simple *campesino* pouvait comprendre.

Claudia avait été capturée par les AUC deux ans après la rencontre dans le bar.

Le garçon de l'université téléphona à ses parents pour les informer.

Après avoir laissé tomber le téléphone par terre et l'avoir regardé fixement comme si c'était un objet inconnu, après l'avoir ramassé à contrecœur puis avoir retrouvé sa voix, Galina demanda au garçon si sa fille était morte. Mais sa voix avait changé, comme si elle avait soudain vieilli de plusieurs années.

Non, répondit-il. Elle avait été prise vivante.

Il n'ajouta pas qu'elle ne le resterait pas longtemps.

Ce n'était pas la peine.

Pendant toute une année, Galina crut sa fille morte.

Elle songea à organiser un enterrement en bonne et due forme mais elle reculait toujours au dernier moment. Parfois parce qu'elle retrouvait quelque chose en faisant le ménage. Elle passait désormais sa vie à faire le ménage. Continuellement, inlassablement, *religieusement*. Elle rentrait de garder les enfants d'une autre et attrapait immédiatement un balai, une éponge, une pelle, s'accrochant désespérément à la routine pour écarter ses envies de suicide. Un jour, en passant l'aspirateur sous le bureau de sa fille, elle retrouva une carte d'anniversaire que Claudia lui avait dessinée à l'école lorsqu'elle avait huit ans. Une mère tout en longueur tenant dans ses bras un bébé tout en longueur. *Te adoro*, murmurait le bébé.

Pas encore, se dit Galina. L'enterrement pouvait attendre.

Parfois les souvenirs étaient déclenchés par quelque chose de tout à fait anodin. Galina enfonçait un drap dans la machine à laver et se rappelait soudain les premières règles de Claudia, comment elle s'était tenue troublée et gênée devant le lit taché de sa fille un matin avant que celle-ci aille au collège. Sa fille était restée calme, l'avait même réconfortée. « Je sais ce que c'est, maman… ça veut dire que je peux te faire des petits-enfants. »

Galina repoussa une fois de plus l'enterrement.

Claudia avait été capturée dans la ville de Chiappa. Elle y avait été envoyée chercher du ravitaillement, et quelqu'un l'avait repérée. Les histoires à son sujet circulaient depuis des mois. La belle étudiante à la fièvre révolutionnaire. Quelqu'un l'attendait. Il l'avait suivie depuis la ville, avait appelé des renforts. Quand Claudia avait regagné le ravin où étaient terrés ses camarades soldats en guerre contre le capitalisme, une brigade des AUC les encerclait déjà pour la mise à mort.

Lorsqu'elle avait ouvert le rabat de leur tente de fortune – tout juste quelques tee-shirts attachés les uns aux autres pour les protéger de la pluie – c'était des balles qui s'étaient mises à pleuvoir.

Trois guérilleros avaient été tués. Deux avaient réussi à regagner la jungle, l'un d'eux traînant une jambe blessée qui plus tard avait été amputée.

Pourquoi Claudia n'avait-elle pas été tuée comme les autres ?

Peut-être les assaillants avaient-ils reçu l'ordre de l'épargner.

Parce que Riojas avait entendu parler d'elle et était curieux de la voir en chair et en os. Plus que curieux. *Désireux*.

Il avait quitté un dîner officiel à Bogotá ce soir-là. Quelqu'un était venu lui murmurer quelque chose à l'oreille et il avait regagné en hélicoptère son hacienda située dans le nord du pays. Lorsqu'il était entré dans la pièce où Claudia attendait à genoux, les mains fermement ligotées derrière le dos, il portait toujours son smoking.

Il avait pris son temps, l'avait *examinée* comme on examine un cheval ou un chien de chasse, animaux qu'il possédait apparemment en grande quantité.

Ce qu'il avait vu avait dû lui plaire.

Vous pouvez imaginer le déroulement des deux jours suivants. Vous pouvez fermer les yeux, dire une prière et jeter un petit coup d'œil vite fait. Riojas s'était occupé en personne de son *interrogatoire*. Et Claudia avait frôlé la mort de près. Elle avait prié pour mourir, imploré Dieu de ne pas la laisser se réveiller la prochaine fois qu'elle perdrait connaissance sous les coups. Car même si elle avait rejoint l'armée des impies, Claudia croyait toujours. Au plus profond d'elle-même, elle était demeurée catholique et se raccrochait désormais à sa foi.

Elle avait entendu des histoires de prisonniers jetés depuis des hélicoptères, donnés en pâture aux tigres. C'était le sort qui l'attendait.

Mais deux jours étaient devenus trois.

Puis quatre.

Une semaine entière s'était écoulée.

Personne n'était venu la chercher pour la faire grimper dans un hélicoptère ou la mener à la cage aux tigres. Car oui, il y avait bien des tigres. Lorsqu'elle regardait par la fenêtre malgré ses yeux si enflés qu'elle pouvait à peine les ouvrir, elle les voyait qui allaient et venaient telles des sentinelles. Chaque après-midi, un poney vivant était jeté dans la cage et les tigres lui déchiraient la gorge.

Une chose étrange se produisit alors.

Un jour, Riojas entra dans la pièce et ne la battit pas. Au lieu de cela, il lui demanda poliment de faire quelque chose : d'écarter les jambes pour lui.

Claudia refusa et ferma les yeux dans l'attente de nouvelles souffrances.

Mais Riojas se contenta de quitter la pièce.

La fois suivante, il lui apporta des cadeaux.

De la lingerie française.

Il lui demanda de la revêtir pour lui. Claudia refusa.

Une fois de plus, il ne la toucha pas.

La troisième fois, Claudia commença à comprendre.

Elle ne connaissait pas vraiment les hommes, elle n'avait eu qu'un ou deux petits amis occasionnels.

Mais elle savait deviner quand quelqu'un était amoureux.

Elle avait déjà vu ça – des garçons à l'école primaire, puis de jeunes hommes à l'université, qui s'étaient mis à se conduire comme des idiots autour d'elle, à perdre tout comportement normal.

Il était devenu de plus en plus clair que Riojas n'allait pas la tuer.

Il allait lui faire la cour.

Pourquoi ?

Peut-être parce que Claudia était Claudia.

Parce qu'il convoitait ce qu'il ne pouvait détruire. « L'amour est étrange », n'est-ce pas ce que disent les chansons ?

À un moment, Claudia comprit que cette adoration pourrait la sauver. Peut-être pas pour toujours. Juste pour un temps. Et elle se mit à ne plus souhaiter la mort, à vouloir vivre.

Lorsqu'il lui demanda à nouveau de revêtir la lingerie française, de se retourner et de bien vouloir s'agenouiller sur le lit pour lui, elle accepta. Elle avait compris qu'elle ne pouvait se permettre de le rejeter constamment, car il finirait par en avoir assez. Et alors il en aurait assez d'elle.

Un ravisseur tombant amoureux de sa captive a quelque chose de pathétique. Claudia devait s'en servir à son avantage, garder quelque chose pour elle. Elle pouvait lui céder parfois, mais elle devait lui refuser toujours la chose qu'il désirait plus que tout. La réciprocité.

Son cœur, comme disent les poètes.

Elle se mit à dîner avec lui, sur une vraie table couverte d'argenterie scintillante, de porcelaine diaphane, vêtue de l'une ou l'autre des robes à cinq cents dollars qu'il choisissait pour elle. Parfois elle portait autre chose, ignorant délibérément ses désirs. Il piquait alors des crises de rage qui ne cessaient que lorsque l'essentiel de leur dîner avait fini par terre.

Il se délectait à lui raconter ce qu'il avait fait à d'autres femmes. Des femmes qui l'avaient contrarié. Cette chanteuse, Evi, la vedette qui avait cru pouvoir le tromper avec un musicien.

« Je suis allé chez elle avec mon médecin personnel. Je la maintenais pendant qu'il lui coupait les cordes vocales, puis je suis resté assis là à regarder pendant qu'il la recousait. Elle chante beaucoup moins bien qu'avant. »

Il voulait la soumettre par la peur. Et Claudia feignait l'indifférence. Elle était convaincue que c'était en faisant le contraire de ce qu'il attendait qu'elle survivrait un jour de plus.

Il relâcha un peu la bride.

Elle fut autorisée à sortir – toujours accompagnée de l'un de ses sbires. Elle écoutait. Elle observait. Elle mémorisait des choses.

Où étaient-ils ? Elle sentait l'iode dans l'air. Pas tout le temps, seulement les jours où le vent du nord soufflait fort. Ils devaient être près de la côte. Mais ils étaient tout de même complètement isolés. Où qu'elle regardât, elle ne voyait pas d'autre toit. Juste des palmiers luxuriants, des fougères envahissantes, des avalanches de fleurs tropicales. Des perroquets sauvages lui faisaient la sérénade durant ses promenades autour de l'hacienda.

Puis elle remarqua autre chose.

Une chose horrible.

Riojas avait toujours eu des rapports protégés avec elle, mais dernièrement il était devenu négligent. Il était généralement soûl ou défoncé à la coke. Depuis quelque temps, Claudia n'avait plus ses règles. Un matin, elle se réveilla nauséeuse et passa une demi-heure sur le sol marbré de la salle de bains à regarder son reflet tordu dans les ornements recouverts de feuilles d'or du mobilier.

Alors, elle décida de se suicider.

Elle prit sa décision calmement et rationnellement.

Il y avait des couteaux dans la cuisine.

Deux sabres fixés au-dessus de la cheminée du salon. Elle s'en enfoncerait un dans le ventre, transpercerait cette *monstruosité*, avant que quiconque ne puisse l'en empêcher.

Riojas était parti. Elle se nettoya le visage, appliqua méticuleusement le maquillage français que Riojas lui avait acheté, passa le tailleur-pantalon gris foncé qu'elle trouvait de circonstance pour un enterrement.

Des gardes en armes étaient postés un peu partout dans la maison, mais, par chance, il n'y en avait aucun dans le salon.

C'étaient des sabres de cérémonie, japonais, supposait-elle. De l'acier aux courbes délicates fixé à une poignée de couleur vive peinte à la main. Ils étaient suspendus à des clous et leurs lames se croisaient en leur centre.

En tendant le bras vers l'un d'eux elle sentit quelque chose. Ou peut-être était-ce son imagination.

Comme un *coup de pied dans les entrailles*.

Comme elle touchait l'instrument de sa propre mort, quelque chose avait bougé au creux de son ventre. Elle se laissa tomber à genoux.

Elle avait compris. Elle savait ce que c'était.

Plus encore, elle savait qu'elle ne pourrait se résoudre à le tuer.

C'était la moitié d'elle-même.

« Ça veut dire que je peux te faire des petits-enfants », avait-elle un jour murmuré à sa mère. Peut-être repensa-t-elle à ces paroles ce matin-là. Peut-être ces paroles donnèrent-elles un visage, une place dans le monde, à ce qui n'était pour l'instant qu'un minuscule mouvement dans son ventre.

Elle flottait entre désespoir et pis encore.

Elle avait pris la décision de vivre, mais c'était une décision avec laquelle il était impossible de vivre. Elle prit donc une décision d'un autre genre.

Lorsque Riojas rentra de Bogotá, Claudia feignit d'être heureuse, lui faisant toucher son ventre comme pour l'aider à conquérir un nouveau territoire. Un autre bout du monde sur lequel il allait pouvoir apposer son monogramme – ces *R* de dessin animé cousus bien en évidence sur chacun de ses mouchoirs, chacune de ses serviettes, chacun de ses caleçons – sur tout ce qui pouvait être cousu.

Il se mit à la bichonner. Dans une certaine mesure, bien entendu. Elle n'était pas sa femme. Il en avait déjà une à Bogotá, plus trois enfants aux rondeurs indécentes. Il ne pouvait pas se promener en ville avec Claudia à son bras. Mais il faisait preuve de ce qu'on pourrait appeler de la *déférence*. La bride était de plus en plus relâchée. Une rebelle captive, même croulant sous les manteaux de vison et les chaussures hors de prix, pouvait s'échapper. Mais une femme portant son enfant ?

Il cessa de parler des femmes qui l'avaient contrarié.

Sauf le jour où elle lui annonça la nouvelle.

Il voulut faire l'amour et elle se refusa à lui, sa grossesse constituant une excuse pratique, une de plus.

Bien sûr, dit-il, il comprenait. Mais avant de quitter sa chambre, il lui parla.

« Si jamais tu essaies de t'enfuir avec mon bébé, je vous traquerai et je vous tuerai. Tous les deux. Qu'importe le temps que ça prendra, qu'importe l'endroit où vous vous trouverez. Tu comprends ? »

Elle acquiesça, se força à sourire, comme si c'était là un sentiment digne d'admiration. Une déclaration d'amour de macho.

« Bien », conclut-il.

Elle commença à s'aventurer plus loin. Au-delà de la cage aux tigres. Le long d'un sentier qui serpentait dans la jungle. Elle avait senti l'air iodé. Le domaine de l'hacienda s'achevait sur un promontoire qui dominait la mer des Caraïbes, un petit village de pêcheurs était niché directement au pied de la falaise. De petits bateaux étaient à demi échoués sur le sable, leurs filets séchant telles des toiles d'araignée au soleil.

Un garde du corps l'accompagnait toujours, mais la distance entre eux semblait s'accroître à mesure que son ventre grossissait. Il la laissait souvent lire seule, ou faire paisiblement la sieste dans l'un des hamacs qui dominaient la mer.

Elle se lia d'amitié avec la personne qui s'occupait des bêtes. Outre les tigres, il y avait des autruches, des lamas, des chimpanzés. Son nom était Benito et, contrairement aux autres hommes employés par Riojas, il ne semblait pas fou à lier. Il était zoologue de formation et lui expliqua que nourrir les tigres avec des poneys vivants n'était pas son idée. Leur jeter des bipèdes en pâture non plus.

Mais un boulot était un boulot.

Il la laissait regarder lorsqu'il leur jetait des morceaux de mouton ou de bétail fraîchement coupés, s'aventurant dans la cage avec une longue perche recourbée au bout de laquelle pendouillait le déjeuner du jour.

Claudia attendit que Riojas reparte pour l'un de ses nombreux voyages.

Une nuit, à trois heures du matin, elle se glissa hors de son lit, ouvrit le tiroir supérieur de sa commode, en tira des vêtements de rechange qu'elle enroula autour du couteau de cuisine qu'elle avait dérobé en le cachant dans son pantalon.

Elle avait déverrouillé l'une des baies vitrées du salon avant de se retirer. Elle l'entrouvrit suffisamment pour se couler à l'extérieur – ce qui n'était pas un mince exploit étant donné son ventre gonflé. Puis elle s'engagea sur l'herbe bleue.

Elle avait répété cette scène au moins une douzaine de fois.

Elle aurait pu se diriger les yeux fermés.

Elle longea la cage aux tigres jusqu'à la cabane de Benito.

Elle saisit les clés qui étaient accrochées à un clou tordu, retroussa sa manche jusqu'au coude, sortit le couteau et le plaça contre sa peau.

Elle épongea le sang au moyen des vêtements qu'elle avait pris dans le tiroir, s'approcha de la cage aux tigres, jeta les vêtements ensanglantés à travers les barreaux.

Puis elle se retourna et prit le sentier qui menait à la mer.

Elle gagnait du temps.

Ils découvriraient sa disparition le matin. Ils trouveraient les clés de la cage aux tigres dans la serrure. Comme si elle était entrée et avait refermé la porte derrière elle pour être sûre de ne plus pouvoir sortir. Au cas où le courage viendrait à lui manquer et où elle changerait d'avis. Ils découvriraient les vêtements ensanglantés, en lambeaux.

Ils appelleraient Riojas à Bogotá. Celui-ci repenserait à leur dernière nuit ensemble. Il se rappellerait leur conversation, ses sourires, ses rires, ses promesses sages, et il n'y verrait que mensonges. S'était-elle suicidée ? S'était-elle *vraiment* suicidée ?

Il finirait par connaître la vérité. Ils ne trouveraient aucun os broyé. Ils comprendraient la mascarade qu'elle avait mise en scène, et Riojas tiendrait alors sa promesse.

« Si jamais tu essaies de t'enfuir avec mon bébé, je vous traquerai et je vous tuerai. Tous les deux. Qu'importe le temps que ça prendra, qu'importe l'endroit où vous vous trouverez. Tu comprends ? »

Peut-être ces mots résonnaient-ils dans les oreilles de Claudia tandis qu'elle traversait la jungle cette nuit-là et descendait vers la mer. Comme elle se tapissait dans l'une des embarcations de pêche bercées par la mer et attendait que les pêcheurs arrivent tels des fantômes dans la lueur du petit matin…

Des pleurs de bébé. Joanna quitta l'hacienda, la cage aux tigres, la jungle, et revint brutalement à la réalité.

Joelle s'était réveillée.

C'était son rhume. Galina tendit la main, moucha Joelle et lui nettoya les yeux avec un mouchoir en papier. Joanna prit le biberon, lui plaça la tétine dans la bouche et la berça doucement. Bientôt les paupières de Joelle s'alourdirent, elle cligna des yeux, puis les ferma.

Galina se serrait la poitrine comme si elle était soudain morte de froid.

« Qu'est-ce qui s'est passé, Galina ? demanda Joelle. Qu'est-il arrivé à Claudia ? »

Galina passait ses journées vides à consciencieusement nourrir, baigner, poudrer les filles des autres.

Elle faisait le ménage, sans cesse, comme un rituel.

Elle avait découvert divers objets ayant appartenu à Claudia et les avait disposés en une espèce de sanctuaire. De vieilles cartes d'anniversaire. Des photos. Des lettres. Des bâtons d'encens à demi consumés. De petits bijoux généralement bon marché. Et elle faisait ce que les gens sont censés faire dans un sanctuaire. Elle priait pour un miracle.

Et parfois, ils surviennent.

Parfois, vous vous réveillez et revêtez la même robe vieillotte que la veille. Vous vous asseyez à la table de la cuisine et avalez sans enthousiasme un petit déjeuner composé de gâteaux de maïs rassis et de fruits, parce qu'il faut bien manger, même si vous n'avez pas d'appétit. Vous passez l'aspirateur sur une moquette que vous avez déjà suffisamment nettoyée pour l'user jusqu'à la trame. Vous époussetez chaque meuble de la maison. Vous faites à nouveau la vaisselle et lavez le sol. Puis vous vous rasseyez à la table de la cuisine parce que c'est l'heure du déjeuner.

Et parfois vous entendez un coup léger à la porte. Vous vous levez avec lassitude pour ouvrir, mais pas tout de suite, parce que vous espérez que la personne va s'en aller et vous fiche la paix. Mais comme elle insiste, vous êtes bien forcé de vous lever, de vous traîner jusqu'à la porte, de demander qui c'est.

Et vous entendez un murmure de l'autre côté. Quelque chose avec un *m*. Une voix qui vous dit vaguement quelque chose et qui semble toucher une lointaine partie de vous-même. Et vous demandez encore. *Qui est-ce ?*

Et maintenant le *m* vous parvient accompagné d'autres lettres. Il n'est plus orphelin. Vous comprenez soudain que la personne de l'autre côté de la porte ne vous dit pas son nom. Elle dit le vôtre. Mais ce nom-là, une seule personne au monde peut l'utiliser.

Votre cœur cesse de battre comme si un court-circuit se produisait en vous. Vous tournez le verrou d'une main tremblante. Vous ouvrez grand la porte et la personne murmure à nouveau.

« Maman… maman… maman. »

Et elle vous tombe entre les bras.

Ils lui trouvèrent un endroit où se cacher.

La Colombie était un grand pays.

Mais pas assez grand pour Riojas.

Tante Salma n'était pas une tante par le sang, mais par l'affection. C'était une célibataire qui avait été adoptée par la famille bien des années plus tôt et qui avait depuis toujours été présente pour les vacances, les confirmations et les enterrements. Elle vivait à Fortul, où Galina était née.

Ils y emmenèrent Claudia le lendemain.

Claudia les assura que Riojas ne connaissait pas son nom de famille. Tous les membres des FARC en changeaient pour éviter les représailles contre la famille.

Mais Galina savait que ça ne la protégerait qu'un temps. Claudia était d'une beauté saisissante et enceinte. Riojas passerait les provinces au crible pour la retrouver.

La joie de Galina était telle qu'elle ne remarqua rien. Du moins pas immédiatement. Certainement pas à la porte, quand elle la regarda à travers des yeux pleins de larmes, ni même à la table de la cuisine, où elles restèrent accrochées l'une à l'autre telles des survivantes après un naufrage.

Mais lorsqu'elles s'écartèrent finalement et qu'elle examina sa fille pour s'assurer qu'elle était indemne, elle vit une chose à laquelle elle ne s'attendait pas.

« Tu es enceinte. »

Deux ans plus tôt, Claudia aurait sans doute fait remarquer à sa mère qu'elle perdait son sens de l'observation. Elle se contenta d'acquiescer.

« De qui est-il ? »

Claudia lui expliqua. Elle n'en reparlerait plus jamais – juste cette unique fois. Elle prit les deux mains de Galina entre les siennes, parla lentement, doucement, calmement. Et elle fit bien de garder les mains de sa mère prisonnières, car Galina aurait voulu s'en servir. Pour taper sur quelque chose. Pour se couvrir les oreilles. Pour se les plaquer sur la bouche et étouffer ses hurlements. Une mère ne pouvait rester là à écouter ça. C'était intolérable.

À aucun moment elles n'évoquèrent la question de l'avortement.

Il était possible que la grossesse fût déjà trop avancée. Mais peut-être que ça n'était pas là le problème. Ça ne faisait tout simplement pas partie de leur éducation.

Tante Salma vivait près d'une ferme laitière en dehors de la ville. Claudia pourrait y vivre dans un isolement et un anonymat relatifs. Du moins pour un temps. Au moins jusqu'à la naissance du bébé.

Elles donnèrent juste assez d'explications à Salma pour lui faire comprendre la gravité de la situation et inventèrent une histoire pour toutes les autres personnes qui ne pourraient être évitées. Une histoire d'amour malheureuse. Une grossesse imprévue. Une jeune femme qui voulait qu'on la laisse tranquille avec la conséquence de ses mauvais choix.

Galina et son mari lui rendaient visite tous les quinze jours, prenant soin de partir tard le soir, de s'arrêter plusieurs fois en route pour s'assurer qu'aucun véhicule suspect ne les suivait. Y aller plus souvent aurait été risqué. Moins souvent, insupportable.

Avec l'aide d'une sage-femme métisse du coin, Claudia donna naissance à une petite fille.

Galina s'était demandé ce qu'elle éprouverait. Parviendrait-elle à accepter l'enfant comme sa petite-fille ? Lorsque la tête du bébé apparut, Galina reconnut Claudia dans le moindre de ses traits. Elle se sentit transportée dans le temps. Jusqu'à une chambre d'hôpital de Bogotá où se mêlaient les odeurs du sang, de l'alcool et du talc, où hurlait un bébé qui déjà semblait vouloir atteindre quelque chose qui était hors de sa portée.

On lui donna le nom de sa grand-mère paternelle. Sofía, la chanteuse de *vallenato*. Les quelques personnes autorisées à connaître son existence la langèrent, la baptisèrent, la couvrirent d'affection.

Pendant un temps, bref et fugace, Galina se détendit, s'abandonna aux joies nouvelles de sa condition de grand-mère. Lorsqu'elle se rendait à Fortul les mains pleines de jouets pour bébés, elle était comme n'importe quelle *abuela* rendant visite à sa petite-fille. Elle faisait comme si Claudia vivait à Fortul parce que son mari travaillait dans l'une des raffineries de la ville. Comme si Claudia ne rentrait jamais avec eux parce que son bébé n'était pas prêt à faire le voyage. Comme si elles restaient toujours à l'intérieur parce qu'il faisait un sale temps ou parce que Sofía était sensible au soleil.

Puis il devint impossible de faire semblant.

Un jour, Salma revint du marché le visage décomposé. Elle raconta à Claudia que des gens posaient des questions. Quelqu'un montrait même une photo. Claudia se rappela ses premiers jours de captivité, quand Riojas l'avait interrogée, quand il l'avait fait poser nue dans diverses positions pour l'humilier au maximum. Même à travers ses yeux au beurre noir, elle avait vu l'éclat des flashes illuminant l'obscurité telles des chandelles romaines.

Elles devaient aller ailleurs.

Ils contactèrent un autre membre de la famille et ne lui laissèrent pas le choix. Car ce n'était pas un choix.

Quiconque les cachait savait pertinemment qu'il se plaçait dans la ligne de feu. Une sorte de système *ad hoc* se développa. Claudia et Sofía faisaient la navette entre les divers membres de la famille qui étaient momentanément en mesure de ravaler leur peur et de leur fournir un refuge temporaire.

Il n'était pas facile pour Claudia d'être trimballée comme une personne indésirable. Mais c'était ce qu'elle était. Un fardeau, un boulet. Un boulet qui signifiait la mort. C'était peut-être ce que signifiait Claudia. Elle passait de quelques semaines à plusieurs mois dans chaque maison ou appartement avant de repartir. Habituellement en pleine nuit. Elle apprit à faire ses valises à la hâte, à n'emporter que le strict nécessaire pour se sentir à chaque nouvelle étape vaguement chez elle.

Lentement, la pression se relâcha. Les récits de paramilitaires à la recherche d'une belle jeune femme avec un bébé devinrent plus sporadiques, puis ils cessèrent complètement. Les séjours de Claudia s'allongèrent, la routine remplaça la peur. Sofía marchait désormais. Galina avait l'impression qu'elle avait appris du jour au lendemain car elle ne la voyait qu'à intervalles minutieusement espacés. Claudia aussi semblait grandir, retrouver des morceaux d'elle-même qui lui avaient été arrachés dans cette hacienda. Elle commençait à s'aventurer dehors avec sa fille dans son sillage, affublée de lunettes de soleil et d'un énorme chapeau de paille.

Galina l'accompagnait parfois dans ces promenades. Elle s'autorisait à croire que la vie retrouverait une sorte de normalité. Ça faisait maintenant quatre ans. Et si elles en croyaient les journaux, Riojas avait amplement de quoi s'occuper sur d'autres fronts. On menaçait de l'extrader vers les États-Unis pour trafic de stupéfiants. Il avait peut-être oublié Claudia. Il les avait peut-être oubliées toutes les deux. Peut-être n'en avait-il plus rien à faire.

Lorsqu'elles déambulaient toutes les trois, main dans la main, s'amusant à soulever Sofía par les deux bras pour lui faire escalader les trottoirs, on aurait facilement pu s'imaginer que c'était bel et bien le cas.

Galina comprit plus tard que c'était précisément ce qu'il voulait leur faire croire. Pour qu'elles commencent à se dire que la chasse avait pris fin. Pour qu'elles soient moins prudentes, voire franchement imprudentes. Pour qu'elles cessent de se méfier à chaque coin de rue.

Galina ne sut comment ça s'était passé.

Du moins pas exactement. Et elle ne le saurait jamais. Elle serait forcée de l'imaginer, ce qui était pire que savoir. Car l'imagination peut faire surgir les pires cauchemars.

Quelqu'un avait repéré Claudia. Ça, elle le savait.

Galina reçut un coup de téléphone paniqué de sa fille. Ou plutôt, c'est son répondeur qui le reçut. Pour le restant de ses jours, elle s'en voudrait d'être allée faire des courses ce jour-là. D'avoir ouvert le réfrigérateur et de s'être dit qu'ils avaient besoin de quelque chose à manger. Elle aurait des heures et des jours et des semaines et des années pour imaginer ce qu'on avait fait à sa fille pendant qu'elle accomplissait une tâche banale de la vie quotidienne. Pour se poser une seule question : si elle avait été chez elle au moment où Claudia avait téléphoné, aurait-elle pu la sauver ?

Lorsque Galina rentra chez elle, lorsqu'elle appuya négligemment sur le bouton du répondeur et entendit la voix manifestement terrifiée de sa fille, elle comprit qu'il était déjà trop tard.

Elle réprima son sentiment de panique, fit ce que l'on est censé faire lorsque quelqu'un vous appelle. Rappeler. C'est l'oncle de Claudia – celui chez qui elle venait de passer les quatre derniers mois – qui répondit. Il expliqua qu'il ne savait pas où elle était. Ni où était sa fille. Elles avaient dû partir se promener.

« Quelqu'un m'a vue sur le marché. » Tels étaient les mots qu'avait murmurés Claudia au téléphone.

Elle n'avait pas attendu que son oncle rentre à la maison. Par instinct de conservation, ou pour le protéger lui, elle s'était enfuie avec Sofía. Ils remarquèrent plus tard que certains de ses effets avaient disparu. Pas tous : certains des vêtements de Sofía et une photo les représentant toutes les trois – la grand-mère, la mère et le bébé – qu'elle était parvenue à trimballer d'un refuge à l'autre.

Claudia s'était fait repérer sur le marché et, dans la panique, elle avait appelé la personne en qui elle avait le plus confiance au monde.

Mais Galina n'était pas là. Elle faisait des courses.

Claudia avait décidé de s'enfuir immédiatement.

Après ça, qui sait ?

Après ça, il vous reste les rapports cliniques de la police et quelques témoins oculaires qui peuvent avoir vu quelque chose ou non.

Mais surtout, il vous reste le corps.

On la retrouva à l'orée d'un bidonville.

Personne ne put tout d'abord l'identifier. Elle n'était plus qu'un amalgame de chair et d'os, un puzzle que deux pathologistes de la police mirent une semaine entière à reconstituer avant de simplement proclamer qu'il s'agissait d'une femme. Ils étaient sûrs d'une chose : ce qui lui avait été fait avait exigé du temps et de la patience. Ils avaient trouvé des traces de corde autour de son cou… ou plutôt, de ce qui avait été son cou. Elle était recouverte de brûlures d'acide. *Chaque centimètre de sa peau.* C'était ce que disait le rapport de police. Il était censé rester confidentiel par égard pour la famille, mais une fuite était parvenue à un journal, et l'information avait fait l'objet d'un petit article sur la page météo. Elle avait été brûlée et mutilée. Le rapport ne disait pas si elle était consciente ou non durant son supplice.

Il ne disait pas non plus à Galina qui en était l'auteur.

C'était un meurtre non élucidé de plus. À ajouter aux milliers d'autres meurtres non élucidés commis en Colombie.

Riojas y avait-il assisté en personne ?

Avait-il reçu un autre coup de fil au milieu d'un dîner, puis chuchoté calmement à l'oreille de sa femme qu'il avait une affaire urgente à régler ? Avait-il souri et retroussé ses manches avant de s'approcher d'une Claudia ligotée et terrifiée comme il l'avait fait quatre ans plus tôt ? Impossible de l'affirmer.

Mais Galina était persuadée qu'il était là.

Quand elle se représentait la scène, comme elle le faisait encore et encore, assommée par l'alcool, gavée des pilules qu'elle se procurait avec peine auprès de divers médecins, Riojas était toujours là. Brandissant le couteau. Versant l'acide. Étranglant sa fille.

Il était toujours là.

Lorsque Galina eut fini, Joanna ne trouva rien à dire. Elle resta silencieuse, abasourdie.

Ce n'est que lorsque Galina se leva pour partir, lorsqu'elle murmura au revoir et se tourna vers la porte, que Joanna s'aperçut qu'il manquait un élément au récit.

« Sofía ? demanda-t-elle avec hésitation car elle craignait d'entendre la réponse de Galina. Qu'est-il arrivé à votre petite-fille ? »

Galina s'arrêta juste avant la porte.

« Morte, répondit-elle sans se retourner. Comme sa mère. »

Il y avait d'autres questions, surtout : comment leur mort avait-elle mené Galina à rejoindre les FARC ? Mais Joanna ne demanda rien. En se creusant la tête, elle parviendrait sans doute à remplir les blancs toute seule.

Après le départ de Galina, Joanna s'étendit sur le sol et replia son corps autour de sa fille, comme pour la protéger d'un danger mortel.

37

VU DE L'EXTÉRIEUR, ÇA RESSEMBLAIT à un dépôt de taxis. « APPELEZ UN TAXI », était-il écrit en grosses lettres capitales jaunes.

Mais ça n'en était visiblement pas un.

D'une part, il n'y avait pas de taxis à l'intérieur. Pas de chauffeurs non plus.

Il y avait des couloirs sombres qui ne semblaient mener nulle part et une grande pièce dont le sol était moucheté de légères taches d'huile. Ç'avait pu être un dépôt de taxis autrefois, mais plus maintenant.

C'était l'endroit où l'ornithologue l'avait mené.

L'homme l'avait escorté hors de son appartement en lui tenant le bras, puis il l'avait poussé dans une voiture aux vitres teintées conduite par un chauffeur sans visage. Le Queens, avait pensé Paul – cette zone mal définie que les habitants de Manhattan traversent lorsqu'ils se dirigent vers le West End, ne s'y arrêtant que pour prendre de l'essence ou assister à l'occasion à un match des Mets.

« Vous n'êtes pas ornithologue, lui avait dit Paul au cours du trajet.

— Non, avait répondu l'homme. Je n'observe pas les oiseaux, mais d'autres choses. »

Paul mit un temps à comprendre qu'il subissait un interrogatoire.

Ils lui posaient des questions, et de toute évidence il leur répondait. Car oui, ils étaient deux. Au bout d'un moment, il s'aperçut qu'il y en avait toujours un qui se postait juste derrière lui de manière à être invisible – ils échangeaient leur place tels deux joueurs de beach-volley alternant entre la ligne de service et le filet. Il se demanda si c'était une tactique censée l'effrayer. Que pouvait fabriquer celui qui se cachait derrière lui ? Si tel était le cas, il leur aurait volontiers dit que ce n'était pas la peine de se donner tant de mal. Effrayé, il l'était déjà bien assez comme ça.

Quand ils étaient arrivés au dépôt, l'ornithologue avait enfilé un blouson de vinyle bleu. Non, « enfiler » n'était pas le bon mot. Il s'était enveloppé dedans, tel un vainqueur du tournoi des Masters exhibant sa veste verte.

Les lettres DEA se détachaient sur le blouson en lettres blanches de quinze centimètres de haut. Paul supposa que l'acronyme servait juste à les identifier lorsqu'ils défonçaient la porte de quelque appartement miteux de Spanish Harlem. De toute évidence, l'ornithologue n'avait pas jugé nécessaire d'annoncer son affiliation lorsqu'il avait fait irruption dans l'appartement de Paul dans l'Upper West Side.

« Vous savez ce que veulent dire ces lettres, Paul ? demanda l'ornithologue.

— Oui, répondit-il. *Drug Enforcement Agency* [1].

— Faux.

— D… E…

— Faux.

— Je croyais que DEA voulait dire…

— Faux. Ces lettres signifient : “Paul est dans la merde ». »

Oui, pensa Paul, OK.

« Est-ce que je peux appeler un…

— Vous savez pourquoi ces lettres veulent dire ça, Paul ? interrompit l'ornithologue. Pouvez-vous deviner ?

— Non. Oui.

— C'est non ou c'est oui ?

— Excusez-moi. Puis-je appeler un avocat ?

— Bien sûr que vous pouvez appeler un avocat. Que diriez-vous de Miles Goldstein ? Il est avocat, pas vrai ? »

Paul ne répondit rien. L'homme avait ôté ses lunettes, le dernier accessoire qui lui restait de son déguisement d'ornithologue paisible et érudit.

« J'observe d'autres choses. »

« Paul, je vous ai posé une question. Peut-être ne comprenez-vous pas comment fonctionne un interrogatoire. C'est bon, je vais vous expliquer. Nous posons les questions. Vous répondez. C'est on ne peut plus simple. Qu'est-ce que vous en pensez – j'ai été clair ? »

Paul acquiesça.

1. Équivalent américain de la Brigade des stupéfiants. *(N.d.T.)*

« Super. Formidable. Donc, qu'est-ce que je vous ai demandé tout à l'heure ? Hé, Tom, tu te souviens de ce que j'ai demandé à Paul ? »

Il s'adressait à l'homme qui se tenait derrière lui. Paul voulut lui jeter un coup d'œil, mais il sentit immédiatement la main puissante de l'homme sur son épaule qui l'empêcha de se retourner.

« Tu lui as demandé si Miles Goldstein était avocat, dit Tom.

— Oui, répondit Paul. Il est avocat.

— Faux, intervint l'ornithologue.

— Nous nous sommes adressés à lui pour...

— Faux. Miles Goldstein n'est pas avocat. »

Paul haussa les épaules, bafouilla. Il avait l'impression d'être l'étudiant idiot sur lequel on s'acharnait et qui était incapable de deviner la bonne réponse.

« Miles Goldstein *était* avocat. Et qu'était-il d'autre ? À part un enfoiré de Juif. Vous pensez que les Juifs ont infiltré les allées du pouvoir, Paul ? Vous pensez qu'ils ont mis la main sur notre politique étrangère ? Qu'ils se sont approprié les banques, ont corrompu nos entreprises, pollué notre sang ? C'est ce que vous pensez, Paul ?

— Non.

— Non ? C'est bon, Paul – ça reste entre nous. Vous pouvez me dire – certains de vos meilleurs amis sont juifs, bla-bla-bla... mais allez, vous n'allez pas me dire que vous ne les maudissez pas chaque fois que vous ouvrez le journal. Vous croyez qu'Oussama Ben Laden a choisi *Jew York* [1] parce qu'il déteste les Yankees ?

1. Jeu de mots sur *Jew* (Juif) et *New York*. *(N.d.T.)*

— Je n'en sais rien.

— Ça, bien sûr que vous n'en savez rien. Mais vous pouvez le deviner. Vous pouvez avoir un soupçon inavoué. Allez, Paul : les Juifs – oui ou non ?

— Non », répondit Paul, cédant à la pression.

Il voulait que l'ornithologue lui sourie, qu'il lui donne une tape dans le dos, qu'il lui dise qu'il était heureux de le rencontrer. Il voulait sortir de ce dépôt et sauver sa femme.

Il reçut un coup à la nuque et son visage percuta la table. Il se releva, crachant du sang.

« Paul. Paul… » L'ornithologue secoua lentement la tête, mais son image devenait de plus en plus floue. Les yeux de Paul s'emplissaient de larmes. « Vous me surprenez. Tom est juif. Vous l'avez profondément offensé. Pourquoi vouloir insulter Tom comme ça ? »

Paul essaya de lui dire qu'il n'en avait pas l'intention, qu'il essayait juste de leur être agréable. Il avait trop mal pour parler. Son engourdissement initial avait laissé place à une douleur cuisante, insoutenable. Des gouttes de sang épaisses coulaient sur la table.

« Essayez de ne pas nous offenser à partir de maintenant, Paul. C'est juste un conseil, OK ? D'ami à ami. Moi, je suis du genre calme, mais il y a eu plus de plaintes pour violences déposées contre Tom que contre toute la police de Los Angeles. Maintenant, où en étions-nous ? Miles Goldstein, qu'était-il d'autre ? »

Il tendit un mouchoir en papier à Paul, puis attendit patiemment que Paul ait essuyé suffisamment de sang de sa bouche pour répondre.

« Je ne sais pas, murmura Paul. C'était une sorte de dealer, je crois.

— Vous croyez ? »

L'ornithologue sourit, mais ce n'était pas le genre de sourire qu'espérait Paul. Non.

« Oui, Miles Goldstein était dealer. Vous avez raison. Absolument. Et qui faisait le sale boulot pour lui ? Qui étaient ses coursiers ? »

Moi.

« Vraiment, je veux appeler mon avocat, dit Paul.

— Vraiment. Vous voulez vraiment ?

— Oui.

— Non.

— Vous n'avez... Je suis censé avoir droit à un coup de téléphone. Vous ne m'avez pas lu mes droits.

— Il y a une raison à ça, Paul.

— Quelle raison ?

— Vous n'en avez pas.

— Quoi ?

— Vous voyez, on pourrait vous lire vos droits, mais vous n'en avez aucun. D'où sortez-vous ? Nous vivons l'ère Giuliani.

— Je ne suis pas un terroriste, rétorqua Paul.

— Non, Paul, vous n'êtes pas un terroriste. Mais vous êtes une mule. Vous êtes un *culero*. Vous faites des livraisons avec votre cul. Nous savons ce que vous êtes. Mais Goldstein était copain avec ces petits malins de gauchos fanas du Che. Vous savez, les FARC sont désignées par le gouvernement fédéral comme une « organisation terroriste ». Eh oui, elles sont sur la liste, la même qui comporte Oussama et le Hezbollah. C'est pour ça qu'on envoie en Colombie ces fêlés des Forces spéciales et du matos vraiment cool. Alors si Goldstein faisait du business avec des terroristes et que vous faisiez du business avec Goldstein, eh bien, ça fait de vous… voyons voir, qu'est-ce que ça fait de lui, Tom ?

— Ça fait qu'il tombe sous le coup des nouvelles lois de sécurité nationale. Ou, comme on aime dire, qu'il est bien baisé par Ridge [1].

— Oui, confirma l'ornithologue, c'est à peu près ça. Non, Paul, vous n'avez pas droit à un coup de téléphone. Vous n'avez pas droit à un avocat. Vous n'avez pas droit à trois repas chauds et à une clope. Vous n'avez même pas le droit de sortir d'ici. Pas tant qu'on ne vous y aura pas autorisé. Et puisqu'on en est à parler de la situation merdique dans laquelle vous êtes, j'aimerais savoir comment ça se fait que Miles et vous soyez entrés ensemble dans son bureau de Williamsburg, mais que vous seul en soyez ressorti. »

Ils l'enfermèrent dans une cellule qui n'en était pas vraiment une.

Elle ne comportait ni toilettes ni lavabo. Contrairement à la pièce où il avait été enfermé en Colombie, elle ne comportait pas de lit. C'était juste un espace

1. Allusion à Tom Ridge, nommé ministre de la Sécurité intérieure après les attentats du 11 septembre 2001. *(N.d.T.)*

vide circonscrit par des murs nus et une porte métallique qui semblait avoir été récemment installée.

S'il voulait dormir – et Dieu sait qu'il en avait envie – il allait devoir s'allonger à même le sol de ciment.

Il essaya, s'étendit sur le dos et fixa du regard une ampoule qui apparemment ne s'éteignait jamais. Elle était enfermée dans une cage de métal pour qu'il ne puisse pas la casser, l'utiliser comme arme, même contre lui-même. Pas de suicide ici.

Avant de le balancer dans la cellule, ils l'avaient harcelé de questions auxquelles il avait tenté de répondre dans la mesure du possible. Mais il avait surtout essayé de leur expliquer ce qui était arrivé. L'enlèvement à Bogotá, l'affreuse situation dans laquelle il s'était retrouvé, forcé de choisir entre sa femme et sa fille ou transgresser six lois différentes relatives au trafic de drogue.

Il n'arrivait pas à savoir s'ils le croyaient ou s'ils pensaient qu'il inventait tout.

Ils lui avaient posé de nombreuses questions sur Miles. Puis ils avaient soudain sauté du coq à l'âne : à quelle école était-il allé ? En quoi consistait le métier d'actuaire ? Pour quelle société travaillait Joanna ?

Chaque fois qu'ils mentionnaient le nom de sa femme, il ressentait une douleur sourde au milieu de la poitrine. Tout ce qu'il avait fait, il l'avait fait pour elles. Jo et Jo. Mais il ne semblait toujours pas sur le point de les faire libérer. Elles s'éloignaient de plus en plus. C'était comme s'il les hissait le long d'un flanc de montagne, comme s'il y mettait toutes ses forces, mais que la corde lui glissait sans cesse entre les mains, les faisant retomber toujours plus bas.

Après qu'il eut passé quelques heures dans la cellule, l'ornithologue revint le chercher.

Tom avait disparu.

« Vous savez ce qui me fout vraiment en rogne, Paul ? » demanda l'ornithologue.

Il tirait de profondes bouffées d'une Winston, gardant la fumée dans ses poumons jusqu'à ce que la petite veine sur son front se mette à palpiter, puis il exhalait un léger filet bleu.

« Non, répondit Paul.

— C'était une question rhétorique, Paul. J'apprécie que vous saisissiez enfin le fonctionnement d'un interrogatoire, mais je n'attendais pas de réponse. Ce qui me fout vraiment en rogne, ce qui me reste en travers de la gorge, c'est que ça fait un an et demi que je bosse sur ce connard, et maintenant il est mort. C'est comme un coït interrompu au pire moment. J'ai les couilles bleues, grosses comme des pamplemousses. Vous savez l'effet que ça fait ? »

Cette fois, Paul resta silencieux.

« Ce n'est pas agréable, Paul. Ça fait mal. Et tout ce qui me reste, c'est un tas de miles sur American Airlines que je vais devoir mettre dans le fonds commun de l'agence. Incroyable, non ? Tous ces voyages barbants jusqu'à Bogotá à regarder sur un écran Bruce Tout-Puissant assis à côté de sacs à merde de votre acabit, et tout ce que je gagne, c'est un voyage à San Juan à Noël prochain – si j'ai de la veine. Et je ne me sens vraiment pas en veine. Enfin quoi, un an et demi et tout ce qui me reste, c'est vous. Le dernier passager du Goldstein Express. »

Paul avait été le dernier d'une longue liste, expliqua l'ornithologue. Il lui avait fallu longtemps pour comprendre comment ça fonctionnait. Il avait patiemment suivi la piste de l'argent. Les allers-retours entre Goldstein et la Colombie. Il était si près de boucler l'affaire, *si* près, et alors…

« Qu'est-ce qui s'est passé dans cette maison ? Désaccord financier ? Dispute contractuelle ?

— Je vous l'ai dit, répondit Paul. Il s'est suicidé.

— Peut-être. Seulement, je suis tenté de ne pas vous croire. Malheureusement pour vous, je vais tout vous coller sur le dos. Ça craint, pas vrai ? J'exige mon dû, et vous ferez l'affaire. Vous dites qu'il s'est suicidé ? Peut-être. Peut-être pas. Peut-être que je n'en ai rien à foutre.

— Je n'arrête pas de vous le dire, ils nous ont kidnappés. Miles nous a tendu un piège avec un chauffeur. Et une nourrice… Galina. Elle a échangé les bébés, et quand nous sommes allés lui demander des explications… »

Paul s'interrompit. Tout ça semblait à coucher dehors, même à ses oreilles. Et l'ornithologue ne semblait pas d'humeur à entendre une histoire accordant à Paul ne serait-ce qu'une once d'innocence. Il alluma une autre cigarette et regarda dans le vide.

Et Paul avait une autre raison de s'interrompre.

Des graffitis avaient été gravés au canif dans la table. Quelques épithètes grossières, deux dessins obscènes, et un cœur fendu en deux.

Paul regardait la lettre gravée dans la plus grosse moitié du cœur déchiré.

C'était un *R*.

Cela lui rappela quelque chose.

Les lettres de Galina. Et la petite-fille qu'elle était déterminée à protéger à tout prix.

Son père la cherche. Il ne cessera que lorsqu'il l'aura trouvée. Comme vous le savez, R. a le pouvoir et les moyens d'arriver à ses fins.

R.

Et Paul comprit enfin.

38

Un « arbre de défaillance ». Les gars du service d'expertise des sinistres appelaient ça ainsi.

Quand la tragédie frappait, que quelque chose était perdu, qu'un bâtiment partait en flammes, qu'un avion tombait du ciel, qu'un pont s'affaissait dans une rivière – il fallait répartir les responsabilités.

Alors ils travaillaient à rebours.

Ils créaient un arbre de défaillance.

Ils commençaient par les brindilles – tous les petits faits qu'ils connaissaient, sans exception. Puis ils essayaient d'établir lesquelles remontaient jusqu'aux branches. Puis jusqu'au tronc. Avec un peu de chance, en travaillant consciencieusement et en prenant leur temps, ils parvenaient jusqu'aux racines.

Paul n'avait pas grand-chose à faire dans sa cellule si ce n'était débroussailler, tenter de démêler les branches, et rassembler toutes les pièces.

Et c'est ce qu'il faisait.

Il coupait, élaguait, sciait, brisait, et au bout du compte, il créait un arbre.

Tout commençait par la nourrice colombienne.

Elle aidait les couples américains qui inondaient son pays afin de fonder une famille. En réalité, c'était une brave femme, quelqu'un qui savait ce que ça faisait de vouloir désespérément une famille, parce qu'elle en avait jadis eu une, du moins avait-elle eu une fille, qui peut-être avait beaucoup ressemblé à Joelle.

La nourrice colombienne travaillait pour un avocat américain. Peut-être pas tout le temps, mais souvent. Un avocat spécialiste de l'adoption qui envoyait des couples ayant tout essayé hormis l'enlèvement d'enfant dans un pays dont la première exportation était la cocaïne, la seconde, le café, et la troisième, les enfants. Un pays où les enlèvements non désirés étaient à peu près aussi nombreux que les enfants non désirés.

Cet avocat avait rejeté le droit fiscal ou le droit des sociétés pour se lancer dans l'aide juridictionnelle, mais ses désillusions avaient fini par le pousser vers les adoptions en pays étranger. Il mettait en relation des bébés dans le besoin et des familles dans le besoin, et il pouvait se féliciter tout en gagnant confortablement sa vie.

Mais ça n'était pas assez.

Un jour il avait décroché son téléphone et un pronostiqueur lui avait chuchoté quelque chose à l'oreille. Et il était parti pour le champ de courses, ou pour le court en dur, ou le stade avec un toit en dôme, le terrain de base-ball, la patinoire de hockey, autant d'endroits où des hommes en uniforme jouaient pour l'appât du gain, pour le plaisir des fans, pour le délire mais surtout la douleur des parieurs.

Dans le cas de l'avocat, ç'avait été de la douleur.

C'était un homme respectable avec une vilaine dépendance. Et une dette qui enflait dangereusement. Il devait de l'argent aux mauvaises personnes.

Retour à la nourrice de Bogotá.

Sa fille avait eu une fille avec quelqu'un.

Appelons-le R.

Imaginons qu'il ait été une personne peu fréquentable, le genre de type que vous ne voudriez pas voir votre fille ramener chez vous. Quelqu'un de mauvais et de dangereux. Voire un criminel.

Assurément un criminel.

J'ai à un moment cru que ma fille était tirée de ses griffes. Je me trompais.

Quelque chose était arrivé à la fille de la nourrice.

Elle avait été assassinée, kidnappée, on l'avait fait disparaître... *Quelque chose*, car soudain, il n'était plus resté que la nourrice et sa petite-fille. La fille n'était plus là, certes, mais la petite-fille avait survécu.

Seulement il y avait un problème.

Son père la cherche. Il ne cessera que lorsqu'il l'aura trouvée. Comme vous le savez, R. a le pouvoir et les moyens d'arriver à ses fins.

La nourrice devait agir. Vite.

Elle devait éloigner sa petite-fille de R., et la seule façon d'y parvenir était de lui faire quitter le pays.

Comment ?

En s'adressant à la seule personne qui pouvait l'aider. La seule personne qui savait comment faire sortir des enfants du pays puisque, après tout, c'était comme ça qu'il gagnait sa vie. Elle avait demandé de l'aide à l'avocat des adoptions. Un enfant colombien de plus avait besoin de gagner *el Norte*.

Mais cet enfant était différent. Sa tête était mise à prix. Bizarrement, la tête de l'avocat aussi était mise à prix. Tout cet argent qu'il devait aux mauvaises personnes – les Russes aux dents jaunes et aux bras barrés de tatouages *CCCP*.

Bien sûr, avait-il écrit, je vais vous aider. Vous vous êtes adressée à la bonne personne. Pas de problème.

Juste une petite condition.

L'argent.

Pas les honoraires habituels. Non.

Suffisamment pour le débarrasser des Moscovites et lui permettre de continuer d'engraisser tous ces pronostiqueurs professionnels. Un sacré paquet de fric. Et alors, il lui avait expliqué comment l'obtenir.

Voici le marché, avait-il dit à la nourrice. Voici comment nous allons procéder.

Je vous envoie des couples qui cherchent à adopter, exactement comme avant. De temps à autre – pas chaque fois, pas même une fois sur deux, juste de temps à autre – l'un de ces couples aura le malheur d'être kidnappé. C'est un problème endémique dans votre pays, n'est-ce pas ? Que peut y faire un avocat ?

Qui va les kidnapper ?

Ces marxistes dans les collines, ceux qui ont fait de l'enlèvement le premier sport national avant le football.

Et qu'allaient faire les FARC de ces couples kidnappés ? Facile. Tout le monde savait que les

FARC se finançaient à l'ancienne – en *gagnant* leur argent. Comment ? En vendant et en trafiquant de la cocaïne colombienne pure, non coupée.

Les *mules* étaient leur méthode privilégiée pour faire transiter la drogue, mais les agents des douanes américaines devaient être entraînés à les repérer à cent mètres. Colombiens, pauvres, à l'allure louche. Pour deux mules qui passaient, une se faisait pincer, vider le bide, et retour à la maison.

Et si ces mules pouvaient être de bons Américains de la classe moyenne, des gens en tout point respectables ? Qu'est-ce qui se passerait ? Si les malheureux maris pouvaient être forcés de franchir la douane avec des millions de dollars de cocaïne dans le ventre pour sauver leur femme et leur enfant ?

La nourrice n'avait qu'à proposer cette idée, cette trouvaille de pur génie, aux FARC. Oh, oui, et participer ici et là aux enlèvements. C'était tout.

Tout le monde verrait son désir le plus cher exaucé. La nourrice pourrait mettre sa petite-fille à l'abri. Les FARC auraient un pipeline infaillible jusqu'à New York. Et l'avocat ? Il aurait suffisamment d'argent pour que les Russes lui foutent la paix, et il pourrait miser sur les paris en handicap *et* sur les points.

Celui qui sauve un enfant sauve son cul.

Et ça avait fonctionné un temps. Un bon bout de temps même, à en croire l'ancienneté des lettres.

Puis il était arrivé quelque chose.

Paul. Le super actuaire qui passait sa vie à calculer des probabilités mais n'avait jamais songé à celle que la nourrice quitte l'hôtel avec un bébé puis revienne avec un autre. « Le dernier passager du Goldstein Express. »

Idéalement dupé, dopé, et déposé devant un repaire de dealers parti en fumée. Puis pratiquement grillé à feu doux dans les marais du New Jersey.

Comment était-ce arrivé ?

Qu'avait dit l'avocat avant de se liquider ?

« Ce sont ces connards armés d'Uzi et de kérosène qui m'inquiètent. »

« Ils commencent à comprendre. Ils resserrent leur étau. »

Et plus tôt, après l'incendie du marais, quand Paul lui avait demandé qui étaient les hommes qui avaient failli les assassiner ?

« Ces cinglés de paramilitaires d'extrême droite. Manuel Riojas, avait-il dit. Il est en prison. Mais pas eux. »

Et qu'avait écrit la nourrice dans cette lettre ?

Il ne cessera que lorsqu'il l'aura trouvée. R. a le pouvoir et les moyens d'arriver à ses fins.

Ils semblaient parler de deux personnes différentes.

Mais peut-être pas.

Miles était suffisamment terrifié pour se coller un pistolet sur le crâne et se faire sauter la cervelle.

Galina était suffisamment terrifiée pour envoyer sa petite-fille dans un pays étranger et ne jamais la revoir.

L'une avait peur de R. L'autre, de Riojas.

Ce *R* n'était pas seulement gravé sur une table dans un dépôt désaffecté, il l'était aussi sur le tronc de l'arbre de défaillance. Paul avait compris.

R signifiait Riojas.

Il avait le pouvoir et les moyens de retrouver sa fille et, lentement mais sûrement, c'est ce qu'il faisait. Ces hommes dans le marais ne cherchaient ni drogue ni argent – ou, pas seulement de la drogue et de l'argent. Ils cherchaient la fille de quelqu'un. Ils comprenaient de quoi il retournait. Ils resserraient leur étau.

Et il était là, dans toute son affreuse gloire, l'arbre de défaillance.

Mais en le regardant, Paul se dit qu'il pourrait peut-être l'utiliser pour se protéger de la tourmente. Et aussi protéger Joanna et Joelle.

Juste une question.

La petite fille que l'avocat avait promis d'adopter comme si c'était sa propre fille. La petite-fille de Galina.

Où était-elle ?

39

L'ORNITHOLOGUE MORDIT À L'HAMEÇON.

Paul lui proposait d'observer un oiseau très rare. Du moins sa progéniture insaisissable. Il proposait de le mener au nid.

« C'est une histoire intéressante, commenta l'ornithologue. Où la classeriez-vous ? Fiction ou non-fiction ? Science-fiction, peut-être. »

Paul voyait qu'il était plus intéressé qu'il ne le montrait. D'une part, il avait replacé dans son paquet froissé la cigarette qu'il était sur le point d'allumer. Puis il s'était redressé et avait regardé Paul comme s'il valait enfin la peine qu'on pose un œil sur lui.

« D'un autre côté, j'avoue que vous me donnez presque envie de croire à ces invraisemblances, dit-il. Bien sûr, le cas de Manuel Riojas ne me regarde pas. Son dossier est clos. Il croupit dans une prison fédérale sous surveillance maximale vingt-quatre heures sur vingt-quatre. Alors je vous le demande, pourquoi j'en aurais quelque chose à foutre ?

— Parce que Riojas est peut-être en prison, mais pas ses hommes, répondit Paul, répétant les paroles d'un certain avocat désormais décédé. Ils ont tué deux hommes dans le New Jersey.

— Des Colombiens de merde, tout comme eux. Donc je vous le redemande. Qu'est-ce que vous voulez que ça me foute ?

— Parce que s'il y a toujours des hommes qui tuent pour lui, ça signifie qu'il continue de trafiquer de la drogue. Du moins ses hommes. Votre boulot n'est-il pas de les en empêcher ? »

Faire la morale à son geôlier pour le remettre sur le droit chemin pouvait être un renversement des rôles dangereux. Il s'attendait qu'on lui écrase de nouveau la tête sur la table d'un instant à l'autre. Mais Tom était toujours absent, et Paul ne sentait aucune présence derrière lui.

« Eh bien, c'est un sujet dont on peut débattre, Paul. La nature de mon boulot consiste normalement à faire ce que le gouvernement américain décide. Pour le moment, mon problème, c'est Miles Goldstein, ce qui signifie que mon problème, du moins ce qu'il en reste, c'est vous. Pas Manuel Riojas. J'admets qu'il est beaucoup plus sexy que vous. Mais ça ne signifie pas que je peux jouer aux cow-boys et lui sauter dessus tout seul. Imaginez l'effet que ça aurait sur notre structure interne si nous décidions tous de faire ce qui nous chante. Imaginez toutes les paperasseries qui s'ensuivraient.

— Riojas est toujours en attente de jugement. Sa fille vous serait précieuse.

— Peut-être. S'il y a vraiment une fille. Ce qui, regardons les choses en face, Paul, est plutôt discutable. Mais je l'avoue... je suis intrigué.

Sincèrement. Les *bandidos* de Riojas ne font pas partie de mon champ d'investigation, mais si ce que vous dites est vrai, ils m'ont gêné dans mon enquête. Ils ont tout foutu par terre – ce qui, pourrait-on dire, les place dans mon champ d'investigation. Je peux donc peut-être prendre sur moi d'élargir mon filet. Peut-être. Je ne vois toujours pas quel impact cela aura sur votre situation.

— Je peux vous aider.

— C'est ce que vous dites. Comment ?

— Je suis la dernière personne à avoir vu Miles vivant.

— Félicitations. Qu'est-ce que ça peut foutre ?

— Rachel, sa femme, semble être quelqu'un de tout à fait convenable. Je ne crois pas qu'elle soit au courant.

— Au courant de quoi ?

— De ce qu'il a fait. Du marché qu'il a conclu avec Galina. La drogue, les enlèvements. La fille.

— Soit, OK. Mais dans la mesure où elle ne sait rien… ?

— Elle sait forcément quelque chose. Elle ne sait probablement pas ce que ça signifie. Mais elle me parlera. Elle voudra savoir ce que Miles a dit avant de se suicider.

— Puisqu'on en parle, qu'a dit Miles avant de se suicider ?

— Il a dit ce que j'aurai décidé… Ce qui me permettra d'obtenir de Rachel qu'elle me mène dans la bonne direction. Jusqu'à la fille. Jusqu'au fric que Miles a pu mettre de côté.

— Paul, vous avez le cœur perfide d'un agent de la DEA. Qui l'eût cru ? Récapitulons. Vous voulez que je vous relâche pour sonder la pauvre veuve. Et qu'attendez-vous du gouvernement en échange de votre générosité ?

— Pas de poursuites. Et vous m'aidez à récupérer ma femme et ma fille. »

Voilà. C'était sa chance, son ultime grand espoir.

« Désolé. Je crois que vous oubliez votre statut actuel d'homme sans état. Disons, néanmoins, que les charges seront revues. Disons que toute aide fournie par un accusé détenu dans le cadre du Patriot Act sera largement prise en considération. Que tous les moyens de faire libérer la femme et le bébé de l'accusé par les voies normales seront utilisés. »

Paul ne pouvait espérer mieux.

Il accepta.

Shiv'ah.

La période de deuil dans le judaïsme.

Divers membres de la communauté orthodoxe entraient dans la maison de Miles en un flot noir ininterrompu, telles des fourmis ramenant des miettes à la reine. Des miettes de respect, de condoléances, et de gâteaux pour le café.

L'ornithologue avait fouillé dans les placards de Paul et lui avait trouvé un costume noir adapté aux circonstances. Il ressemblait à n'importe quel type en deuil.

La première chose qu'il remarqua en franchissant la porte fut l'odeur. L'odeur qui flotte lorsque trop de gens sont entassés dans une pièce trop petite. Il n'y avait pas d'air conditionné – peut-être était-ce considéré comme irrespectueux envers le mort. Il y avait déjà suffisamment d'irrespect comme ça. Paul sentait un profond malaise dans la pièce, aussi palpable et désagréable que la chaleur. « Vous savez quel est le pire péché dans le judaïsme orthodoxe, Paul ? »

Oui, Miles, maintenant, je le sais.

Paul se laissa pousser en avant, se fit lentement aspirer par une mer étouffante d'habits noirs.

Il se retrouva devant trois chaises en bois sans dossier sur lesquelles était assis le reste de la famille de Miles. Ses deux fils arborant des costumes noirs et des kippas encore plus noires, raides, les lèvres serrées comme s'ils avaient voulu être n'importe où sauf en cet endroit. Et Rachel, qui acceptait tête baissée les condoléances qu'on lui murmurait comme s'il s'était agi de flatteries inopportunes.

L'aîné des garçons écouta avec une résignation silencieuse Paul lui présenter ses condoléances. Malgré les péchés de son père, Paul n'éprouvait pour lui que de la compassion. Peut-être parce que sans les kippas, ç'aurait pu être sa maison quand il avait onze ans. Lorsqu'il avait accueilli, hébété, une parade d'étrangers qui ne cessaient de lui demander s'ils pouvaient faire quelque chose pour lui alors que tout ce qu'il aurait voulu, c'était qu'ils lui rendent sa mère. Il savait que les fils de Miles passeraient les prochaines années de leur vie à se demander si Dieu était vraiment à la hauteur.

Lorsque Rachel le vit, elle mit un long moment à le reconnaître. Elle le scruta de haut en bas, puis son regard remonta lentement, et elle le dévisagea en plissant les yeux comme si elle le distinguait mal.

Puis elle s'évanouit.

Tout le monde retint son souffle lorsque Rachel tomba.

Paul entendit quelqu'un murmurer : « La pauvre. C'est le stress. »

Les deux garçons se levèrent d'un bond comme s'ils s'étaient trouvés sur des sièges éjectables, craignant visiblement d'être devenus orphelins pour de bon.

Rachel fut portée dans une autre pièce par quelques personnes. Paul les suivit timidement.

Lorsqu'elle battit des paupières, lorsqu'elle se redressa pour s'asseoir, elle vit à nouveau Paul qui se tenait là.

L'ornithologue avait passé quelques coups de fil. L'histoire – il fallait bien une histoire – était que Paul avait quitté Miles en vie. Qu'il avait réglé l'affaire qu'il devait traiter avec lui – ce malheureux imbroglio avec les visas – lui avait serré la main, et était reparti. Tout cela avait déjà été raconté à la police.

En d'autres termes, Paul était blanchi.

Cependant, le fait de le voir était manifestement trop pour elle.

« La dernière fois que j'ai vu mon mari, vous étiez là, dit-elle. Je m'attendais presque à voir Miles sortir de son bureau. Je suis désolée. »

On les avait laissés plus ou moins seuls.

« C'est moi qui devrais m'excuser, répondit Paul. Je n'avais pas songé à l'effet que ça pourrait vous faire… de me voir ici. Je voulais juste vous présenter mes condoléances.

— Oui, bien sûr. Merci d'être venu. »

Il se demanda combien de temps elle mettrait à lui poser des questions, sachant que si elle avait été l'avant-dernière personne à voir son mari vivant, Paul avait été *le dernier*.

Pas longtemps.

« Vous devez comprendre que je ne m'y attendais absolument pas », déclara Rachel. Sa perruque était légèrement de travers, ce qui lui donnait l'air de quelqu'un qui venait de se prendre un coup, et pas seulement au sens figuré. « Je suppose que chaque épouse éprouve la même chose. Chaque veuve. » Elle baissa les yeux, comme si le fait de prononcer ce mot pour la première fois le rendait réel. « Vraiment… il ne semblait pas déprimé, ni en colère ni désespéré. Il était… semblable à lui-même. Peut-être un peu plus soucieux ces derniers jours. Je me disais que cela avait un lien avec vos problèmes. Il m'a expliqué que le gouvernement colombien avait royalement pataugé cette fois, que votre femme et votre bébé étaient coincés en Colombie.

— Oui, c'est vraiment le bazar, confirma Paul.

— Avez-vous senti quoi que ce soit ? Avez-vous vu quelque chose que je n'ai pas vu ? » Elle avait opté pour un ton formel. Mais après tout, qu'y avait-il de plus formel que la mort ? « Ce jour où vous lui avez parlé, quand nous vous avons laissés seuls ? Semblait-il malheureux, bouleversé par quelque chose, *suicidaire* ? »

Ses yeux étaient humides, bordés de rouge – elle n'avait sans doute pas beaucoup dormi ces derniers jours. Elle avait dû rester étendue sur son lit à fixer l'obscurité du regard en se posant constamment la même question : que n'avait-elle pas vu ?

« Il a parlé de dettes de jeu », répondit Paul.

C'était proche de la vérité.

« Des dettes de jeu ? Des paris ? dit-elle, visiblement abasourdie. Il misait dix dollars. Il regardait la page des sports le matin et disait : "Mon argent de poche va encore s'envoler." Dix dollars. Ça ne pouvait pas être une dette si importante que ça.

— Les joueurs mentent, Rachel. C'est une maladie, comme l'alcoolisme. Il vous disait peut-être que c'était dix dollars, mais c'était plus probablement dix mille.

— Dix mille ? Impossible. Je l'aurais su. Nous n'avions pas de dettes. Je m'en serais aperçu. »

Non. Tu n'étais pas au courant des autres petites affaires de Miles. Tu ne voyais pas l'argent partir parce que tu ne le voyais pas arriver.

« Peut-être avait-il plus d'argent que vous ne le pensiez. Qui gérait les finances, qui rédigeait les chèques ? Vous ou lui ?

— Miles.

— Vous voyez. S'il a voulu vous cacher de l'argent, il a pu le faire. »

Rachel semblait considérer sérieusement cette possibilité. Un nouvel ami pénétra dans la pièce, se pencha pour lui saisir la main et lui murmurer quelque chose à l'oreille.

« Merci », chuchota Rachel.

L'homme hocha solennellement la tête et se retira à reculons, comme si se retourner eût été irrespectueux. On est toujours maladroit devant les familles en deuil, songea Paul. Que dire à un gamin dont la mère est morte d'un cancer ? Que dire à une femme dont le mari vient de se tirer une balle ?

Rachel leva les yeux vers lui.

« Je ne saisis pas. J'aurais compris. Ce n'est que de l'argent. J'aurais dit : "D'accord, on va se faire aider, on va s'en occuper." » Il aurait eu le soutien de toute la communauté. Tout se serait bien passé. »

Non, eut envie d'objecter Paul. Tout ne se serait pas bien passé. La communauté se serait peut-être rassemblée autour d'un joueur, mais pas autour d'un trafiquant de drogue. Ni d'un kidnappeur.

« Se suicider parce qu'il devait de l'argent. Ça n'a aucun sens. »

Paul eut envie de tout lui expliquer. Ce n'était pas l'argent, c'était la peur. Pas juste pour lui... pour eux. En fin de compte, un homme égoïste avait commis un acte désintéressé. Il avait dû se dire que s'il n'était plus là, sa famille serait en sécurité. Mais Riojas n'était pas du genre à hésiter à faire assassiner une femme et des enfants.

« Beaucoup de gens se suicident à cause de l'argent, dit Paul. Ils se suicident ou commettent des meurtres. Je le sais, je travaille dans les assurances. »

Rachel baissa les yeux vers ses mains. Paul remarqua qu'elle portait toujours son alliance. Il se demanda combien de temps il lui faudrait pour l'ôter et la reléguer au fond d'un tiroir.

« Que vous a-t-il dit d'autre ? Il semble avoir choisi de vous raconter ses secrets », ajouta-t-elle avec une pointe d'amertume.

Non, pensa Paul, pas tous.

« Il parlait de sa famille. Combien vous étiez importants pour lui.

— Mais pas suffisamment. Vous me dites ce que vous pensez que je veux entendre. Pas la peine. »

Paul secoua la tête.

« J'ai la nette impression que ce qui comptait pour lui, c'était la famille. Du coup, je me suis demandé pourquoi vous n'aviez jamais adopté vous-même d'enfant. Étant donné que c'était la vocation de sa vie. »

Rachel hésita avant de répondre.

« Je ne suis pas certaine qu'un enfant colombien serait bien accueilli dans cette communauté. Nous sommes repliés sur nous-mêmes, monsieur Breidbart. Et ce n'est rien de le dire. Ce n'est pas très flatteur, mais c'est la vérité.

— Miles avait une espèce de relation d'amour/haine avec sa communauté et sa religion, n'est-ce pas ?

— Ce n'est pas une religion. C'est un mode de vie.

— Je sais. Je ne suis pas certain que Miles ait été très à l'aise avec ce mode de vie.

— Vous n'êtes pas censé vous sentir à l'aise. Vous êtes censé plaire à Dieu. C'est difficile. »

Quelqu'un jeta un coup d'œil dans la pièce, les vit discuter tous les deux, se retira. « En avez-vous déjà rencontré un ?

— Un quoi ?

— Un des bébés. Un des enfants adoptés. Miles en a-t-il jamais amené un à la maison ?

— Non. »

Puis quelqu'un entra pour de bon dans la pièce. Une femme âgée qui se pencha en avant et prononça quelques mots en yiddish. Rachel acquiesça, se leva. Paul voulut l'aider, mais elle l'écarta d'un geste de la main. Il eut le sentiment qu'elle était plus forte qu'il ne l'avait tout d'abord cru – suffisamment forte pour survivre au suicide de son mari et aux longues nuits solitaires qui ne manqueraient pas de suivre.

Elle n'était pas prête de s'évanouir à nouveau.

Paul s'attarda encore un peu.

Il se sentait de plus en plus mal à l'aise. La chaleur, bien sûr, mais surtout les regards de travers, les murmures en yiddish, les grappes de personnes en deuil qui ne lui offraient aucun refuge.

Puis, à son grand soulagement, il vit quelqu'un qui détonnait autant que lui.

Un Noir, un vrai de vrai, venait d'entrer.

L'espace d'un instant, Paul supposa qu'il était là pour nettoyer. Pour ramasser les plats vides, les boîtes de gâteaux pleines de miettes, les gobelets en carton écrasés et tachés de rouge à lèvres, et les déposer sur le trottoir.

Le Noir portait un costume, mal ajusté, bon marché, mais un costume tout de même. C'était bel et bien un ami du défunt.

Une chose était terriblement évidente. Si les orthodoxes avaient considéré Paul comme un étranger, ils regardaient l'homme noir comme un véritable intrus.

Mais lui semblait indifférent aux réactions qu'il provoquait. Il avança jusqu'à Rachel, qui était à nouveau assise sur l'une des chaises sans dossier dont Paul supposa qu'elles avaient été conçues pour ne pas être confortables. Il se baissa et lui serra la main. Puis il lui dit quelque chose. Elle semblait quelque peu ahurie, sans doute n'avait-elle pas encore complètement digéré ce que Paul venait de lui dire. Elle trouva néanmoins l'énergie d'acquiescer et de répondre quelques mots.

Lorsqu'il s'approcha du buffet et observa le dernier cracker recouvert de foie haché, se demandant sans aucun doute de quoi il s'agissait, Paul s'approcha et le lui dit.

« Du foie, hein ? répéta l'homme. Je déteste le foie.

— Il est haché. Ça a un goût différent… C'est plutôt bon.

— Oui, mais quand même. Le foie, c'est pas mon truc, dit-il. Je m'appelle Julius. »

Ils échangèrent une poignée de main.

« Paul Breidbart.

— Eh bien, Paul, on dirait qu'on est les deux seuls ici à n'pas porter la calotte.

— La kippa, précisa Paul, ne pouvant s'empêcher de le corriger.

— "Kip" quoi ? Pas grave.

— Vous étiez un ami de Miles ?

— Ami ? Nan. Nos chemins se sont juste, disons, croisés.

— Professionnellement ?

— Hein ?

— Vous êtes aussi avocat ? »

Julius sembla trouver ça drôle.

« Nan. J'étais de l'autre côté, comme qui dirait.

— Quel autre côté ?

— Il me représentait. »

Julius avait une longue cicatrice qui lui traversait la main et le poignet droits.

« Oh. Miles était votre avocat.

— Exact. Tribunal pour enfants. Ça fait un bail maintenant. J'étais un petit voyou à l'époque, OK ? Je faisais des conneries.

— Il vous a aidé ?

— Pour sûr. Il m'a évité la taule.

— Il vous a fait sortir ?

— En quelque sorte. Pourquoi vous êtes si curieux ?

— C'est juste histoire de discuter.

— Ah oui ?

— Je ne connais pas vraiment qui que ce soit ici.

— Vraiment ? Moi, je suis super pote avec eux, rétorqua Julius en souriant.

— Pourquoi êtes-vous venu ? demanda Paul.

— Je vous ai dit, Miles a fait son vaudou, il m'a évité la taule.

— Il vous a donc bien fait sortir.

— Vous voulez les détails, hein ? Bon, je faisais des conneries. J'ai descendu quelqu'un. Il a fait classer mon dossier. Gangster antisocial. Ils m'ont collé chez les dingues et je suis sorti à dix-huit ans.

— Ce n'était pas trop dur ?

— Ça allait. Y a pire. On planait au lithium et on faisait des dessins. On nous foutait plutôt la paix. Je lisais beaucoup. Je traînais à la bibliothèque. J'ai eu mon diplôme. Quand je suis sorti, j'avais quelque part où aller. Ça m'a sauvé des putains de loups.

— Vous y êtes resté combien de temps ? À l'hôpital ?

— Suffisamment longtemps. Je suis rentré au zoo à quinze ans.

— Au "zoo" ? Vous disiez que c'était pas si mal que ça.

— Nan. On appelait ça le zoo parce que c'était en face du zoo du Bronx. On entendait les éléphants la nuit, mec. Parfois les lions. Au printemps, ils nous y emmenaient avec la patrouille des attardés. Ils nous filaient de la nourriture pour les lamas – la moitié des gosses la bouffaient. Putain, ce que c'était tordant. »

L'un des invités, un vieil homme juif avec une épaisse barbe grise, les regardait d'un air désapprobateur.

« Dans la cité, ça s'appelle "manquer de respect" », dit Julius.

Paul guida doucement Julius vers une autre partie de la pièce en faisant semblant de chercher quelque chose de comestible.

« Vous êtes resté en contact avec Miles ? demanda Paul après qu'une assiette acceptable eut été détectée, localisée et prise d'assaut.

— Plus ou moins. De temps à autre. Quand je m'en suis sorti, je l'ai appelé – juste pour qu'il sache qu'on finissait pas tous morts. Il était cool.

— Oui », dit Paul.

Il était temps d'y aller.

Julius était parti quelques minutes après avoir parlé avec Paul, annonçant son départ à la porte d'entrée.

« Julius quitte les lieux », avait-il dit. Ce qui n'avait semblé rendre personne particulièrement malheureux.

Paul se demandait ce qu'il allait raconter à l'ornithologue. Un vague compte rendu suggérant des pistes intéressantes et des résultats imminents.

Il prit congé auprès de Rachel et des garçons. Elle sembla soulagée de le voir partir.

Comme il descendait les marches du perron, il heurta quelqu'un qui montait en sens inverse.

Il leva les yeux pour s'excuser, puis se figea.

« Si vous pouviez me dire où est garée ma voiture ? »

Moshe était vêtu d'une tenue d'enterrement impressionnante, costume en soie noire, cravate gris foncé, et une kippa de laine fixée à ses cheveux au moyen d'une pince. Il n'était pas seul.

L'homme que Paul avait assommé se tenait juste sous son nez. Il avait un bandage fraîchement taché autour du front.

Paul sentit sa menace physique comme une perturbation dans l'air.

« La voiture, Paul ? Où est-elle garée, s'il vous plaît ?

— Dans le Queens », répondit-il.

Paul avait abandonné la voiture dans Long Island City avant de regagner Manhattan en train.

« Le Queens, répéta Moshe. Un endroit particulier ? Près de Corona Ice King, peut-être ? Les meilleures glaces de la ville, vous n'en reviendriez pas. De quelle partie du Queens parlons-nous ?

— Long Island City. Dans la Vingt-quatrième Rue, près de Northern Boulevard. »

Paul ne quittait pas des yeux l'homme au tatouage *CCCP*. Ce qui n'était pas difficile – il était toujours juste sous son nez.

« C'est gentil de votre part de me le dire. J'apprécie. »

Un moment de silence. Il ne s'agissait pas de *calme*. L'air était lourd de possibilités, pour la plupart déplaisantes.

« Vous avez l'air nerveux, mon ami, dit Moshe. Vous vous êtes encore fait attaquer par une araignée ? »

Paul demeura immobile tandis que Moshe reprenait son ascension des marches et passait à côté de lui. Il parvint à ne pas bouger quand l'Incroyable Hulk lui emboîta le pas. Lorsqu'il atteignit la porte, Moshe se retourna.

« Vous devriez vous détendre un peu. Je travaille pour de l'argent. Pas d'argent, pas de business. Pigé ? » Il fit un signe de tête en direction de la porte. « L'homme avec qui je faisais du business est décédé. Dommage. » Il sourit, se retourna, puis regarda à nouveau en arrière comme s'il avait oublié quelque chose. « Mais peut-être que vous feriez bien de ne pas *trop* vous détendre. Mon camarade ici présent a de salement bonnes raisons de vous en vouloir. »

Il éclata d'un rire sonore et pénétra dans la maison.

40

PAUL AVAIT DES SUEURS FROIDES.

Il entendait le tic-tac de sa montre.

Il avait rêvé que Joanna était morte. Qu'il était à sa veillée funèbre, discutant avec Miles.

Un matin il avait cru entendre sa voix derrière lui dans la rue. En se retournant, il avait vu une jeune mère qui poussait un landau et parlait dans son téléphone portable.

Les interrogatoires étaient désormais appelés des « débriefings ». Mais il ne voyait pas la différence. Son compte rendu avait à juste titre été tourné en ridicule – comme un examen pour lequel il n'aurait pas révisé.

« En d'autres termes, Paul, vous avez que dalle, avait dit l'ornithologue. Retour à la case départ.

— J'ai besoin d'un peu de temps », avait répondu Paul. Mais il y avait un problème. Du temps, il n'en avait pas.

Il devait proposer quelque chose s'il voulait que l'ornithologue sauve sa femme. Pour autant qu'elle pût toujours être sauvée.

Maintenant qu'il faisait office de mouchard officieux pour le DEA, il était autorisé à coucher dans son propre lit. Pas à dormir. À passer ses nuits à se retourner, à fixer le plafond les yeux grand ouverts.

Il n'était pas entré chez lui depuis deux secondes que quelqu'un frappait à la porte.

Encore Lisa.

Cette fois, il ne pouvait pas faire semblant de ne pas être là.

Lorsqu'il ouvrit la porte, elle tomba pratiquement dans ses bras.

« Où est-elle ? »

Paul se demanda un moment si elle voulait parler de sa femme ou de sa fille. Aucune des deux, naturellement, n'était disponible.

« Où est le bébé ? demanda à nouveau Lisa en balayant du regard les quatre coins de la pièce tel un agent immobilier au regard d'aigle, ce que, de fait, elle était.

— Il y a eu un problème, répondit Paul, prêt à débiter l'histoire que Miles et lui avaient concoctée.

— Un problème ? Quel problème ? Où est Joanna ?

— À Bogotá. »

Lisa repoussa ses cheveux blonds de la main. Elle faisait partie de ces femmes de l'East Side qui avaient déménagé de l'autre côté de Central Park – née dans une famille aisée dont l'argent s'était inexplicablement évaporé, mais qui avait toujours un air de fille à papa.

« Le visa de Joelle n'était pas au point.

— Pas au point ? Qu'est-ce que ça veut dire ?

— Ça veut dire qu'il n'était pas valable. Nous n'avons pas pu la faire sortir du pays.

— Oh, Paul. C'est *terrible*. Que va-t-il se passer ? Qu'est-ce que vous allez faire ?

— J'essaie de régler la situation d'ici. »

Paul se disait que son baratin tenait plutôt bien la route. Lui, en revanche, c'était une autre histoire. Il ne tenait pas bien la route. L'épuisement semblait s'être emparé de son squelette.

Lisa dut s'en apercevoir, car elle l'étreignit à nouveau pour le réconforter, s'attardant suffisamment longtemps entre ses bras pour que Paul appuie sa tête sur son épaule.

Son odeur familière avait quelque chose de rassurant.

Plus tard, lorsque John rentra du travail, Lisa appela une baby-sitter et ils lui rendirent tous les deux visite, armés d'une bouteille de cabernet.

Revoir John lui fit un bien fou.

Revoir John lui fit terriblement mal.

John était le meilleur ami de Paul, le type avec qui il avait passé plus de temps qu'il ne voulait se le rappeler dans divers bars du West Side, à lui relater les hauts et les bas de la procréation. Le type qui l'avait fait se secouer et qui, à plus d'une occasion, l'avait fait s'éloigner de la bouteille.

Et donc, si voir le visage de John était un réconfort énorme, avoir à lui mentir était embarrassant.

Paul fut forcé d'inventer des détails au pied levé, de rendre le tout convaincant, cohérent et parfaitement logique. Le truc consistait à injecter suffisamment d'éléments réels – tout ce dont il se souvenait à propos de sa fille – pour donner à son histoire un goût de vérité. Les deux verres de vin qu'il descendit d'un trait ne l'aidèrent que modérément.

Et ils n'atténuèrent en rien son sentiment de culpabilité. Ni sa peur.

Discuter de Joanna comme si elle l'attendait tout simplement dans un hôtel de Bogotá semblait horriblement cruel. Elle attendait peut-être, mais l'endroit où elle se trouvait ne proposait pas de room-service, et il était impossible d'y décrocher le téléphone pour commander un hamburger-frites à deux heures du matin. D'ailleurs, peut-être qu'elle n'attendait plus.

Mais son tissu de mensonges recelait des embûches.

« Bon sang, donne-moi son numéro, dit Lisa. Ça fait une éternité que je ne lui ai pas parlé. Pourquoi est-ce qu'elle ne m'a pas appelée ?

— Tu sais combien coûtent les appels longue distance depuis la Colombie ? » répliqua Paul.

Un coup de fil à New York passé depuis l'hôtel Esplanade lui avait coûté 62,48 dollars.

« OK, c'est moi qui vais l'appeler. Tu as le numéro ?

— Faut que je le cherche », répondit Paul.

Un silence s'abattit sur la pièce tandis que Lisa et John attendaient qu'il aille le chercher.

Ils attendirent.

« Franchement, je suis claqué, dit Paul. Faut que j'aille me coucher. Je te trouve ça demain, promis. »

Lisa et John se levèrent à contrecœur. Ils l'étreignirent, lui dirent de ne pas hésiter à faire appel à eux s'ils pouvaient faire quoi que ce soit pour lui.

Il n'arrivait pas à dormir.

Il appela Rachel Goldstein.

Il espérait toujours qu'elle lui donnerait un indice pour se sortir de ce bourbier.

« Oui ? dit Rachel après qu'il se fut identifié.

— Je voulais m'assurer que vous alliez bien.

— Pourquoi ?

— Comment ça, pourquoi ?

— Je vous connais à peine. Votre inquiétude me touche, mais elle me déconcerte aussi. Vous n'êtes pas de ma famille. Vous n'êtes pas un ami.

— J'avais un peu l'impression d'être un ami », répondit-il.

C'était vrai. Pendant un moment, il avait eu le sentiment que Miles était son seul ami sur terre. Rachel ne prit pas la peine de discuter.

« Comment tenez-vous le coup ?

— Je tiens. Dix-huit ans de mariage pour apprendre que je ne connaissais pas mon mari. Comment vous sentiriez-vous ? »

L'un de ses fils avait dû entrer dans la pièce. « Ça va, entendit-il Rachel murmurer. Je vais bien. » Puis le bruit d'une porte qu'on refermait doucement.

« Qui était-il ? Voilà la question que je n'arrête pas de me poser, reprit-elle d'une voix effroyablement lasse. Quel souvenir dois-je garder de lui ?

— Celui que vous voulez, je suppose. Quel mal y a-t-il ?

— Celui que je veux… Celui que je veux, répéta-t-elle, soit parce qu'elle trouvait que ça avait un sens, soit pour se moquer de son idiote sensiblerie. D'accord. J'essaierai. »

Silence.

« J'en ai vu un, reprit-elle.

— Un quoi ?

— Un enfant. Vous m'avez demandé aujourd'hui si j'avais vu un des bébés adoptés, vous vous souvenez ?

— Oui.

— J'en ai vu un. Une fois. Mais pas un bébé.

— Non ?

— Une petite fille. »

Une petite fille.

« Je crois que c'est ça, le souvenir que je garderai de lui. Pourquoi pas ? Miles rentrant à la maison avec cette petite Colombienne dans ses bras. »

OK, pensa Paul, lentement.

« Connaissez-vous son nom ?

— Son nom ? C'était il y a plus de dix ans.

— Vous êtes certaine ? Essayez de réfléchir.

— Qu'est-ce que son nom peut bien vous faire ? »

Bonne question.

« Avant d'adopter nous-mêmes, nous avons parlé à un couple qui avait utilisé les services de votre mari. Ils avaient adopté une fille. Elle avait l'air d'avoir, je ne sais pas, dans les treize ans. Je me demandais si ça pouvait être elle. »

Rachel redevint silencieuse.

Réfléchis, aurait voulu lui dire Paul, *réfléchis*.

« Quelque chose avec un *R*, peut-être ? Désolée, je ne me souviens pas. »

R., pensa Paul, comme son père.

« Et ses parents ? Vous souvenez-vous d'eux ? Pourquoi n'étaient-ils pas là ?

— Je n'en ai aucune idée. Peut-être qu'ils ne pouvaient pas la récupérer avant le lendemain.

— C'est bizarre. On est censé aller en Colombie et ramener soi-même le bébé. Ça fonctionne comme ça.

— Peut-être qu'ils ont rencontré des problèmes. La petite fille, si je me souviens bien, avait elle-même des soucis.

— De quel genre ?

— Des soucis émotionnels. Quelque chose clochait légèrement chez elle.

— Pardon ?

— Je ne suis pas certaine. Elle pleurait et hurlait beaucoup.

— Elle avait probablement peur. Ça ne vous semble pas normal ?

— J'ai deux enfants à qui il est arrivé d'avoir peur. Voire d'être terrifiés. Comme en ce moment. Découvrir que votre père s'est suicidé est une expérience terrifiante. Mais c'était différent. La petite avait peur du noir, peur de la lumière… peur de tout. Il y avait quelque chose de, je ne sais pas, bizarre. Je revois Miles se rendant dans sa chambre au beau milieu de la nuit pour essayer de la calmer.

— Y est-il parvenu ?

— Je ne sais pas. Peut-être. Le lendemain matin, il l'a emmenée à ses parents. Ça s'est arrêté là. Elle avait des yeux magnifiques – je m'en souviens encore.

— Bon », fit Paul. Il avait soudain hâte, désespérément hâte, de raccrocher. Une pensée l'obsédait, quelque chose que quelqu'un avait dit. « Vous devriez essayer de dormir. Si je peux faire quoi que ce soit. »

Elle ne prit pas la peine de dire au revoir.

41

Il n'entendait pas les éléphants.

Ni les lions.

Encore moins les lamas.

Il entendait le puissant vacarme du climatiseur. Le tintement des plateaux de métal que l'on chargeait sur un chariot à roulettes. L'interphone qui se mettait soudain à grésiller. Les coups insistants cognés contre la vitre des médecins – une adolescente en peignoir qui exigeait ses gélules *tout de suite*.

Il entendait aussi la voix dans sa tête... les nombreuses voix qui s'y télescopaient.

Par exemple, la voix de Julius, le gamin qu'avait assisté Miles lorsqu'il travaillait pour l'aide juridictionnelle.

« Je suis rentré au zoo à quinze ans. On appelait ça le zoo parce que c'était en face du zoo du Bronx. »

Et il y avait la voix de Galina. Bonjour, Galina.

« Elle a vu des choses qu'aucun enfant ne devrait jamais voir. Personne ne devrait voir ça. Elle fait des cauchemars. »

Et tant qu'on y est, ajoutez la voix de Rachel au mélange.

« La petite avait peur du noir, peur de la lumière… peur de tout. Il y avait quelque chose de, je ne sais pas, bizarre. »

Et enfin, la dernière voix, celle qui hurlait pour se faire entendre par-dessus les autres. Celle de la lettre que Paul avait tout d'abord attribuée au fils de Miles, avant de comprendre son erreur.

Cher père, papa, papou,

Te souviens-tu de la fois où nous sommes allés au zoo et où tu es parti ?

Et soudain, il entendait sa propre voix.

« Oui, de la compagnie d'assurances. »

Paul s'adressait à la femme corpulente assise derrière le guichet des admissions. La femme qui vous faisait entrer à l'hôpital psychiatrique Mount Ararat, le bâtiment de briques rouges avec des barreaux aux fenêtres et du lino au sol qui se trouvait juste en face du zoo du Bronx. Deux zoos face à face, l'un pour les humains, l'autre pour les bêtes.

La femme observait la carte de Paul comme si ç'avait été un vulgaire bout de papier. Paul se demanda si Julius avait vu le même visage à l'âge de quinze ans.

Et *elle*, avait-elle vu le même visage ?

« Quel est son nom ? demanda la femme.

— Son nom ?

— Le nom de la fille de votre client ? »

Paul eut une brève seconde d'hésitation.

« Ruth, dit-il. Ruth Goldstein. »

Soit, il avait dit ça plus ou moins au hasard. Il venait juste de repenser au livre de Miles dans lequel étaient cachées les lettres.

L'Histoire de Ruth.

« Quelque chose avec un *R* », avait dit Rachel.

« Hum ! Hum ! » fit la femme en scrutant un écran d'ordinateur qui semblait avoir du mal à se réveiller. Elle frappa la souris de sa grosse main. « Foutu système », lança-t-elle sans s'adresser à personne en particulier.

Son invective aurait pu désigner n'importe quoi, pas juste son ordinateur. Le système, par exemple, qui faisait qu'une institution psychiatrique qui sentait vaguement l'urine était une solution plus sûre qu'une prison pour jeunes délinquants. Un système qui enfermait les enfants à problèmes, les laissait croupir dans leur ignorance et les gavait de médicaments jusqu'à ce qu'ils puissent être relâchés à dix-huit ans.

Foutu système, en effet.

L'ordinateur réagit enfin, soit aux agressions cruelles dont était l'objet la pauvre souris, soit aux invectives de la femme. Il se réveilla avec un bourdonnement irritant. Après quelques coups, plus doux cette fois, sur la souris, l'ordinateur fournit l'information qu'on lui avait demandée.

« Hum, hum, OK, fit la femme. Ruth Goldstein. Quel est son problème ? »

Pendant un moment, Paul ne répondit rien. Il s'attendait plus ou moins à ce qu'on lui dise qu'il n'y avait ici personne répondant à ce nom. Qu'il avait été mal informé. Que la porte était par *là*.

« Je vous l'ai dit, expliqua Paul lorsqu'il eut retrouvé ses esprits. Mon client est décédé récemment. Ç'a été soudain et inattendu. Nous avons pas mal de paperasserie à régler. Voir qui paye quoi. Il est évident que nous devons nous assurer que Ruth continue de recevoir les mêmes bons soins. »

Paul doutait que le mot « bon » fût justifié. Mais il n'était pas là pour offenser qui que ce soit. Il était là pour une mission de sauvetage – même si, bizarrement, les personnes sur le point d'être secourues ne se trouvaient pas à l'hôpital psychiatrique Mount Ararat, mais à cinq mille kilomètres. Il ne pouvait que croiser les doigts et prier pour qu'elles respirent encore.

« Vous voulez donc voir le département financier. Pourquoi ne l'avez-vous pas dit ? demanda la femme.

— J'aimerais d'abord voir la jeune fille.

— La jeune fille ? Eh bien, je vais devoir demander au médecin. Vous n'avez pas montré patte blanche, n'est-ce pas ? »

Paul trouva l'expression bien choisie vu qu'il se trouvait dans un « zoo ».

« Soit, demandez-lui, dit Paul. Je suppose que son père devait être à peu près la seule personne à lui rendre visite, mais il est décédé. Quelqu'un doit annoncer la nouvelle à sa pauvre fille. » Voyant que la femme ne répondait pas immédiatement, il ajouta : « Il le faisait, n'est-ce pas ?

— Faisait quoi ?

— Il lui rendait visite ? »

La femme baissa les yeux vers son ordinateur, cliqua à quelques reprises.

« Miles Goldstein ?

— Oui.

— Il est sur la liste. Ça ne dit pas s'il lui a rendu visite.

— Eh bien, vous pourriez parler au médecin… lui expliquer la situation.

— OK. Je ne peux faire qu'une chose à la fois. »

Paul se demanda quelle autre chose l'empêchait d'appeler le médecin. Apparemment, c'était soulever un gobelet de polystyrène rempli de café et le siroter lentement.

Lorsqu'elle eut avalé quelques gorgées en faisant la grimace, elle décrocha son téléphone avec une mollesse hallucinante et enfonça quelques touches sur le clavier.

« Oui, fit-elle. Docteur Sanji ? Oui… j'ai quelqu'un d'une compagnie d'assurances qui veut voir Ruth Goldstein… C'est ça. Le père est mort… Oui. Il dit… Hum ! Hum ! D'accord. »

Elle reposa brutalement le combiné sur son support. *Tiens, prends ça.*

« Le docteur Sanji va venir vous chercher. »

Le docteur Sanji était une femme.

Elle était indienne. Elle semblait soucieuse, surchargée de travail, et pas du genre à avaler des couleuvres.

« Vous dites que le père est décédé ? » demanda-t-elle avec un accent indien chantant.

Ils étaient assis dans la salle d'attente qui jouxtait le hall. Qu'attendaient les gens dans un tel endroit ? se demanda Paul. De retrouver leur tête ? Que les araignées quittent le plafond ?

« Oui. Il y a quelques jours.

— Je vois. Et vous êtes venu l'informer ?

— Oui. Et régler les questions financières. Nous voulons nous assurer que la jeune fille continuera à recevoir des soins, comme l'aurait voulu son père. »

Le docteur Sanji baissa les yeux vers son classeur.

« La mère est également décédée.

— Oui. » C'était vrai. Miles avait menti sur tout le reste, mais pas sur ça. « Elle est seule au monde.

— Eh bien, mons… ?

— Breidbart.

— Oui, monsieur Breidbart. Je vous dirai qu'elle n'est pas plus seule qu'avant. Bien entendu, psychologiquement, elle l'est. Son père n'était pas ce qu'on pourrait décrire comme affectueux. Il lui rendait à peine visite. Pour ses anniversaires, je crois. Un jour férié par-ci par-là.

— Depuis combien de temps la suivez-vous ?

— Pas longtemps, monsieur Breidbart. Deux ans.

— Vous n'étiez donc pas ici quand elle a été admise.

— Certainement pas.

— Puis-je vous demander où elle en est ?

— Comment ça ?

— Est-elle normale ?

— "Normal" est un terme péjoratif. Vous feriez mieux de me demander où elle en est par rapport à elle-même. Par rapport à l'année dernière, ou à celle d'avant. C'est comme au golf – un sport auquel je viens hélas seulement de me mettre. Vous jouez contre vous-même. Vous progressez pas à pas.

— Soit. Alors comment va-t-elle par rapport à elle-même ?

— Aah… là, nous avons un problème. J'ai bien peur que vous ne soyez pas de la famille. Vous êtes juste, comme vous l'avez clairement expliqué, l'agent d'assurances de son père. En tant que tel, nous ne pouvons vous communiquer les informations que vous demandez. Désolée.

— Mais elle n'a plus personne maintenant, objecta Paul.

— Légalement, non. Et même, je crois, littéralement. Mais je suis liée par les règles de confidentialité, tout comme vous, monsieur Breidbart. Tant que vous ou une autre personne n'aurez pas été désigné comme son tuteur légal, nous n'aurons pas grand-chose à nous dire. Disons simplement qu'elle ne pose aucune menace, que ce soit pour elle-même ou pour les autres. Que, comme Dilsey, le personnage de Faulkner dans *Le Bruit et la Fureur*, elle endure.

— Puis-je la voir ? »

Le docteur Sanji se lança dans une nouvelle argumentation merveilleusement présentée détaillant ses droits, ou, pour le coup, son absence de droits.

Paul l'interrompit.

« Écoutez, je sais que je n'ai légalement aucun droit de la voir. Je vous le demande simplement. Où est le mal ? Je vais avoir la responsabilité de m'assurer qu'elle continue de recevoir des soins.

Que les factures sont payées. Et quelqu'un doit lui annoncer que son père est mort.

— Hors de question que vous lui annonciez le décès de son père. Vous n'avez ni le statut légal ni l'expérience nécessaire pour traiter avec des personnes émotionnellement fragiles. Deuxièmement, ces factures dont vous parlez ? Je crois savoir que M. Goldstein ne faisait pas grand-chose pour subventionner qui que ce soit. Les factures de sa fille, ai-je cru comprendre, sont principalement réglées par l'État de New York.

— L'État de New York ?

— Oui, en effet. Je peux juste supposer que M. Goldstein a plaidé l'indigence à l'époque, ce qui, vu votre expression, devait clairement être un mensonge. »

OK, Miles avait conclu un marché et, comme la plupart des bons hommes d'affaires, il avait recherché le profit maximum. Il voulait maintenir ses frais généraux au plus bas, et le fait que ces frais couvraient les soins d'une petite fille malade ne l'avait pas dissuadé. Pourquoi payer quand l'État de New York le ferait ?

Quand avait-il eu cette idée ? se demanda Paul. À l'instant même où il avait exposé son plan dans cette lettre adressée à Galina ? Ou plus tard, alors que la petite était déjà en route et qu'il avait repensé à ses jours heureux au tribunal pour enfants ?

« Le mieux que je pouvais espérer était de les faire interner dans un hôpital du Bronx. Pour eux, c'était l'endroit le plus sûr de la terre. »

Si l'on mettait de côté ses mensonges à Galina, il était clair qu'il n'avait jamais réellement eu l'intention de l'adopter. Il n'avait jamais parlé d'elle à sa femme. Avait-il envisagé – ne serait-ce qu'une minute – quelqu'un d'autre ? L'un de ces nombreux couples sans enfants qui accouraient chez lui ? Une maison au lieu d'un hôpital ? Ou, tout comme les schizophrènes que Paul entendait brailler de l'autre côté de la porte à double battant, s'était-il bercé d'illusions jusqu'à se trouver une sorte de justification ? Peut-être s'était-il dit que l'endroit le plus sûr pour une enfant émotionnellement fragile traquée par un père assassin était une pièce avec des barreaux aux fenêtres.

La nuit où il était allé dans sa chambre pour la calmer, peut-être avait-il murmuré : « Cesse de pleurer, et demain je t'emmènerai au zoo. »

« Écoutez, dit Paul. Je peux partir, me plaindre auprès de quelqu'un, obtenir une autorisation écrite, revenir. Tout ce que je veux, c'est la voir. Je ne lui dirai pas un mot. Promis. »

Il rompit sa promesse.

Sans le faire exprès.

Après que le docteur Sanji fut revenue sur sa décision, il la suivit à travers divers couloirs et se retrouva dans une sorte de salle commune. Des jeux de société jonchaient les diverses petites tables tels des accessoires de cinéma – personne n'y touchait. Dans un coin de la pièce, une télé diffusait un débat.

Il y avait environ douze ou treize gamins répartis en petits groupes. À voir leurs discussions animées, on aurait pu se croire dans la cantine de n'importe quel lycée. Mais en y regardant de plus près, c'étaient plutôt des conversations de bac à sable : des gosses de deux ou trois ans qui se chamaillaient.

Lorsqu'une jeune fille ravissante d'environ quatorze ans s'approcha et lui demanda s'il était vrai que de l'hématite avait été détectée sur Mars, il répondit qu'il n'en savait rien.

Il s'aperçut qu'il avait rompu sa promesse lorsque le docteur Sanji salua la jeune fille.

« Bonjour, Ruth, comment vas-tu aujourd'hui ?

— Couci-couça, répondit-elle. Et vous ? Comment se sont passés vos neuf derniers trous hier ?

— À peu près comme les neuf premiers, répondit le docteur Sanji. Mal. Merci de t'y intéresser. »

La petite-fille de Galina, pensa Paul.

Ruth.

« J'ai demandé à cet homme s'il était au courant des récentes découvertes sur Mars, dit-elle. De l'hématite suggérerait qu'il y a eu de l'eau à un moment. De l'eau suggérerait de la vie. La vie sur Mars, quelle notion mirifique. »

Elle était habillée de façon tout à fait ordinaire – jean usé et tee-shirt laissant apparaître environ deux centimètres de son ventre d'adolescente. Ses yeux, remarqua Paul, étaient toujours aussi beaux que ce dont se souvenait Rachel – larges, d'un brun profond et dégageant une intelligence indéniable.

Il s'était imaginé que tous les gamins de ce service *vivaient* sur Mars.

Mais pas Ruth. Visiblement, elle s'intéressait à cette planète avec l'avidité d'une apprentie astronome.

« Et ça te plairait ? lui demanda le docteur Sanji. Des petits hommes verts ?

— Je crois que des petits hommes verts me causeraient un grand effroi », répondit Ruth.

Elle avait une manière de parler étrange, pensa Paul. Ce n'était pas juste le fait qu'elle était intelligente. « Mirifique »... « grand effroi ». C'était comme si elle avait appris à parler dans des livres. Comme si elle sortait tout droit d'un vieux roman.

« Je préférerais amplement quelques amibes unicellulaires, dit-elle tout en souriant en direction de Paul. Dites, j'ai une blague à vous raconter. Toc, toc.

— Qui est-ce ? répondit Paul, adoptant le rôle de la moitié sérieuse du nouveau duo comique, Breidbart et Goldstein.

— L'ami.

— L'ami qui ?

— L'ami Bunicellulaire.

— Très drôle, dit Paul.

— Dans ce cas, la réaction appropriée eût été de rire, observa Ruth.

— Je ris à l'intérieur, répliqua Paul, piteux. Crois-moi. »

En un autre lieu, pensa-t-il, il l'aurait trouvée délicieusement précoce. Mais ici, vous étiez forcé de regarder les choses sous une lumière différente – celle, sinistre, des néons d'un service de psychiatrie.

Il avait suivi son intuition et découvert le nid, mais ce nid recelait un oiseau étrange.

« Mieux vaut rire que pleurer, dit Paul. Pas vrai ?

— Oh, je pleure aussi abondamment. N'est-ce pas, docteur Sanji ?

— Oui, tu es l'une de nos meilleures pleureuses, Ruth. Pour sûr.

— Vous voulez que je vous montre ? demanda-t-elle à Paul.

— Oh, je ne sais pas, répondit-il. Peut-être plus tard. On pourra faire un concours.

— Je vous battrai, haut la main. Qu'est-ce qu'on gagne ?

— Hum… fit Paul. Je vais devoir y réfléchir. »

Le docteur Sanji lui lança un coup d'œil qui disait : le temps est écoulé. Il avait rompu sa promesse au moins dix fois. Il était venu, il avait vu, mais il ne pouvait s'empêcher de penser que c'était Ruth qui avait vaincu.

Le docteur Sanji le raccompagna à la porte.

« Elle est tout à fait remarquable, déclara Paul lorsqu'il fut hors de la salle commune.

— Oui, en effet, répondit le docteur Sanji avec un sourire.

— Elle semble presque… normale.

— Vous avez dit presque, monsieur Breidbart. Pourquoi ?

— Difficile à dire. J'ai la sensation que… je ne sais pas… qu'elle jouait un rôle. Comme une très bonne actrice. Est-ce qu'elle lit beaucoup ?

— Énormément. Elle lit comme d'autres mangent. Vous faites preuve de perspicacité quand vous dites qu'elle joue un rôle. Je l'appelle le caméléon. Parfois, elle devient littéralement ce qu'elle lit. Ou la personne qu'elle écoute. Parfois, j'ai honnêtement l'impression de me parler à moi-même. Ruth, bien entendu, n'a jamais mis les pieds à New Delhi. Et pourtant, elle pourrait vous faire croire le contraire.

— Pourquoi fait-elle ça ? demanda Paul.

— Pourquoi ? Est-ce que vous me demandez un diagnostic, monsieur Breidbart ? J'ai bien peur de ne pas pouvoir vous donner satisfaction.

— Parce que vous ne savez pas ?

— Parce que je ne suis pas libre d'en discuter. Nous avons déjà eu cette conversation, non ? »

Paul acquiesça.

« Mais je vais vous poser une question, reprit le docteur Sanji. Pourquoi les caméléons changent-ils de couleur en fonction de leur environnement ? » En voyant Paul hésiter, elle donna elle-même la réponse. « Allons, monsieur Breidbart, c'est le b.a.-ba de la biologie. Un caméléon change de couleur de peau pour se protéger.

— De quoi ?

— Des prédateurs. »

42

A, UNE VOITURE PÉTARADANT.

B, un coup de feu.

C, un pétard.

D, rien de tout cela.

Joanna fut réveillée par une série de rapides déflagrations. À l'instant où son cœur se logeait momentanément dans sa gorge, elle conçut un QCM pour empêcher que la peur ne s'empare totalement d'elle. Puis elle choisit la réponse A, « une voiture pétaradant », car c'était la seule à la fois plausible et réconfortante.

Malheureusement, elle savait pertinemment qu'elle se racontait des histoires.

Une voiture ? Quelle voiture ?

Elle ne put s'empêcher de se rappeler que Maruja craignait toujours que les forces du bien – certes, un terme relatif en Colombie – ne cherchent à la secourir et ne la tuent dans la manœuvre. Elle craignait qu'ils ne fassent irruption en canardant et ne déclenchent une explosion qui aboutirait à sa mort sanglante. Au bout du compte, elle aurait mieux fait de s'inquiéter de la menace la plus immédiate.

Joanna entendit de nouvelles détonations. Plus fortes, plus cinglantes, comme des coups de fouet.

Elle se colla face contre le mur – son seul et unique ami, hormis Galina, bien entendu, qui lui avait discrètement fait regagner sa pièce après sa malheureuse tentative d'évasion. Le problème avec Galina, c'est que pour être son amie, il fallait d'abord la laisser vous kidnapper. Et puis il y avait son habitude énervante de rester aveugle, sourde et muette aux pratiques criminelles des personnes avec qui elle vivait.

La porte s'ouvrit d'un coup, alla frapper le mur, projetant de petites particules de plâtre dans les airs.

Puis le garde, Puento, entra précipitamment dans la pièce tel un boulet de canon. Il tenait sa carabine au niveau de la hanche, prêt à faire feu.

OK, pensa Joanna, *je suis morte*.

Puento balaya la pièce de ses yeux nerveux. Lorsqu'il localisa Joanna dans le coin droit, elle ne faisait plus face au mur. Elle y était toujours fermement attachée, chaîne oblige, assise droite, les épaules rejetées en arrière, prête à partir avec dignité.

Mais elle devait tout d'abord aller voir ailleurs.

Puento se mit à lui détacher sa chaîne, la sueur qui gouttait de son front scintillant le forçant à s'arrêter régulièrement pour tenter de s'essuyer les yeux.

« *¿Qué pasa ?* » parvint à demander Joanna, épuisant pratiquement tout son vocabulaire espagnol.

Puento ne répondit rien. Il se concentrait sur la clé qu'il essayait d'insérer dans la serrure de la chaîne, tout en tendant l'oreille au vacarme à l'extérieur. C'était du moins ainsi que Joanna voulait interpréter son silence. L'autre explication était qu'il ne voulait pas l'informer qu'il l'emmenait quelque part pour l'exécuter.

Lorsqu'il parvint enfin à la libérer de sa chaîne, il la hissa brutalement sur ses pieds.

Puis il la tira par le bras, lui fit franchir la porte.

La maison était sens dessus dessous. Des gardes paniqués fonçaient dans les couloirs, jaillissaient des portes, se heurtaient les uns aux autres. L'une des jeunes femmes tentait de recharger son pistolet tout en courant – plusieurs balles tombèrent par terre, où elles se mirent à rouler en produisant un bruit similaire à celui de la boule tournant dans la cuvette au jeu de la roulette.

Quelqu'un criait. *El doctor*, pensa-t-elle.

La fusillade continuait. Oui, c'étaient bien des coups de feu. Une voiture pétaradant ou quelques pétards n'auraient pas créé un tel affolement.

Et Joanna aussi était affolée.

Non plus pour elle, mais pour quelqu'un d'autre.

Où était son bébé ?

On la fit sortir. C'était le petit matin, ce moment trouble entre la nuit et le jour.

« S'il vous plaît... *por favor*, supplia-t-elle Puento, mon bébé. Joelle. »

Puento, toujours nerveux, continuait de ne pas répondre. Il la tirait à sa suite sans se retourner. Ils prenaient clairement la direction de la jungle.

Plus ils s'éloignaient de la maison, plus elle sentait une panique rampante. Elle n'avait aucune idée de qui tirait sur qui. La fusillade avait lieu en un endroit qu'elle ne voyait pas.

« Mon bébé, tenta-t-elle à nouveau. S'il vous plaît ! Je veux... »

Et c'est alors qu'elle l'entendit.

Le son qu'elle guettait au milieu de la nuit, celui qu'elle s'était habituée à reconnaître, comme le chien de Pavlov.

Elle pivota la tête tandis que Puento continuait de l'attirer vers la jungle. *Là-bas.* Sortant de la maison, la silhouette voûtée de Galina. Joelle pleurait dans ses bras. Elle l'éloignait de la fusillade, la mettait à l'abri.

« Attendez, lança-t-elle à Puento, qui ne semblait pas d'humeur à écouter. Arrêtez. Galina a mon... »

Elle enfonça les pieds dans le sol, refusa d'avancer, devint un poids mort. Puento la regarda d'un air incrédule. Il avait un fusil. Avec de vraies balles. Elle était sa prisonnière. Ne savait-elle pas ce qu'ils avaient fait à ses amies ?

Il attrapa l'arme qu'il portait en bandoulière, la braqua sur sa tête. Ce n'était pas la première fois qu'il pointait une arme dans sa direction, il y avait eu cette nuit où Joelle n'arrêtait pas de pleurer. Cette fois-là, il avait juste voulu lui faire peur. Maintenant, il avait l'air prêt à aller jusqu'au bout. Il avait de toute évidence la trouille.

Ils essuyaient une attaque.

Des guérilleros en tenue de camouflage filaient à côté d'eux pour s'enfoncer dans la jungle.

« Debout ! » cria-t-il en collant le canon de son fusil contre le front de Joanna.

Elle ferma les yeux. *Si je ne le vois pas, ça n'existe pas.*

Elle était déterminée à attendre jusqu'à ce que son bébé les ait rejoints, jusqu'à ce qu'elle soit sûre que Joelle serait en sécurité. C'étaient ce que faisaient les mères.

Puento lui hurla dessus. La gueule froide du canon s'enfonçait dans sa peau.

Puis elle entendit une explosion, sentit le sang gicler sur son visage. Lorsqu'elle rouvrit les yeux, il gouttait sur sa main. Comme c'est étrange, pensa-t-elle. Elle ne sentait rien, pas la moindre douleur.

Elle leva les yeux vers son bourreau, il n'était plus là. Il gisait par terre près d'elle.

Galina les avait rattrapés. Elle évita de regarder le cadavre de Puento. Joanna regrettait de ne pas avoir fait de même. La nourrice l'aida doucement à se relever.

L'une des jeunes femmes jaillit comme par magie de la jungle obscure. Elle s'arrêta pour se signer au-dessus du corps étendu face contre terre, puis elle regarda Joanna avec une expression de haine manifeste.

« Meurtrière », disaient ses yeux.

Elle avait dû apercevoir l'acte de résistance non violente de Joanna qui avait coûté la vie à Puento.

Elle leur fit signe de s'enfoncer dans la jungle, planta brutalement son fusil dans le dos de Joanna.

Elles se cachèrent dans un taillis de fougères géantes.

Galina tendit le bébé à Joanna. « Chut », murmura-t-elle en berçant doucement Joelle. Elle sentit le battement minuscule du cœur de sa fille contre le sien.

Elle se demanda si Galina pensait à une autre jungle, à une autre mère avec sa fille qui n'en était jamais ressortie vivante.

Les coups de feu s'atténuèrent, puis se turent.

Après vingt minutes d'attente, des soldats des FARC revinrent peu à peu de ce qui avait dû être le champ de bataille. Ils semblaient choqués. Pour certains des plus jeunes – des gamins au visage juvénile venus de leur bled paumé –, ça devait être la première fois qu'ils se servaient de leurs armes.

Lorsqu'ils reconduisirent Joanna et Joelle à la ferme, ils étaient d'une humeur noire. De nouveau, ils l'attachèrent au mur, lui arrachèrent Joelle des bras. Plus tard, elle entendit des bruits de dispute à travers la porte.

Elle s'endormit au rythme des voix, aussi tumultueux que la mer en colère.

Lorsque Galina arriva pour le repas du lendemain matin, elle était pâle et fatiguée.

« Qu'est-ce qui s'est passé la nuit dernière ? demanda Joanna.

— Une patrouille des AUC », répondit-elle en secouant la tête. Elle semblait avoir du mal à croiser le regard de Joanna. « Combien y a-t-il eu de morts ? À part Puento ?

— Quatre.

— Ça m'est égal pour Puento. Il a tué Maruja et Beatriz. Je sais que c'est lui, lui et Tomás. Il a eu ce qu'il méritait.

— Eux, ça ne leur est pas égal, dit Galina en fuyant toujours le regard de Joanna.

— À quel sujet se disputaient-ils la nuit dernière ?

— Rien, répondit Galina.

— Rien ? Je les ai entendus. *El doctor*… certains autres. Qu'est-ce qui se passe, Galina ? Pourquoi ne me regardez-vous pas ?

— Ils sont en colère.

— À cause de Puento ?

— Pas seulement, répondit Galina en haussant les épaules. Ils pensent… que c'est peut-être vous qui avez amené la patrouille.

— Comment ça ? Comment aurais-je pu amener la patrouille ?

— Ils pensent qu'ils sont venus vous chercher.

— Me chercher ? C'est ridicule. Comment pourraient-ils même savoir que je suis ici ? »

Joanna s'aperçut qu'elle parlait plus vite que d'habitude, que sa voix était légèrement teintée de désespoir.

« Certains d'entre eux… ce sont juste des garçons. Presque des enfants. Ils pensent que vous pouvez être dangereuse.

— Et qu'est-ce qui se passe quand on est dangereuse, Galina ? »

Galina ne répondit rien, elle tendit la main et aplatit une mèche rebelle sur la tête de Joelle.

« Qu'est-ce qui se passe quand vous êtes dangereuse ? »

Joanna remarqua que les mains de la vieille femme tremblaient.

« Maruja et Beatriz étaient-elles dangereuses ? C'est ce qu'ils pensaient ?

— Je ne savais pas pour Maruja », murmura Galina. C'était la première fois qu'elle mentionnait l'un de ces noms depuis que Joanna avait découvert la tache de sang sur le matelas. La première fois qu'elle reconnaissait ce qui leur était arrivé. « Je ne savais pas pour Beatriz non plus, continua-t-elle. Je suis désolée. Je n'ai rien à voir avec tout ça. Je n'aurais jamais… » commença-t-elle sans finir sa phrase.

Joanna se leva en s'appuyant au mur. Elle en avait besoin.

« Est-ce qu'ils vont me tuer ? »

Galina leva les yeux, croisant enfin son regard.

« Je leur ai dit que vous étiez américaine… Que faire quelque chose à une Américaine causerait encore plus de problèmes.

— Faire quelque chose ? Tuer. Vous voulez dire tuer une Américaine. Qu'ont-ils répondu ? "Tu as raison, Galina, c'est gentil de nous le rappeler" » ?

Galina leva les deux mains, le bout de ses doigts se touchant. « Forme un clocher, disait la mère de Joanna. Forme un clocher et prie. »

« Promettez-moi quelque chose, chuchota Joanna.

— Oui ?

— Trouvez-lui une bonne mère. »

Joanna passa l'essentiel de la journée à tenter de faire le point sur sa vie. Pas trop mal, décida-t-elle, mais rien d'exceptionnel non plus.

La chose qu'elle regrettait le plus était qu'elle ne pourrait pas élever sa fille. Elle se disait qu'elle aurait fait une mère formidable. C'était cette vie-là qui s'imposait devant ses yeux – celle qu'elle manquerait. Les promenades sur un tapis defeuilles mortes à Central Park par un après-midi d'automne, les centaines de tours de manège. Toutes les conversations entre mère et fille qu'elle n'aurait jamais. Ce genre de chose.

Ç'aurait été magnifique, se dit-elle.

Vers la fin de la journée, elle remarqua un minuscule filet de lumière ambrée qui filtrait à travers les planches condamnant la fenêtre. Un petit bout de bois manquait, il avait été arraché lors de la fusillade de la veille.

Elle plaqua son visage contre l'orifice, s'enivra des odeurs.

Solanacées. Tourbe. Merde de poulet.

Elle colla son œil contre le trou.

Galina et un homme se tenaient dehors. Elle ne les distinguait qu'à moitié, mais elle avait la ferme impression de connaître l'autre personne. Ces chaussures marron. Ce pantalon de coton brun clair avec le pli net à l'avant.

Oui, se dit-elle. Bien sûr.

Que faisait-il ici ?

43

APRÈS SA VISITE À L'HÔPITAL PSYCHIATRIQUE, il rentra chez lui, ferma sa porte à clé et récupéra le bout de papier plié qu'il avait caché au fond de son tiroir à chaussettes. La page qu'il avait arrachée au répertoire téléphonique de Miles dans le bureau qui empestait le sang.

Il s'assit et contempla le numéro écrit en pattes de mouche à l'encre bleue.

Imagine que c'est un numéro de loterie.

Les loteries étaient une plaisanterie dans les couloirs de sa société – le genre de chose qui faisait doucement rigoler les actuaires pendant leur café du matin. Ces numéros n'avaient pas une chance sur un million de sortir.

Croise les doigts.

Il prit une profonde inspiration et composa le numéro longue distance.

Lorsque les assaillants avaient emporté pour deux millions de drogue dans les marécages du New Jersey, il avait cru perdre quelque chose d'important. La seule chose qui lui restait au monde pour négocier. Il s'était trompé.

Il avait découvert qu'il avait mieux. Le jour où il avait construit l'arbre de défaillance, il avait compris que ses branches noueuses pourraient peut-être le sauver. Les sauver tous.

Qu'il serait peut-être en mesure de négocier la libération de sa famille.

Seulement, il ne négocierait pas avec les FARC. Non.

Cette négociation s'engagerait entre deux personnes, et seulement deux. Il y avait Galina. Et il y avait quelqu'un d'autre.

Ça ne lui était venu à l'esprit que lorsqu'il avait repensé à ce jour terrible où tout avait basculé, ce jour où ils s'étaient rendus chez Galina pour se réveiller ailleurs.

Avant que leur monde soit chamboulé, tandis qu'ils en étaient encore à discuter poliment autour de tasses de café frelaté à l'*escopolamina*, le chien lourdaud de Galina avait ramassé un chausson sur le paillasson et l'avait déposé aux pieds de quelqu'un.

Boum.

Le son d'un chausson tombant au sol, puis un second.

Les chiens sont des créatures d'habitude.

« Galina vit-elle seule ? » avait demandé Paul tandis qu'ils roulaient vers la maison de Galina. Et Pablo avait longuement hésité avant de répondre oui. Pourquoi ?

Parce qu'elle ne vivait pas seule.

Elle avait un mari.

« ¿Hola ? »

La voix de Pablo était claire et familière, comme s'il était assis dans la même pièce que Paul.

« Bonjour Pablo. »

L'homme avait de toute évidence reconnu sa voix. Oui. Sinon il ne se serait pas ensuivi un tel silence.

Paul inspira profondément. Puis il posa la question qu'il redoutait depuis qu'il avait décroché le téléphone – même avant, celle qu'il avait redoutée durant le long retour de l'hôpital.

« Ma femme et ma fille sont-elles toujours en vie ? »

Seule comptait la réponse à cette question. Tout le reste en dépendait.

« Oui », répondit Pablo.

Ce fut maintenant au tour de Paul de rester silencieux. Enfin presque. Il lâcha un demi-sanglot, le genre de son qu'on produit lorsqu'on s'aperçoit qu'on est étonnamment, formidablement vivant après avoir été emporté par une violente lame de fond.

OK, lance-toi.

« J'ai rencontré votre petite-fille aujourd'hui, annonça Paul.

— Qui ? »

Paul s'était attendu à cette réponse, mais l'infime chevrotement dans la voix de Pablo en disait long.

« Votre petite-fille.

— Je ne comprends pas ce que…

— L'enfant que vous avez envoyée en Amérique pour que son père ne l'attrape pas. Je ne vous fais aucun reproche. Riojas n'est pas non plus l'idée que je me fais du gendre idéal. Est-ce que vous me suivez jusqu'ici, Pablo ? Si je dis des mots que vous ne comprenez pas, faites-le-moi savoir. J'ai besoin que vous compreniez tout ce que je vais vous dire aujourd'hui. Chaque mot. D'accord ?

— Oui, répondit Pablo. Je comprends.

— Bien. Vous avez envoyé votre petite-fille en Amérique parce que vous vouliez qu'elle soit en sécurité. Vous avez arrangé ça avec un avocat que nous connaissons tous les deux car vous ne pouviez pas la faire sortir du pays. Et parce qu'il allait l'adopter comme sa propre fille. C'était le marché, Pablo. Est-ce que j'ai raison ?

— Oui.

— Vous avez abandonné tout contact avec votre petite-fille pour sa propre sécurité. Je comprends. C'est parfaitement logique. Et vous étiez rassuré de savoir qu'elle grandissait dans une jolie maison de Brooklyn. Loin de Manuel Riojas. Sous un nouveau nom. Ruth. De savoir que Miles tenait sa promesse. Qu'il l'élevait, la protégeait, qu'il l'aimait même. N'est-ce pas ce que Galina lui a fait jurer ?

— Si.

— Après tout, vous respectiez vos engagements. Tous les deux. Chaque fois qu'il vous le demandait, chaque fois qu'il vous faisait passer le mot, vous aidiez vos amis des FARC à kidnapper un couple. Comme vous l'aviez promis. Vous respectiez votre engagement et Miles respectait le sien, pas vrai ?

— Ma petite-fille. Où l'avez-vous…

— Que vous envoyait-il, Pablo ? Des photos ? Des photos d'anniversaire ? Une fois par an, pour que vous puissiez les ranger dans un album secret et les regarder de temps en temps ? Une petite lettre par-ci par-là pour que vous sachiez que tout allait bien ? Que vous disait-il ? Que Ruth était une petite Américaine typique qui vivait exactement comme les autres ? Qu'elle était populaire à l'école, la fierté de sa famille, qu'il y tenait comme à la prunelle de ses yeux ?

— Que voulez-vous dire ? Est-ce que quelque chose… ?

— Je vais vous parler de Ruth. Écoutez-moi bien. Ce n'est pas une petite Américaine typique. Pas exactement. Elle n'a pas de bonnes notes à l'école. Ce n'est pas une pom-pom girl. Elle ne sort pas avec le capitaine de l'équipe de football. Elle n'ira pas au bal de fin d'année. Ni cette année ni aucune autre année. Elle ne fait rien de ce que Miles voulait faire croire. Absolument rien. Il a tout inventé. Vous comprenez ?

— Où est-elle ?

— Pas dans une jolie maison de Brooklyn. Ni dans un joli pensionnat du Connecticut. Elle est dans un hôpital. »

Silence.

« Quel genre d'hôpital. Est-ce qu'elle est malade ?

— Oui. Non. Pas dans son corps… dans sa tête. Je n'ai aucune idée des épreuves qu'elle a traversées en Colombie. Je peux le deviner. Je ne sais pas si elle était suffisamment malade pour justifier une hospitalisation ou si c'est son hospitalisation qui l'a rendue malade. Je n'en sais rien. Mais ce que je sais, c'est que Miles ne l'a jamais adoptée. Je suis absolument certain qu'il n'en a jamais eu l'intention. Le lendemain du jour où il l'a récupérée, il l'a fait interner. Elle a passé l'essentiel de sa vie derrière des barreaux. »

Pablo pleurait. Paul entendait distinctement ses sanglots. « Comment va-t-elle ?

— Comment va ma femme ? répliqua Paul. Comment va ma fille ? »

Nouveau silence.

« Qu'est-ce que vous voulez ? » demanda Pablo.

OK. Il avait essuyé l'orage, il était passé à travers et commençait à saisir.

« Ce que j'ai toujours voulu. Ma femme et ma fille. Dans un avion pour New York. »

Il y avait longtemps de cela, Pablo et Galina avaient conclu un marché. Mais le moment était venu d'en conclure un autre, le moment était venu pour Paul de jouer sa carte maîtresse et de mettre en branle le plan qu'il avait conçu dans la cellule de la DEA.

« Considérez ça comme un échange de prisonniers. Les FARC procèdent constamment à de tels échanges, non ? Avec le gouvernement colombien ou les AUC. L'un des leurs contre l'un des nôtres ? C'est juste un échange de plus, Pablo. Votre petite-fille contre ma femme et mon enfant. D'accord, c'est un peu différent cette fois-ci. Les FARC ne voudront pas procéder à l'échange. Ce sera à vous de le faire. À vous et votre femme. Et je suppose que ce ne sera pas si facile que ça. Mais je m'en fous. À vous de trouver un moyen. Et vite. » Il restait une dernière chose. « Je ne vous ai pas encore tout dit. Vous m'écoutez ? Bien. Riojas a beau être dans une prison fédérale, il continue de la chercher. À votre place, je ne voudrais pas qu'il la trouve. »

44

Ils étaient en route pour le zoo.

Paul était assis dans la Jeep de l'ornithologue. Rien qu'eux deux.

Après sa conversation avec Pablo, il avait dû passer un autre coup de fil.

L'ornithologue lui avait donné un numéro de téléphone au cas où il aurait besoin de le joindre.

Vingt minutes plus tard, il arrivait chez Paul. « J'étais dans le quartier », avait-il dit.

Paul lui avait parlé de l'hôpital du Bronx. Il lui avait expliqué le petit stratagème de Miles pour atténuer les sentences à l'époque où il travaillait au tribunal pour enfants. Puis il lui avait enfin dit qu'il s'était retrouvé face à face avec la fille que Manuel Riojas recherchait.

L'ornithologue avait été à juste titre impressionné.

« Vous voulez une plaque honorifique ? On en donne aux écoliers qui font la visite officielle du DEA à Washington. Vous pouvez être mon vrai faux adjoint. »

Paul avait décliné. Il avait atteint le moment difficile, celui où il devait convaincre l'ornithologue de procéder à l'échange.

« Ho, ho, ça je ne sais pas, Paul. Vous n'avez jamais parlé d'échange. Aux dernières nouvelles, cette histoire n'était pas de mon ressort.

— Ma femme est citoyenne américaine. Vous avez promis de m'aider à les faire libérer. C'est l'occasion ou jamais. Voici comment. Miles a dû faire entrer la fille de Riojas dans le pays illégalement. La procédure normale ne consiste-t-elle pas à renvoyer les illégaux chez eux ?

— Après les conneries bureaucratiques de rigueur, dont vous n'avez absolument aucune idée. Je crois que vous vous emballez un peu. Et la fille pourrait – je dis bien pourrait – nous être utile. Ne l'avez-vous pas utilisée pour nous allécher, Paul ? N'était-elle pas la carotte que vous nous avez ingénieusement agitée sous le nez ?

— Elle ne va pas s'envoler. Vous pourrez prendre toutes les dispositions que vous voudrez une fois que vous l'aurez renvoyée en Colombie. L'installer quelque part où vous pourrez la voir, la placer dans un autre hôpital. Ça m'est égal. »

Il mentait, bien entendu.

Ça ne lui était pas égal, surtout après avoir passé dix minutes en sa compagnie dans cet endroit abominable. En effectuant l'échange, il espérait aider trois personnes.

« Je ne sais pas, Paul. Vous me demandez de déroger aux procédures habituelles. De mettre mon chapeau de cow-boy. Il va falloir que j'y réfléchisse.

À ce propos, la veuve en deuil a-t-elle évoqué de l'argent illicite ? En supposant que Miles n'a pas tout paumé en misant sur les Cleveland Cavaliers. Il n'y a rien que la DEA aime plus que des sacs et des sacs de gains illégaux. C'est comme ça qu'on compte les points.

— Non, avait répondu Paul. Elle n'était au courant de rien.

— Soit, ça ne m'étonne pas. Vous avez fait un super boulot, Paul. Excellent. À un moment, il va falloir qu'on mette le nez dans ses comptes bancaires. Pour ce qui est de votre histoire d'échange, je vous tiendrai au courant. J'avoue que je suis plutôt enclin à vous aider. Enfin quoi, ces petits marxistes n'ont qu'à aller se faire mettre, pas vrai ? Ils ne seront pas vraiment jouasses quand Pablo kidnappera leurs otages. Ça me fait rigoler rien que d'y penser. »

Ça, c'était deux jours plus tôt. Le lendemain, l'ornithologue l'avait appelé pour lui annoncer la bonne nouvelle. Il avait réfléchi, analysé la proposition de Paul « plusieurs fois sous toutes les coutures ». Il avait passé quelques coups de fil à des « éléments à l'étranger ». Il s'était débrouillé pour obtenir les papiers nécessaires.

Et au bout du compte, il avait mis son Stetson.

Le plan. La jeune fille serait emmenée dans une maison de Glen Cove, à Long Island, pour un débriefing. Ce qu'elle savait était probablement négligeable, mais autant l'interroger, et ça valait le coup de voir ce que Riojas ferait s'il découvrait qu'ils la tenaient. Ils feraient en sorte qu'il l'apprenne. Il enverrait peut-être quelqu'un pour essayer de la récupérer. C'était possible. Ils garderaient la jeune fille suffisamment longtemps pour en être certains. Pour s'assurer que la femme et la fille de Paul seraient mises dans un avion. Pour faire sortir les hommes de Riojas de leurs tanières. Et alors, si tout se passait comme prévu, ils renverraient l'ascenseur et la jeune fille retournerait en Colombie.

Paul, agent honoraire de la DEA et faux agent d'assurances de feu Miles Goldstein, accompagnerait donc l'ornithologue à l'hôpital Mount Ararat.

Le plan se déroulait comme prévu.

Ils filaient actuellement sur le pont de la Cent trente-huitième Rue. En réalité, ils ne filaient pas, ils avançaient par à-coups à cause de travaux sur la voie de gauche.

Des nuages s'amassaient au-dessus de l'East River. C'était une fin de matinée chaude et humide.

« Ça sent la pluie, dit Paul.

— Merci, tonton météo », répliqua l'ornithologue.

Paul s'aperçut qu'il ne connaissait toujours pas son nom. Lorsqu'il le lui avait demandé, l'ornithologue avait déclaré vouloir rester « un homme international du mystère », avant de demander à Paul s'il préférait *Austin Powers 1* ou 2.

Le Yankee Stadium se dressait sur la gauche, ses gracieuses voûtes blanches comme neige se détachant sur les nuages de plus en plus sombres. « Twins contre Yanks – 7 h 30 ce soir. »

Au bout du pont, ils prirent sur la gauche.

« Pas franchement les beaux quartiers, dit l'ornithologue. Si j'enfilais mon blouson et me mettais à crier "DEA !", la moitié des habitants détaleraient. »

Il désigna un restaurant – « le meilleur chorizo de New York ». Il hocha la tête en direction d'un gamin portant un short de basket rétro qui trépignait nerveusement à un coin de rue recouvert de graffitis.

« Dix contre un qu'il fait le guet pour un bordel illégal. »

Ils se dirigeaient maintenant vers Hunters Point Boulevard.

« Vous êtes déjà allé au zoo du Bronx ? » demanda l'ornithologue.

Il semblait d'humeur à discuter aujourd'hui, comme si Paul était son partenaire assis à la place du mort, et non un actuaire dont la vie avait pris un sale tournant.

« Quand j'étais gosse. »

Curieusement, il n'y était jamais retourné depuis qu'il était adulte.

Il savait pourquoi.

On va au zoo quand on est gosse.

Ou quand on a des gosses.

L'hôpital semblait plus oppressant aujourd'hui.

C'était peut-être quelque chose de purement physique – la climatisation était en panne, lui avait expliqué quelqu'un – mais Paul se disait que ça avait plus à voir avec le fait qu'il était à nouveau là. C'était la deuxième fois et il était plus en mesure de se rendre compte combien cet environnement était horrible, de comprendre ce que ça avait dû faire à Julius de regarder ces murs rose saumon pendant trois ans.

Quant à leur incidence sur Ruth, il ne pouvait que l'imaginer.

Maintenant elle laisserait tout ça derrière elle.

Il avait l'impression d'arriver à la fin d'un marathon. Épuisé, certes, mais plein d'une exubérance qui ressemblait à de l'espoir.

Après que l'ornithologue eut présenté ses papiers, on les mena à un bureau lambrissé où l'administrateur de l'hôpital les invita à s'asseoir. L'ornithologue avait appelé à l'avance. Il avait tiré des ficelles, forcé des mains, imposé sa volonté à sa hiérarchie, produit des papiers, fait tout ce qu'un agent de la DEA de haut niveau fait pour obtenir ce qu'il veut. Surtout, il avait joué la carte de la sécurité nationale qui, comme une American Express Platinum, semblait capable d'ouvrir toutes les portes et de repousser toutes les objections.

L'administrateur paraissait heureux de les voir, comme s'il se trouvait en compagnie de célébrités de seconde zone. Du moins, d'*une* célébrité de seconde zone.

« Je suppose que vous ne pouvez pas me donner le moindre détail, demanda-t-il à l'ornithologue, d'un ton qui laissait entendre qu'il était plus que capable de garder des secrets d'intérêt national.

— Disons juste que si ce n'était pas d'une importance cruciale, je ne serais pas ici. »

L'homme – « Theodore Hill », disait le diplôme accroché à son mur – acquiesça d'un air entendu.

« Je suppose que des médecins l'attendent là où vous l'emmènerez, dit Theodore.

— Bien entendu, répondit l'ornithologue.

— Son traitement figure dans son dossier. Du lithium, essentiellement. Elle ne cause pas beaucoup de problèmes.

— Ravi de l'entendre. »

Jusqu'alors, Paul Breidbart (« agent d'assurances »), était demeuré silencieux. Mais la curiosité l'emporta. Et il supposait aussi que ce qu'on refusait de dévoiler à un simple agent d'assurances, on le dévoilerait à un agent de la DEA.

« Que lui est-il arrivé ? demanda-t-il. En Colombie ? »

L'ornithologue se tourna vers lui avec une expression de légère désapprobation. Son boulot aujourd'hui n'était pas de poser des questions. Mais avant qu'il ait eu le temps de l'interrompre, d'arguer du manque de temps ou de simplement se lever, l'administrateur vida son sac.

« Je n'étais pas ici quand elle a été admise. Administration différente. Naturellement, j'ai consulté son dossier quand vous m'avez contacté. D'après son père adoptif, sa mère a été torturée et assassinée sous ses yeux. On l'a apparemment forcée à regarder. Ça a duré plusieurs jours. La conception qu'une espèce de baron de la drogue se faisait d'un châtiment… c'est un drôle de pays là-bas, non ? Je suppose qu'on parle d'un véritable inadapté social doté de forts instincts sadiques. Comme vous pouvez vous en douter, être forcé de regarder un tel spectacle a un effet néfaste sur un enfant de trois ans. Son père ne savait de toute évidence plus comment s'y prendre avec elle. »

Tu parles, Miles n'avait pas essayé plus d'une journée, pensa Paul.

« Bon… commença l'ornithologue en regardant sa montre, il serait temps de passer aux choses sérieuses.

— Bien sûr, répondit Theodore, visiblement heureux de servir son pays. On nous l'amène. »

Paul avait une question supplémentaire.

« Sait-elle que son père adoptif est décédé ?

— Oui. D'après le docteur Sanji… Avez-vous rencontré le docteur Sanji ? » Paul fit signe que oui. « Elle affirme que Ruth a plutôt bien encaissé le coup. Il n'avait guère de père que le nom. D'un autre côté, elle n'avait personne d'autre. »

Faux, pensa Paul. Elle avait un grand-père qui avait pleuré pour elle. Une grand-mère qui avait signé un pacte avec le diable pour la sauver.

« Qu'est-ce qu'on lui a dit sur l'endroit où on l'emmenait ? demanda l'ornithologue.

— Suivant vos instructions, nous lui avons dit qu'elle était transférée pour recevoir un traitement. Rien de permanent, juste pour quelque temps.

— Bien », dit l'ornithologue en acquiesçant.

Dans la voiture, Ruth ouvrait des yeux immenses.

Peut-être observait-elle tout. Le monde qui l'entourait. Les bâtiments carbonisés et les autoroutes pleines de nids-de-poule, les ponts qui se dressaient au-dessus de passages couverts de pigeons, les groupes de gamins agités qui vagabondaient dans des rues souvent louches. Paul se demanda combien de fois on l'avait autorisée à sortir de l'hôpital. Emmenaient-ils toujours la « patrouille des attardés » nourrir les lamas et jeter des cacahouètes aux éléphants de l'autre côté de la rue ?

Ils étaient sortis du Bronx et quittaient alors la rampe du pont de Throgs Neck. Quand Paul était enfant, il se demandait toujours à quoi pouvait bien ressembler un cou de grenouille [1].

Ruth restait la plupart du temps silencieuse. À l'occasion, elle prononçait une phrase qui aurait pu sortir des *Quatre Filles du docteur March* ou d'une comédie des années trente.

« Diantre ! s'exclama-t-elle lorsqu'ils passèrent devant un homme particulièrement énorme qui se prélassait contre une voiture en pièces. Visez-moi ce gorille ! »

L'apparition du pont de Throgs Neck déclencha une volée de « fichtre » et de « flûte alors ».

De temps en temps, l'ornithologue jetait un coup d'œil dans le rétroviseur comme pour s'assurer qu'il avait bien entendu.

Malgré la pluie qui menaçait, le détroit de Long Island était constellé de voiles.

« Jolie flottille », observa Ruth.

L'ornithologue tira une cigarette de sa poche.

« Vous croyez que ça va la déranger ? demanda-t-il à Paul.

— Pourquoi ne lui demandez-vous pas ?

1. D'un point de vue phonique, *throgs* ressemble beaucoup à *frog's*. *Frog's neck* signifierait « cou de grenouille ». *(N.d.T.)*

— Ma puce, demanda l'ornithologue, cela t'ennuierait-il grandement si je m'autorisais un brin de nicotine ? »

Ruth le regarda fixement. « Une clope ? Une tige à cancer ? poursuivit-il.

— Le cancer est la deuxième cause de mortalité aux États-Unis, répondit Ruth tel un actuaire digne de ce nom.

— M'en parle pas, répliqua l'ornithologue. J'essaierai de m'en souvenir. »

Il alluma sa cigarette, inspira une quantité généreuse d'herbe à cancer, puis il recracha la fumée, qui flotta vers la banquette arrière, arrachant à Ruth une quinte de toux.

« Oups ! fit-il. Je ferais peut-être bien de baisser ma vitre par égard pour notre amie.

— Je n'aime pas particulièrement la fumée de cigarette non plus, dit Paul.

— Ouais, fit l'ornithologue, moi non plus. »

Il entrouvrit sa vitre, laissant entrer l'humidité et le vacarme d'un camion rempli de fûts de bière qui roulait sur leur gauche. Il faisait autant de bruit qu'une bande de Hell's Angels.

« Génial, dit l'ornithologue.

— Non, ça ne l'est pas, rétorqua Ruth, qui n'était visiblement pas habituée au sarcasme. C'est tapageur et révoltant.

— Tu as raison. Au temps pour moi. » Il alluma le lecteur CD. « Ça devrait aider. »

De la musique latine.

Elle semblait vaguement familière à Paul.

Il ferma les yeux. *Était-ce la musique qui passait dans la voiture de Pablo tandis qu'ils se rendaient à Santa Regina ?*

Ce jour-là, son cœur battait si fort que ça lui faisait mal. Il était sur le point de rencontrer la fille qu'il avait mis cinq ans et dix-huit heures à trouver. Il s'aperçut avec douleur qu'il oubliait déjà son visage. Combien de temps avait-il vraiment passé avec elle ? Une broutille à l'échelle du temps… et pourtant ils avaient forgé un lien suffisamment fort pour qu'il se sente encore ému, suffisamment fort pour que le temps et l'espace ne comptent plus.

Il supposa que c'était ça, être père.

Ils avaient pris la Long Island Expressway vers l'est, ce qui était décidément mieux que la prendre vers l'ouest, l'autre côté de l'autoroute étant fidèle à son surnom de plus long parking du monde.

Ils y étaient presque, pensa-t-il. Sur le point de refermer à nouveau le cercle.

Soudain, ça le frappa.

« Frapper » était le bon mot.

Une prise de conscience qui lui fit l'effet d'un coup de poing au plexus, qui le fit vaciller.

La musique.

Ce n'était pas celle qui passait sur la radio de Pablo.

Il l'avait entendue ailleurs.

Il se revoyait soudain, allongé à plat ventre dans un champ plein de joncs et de hurlements. Tentant de ne pas écouter tandis qu'un être humain se faisait torturer à mort cinquante mètres plus loin. Entendant chaque gémissement insoutenable à mesure qu'on lui supprimait une à une certaines parties du corps.

Le bruit du couteau heurtant les os était presque audible. Malgré la musique assourdissante. Malgré ce rythme tonitruant et ces cuivres stridents.

Tout. Il entendait tout.

Celia Cruz. La Reine de la samba.

« *Mi Mami*, avait hurlé l'un des hommes. À se pisser dessus. »

C'était ça que l'ornithologue écoutait sur la radio de sa voiture. Seulement ce n'était pas une simple voiture. C'était une Jeep. Une Jeep verte.

Deux Jeep vertes avaient surgi des joncs ce jour-là.

Paul avait les yeux grand ouverts. Autant que ceux de Ruth.

Il regarda l'ornithologue assis près de lui. Un renflement sur le côté gauche de sa chemise. *Sans doute un holster avec un pistolet chargé.*

L'autre continuait de tirer joyeusement sur sa cigarette, avec néanmoins suffisamment de considération pour recracher la fumée par sa vitre entrouverte. Il fredonnait en chœur avec la Reine de la samba tout en gardant un œil sur la route.

Puis il se tourna vers Paul et s'aperçut que celui-ci l'observait.

Ou peut-être lui avait-il fallu plusieurs minutes pour se rendre soudain compte qu'il avait fait le con.

« Merde. Une vraie gaffe à la Homer Simpson. »

Paul sentit les tentacules familiers de la peur étouffer son récent espoir.

« Oh, après tout, continua l'ornithologue, vous auriez fini par le savoir. Même si j'espérais plus ou moins que ce ne serait pas pendant qu'on faisait du cent trente sur l'autoroute. Ça m'oblige à mener plusieurs tâches de front. Non pas que je ne sois pas à la hauteur du défi. »

Il écrasa sa cigarette de la main droite, la libérant à d'autres fins.

« Bon. Mettons tout de suite les choses au clair. J'ai un "revoller". »

Paul resta figé sur son siège.

« Allez, vous avez vu le film de Woody Allen, *Prends l'oseille et tire-toi* ? Le hold-up – le mot qu'il passe au guichetier ? J'ai un "revoller". Coopérez, Paul. J'essaie d'éviter toute angoisse superflue à notre amie à l'arrière. On peut parler en javanais si vous voulez. Non ? OK, qu'est-ce que ça peut faire ? On va parler clair. »

Paul restait muet. Il avait déjà été sourd et idiot bien trop longtemps.

« Vous aimeriez probablement une explication. D'accord. Ça fera passer le temps. Par où je commence ? Ah, oui. La Colombie. Je pourrais vous soûler avec mes épreuves et mes tribulations en tant qu'agent dévoué de la DEA. En tant que "notre homme à Bogotá". Je pourrais vous faire un dessin du moment où le type zélé que j'étais a commencé à se demander de qui on se foutait ? Le moment où je me suis aperçu que c'était rien qu'une comédie, de la politique, le Vietnam avec une jungle différente. Je pourrais vous tanner avec tout ce baratin, mais ce serait comme entendre un môme geindre. Alors parlons comme des adultes. » Il jeta un coup d'œil dans le rétroviseur. « Tu es bien derrière, ma puce ?

— Je suis merveilleusement à mon aise, merci.

— "Merveilleusement » à ton aise. Heureux de l'entendre. On y est presque. J'ai tellement l'habitude que les enfants me demandent : "On est bientôt arrivés ?" » Il tourna à nouveau les yeux vers Paul. « Beretta. Balles à pointe creuse. Au cas où vous vous demanderiez.

— Où allons-nous ?

— Métaphoriquement, droit dans le mur. Je parle de "nous" en tant que nation, naturellement. Je comprends que vos inquiétudes soient plus personnelles. On y viendra plus tard. Vous savez combien gagne un agent de la DEA, Paul ? Non ? Disons que quand Bush a si généreusement décidé de laisser les riches s'enrichir et le déficit se creuser, il ne m'a personnellement rendu aucun service. »

Une voiture de police approchait d'eux sur la voie de droite.

L'ornithologue remonta sa vitre, augmenta le volume de la musique.

« Rappelez-vous, Paul. Je suis un agent officiel du gouvernement américain et vous, vous êtes quelqu'un qui risque une inculpation pour trafic de drogue, sans parler des diverses lois antiterroristes toutes récentes que vous avez violées. Votre seule alliée dans cette voiture est une cinglée. Désolé, ma chérie. J'appelle juste un chat un chat. Pour dire les choses brutalement, Paul, je peux vous descendre sur-le-champ et les flics du comté me tireront leur chapeau.

— Oui », répondit Paul.

La voiture de police était presque à leur hauteur. Une femme en uniforme jeta un coup d'œil par la vitre dans leur direction. L'ornithologue avait placé une sorte de plaque sur le tableau de bord. La femme sourit, leur fit un geste de la tête et tourna de nouveau les yeux vers la route.

— Merveilleux. Bien joué. Toujours à l'aise derrière, ma puce ? » Ruth ne répondit rien. « Je prendrai ça pour un oui. Bizarrement, je n'avais jamais croisé le chemin de M. Riojas à Bogotá, poursuivit-il. J'ai dû attendre que notre gouvernement décide dans son infinie sagesse de l'extrader vers une prison fédérale américaine. Parfois, on a besoin de montrer à tout le monde que la guerre contre la drogue avance comme sur des roulettes. Il nous faut une tête sur un plateau. Et Riojas a une très grosse tête. Mais il ne nous était plus d'aucune utilité, comme Noriega. À l'époque où tout ce qui nous intéressait, c'était les petits gauchistes dans les collines, M. Riojas était *très* utile. Il faisait penser à ces chauves-souris de Colombie – absolument hideuses et qu'on ne voudrait pour rien au monde trouver dans son grenier, mais bon Dieu ce qu'elles savent s'y prendre avec les moustiques. Elles remplissent une fonction utile. Jusqu'à ce qu'elles arrêtent. Quelqu'un a décidé que Riojas était devenu un boulet. On a payé qui de droit, et un jour j'ai reçu un coup de fil. M. Riojas vient se faire juger à la maison. Et devinez qui ils choisissent pour escorter le célèbre fugitif jusqu'au tribunal ? » L'ornithologue se pencha en avant, ajusta le volume de la radio. « Elle a une sacrée voix, d'accord, mais franchement, ça me fait mal aux oreilles. Et vous ?

— Ça va », répondit Paul.

Il s'était mis à tourner et retourner des nombres dans sa tête, des statistiques qu'il passait en revue à toute allure.

Taux d'accidents pour un 4 × 4 ordinaire.

« Super. Toujours bien à l'arrière, ma grande ?

— Le panneau indiquait "Commack", dit Ruth.

— Tu as raison. Commack. Tu es mon copilote, d'accord ?

— Je ne suis pas entièrement certaine d'être à la hauteur de la tâche, répliqua-t-elle.

— Oh, bien sûr que si. Continue juste à regarder les panneaux et tu t'en sortiras à merveille. Quel vocabulaire ! observa-t-il à l'intention de Paul.

— Où allons-nous ? demanda celui-ci. Qu'allez-vous faire de nous ? »

Les accidents de voiture font en moyenne 31 000 morts par an.

« Ça vous tuerait de me laisser finir mon histoire ? J'en étais où ? Ah, oui. Dans l'avion qui rentrait à la maison, avec l'ennemi public *número uno*. À ce propos, on parle d'un jet privé – plein d'espace pour les jambes et une tonne de Corona bien fraîches. C'est le traitement réservé aux types vraiment dangereux. C'est dingue, ce dont on se met à parler à l'arrière d'un avion quand on n'a rien d'autre à faire. Il n'est pas si terrible que ça, je vous assure. Un peu excessif niveau violence, mais rien d'exceptionnel comparé aux types des Forces spéciales. Eux, ce sont de vrais “inadaptés sociaux dotés de forts instincts sadiques”. De véritables brutes.

— Riverhead, dit Ruth. Un kilomètre et demi.

— C’est ça, ma chérie. Encore exact. Tu fais un boulot fabuleux. Au cas où ça vous intéresserait, Paul, je peux tirer mon Beretta de mon holster en exactement deux secondes six. Sans mentir. On organise des tournois pour déconner pendant les surveillances. Je suis le détenteur officiel du record de la DEA. »

Les 4 × 4 représentent plus de vingt-huit pour cent des accidents mortels chaque année.

« Je dirais que M. Riojas était un peu abattu pendant le trajet. Il savait que ça allait mal tourner pour lui. Il était clairement préoccupé par certaines choses qui étaient restées en plan. Il y avait une affaire à régler qui semblait particulièrement le turlupiner. Il avait fait un serment qu’il n’avait pas encore accompli. Les serments sont à moitié sacrés pour ces gars-là, surtout quand ils les font à leurs dieux de Santería. Apparemment, même les barons de la drogue gobent l’opium du peuple. Quoi qu’il en soit, il avait fait un serment, et il comptait bien le voir se réaliser. Vous pouvez deviner de quoi nous avons discuté, pas vrai, Paul ?

— Sortie 70, dit Ruth.

— La prochaine sortie, mes amis. Continue comme ça, Ruth. »

La plupart des accidents mortels impliquant des 4 × 4 sont dus à des tonneaux. Les 4 × 4 ont le plus haut taux de tous les véhicules, soit environ trente-six pour cent.

« Il semble qu'une de ses anciennes maîtresses avait eu la témérité de le larguer. Avec son enfant par-dessus le marché. Qu'est-ce qu'il était censé faire ? C'est pas comme s'il ne l'avait pas prévenue de ce qui l'attendait si jamais elle le quittait. Il le lui avait clairement expliqué. Il l'avait juré sur un tas de têtes de poulet. Mais elle s'est tout de même barrée. Il lui a fallu trois ans pour la retrouver. Et quand il y est arrivé, d'accord, il a un peu poussé. Il a pris son temps, a utilisé tous ses formidables talents. Je n'encourage pas ce genre de brutalité, mais c'est un peu comme accuser une bête sauvage de cruauté intolérable. C'est leur instinct de survie, leur manière de rester les rois de la jungle. Il m'a tout raconté d'un ton très neutre. Comment il avait décidé du déroulement des choses. Qui regarderait qui ? Qui en premier : la mère ou la fille ? Il a choisi la mère. Il a avoué qu'il avait été agréablement surpris de la voir durer si longtemps. Mais il y a eu une merde. L'un des tortionnaires a apparemment eu une crise de conscience et s'est fait la malle avec la gamine. Alors maintenant, quoi ? Riojas n'avait accompli que la moitié du serment. Et il n'est pas du genre à baisser les bras. Il a continué de la chercher. Il en est arrivé à être pratiquement sûr qu'on l'avait fait entrer clandestinement aux États-Unis. Ce qui ne le décourageait pas vraiment. Vous savez pourquoi il me disait tout ça à moi, Paul ? »

Cinquante-huit pour cent des tonneaux de 4 × 4 sont dus à des changements de direction trop violents.

« Il a senti un homme disposé à entendre. Pas juste une histoire. Une *proposition*. Imaginez-moi comme Cortés écoutant les premières histoires sur l'or de l'Amérique latine. Et qu'est-ce qu'il me demandait de faire, vraiment ? Pas de l'aider à se faire la belle, il était assez astucieux pour comprendre que c'était hors de question. Simplement d'accomplir la promesse d'un homme condamné et anéanti. Quand nous avons atterri à Miami, j'avais accepté. »

Quarante pour cent des tonneaux de 4 × 4 sont dus à la consommation d'alcool.

« Je me suis mis au travail. C'était le même travail que celui que j'avais toujours fait. J'avais juste un nouvel employeur. C'est incroyable, ce qui se passe quand on suit l'argent. On ne sait jamais où ça va vous mener. Dans ce cas précis, jusqu'à Miles Goldstein. Puis jusqu'à vous. Vous avez eu la gentillesse d'être mon adjoint honoraire et de m'aider à boucler cette affaire. Mon boss vous salue. J'ai touché mon pactole. Il reste juste une chose. Ou deux.

— Ils l'ont attachée à quelque chose, dit Ruth.

— Quoi ? fit l'ornithologue en tournant brusquement la tête.

— Ma mère. Ils l'ont attachée à un tuyau au plafond. Ils m'ont placée sur une chaise et forcée à regarder. »

Trente-deux pour cent des tonneaux mortels de 4 × 4 sont dus à la vitesse.

« Allons, ma puce, ce n'est pas la peine de parler de ça, n'est-ce pas ? Tu es mon copilote, *comprende* ?

— Ils l'ont brûlée. Elle a hurlé et hurlé. Il m'a montré son couteau, il m'a forcée à le toucher. »

Ses yeux semblaient perdus dans le temps, se dit Paul.

« Bon, je pense que ça suffit, tu ne crois pas ? Dis-moi juste quand la sortie approchera, d'accord, ma puce ? »

Trente-deux pour cent des tonneaux mortels de 4 × 4 sont dus à l'inattention du conducteur, par exemple, lorsqu'il change de station de radio.

« Quand elle fermait les yeux, ils la forçaient à se réveiller. Et ils recommençaient. J'étais sur la chaise. J'ai tout vu. Ils lui ont arraché la peau.

— Oui, tu te souviens. Je comprends. Pas étonnant que papa t'ait abandonnée dans cet endroit horrible. Maintenant, si on changeait un peu de disque ? »

Dix pour cent des tonneaux mortels de 4 × 4 sont dus à une erreur du conducteur, par exemple, lorsqu'il appuie sur la mauvaise pédale.

« Tu fais mal ton boulot, Ruth. Voici la sortie que je cherchais. »

L'ornithologue se déporta sur la voie de droite, alluma son clignotant, commença de négocier le virage.

« Ta ceinture est attachée, Ruth ? demanda doucement Paul.

— Oui. »

Six pour cent des tonneaux de 4 × 4 sont la conséquence d'erreurs dues à l'inattention, par exemple, tirer le frein à main pendant que le véhicule roule.

« Bien », dit Paul.

Il enclencha la marche arrière alors que la Jeep était au beau milieu d'un virage.

Ça prit sans doute moins de deux secondes six, car l'ornithologue n'eut pas le temps de tirer son Beretta chargé de balles à pointes creuses de son holster. Il est probable que ça n'aurait fait aucune différence. La Jeep vacilla violemment sur la gauche, se soulevant partiellement, puis elle bascula.

Paul et Ruth avaient attaché leur ceinture de sécurité.

Pas l'ornithologue, il se prenait pour un cow-boy.

Presque deux tiers des passagers trouvant la mort dans des tonneaux de 4 × 4 ne sont pas attachés.

La voiture oscilla un moment entre ciel et terre, et Paul vit alors l'asphalte s'approcher telle une vague noire soudaine qui parut l'engloutir.

Il entendit du verre se briser, un cri, le bruit affreux du métal se déchirant. Il dut perdre connaissance. Lorsqu'il reprit conscience, il avait la tête en bas et regardait une mare de sang. Il était toujours sur son siège, qui semblait à moitié arraché de la voiture, à peine retenu par quelques maigres vis.

Où était Ruth ?

Il tourna la tête, craignant à moitié de ne pas y arriver, de découvrir qu'il était paralysé et sur le point de mourir.

Non. Sa tête pivota exactement comme elle était censée le faire.

La banquette arrière avait totalement disparu.

Il regarda par la vitre brisée sur sa droite.

Là-bas.

La scène avait quelque chose d'irréel, on aurait dit une photo, de celles que l'on trouve sur les murs du MOMA. La banquette arrière était posée sur l'herbe, parfaitement intacte, tout comme la personne assise dessus. Intacte, visiblement indemne, et manifestement en vie. Elle avait l'air de simplement attendre le bus.

Ils étaient donc deux.

Où était l'ornithologue ?

Le pare-brise avait totalement volé en éclats. Volatilisé. L'intérieur de la Jeep retournée commença à se remplir d'une épaisse fumée âcre. Puis il perçut l'odeur infecte de l'essence.

Il détacha la ceinture de sécurité qui lui cisaillait le ventre, se glissa par la vitre et retomba sur la chaussée. Il s'éloigna en rampant, laissant derrière lui à chaque mouvement une traînée de sang.

Son visage. Quelque chose clochait sur son visage. Son engourdissement avait laissé place à une douleur fulgurante. Lorsqu'il se toucha la joue, sa main prit une teinte rouge vif.

Il se leva, parvenant Dieu sait comment à se remettre sur pied, écartant les bras tel un funambule cherchant son équilibre.

Un corps gisait à environ six mètres de la Jeep accidentée.

Paul s'approcha en titubant.

L'ornithologue.

Il ne bougeait plus. Il était aussi immobile que la mort.

Puis il remua.

Tout d'abord une main. Tâtant lentement autour de lui comme s'il cherchait quelque chose. Puis l'autre main. Paul, qui se trouvait à environ un mètre cinquante, hésita entre continuer d'avancer ou reculer. L'ornithologue se redressa en s'appuyant sur les mains, exécutant une sorte de demi-pompe, regardant autour de lui tel un homme sortant d'un trou.

Il vit Paul figé sur place.

L'ornithologue cherchait bien quelque chose.

Et il l'avait trouvé.

Il se redressa – sur une jambe, puis sur l'autre – sourit à travers une affreuse couche de sang et de terre. Il braqua son arme sur Paul.

« Vous vous souvenez de ces petits robots de combat, Paul ? » Il parlait bizarrement, comme s'il lui manquait un bout de langue. « J'en avais deux quand j'étais gosse. On pouvait les démonter, leur arracher des parties du corps, mais c'était pas grave, ils continuaient de se battre. »

Il fit quelques pas en avant, son arme toujours braquée sur Paul.

Ruth se mit à pleurer. Lorsqu'il se tourna vers elle, une averse de feuilles vertes semblait la recouvrir.

Paul était prêt à affronter son destin. D'une façon ou d'une autre, tout s'achèverait là.

L'ornithologue continuait d'avancer d'un pas hésitant, mal assuré, il était étrangement désarticulé, mais approchait inexorablement.

« 'u parles d'un sacré 'our. » Il avait des problèmes avec ses *t*. « C'est ça qu'on vous enseigne pour devenir actuaire ? »

Non. Pour devenir actuaire, vous appreniez la différence entre risque et probabilité. Vous appreniez que faire un tonneau sans ceinture de sécurité était souvent mortel. *Souvent*, mais pas toujours. Et vous appreniez aussi certaines choses sur la vie et son contraire, une loi qui résonnait comme un mantra dans les couloirs des compagnies d'assurance.

Si une chose ne vous tuait pas, une autre chose le ferait.

Une Dodge Coronado quitta la Long Island Expressway à toute vitesse et s'engagea sur la bretelle de sortie. Les règles de sécurité recommandent de ralentir à quatre-vingts kilomètres à l'heure pour quitter une autoroute. Le chauffeur de la Coronado avait dû louper ce cours.

Lorsqu'il se retrouva face à la Jeep qui reposait fumante et ratatinée au beau milieu de la bretelle en courbe, il se déporta brusquement sur le bas-côté, puis fit un nouvel écart pour éviter un saule pleureur. Ce qui plaça un autre objet légèrement vacillant sur sa route.

L'ornithologue n'eut pas le temps de réagir.

Il fut projeté dans les airs tel un acrobate défiant les lois de la gravité.

Il retomba lourdement.

Puis resta immobile.

45

CE SOIR, ELLE AVAIT BESOIN DE RÊVER.

Elle avait remarqué les regards que lui jetait Tomás. Le fait que, pour autant qu'elle se souvînt, c'était la première fois qu'on ne lui apportait pas à manger. La mine épuisée de Galina, ses mains tremblantes.

Elle avait embrassé Joelle, un baiser qui signifiait moins bonne nuit qu'adieu. Elle avait récité ses prières, confessé ses péchés. Elle était en paix.

Elle avait besoin de rêver.

Avec de la chance, dans son rêve, elle se verrait tirée de son sommeil au milieu de la nuit, pas par la gueule d'un fusil, ni par la lame acérée d'un couteau, mais par les doux murmures de Galina.

Puis Galina actionnerait en silence le verrou de la chaîne qui maintenait sa jambe attachée au radiateur. Elle lui chuchoterait des instructions à l'oreille. Puis elles se glisseraient hors de la pièce, silencieusement, comme on avance dans les rêves.

Elle se verrait debout, franchissant la porte à tâtons.

Longeant lentement le couloir désert, puis poussant la porte qui ouvrait sur l'extérieur, comme elle l'avait déjà fait une fois. Avançant non pas vers la jungle, mais dans la direction opposée, passant devant les enclos où des poulets picoraient nerveusement le sol, puis s'engageant sur une route à une voie.

Elle descendrait cette route comme si elle flottait, ses pieds touchant à peine le sol. Elle avancerait sans se retourner. Sans crainte ni rancœur.

Elle atteindrait un virage, où l'attendrait une voiture. Une Peugeot bleu nuit. Son moteur ronronnerait doucement, et le chauffeur quitterait sans bruit son siège pour l'accueillir tout en prenant soin de poser un doigt sur ses lèvres.

Il tirerait de la voiture une petite boule de laine et de cheveux. Sa fille, qu'il lui placerait doucement entre les bras.

« Merci », murmurerait-elle à Pablo.

Merci. Merci.

DEUX ANS PLUS TARD

UN DIMANCHE DE JUIN. Le manège de Central Park était plein.

Assis sur un banc, Paul et Joanna se tenaient la main.

Il y avait une odeur de barbe à papa, de cacahouètes grillées et de pommes d'amour. Autour des chevaux qui tournoyaient flottait un air de calypso entraînant. Un morceau tiré d'un film de Disney, pensa Paul. « Sous la mer… sous la mer… »

De temps en temps, Joanna posait la tête sur son épaule et la laissait là, et Paul avait la nette impression que le monde était, à vrai dire, parfait.

Les événements qui s'étaient produits deux ans plus tôt semblaient à des années-lumière.

Bogotá. Et Miles.

Ce jour sur la bretelle de sortie de la Long Island Expressway.

Et pourtant, parfois, ils semblaient si proches. Ils étaient là, dans la même pièce que lui, tapis dans son bureau, dans sa voiture, dans son lit.

La mémoire est ainsi, un ami d'enfance avec qui on ne perd jamais contact, même quand on le voudrait désespérément, et qui surgit aux instants de votre vie où on l'attend le moins.

Au beau milieu d'un doux dimanche de juin, par exemple.

Il se demandait parfois ce qu'il dirait à sa fille.

Lui parlerait-il, par exemple, de l'assassinat spectaculaire d'un certain ex-baron de la drogue colombien dans les toilettes d'un tribunal de Floride ? Lui expliquerait-il que Manuel Riojas était sur le point d'être jugé quand on l'avait escorté jusqu'aux toilettes pour qu'il se soulage, mais qu'il n'en était jamais ressorti ?

Lui dirait-il que l'assassin avait visiblement eu accès au tribunal grâce à une plaque de la DEA ? Plaque évidemment authentique, même si elle n'aurait plus dû servir, étant donné que l'agent à qui elle avait appartenu avait trouvé la mort plus de deux ans plus tôt.

Agent dont on savait qu'il avait à l'occasion endossé d'autres uniformes. Celui d'ornithologue, par exemple, fouillant résolument les jungles du nord de la Colombie à la recherche du toucan à poitrine jaune.

Un ornithologue.

Lui dirait-il comment la plaque de l'ornithologue avait atterri entre les mains d'un tueur à gages ?

Lui expliquerait-il, évoquerait-il ce jour où l'agent de la DEA s'était retrouvé mort au beau milieu de la bretelle de sortie de la Long Island Expressway, la plaque qu'il avait posée sur le tableau de bord gisant juste à côté de lui, n'attendant que d'être ramassée ?

Lui parlerait-il de ce qui s'était passé plus tard ce même jour, quand il avait porté la plaque jusqu'au quartier de Little Odessa, à Brooklyn ? Quand il avait pris place dans un bureau familier dont la porte portait la mention *El Presidente* ? Quand il avait discuté affaires avec Moshe ?

« Savez-vous comment les Russes appellent les Colombiens ? » lui avait demandé Miles le jour où il s'était suicidé.

Comment, Miles ?

« Des amateurs. »

Et Miles avait peut-être sacrément raison à ce sujet. Les Russes géraient des affaires *très* lucratives. Sans doute parce qu'ils étaient prêts à tout pourvu qu'on y mette le bon prix. Vraiment tout. Cambriolages, braquages, assassinats même.

Y compris des assassinats franchement spectaculaires, le genre d'assassinat que les autres n'oseraient même pas imaginer.

À condition d'avoir de l'argent, bien sûr. Beaucoup d'argent.

Mais où Paul aurait-il bien pu obtenir ce genre de somme ?

Le lui dirait-il ? Lui expliquerait-il où ?

Reviendrait-il encore à ce jour ? La Jeep fumante, la flaque de sang et d'essence. « J'ai touché mon pactole », avait dit l'ornithologue avant de se retrouver projeté dans les airs et de mettre une éternité à retomber.

Et quand Paul s'était retourné vers Ruth, elle était recouverte d'un tourbillon de feuilles vertes. Mais ce n'étaient pas des feuilles. Parce que l'ornithologue avait touché son pactole, reçu son salaire de son nouvel employeur, Riojas. Et, après des années d'entraînement à la DEA, il savait parfaitement où le cacher.

De combien de voitures avait-il arraché le plancher au fil des années ? À la recherche de paquets de cocaïne, de sachets de marijuana, de briques de haschisch ? Suffisamment pour savoir que c'était l'endroit idéal pour stocker ce que vous vouliez cacher.

Seulement, il n'avait pas compté sur un accident. Il n'avait pas prévu que Paul enclencherait la marche arrière alors qu'ils rouleraient à quatre-vingt-dix à l'heure.

L'impact avait pulvérisé la Jeep, arraché les parois latérales, projetant dans les airs les billets de cent dollars, qui étaient retombés comme de la neige sur la tête de Ruth.

Dirait-il à sa fille combien il avait été facile de fourrer l'argent dans son portefeuille, dans ses poches, pendant qu'ils attendaient l'ambulance ?

Le lui *rappellerait*-il ?

Le manège ralentit, s'immobilisa. Déçus, les enfants poussèrent des cris doux-amers.

Deux d'entre eux s'approchèrent du banc.

Joelle, bien sûr. Une vraie petite jeune fille avec son pull rose, ses cheveux noirs attachés par de minuscules barrettes roses, le rose étant sa couleur la « plus préférée » – du moins cette semaine.

Et, l'entraînant, l'éloignant du manège sur lequel elle *devait* pourtant faire un autre tour, sa grande sœur, seize ans, une *véritable* jeune fille avec ses yeux bruns époustouflants emplis d'une chose dont Paul espérait ardemment que c'était du bonheur.

Ou, tout au moins, de la paix.

C'était elle, la fille à qui il pensait devoir tout dire un jour. Mais peut-être pas. Peut-être valait-il mieux taire ce qu'il avait fait pour la mettre à l'abri, faire en sorte que ça appartienne à une histoire secrète qu'elle avait laissée pour de bon derrière elle. Galina avait demandé à Miles de *la protéger*. Et quelqu'un le faisait enfin.

Au bout du compte, l'adopter s'était imposé comme une évidence.

Quand Joanna et Joelle étaient rentrées de Colombie, Paul avait appelé Galina et Pablo pour expliquer autant que possible ce qui s'était passé. Pour leur dire qu'il n'était pas certain de pouvoir accomplir sa part du marché, que les choses étaient en attente. Ils avaient été ses ravisseurs. Ils n'étaient plus désormais que des grands-parents égarés. Deux personnes qui avaient risqué leur vie pour lui rendre sa femme et sa fille. Il leur en serait éternellement reconnaissant.

Il leur avait décrit leur petite-fille, envoyé des photos, expliqué qu'elle était d'une gentillesse exceptionnelle et extraordinairement attachante.

Elle risquait de se retrouver dénuée de tout statut, prise dans une querelle entre deux pays qui risquait de la forcer à retourner à Mount Ararat pour un bon bout de temps. Peut-être pour toujours.

Paul lui rendait visite, inlassablement.

C'était devenu sa routine hebdomadaire. Il appelait ses grands-parents en Colombie, leur écrivait. Mais cette fois, naturellement, les lettres ne comportaient aucun mensonge. Tout était vrai. Aussi vrai que le regret qu'il éprouvait chaque fois qu'ils laissaient Ruth à la porte de l'hôpital. Elle restait là et agitait la main dans leur direction jusqu'à ce que leur voiture eût disparu au coin de la rue.

Il ne savait sincèrement plus qui en avait parlé en premier.

Galina et Pablo ? Ou bien était-ce lui ?

Disons, match nul. La Colombie n'était pas nécessairement plus sûre qu'avant pour Ruth. Elle n'était sûre pour personne ces temps-ci. Et Galina et Pablo commençaient à se faire vieux. Soudain, c'était comme s'ils avaient tous su ce qu'il fallait faire. Comme s'ils avaient su où était la place de Ruth.

Galina et Pablo avaient donné leur permission.

Paul et Joanna avaient fait une demande d'adoption, qui avait été acceptée un an plus tard.

Elle n'avait pas encore vu le bout du tunnel. Il était tout à fait possible qu'elle ne le voie jamais. Elle suivait une thérapie de groupe trois fois par semaine, continuait de prendre des médicaments, et plongeait de temps à autre dans des périodes de désespoir déchirant.

Mais la plupart du temps elle était souriante, rayonnante même. Paul était convaincu que c'était sa nouvelle famille qui l'aidait à tenir, tout comme elle l'aidait à tenir, lui.

Il avait fondé une famille en ce qui lui semblait un clin d'œil, avait abandonné la sécurité des chiffres pour les incertitudes de la vie. Et il y avait de bonnes chances pour que ce soit une belle vie, pensait-il.

« Allez, mes chéries, allons chercher à manger », lança Paul à ses filles.

Joelle et Claudia.

Oh, oui. Le jour où ils avaient officiellement donné leur nom de famille à Ruth, elle leur avait aussi demandé si elle pouvait changer de prénom.

« Comment veux-tu t'appeler ? avait demandé Paul.

— Comment s'appelait ma mère ?

— Claudia, avait répondu Joanna.

— Claudia, avait-elle répété. Claudia Breidbart. Ça ira. »

Composé par Facompo
à Lisieux (Calvados)

Imprimé en Espagne par
Liberdúplex
à Sant Llorenç d'Hortons (Barcelone)
en septembre 2010

POCKET - 12, avenue d'Italie - 75627 Paris cedex 13

N° d'impression : 20149
Dépôt légal : octobre 2010
S18357/01